Viel Spaß und spannende Unterhaltung mit KÜSTENBANDE.
Tretet ein, kriecht hinein, wohnt in KÜSTENBANDE.
Taucht ein in Abgründe – erlebt, wozu Menschen für fragwürdige Traditionen fähig sind.
Ich verspreche, es bleibt spannend bis zum Schluss.
Trefft in KÜSTENBANDE die Ermittler Carsten Schmied und Miriam Blum sowie weitere Protagonisten.
Erfahrt, was Oma Jettchen und Tant' Fienchen Spannendes passiert. Erfahrt, welch „schwerwiegende" Rolle der Berner Sennenhund „Berner Benno" spielt.
Ach ja, natürlich sind Tomke und Hajo auch wieder dabei.

Die Geschehnisse, sämtliche Handlungen und Charaktere sind frei erfunden.

MIX
Papier aus verantwortungsvollen Quellen
FSC® C104608
www.fsc.org

Der CO_2-Ausstoß dieses Druckproduktes wurde mit ClimateCalc berechnet und kompensiert:
www.climatecalc.eu
Cert. no. CC-000094/DK

Bibliografische Information der Deutschen Nationalbibliothek
Die Deutsche Nationalbibliothek verzeichnet diese Publikation in der Deutschen Nationalbibliografie; detaillierte bibliografische Daten sind im Internet abrufbar über http://dnb.ddb.de

www.niemeyer-buch.de

Umschlaggestaltung: C. Riethmüller
Der Umschlag verwendet Motiv(e) von 123rf.com
und Carsten Riethmüller (VW Käfer U1)
Druck und Bindung: Nørhaven, Viborg
Printed in Denmark
ISBN 978-3-8271-9374-2

Gaby Kaden

KüstenBande

CW Niemeyer

Danke

Liebe Leser und Leserinnen, – bevor ihr eintaucht in KÜSTENBANDE – auch diesmal ein herzliches DANKESCHÖN für eure Treue, für die unzähligen positiven Rückmeldungen auf vielerlei Wegen. Und das in dieser besonders schwierigen Zeit, denn durch Corona wurde alles anders. Der persönliche Kontakt bei Lesungen fehlt mir und euch sicher auch. Trotzdem seid ihr mir treu geblieben.

Danke dafür.

Nach acht erfolgreichen Küstenkrimis aus Ostfriesland, von der Nordseeküste, den Inseln, Carolinensiel – darf ich nun meine Nummer 9 präsentieren: KÜSTENBANDE.

Auch diesmal war es wieder ein langer Weg bis zum fertigen Buch. Geschrieben habe ich, aber außer mir waren noch weitere Menschen daran beteiligt, dass aus dem geschriebenen Wort ein fertiges Buch entstanden ist. Darum:

Danke an den Geschäftsführer Carsten Holzendorff von den CW Niemeyer Buchverlagen und an das ganze Team. An Sarah Krasemann, Rebecca Frankowitz, die mich unterstützen und immer ein offenes Ohr haben. Danke an Carsten Riethmüller, der für die kreativen und genialen Cover steht. Das Cover von KÜSTENBANDE ist der Hammer!

Danke auch wieder an Kerstin für konstruktive und hilfreiche Kritik im Text sowie an die „echte" Kommissarin Irina, deren Ermahnung „Gaby, das gibt es nur im Fernsehen, aber die echte Polizei macht das nicht!" mich bei jedem Buch begleitet.

Ich darf immer wieder Menschen aus meinem Umfeld nennen, danke dafür. Danke an Anne, Hermann, Mariechen, Ulrike vom Puppen-Café, Thomas und Gesche von Spiekeroog und …

Ein ganz großer Dank geht an die Buchhandlungen und Geschäfte, in denen meine Bücher angeboten werden.

Danke an Werner, meinen Mann, für die tatkräftige und kritische Unterstützung, an meine ganze Familie, danke für „Leah-Sophie", die Bereicherung meines Lebens.

Ich danke euch allen – OHNE EUCH WÄRE ALLES NICHTS!

Und liebe Leser und Leserinnen, bedenkt, dass auch in KÜSTENBANDE alles meiner Fantasie entsprungen ist und nehmt es, wie es gemeint ist, nämlich mit einem Augenzwinkern.

VORAB

„Fischköppe" aus vergangener Zeit

Dass es ein Geheimnis um sie gibt, ahnt Franziska Gronewald schon lange. Ein Geheimnis, düster und tief vergraben in ihrer Erinnerung. Ein Geheimnis, das sie fühlt, das ihr ab und an die Luft zum Atmen nimmt, das nicht greifbar, aber in ihren Träumen immer wieder da ist.

Sie träumt von einer Kammer, deren schräge Wand über und über mit Fischköpfen dekoriert ist. Ein schrecklicher Anblick. Sieht ein kleines Mädchen schlafend auf einem hölzernen Bettgestell. Hinter dem Kind liegt eine Frau, die Arme um das Kind gelegt.

Dann wechselt die Szene: Das Mädchen sitzt in einem Auto, Bremsen quietschen, Schreie, ein Riesenknall und dann Stille. Ganz entsetzliche, nicht enden wollende Stille. Sie hört das Kind rufen: „Mama, Mama …!"

Mama? Hatte sie doch an ihre eigene Mutter so keinerlei Erinnerung.

Und immer wieder sind sie da, diese Fischköpfe. Fischköpfe, überall Fischköpfe. Mit weit aufgerissenen Mäulern, aus denen hässlich braune, spitze Zähne ragen. Große und auch kleine Fischköpfe, die sie mit herausgetretenen Glupschaugen anstarren, näher kommen. Ganz nahe. Greifbar nahe.

Aber Franziska kann in diesen Träumen nicht greifen, um anschließend schweißgebadet und nach Luft ringend aufzuwachen.

Fische, fliegende Fische, Geisterfische! Immer und immer wieder. Was hatte sie mit Fischen zu tun, außer, dass sie vor Jahren der Liebe wegen für einige Zeit an der Nordseeküste gelebt hatte? Oder war da noch etwas anderes? Tiefer? Tief in ihrem Inneren vergraben, etwas aus einer längst vergangenen Zeit?

Die Gedanken daran lassen sie wieder und wieder erschaudern.

Fragen, die sie ihrer Tante gestellt hatte, waren bis auf einen Satz unbeantwortet geblieben: „Deine Mutter hat das alles mit ins Grab genommen." Irgendwann fand sich Franziska damit ab und bohrte nicht weiter.

Aber die Träume blieben.

Und dann wird aus dieser diffusen Angst plötzlich Realität und große Gefahr. Böse Realität, die nach dem Erhalt eines seltsamen Paketes, verbunden mit einem ungewöhnlichen Auftrag, sowie einer Reise nach Ostfriesland Wirklichkeit zu werden scheint.

Es passieren Dinge, die sie erschrecken, die nicht fassbar sind. Diese allerdings erscheinen im Nachhinein harmlos gegen das, was nach und nach Schreckliches ans Tageslicht kommt …

… denn in Ostfriesland sind sie wieder da, die hässlichen Fischköpfe, ganz nah. Franziska erkennt: Es gibt sie wirklich, dicht über ihr und zum Greifen nah. Doch danach

greifen kann sie nicht, sie liegt festgebunden und stumm auf einem hölzernen Bettgestell. Über ihren Kopf hat jemand eine Plastiktüte gezogen. Kleine Löcher sorgen dafür, dass sie darunter nicht erstickt.

„Du bist das Böse!", dringt eine Stimme an ihr Ohr. „Du störst die Familienbande. Keiner wollte euch damals hier, keiner will dich jetzt hier. Du musst verschwinden, dann kehrt hier wieder Frieden ein!"

Wie alles begann …

Eine gefährliche Lieferung

Der Blick aus dem Fenster ihres kleinen Büros hinüber auf die in der Ferne liegende Welt der bayerischen Berge war an diesem Morgen wieder einmal atemberaubend. Franziska allerdings nahm ihn nur selten wahr. Heute schon. Immer wieder hob sie den Kopf und ließ ihre Augen über die Wiesen und Auen gleiten. Der Anblick des blauen Sommerhimmels, saftig grüner Wiesen und der leicht verhangenen Berge im Hintergrund tat ihren computerbelasteten Augen gut. Das satte Grün im Vordergrund, die noch dunstverhangenen Berggipfel am Horizont, wunderschön. Und was kommt dann?, befällt sie ein spontaner Gedanke. Was kommt hinterm Horizont? Wo geht es weiter? Franziska schüttelte sich und fluchte: „Scheiß Metapher! Scheiß Corona-Depri!"

Aber ganz abwegig waren diese Gedanken nicht. Manchmal fragte sie sich wirklich, was wohl noch kommen würde. Sinnlose Werbetexte verfassen? Konnte das alles sein? Sie ahnte nicht, dass sich ihr Leben bald radikal verändern würde.

Doch jetzt – Homeoffice war nicht zu verachten, wie sie schon nach wenigen Tagen im Lockdown festgestellt hatte. Hier gab es keine nervigen Kollegen, keinen Kollegentratsch auf dem Flur oder in der Kaffeeküche, nur ihren Kaffee, den musste sie sich selbst brauen. Aber das konnte sie verschmerzen. Nein, sie fehlten ihr nicht, die Kollegen und Kolleginnen aus der Agentur. Ihre Arbeit als Werbetexterin konnte sie von zu Hause viel besser erledigen, was noch immer der Pandemie geschuldet war. Außerdem gelang es ihr so auch viel besser, in ihrem Nebenjob als freie Journalistin für die heimische Presse zu arbeiten. Hier, zu Hause, fiel es niemandem auf. An ihrem Arbeitsplatz in der Agentur war das schwieriger.

Nun saß sie, die wilden roten Haare zu einem Pferdeschwanz zusammengebunden, wieder tief im Dschungel ihrer Gedanken und Ideen versunken am Schreibtisch, bastelte an einem Werbetext für „Unkaputtbare Stützstrumpfhosen" und nahm das Läuten an der Haustür gar nicht wahr. Jedenfalls nicht sofort. „Unkaputtbare Stützstrumpfhosen, *so a Scheiß*", maulte sie vor sich hin. Erst als ihr alter Berner Sennenhund Benno sie mit seiner nassen Schnauze anstupste, sich die Türglocke nochmals und dazu viel energischer meldete, schaute Franziska von ihrer Arbeit auf. Dann hörte sie auch von der Haustür her eine Stimme:

„He Franzi, i bin's, die Vroni. Mach auf oder muss i erst wieder singa?"

Nein bloß nicht, durchfuhr es sie, nicht schon wieder. Franziska stand vom Schreibtisch auf und hielt sich die Ohren zu. Doch das half nicht. Vor der Tür erschall es schon:

♫ *„I bin die Vroni von der Pooost"* ♫, so falsch und schrill wie immer, so falsch, dass Franziska zur Tür spurtete und Berner Benno sich unter ihren Schreibtisch verkroch, die Vorderpfoten über den Kopf legte und leicht grunzte. „Hält er sich etwa die Ohren zu?", wunderte sich Franziska leise.

Sie griff nach ihrem Mundschutz am Garderobenhaken, legte ihn an und öffnete die Tür.

„Bitte nicht singen, die Nachbarn laufen zusammen, weil sie fürchten, es brennt, wenn deine Sirene ertönt. Außerdem wird mir dann schmerzhaft bewusst, dass ich morgen einen Termin beim Zahnarzt habe."

Vor ihr stand, wie zu erwarten, Vroni Semmelmayer, die Postbotin der Region und Franziskas beste und älteste Freundin. Sie hielt ein Paket in den Händen, das so groß war, dass es ihren Oberkörper samt Kopf verdeckte und Franziska ihre Freundin nur an der Stimme erkennen konnte.

Dann lugte die Postbotin um das Riesenpaket herum, scherzte mit blitzenden Augen und nicht mehr so ganz tiefem Bairisch: „Nehmen S' den Mundschutz ab, sonst muss i darauf bestehen, dass Sie sich ausweisen, junge Frau. So kann ich Ihnen das Riesentrumm von Paket nicht übergeben!", legte die Stirn in Falten und stellte es mit einem Stöhnen auf dem Boden ab.

„Oh Mann, welchen Clown hast du denn heute gefrühstückt und warum trägst du keinen Schutz? Nicht mal Handschuhe hast du an. Du bist so leichtsinnig, Vroni." Franziska zeigte auf die nackten Finger der Postbotin.

Okay, Vroni gegenüber konnte sie den Mundschutz wirklich ablegen, schließlich waren sie beide geimpft. Vorsicht ließ Franziska trotzdem walten, denn viel wusste man noch nicht über das Virus und die Wirkung der Impfung.

„Ach Schatz, doch nicht, wenn ich zu dir komme. Außerdem ist dieses Virus nun schon so lange unterwegs, entweder es erwischt mich oder nicht. Zudem trinke ich jeden Morgen frische Ziegenmilch von unserer Selma, schmeckt beschissen, aber macht immun, und zwar gegen alles. Auch gegen Männer, wie ich vermute, sonst hätte ich doch schon längst einen Kerl abgekriegt, oder?" Mit einem Stöhnen fasste sie sich an den Rücken. „Außerdem sind wir hier in Tuntenhausen", fuhr sie fort, „nicht in China, aber das Paket hier, das kommt aus China. Ich gehe mal davon aus, diese Kronenviren haben die Reise nicht überlebt." Sie zeigte mit spitzen Fingern und hochgezogenen Augenbrauen darauf. Ihr Lachen war unverkennbar.

„Aus China?", entfuhr es Franzi und sie vergaß auf Vronis leichtsinnige Einlassung weiter zu reagieren. „Ich habe aber nichts bestellt. Wer schickt mir denn etwas aus China? Nimm es wieder mit, das ist sicher ein Fake."

Vroni schüttelte den Kopf. „Weiß nicht, wer dir so was schickt und Chinesisch kann ich auch nicht, sonst hätte ich den Absender schon längst ermittelt. Aber wir können es ja öffnen und nachschauen."

Die Postbotin riss die Augen auf, blinzelte freudig gespannt und wackelte ungeduldig mit dem Kopf. Dann bemerkte sie Franziskas Zögern und fuhr fort: „Durch den

Zoll ist es jedenfalls und das ohne Beanstandung, wie du an diesem Aufkleber hier sehen kannst."

„Aber, aber was …?", stotterte Franzi nun. „Ich hab doch gar nichts bestellt!", wiederholte sie mit großen Augen. „Wer sollte mir denn …?"

„Mach's halt auf, dann weißt du es!" Die Postbotin war nun mehr als neugierig und sehr darauf erpicht, mehr über das seltsame Paket zu erfahren. Solch eine Lieferung hatte sie nicht alle Tage. Es stand ihr deutlich ins Gesicht geschrieben, dass sie unbedingt wissen wollte, was sich hinter dieser seltsamen Lieferung verbarg. Aus dem Absender und verschiedenen Aufklebern, die in chinesischen Schriftzeichen verfasst waren, konnte man nichts entnehmen.

Doch nun hatte sich Franziska gefangen.

„Ach", meinte sie, „sicher ist mein Ex noch auf Montage in China und hat mir was geschickt. Gib mal her. Wo muss ich unterschreiben?"

Vroni war die Enttäuschung anzusehen. „Von Hilko?", wollte sie schrill wissen.

Da kam schon mal eine derart seltene Post aus dem Ausland in das kleine bayerische Dorf und sie sollte nicht erfahren, was sie beinhaltete?

Franziska nickte. „Ich denke schon, dass es von ihm ist."

„Scheiße, Mann", murmelte Vroni leise und hielt Franziska das Unterschriftspad mit ausgestrecktem Arm entgegen. Was sollte der Ostfriese ihrer Freundin schon schicken?

„Hier, du woast, wo!", brummte sie leicht säuerlich. „Kannst mir ja morgen erzählen, welch a geheime Fracht da einisteckt", ihr rollendes R war nun besonders ausgeprägt.

Franziska quittierte den Empfang. „Du wirst es als Erste erfahren, ganz bestimmt, Vroni!", versprach sie gedankenverloren und schloss die Haustür. Vronis: *„Passt scho!"* bekam sie nicht mehr mit.

Nun kam Berner Benno unter dem Schreibtisch hervor und lugte um die Ecke in den Flur.

„Ja, sie ist weg, kannst rauskommen", versprach Franzi und schleppte das Paket in die Küche. Benno folgte ihr bedächtig, blieb aber im Türrahmen stehen. Weiter wagte er sich nicht und sein Frauchen wusste auch gleich warum. Die vernahm nämlich ein leichtes Zischen, drehte sich kurz um, schnüffelte und verstand.

„Benno!", rief sie entsetzt, „du hast schon wieder gepupst. Herrje, wie das stinkt! Bist du wohl am Verwesen, alter Mann? Verschwinde mit deiner Stinkbombe!"

Doch der alte Hund bewegte sich nicht von der Stelle, sondern ließ sich im Türrahmen auf den Boden sinken, nahm so den ganzen Durchgang ein. Franziska sah es und wunderte sich. „Na?", fragte sie in seine Richtung. „Machst du jetzt schon ‚Toter Mann' ohne Kommando?"

Und wieder zischte es. Franziska schüttelte angewidert den Kopf, hielt sich die Nase zu, öffnete das Fenster, zog beide Flügel weit auf.

Immer dasselbe mit dem alten Kerl. Dann widmete sie sich wieder der seltsamen Lieferung, diesem großen Paket.

Ja, seltsam war es schon. Ein Paket aus dem fernen China, an sie adressiert – Franzi hatte die Lieferanschrift zweimal kontrolliert –, dort standen ihr Name und ihre Adresse, daran gab es keinen Zweifel. Allerdings erkannte sie an der Stelle, wo die Absenderanschrift zu vermuten war, nur chinesische Schriftzeichen. Ob sie es öffnen sollte? Entschlossen griff sie sich ein Messer aus dem Messerblock rechts auf der Anrichte und fuhr vorsichtig unter das vordere Klebeband.

Mal sehen. Etwas Gefährliches konnte ja wohl nicht drinnen sein, der Zoll hatte das Paket schließlich kontrolliert und hätte eine Bombe oder ein giftiges Tier sicher entdeckt.

Schnell schalt sie sich für ihre Gedanken. „Franzi, du liest zu viele Krimis." Trotzdem, was konnte das nur sein? Sie legte das Messer zur Seite, hob das Paket an und schüttelte es leicht. Es war groß und unhandlich, aber für seine Größe dann doch nicht wirklich schwer. Vorsichtig legte sie ein Ohr an den Karton. Nein, hören konnte sie nichts.

Energisch griff die junge Frau wieder nach dem Küchenmesser, um das Klebeband weiter zu lösen. Plötzlich fuhr sie erschrocken zusammen. Ein seltsames Geräusch drang an ihr Ohr … Kam es aus dem Paket oder: „Hab ich die Haustüre offen gelassen?", entfuhr es ihr. Rasch drehte sie sich um und blickte auf ihren schlafenden Hund. Der lag schnarchend im Türrahmen, das Geräusch kam von ihm. „Benno!", schimpfte sie, „schlaf gefälligst leise" und säbelte sich weiter durch das Band.

Nun war es geschafft.

Sollte sie das Paket tatsächlich öffnen? Eine kritische Kolumne, die sie vor einiger Zeit über die Ausbreitung des chinesischen Virus geschrieben hatte, fiel ihr ein. Sollte hier etwa die Rache der chinesischen Regierung verpackt sein? Schlug das Imperium zurück? Wollte man sie etwa töten? Mit einer Bombe vielleicht oder am Ende mit Gift? Schnell schalt sie sich eine dumme Gans. „So wichtig bin ich denn doch nicht."

Bevor sie die Seitenklappen des Kartons anhob, schlug Franziska sich mit der flachen Hand gegen die Stirn.

„Hilko!", rief sie laut aus. „Das Paket ist natürlich von Hilko."

Klar, Hilko Gronewald, ihr geschiedener Mann, war doch einige Zeit nach ihrer Scheidung nach China gegangen, fiel ihr nun ein. Beruflich. Was sie vorher noch Vroni so lapidar als Erklärung hingeworfen hatte, um sie loszuwerden, erwies sich gar nicht als falsch. Eigentlich wollte Hilko nur für ein Jahr dortbleiben. Dann aber hatte er von seiner Firma einen tollen Job angeboten bekommen, mit der Bedingung, sich für weitere fünf Jahre an die Tochterfirma in China zu binden. Das hatte er ihr irgendwann mal per WhatsApp geschrieben.

„Ja, dieses Paket kann nur von Hilko sein, aber warum sollte er mir ein solches Monstrum schicken?", führte sie ihr Selbstgespräch fort. Alleine die Fracht musste immens teuer gewesen sein. Außerdem hatte sie schon seit Längerem nichts mehr von ihm gehört.

Egal, Hilko war die einzige plausible Erklärung für diese Lieferung. Erleichtert fuhr sie fort und klappte auch die beiden anderen Seitenteile hoch. Ihr Blick fiel auf Styroporschnipsel, auf denen ein dicker Briefumschlag lag.

„Für Franzi, meine ostfriesische Bayerin", stand in schwungvoller Schrift darauf.

„Hilko, das ist Hilkos Schrift", erkannte sie sofort und war erleichtert. Nun erschien ihr das spannende und fremde Paket nicht mehr ganz so fremd. Sie legte den Umschlag zur Seite. Was ihr Ex geschrieben hatte, war Franzi im Moment nicht so wichtig. Interessanter war doch, was in dem Paket steckte. In den letzten Jahren hatte er ihr immer mal wieder Souvenirs von seinen beruflichen Auslandsaufenthalten geschickt. „Ach Hilko, hoffentlich ist das nicht wieder so ein Dünnschiss, ich kenne deinen Geschmack."

Mit beiden Händen schob sie einige Schnipsel zur Seite und erkannte, dass sich unter einer Knackfolie ein Gegenstand aus Porzellan befand, jedenfalls das Oberteil schien es zu sein. Vorsichtig schob sie weitere Styroporschnipsel und auch Folie zur Seite, um mehr erkennen zu können. Nun fiel ihr Blick auf chinesische Malerei. Ein Teeservice? Schickte ihr der gebürtige Ostfriese etwa ein chinesisches Teeservice?

Sie wühlte sich weiter durch Plastik und Styropor. Nein, es handelte sich um ein größeres Teil, wohl um eine Vase. Mit den Fingerknöcheln klopfte sie dagegen. „Eine Vase mit Deckel. Wow! Hilko! Herzlich willkommen in der Abteilung Geschmacksverirrung! Eine chinesische Deckelvase", entfuhr es ihr. „Was soll ich damit?" Der Sarkasmus war nicht zu überhören. Franziska überlegte einen Moment.

Oder sollte das etwa ein antikes chinesisches Stück sein? Sicher hatte Hilko sich daran erinnert, dass sie auf Antiquitäten stand. Alt mussten sie sein und eine sinnvolle Verwendung aus ihrer Zeit mussten sie haben. Das war Franzis Faible. Für China hatte sie sich allerdings nie wirklich interessiert.

„Was ist das denn nun?“, flüsterte sie verwundert und schob noch ein paar Schnipsel zur Seite.

Vorsichtig hob sie die Deckelvase aus der Verpackung und musste feststellen, dass sie schwer war, für ihre Größe sehr schwer. Viel zu schwer für eine Vase aus Porzellan, auch wenn diese einen Deckel hatte. Besaß sie einen anderen Kern? Komisch.

Lieber Gott, durchfuhr es die erstaunte Frau, lass da bitte kein Tier herauskommen. Vielleicht nehme ich den Deckel einfach nicht ab. Nun klopfte sie mit dem Knöchel des Zeigefingers gegen die Vasenwand, rief: „Hallo, ist da jemand drin?“, schalt sich aber sofort dafür. Das Geräusch, das von der Vase zurückkam, hörte sich dumpf an, hatte nicht den hellen Klang von feinem Porzellan. Welches Material konnte es sonst sein? Metall? Gold mit einer Porzellanummantelung? Gab es so etwas eigentlich? Nun, in China vielleicht, sie kannte die Kultur der Chinesen nicht. Aber wenn, dann war das Teil wertvoll. Behutsam stellte sie die Vase auf den Küchentisch, wischte mit den Händen sanft darüber und betrachtete die Bemalung. „Schön schlicht, nein, trist,“ murmelte Franziska, „eigenartig, na ja, ist eben alles Geschmackssache. Von Hilko eben.“ Ob sie in ihrer Wohnung dafür wohl einen Platz finden würde? Prüfend schaute sie sich um. Na, vielleicht im Wohnzimmer.

Mit einem Küchentuch wischte sie sanft die kleinen Styroporreste ab, die, wohl statisch geladen, noch immer an der Vase hafteten, und nahm das schwere Teil hoch, um es ins Wohnzimmer zu tragen. Dem riesigen Karton auf dem Fußboden gab sie einen Tritt mit dem Fuß, um nicht darüber zu stolpern.

Vorsichtig kletterte sie über Berner Benno, der noch immer im Türrahmen schnarchte.

„Mein Gott, ist die schwer, was ist das nur? Oder hat Hilko auch noch etwas in der Vase versteckt? Vielleicht sogar geschmuggelt?" Franziska ertappte sich dabei, dass sie, wie es ihre Eigenart war, leise vor sich hinsprach. Welches Geheimnis barg diese Vase? „Goldmünzen aus dem chinesischen Reich vielleicht?", fragte sie sich, stellte die Vase auf dem Boden ab und setzte sich daneben. „Oder Schmuck, antiken Schmuck?", ging die Fantasie mit ihr durch. „Hat er mir vielleicht Schmugglerware geschickt und steht bald vor der Tür, um sie abzuholen?" Aber nein, nicht Hilko. Der war zu ostfriesisch nüchtern und ideenlos für solche Dinge. Obwohl, durchfuhr es sie dann, als Ostfriese hatte er sicher noch Schmugglergene im Blut. Doch auch diesen Gedanken verwarf sie schnell wieder. „Nein, nicht Hilko!" Diese Vase war sicher einfach nur sauschwer. Franziska versuchte, vorsichtig den Deckel abzunehmen, aber der rührte sich nicht. Egal ob sie zog oder drehte, er bewegte sich nicht. Sie zog sich den rechten Ärmel ihres dünnen Pullis über die Hand, aber auch das half nicht.

„Dann eben nicht, das gehört sicher so", sprach sie wieder leise für sich und unternahm doch noch einen Versuch. Dann aber, tatsächlich, der Vasendeckel gab knirschend ein klein wenig nach und ließ sich jetzt ein bisschen bewegen.

„Na komm schon, gib auf, ich krieg dich doch!" Franziska wackelte ihn hin und her, holte sich aus der Küche ein Tuch zur Hilfe und tatsächlich, Stück für Stück bewegte sich der Deckel, mehr und mehr. Es knirschte und fiepte, dass sie glaubte, jeden Moment müsse ein Geist aus der Vase entweichen. Dann war es geschafft, der Porzellandeckel ließ sich anheben und Franziska versuchte, vorsichtig in das Innere zu blicken. Ganz vorsichtig. Denn sicher war sie sich nicht, ob da nicht doch irgendein Tier aus dem Land der aufgehenden Sonne seine Fühler, Spinnenbeine oder glitschigen Gliedmaßen herausstreckte und nach ihr griff. Wenn doch? Ihr schauderte. Schnell verschloss sie die Vase wieder.

„Soll ich wirklich?" Franziska zögerte, schalt sich dann aber eine Hosenscheißerin. Mit einem mutigen: „Okay!" hob sie langsam den Deckel an, Millimeter für Millimeter. Weder zischte noch fauchte es aus der Vase. Franziska war erleichtert. Vorsichtig blickte sie hinein. Erlöst und gleichzeitig enttäuscht, denn auch kein Flaschengeist, kein anderes Geheimnis steckte in der Vase, sondern Sand. Ganz primitiver, feiner Sand. „Nur Sand? Sonst nichts?", fragte sie sich. „Vielleicht sollte ich …?" Die Frau sah sich um, auf dem Tisch lag ein Kerzenlöscher mit langem Stiel. Damit wollte sie es versuchen. Franziska nahm ihn und bohrte sich damit in den Sand. Tiefer, immer tiefer, bis der Stiel den Boden der Vase berührte. Sie rührte in der Vase herum, aber einen Widerstand konnte sie nicht erkennen. Mutig fuhr sie nun mit der Hand hinein und ließ die Finger durch den Sand gleiten. Nix, nichts zu fühlen. In der Vase, im Sand hatte sich nichts versteckt.

Typisch Hilko! Ostfriesisch fantasielos hatte er hier Sand eingefüllt. Warum denn das? Die Füllung machte das Paket doch nur schwer und somit teurer. „Und wenn ich mir dein Geschenk genauer ansehe, lieber Hilko", überlegte sie laut weiter, „ist es typisch du! Vollkommen geschmacklos, denn schön ist anders, mein Lieber!" Franziska war ärgerlich.

Wo sollte sie das Teil wohl hinstellen? In das Glasregal hier im Wohnzimmer ganz sicher nicht, obwohl die zartgrüne Landschaft mit der untergehenden Sonne auf der Vorderseite der Vase gut zwischen ihre Deko aus Smaragdgrün und Gold passte.

Aber das Teil war von Hilko und somit schon mal von vorneherein nicht schön. Wie konnte es auch anders sein? Was nur hatte er sich vorgestellt? Sollte die Vase wirklich ihr Wohnzimmer dekorieren? Eher nicht! „Außerdem ist das Teil sauschwer und diesem Gewicht wird die Glasplatte des Regals ganz sicher nicht standhalten", überlegte sie weiter. Ihr Blick wechselte von der Vase zum Regal und wieder zurück. „Aber passen würde sie schon, dort oben neben der goldfarbenen Figur, das wäre ein Platz." Der Gedanke gefiel ihr immer mehr. Franziska war unschlüssig, überlegte kurz, nahm den Deckel ab und fuhr mit der Hand nochmals in den Sand, immer weiter, bis sie den Boden der Vase berührte. Tatsächlich, es war wirklich nur Sand in der Vase, kein weiterer Gegenstand, kein Schmuck, keine Münzen, kein Geheimnis, kein geheimes Papier. Also auch keine Schmugglerware. Sie schaute sich enttäuscht um. Ihr Blick blieb an der Fensterbank hängen. Dann nahm ein Gedanke von ihr Besitz, den sie spontan umsetzte. Franziska stand auf, hob die Vase hoch und verteilte den Sand in den Blumentöpfen auf der Fensterbank. „Bevor mein Regal unter dem Gewicht zusammenbricht, vielleicht ist Sand aus China ein guter Dünger und tut euch gut, den Rest bekommt ihr später“, sprach sie ihren Pflanzen zu, verschloss die Vase wieder, stellte sie, nun ein ganzes Stück leichter, in das Regal und betrachtete ihr Werk mit etwas Abstand. Sie drehte die Vase noch ein wenig, damit die Landschaft in den Raum schaute, und nickte: „Passt!“ Anschließend lief Franziska zurück in die Küche, stieg erneut über den schlafenden Hund und nahm den Umschlag zur Hand.

„Moin Hilko!“, sprach sie den Brief in ihrer Hand an. „Na, da bin ich ja mal gespannt, was du mir zu sagen hast. Wohl sehr viel, schwer wie der Umschlag ist.“ Mit dem Küchenmesser, das sie zuvor zum Öffnen des Paketes benutzt hatte, fuhr sie in den Schlitz des dicken Umschlages und ritzte ihn auf.

Erstaunt zog sie einen Stapel Bögen heraus und blätterte sie kurz durch. Einen weiteren Umschlag, rückseitig mit einem roten Siegel samt Unterschrift versiegelt, sowie zwei weitere nummerierte Briefe legte sie zur Seite.

Viele der Papiere in ihrer Hand waren in chinesischen Schriftzeichen verfasst, aber obenauf erkannte sie die Handschrift von Hilko und begann zu lesen.

Meine liebe Franziska,

war hier zu lesen,

sicher wunderst du dich über dieses Paket aus dem Land der aufgehenden Sonne und ich kann mir dein Gesicht und vor allem deine Gedanken gut vorstellen, als du den Inhalt des Paketes gesehen hast. Der sture Ostfriese mit seinem schrecklichen Geschmack, hast du wohl gedacht. Warum schickt er mir eine solch hässliche Vase. Aber meine liebe Franzi, das ist … nein, dazu später mehr.

Ich fange dort an, wo alles begann.

Ach bitte, setz dich, mach es dir bequem, du wirst es brauchen.

Nun leg schon los, dachte Franziska ungeduldig. Sie wanderte zurück Richtung Wohnzimmer, machte einen großen Schritt über Berner Benno und stellte sich an das Fenster. Was wollte er ihr nur sagen und warum per Brief? Warum rief er nicht einfach an oder schrieb ihr wie sonst eine WhatsApp? Sie las weiter:

Seit fast zwei Jahren hatten wir keinen Kontakt und doch weißt du, dass ich in China mein berufliches wie auch privates Glück gefunden habe, oder? Ja, ich weiß, das interessiert dich im Moment nicht, du denkst, komm doch endlich zur Sache, Hilko.

„Stimmt", brummte Franzi und überlegte weiter: „Echt zwei Jahre? Mein Gott, wie die Zeit vergeht."

Gut, das will ich tun und mich nicht weiter mit Vorreden aufhalten.

Bis vor Kurzem habe ich hier in Wuhan (der Name sagt dir etwas?) bei einem Hersteller für medizinische Geräte gearbeitet. Unter anderem entwickeln sie dort Beatmungsgeräte und Ähnliches – diese waren und sind noch immer in aller Munde. (Kalauer, ich weiß.) Bei uns in Wuhan hat, auch das weißt du sicher, Corona, also Covid-19, zu-

erst und das ganz heftig, zugeschlagen. Meine Frau (ja, ich habe wieder geheiratet und ja, eine Chinesin) war eine der Ersten, die von dem Virus heimgesucht wurden, und Kim Lu ist nach ganz kurzer Erkrankung daran verstorben. Das geschah zu einer Zeit, als man hier bei uns diese Krankheit noch schwer unter dem Deckel hielt. Nach außen dringt noch immer kaum etwas, Kritiker werden ausgeschaltet, die wahren Zahlen der Toten geheim gehalten. Weil nicht sein kann, was nicht sein darf.

Aber weiter. Nun, wie sollte es anders sein, auch mich hat Corona nach einiger Zeit erwischt und wenn du diesen Brief liest, bin auch ich daran verstorben.

Franziska ließ sich in ihren Fernsehsessel fallen und starrte auf den Brief. „Bitte?“ Sie schaute sich den Brief von allen Seiten an.

Ja genau, setz dich, denn es kommt noch heftiger. Diesen Brief habe ich geschrieben, als ich noch lebte, wie sollte es auch anders sein. Aber ich meine damit, als ich noch wirklich lebte, und zwar so, dass ich denken und agieren konnte, eben vorsorglich. Ohne Atemmaske, ohne Sauerstoffmaske, ohne Beatmungsgerät und ich weiß nicht, ob ich als Ausländer ein solches hier überhaupt bekomme.

Mir ist klar, dass das nicht mehr lange der Fall sein wird, denn ich habe das Sterben meiner Frau und anderer Menschen gesehen. Die Hoffnung, dass ich den Kampf überleben werde, ist sehr gering, denn Beatmungsmaschinen haben sie hier für uns nicht wirklich, die sind der erkrankten Elite, den braven und regierungstreuen Chinesen vorbehal-

ten. Ausländern schon mal gar nicht. Ein Hohn, da ich die Dinger doch gebaut habe. Ich darf das schreiben, mir kann nichts mehr passieren, ich bin ja schon tot, wenn du meine Post erhältst.

Wie ich dich kenne, ist dir nun nach einem Kaffee, hole ihn dir, du wirst ihn brauchen und vielleicht schenkst du dir einen „Schluck", wie wir in meiner alten Heimat Ostfriesland sagen, dazu ein. Gönne dir eine Pause, du wirst sie brauchen.

Hilko tot? Franziska war entsetzt über das, was sie da las, aber auch darüber, dass ihr ein Schmunzeln über das Gesicht huschte. Wie gut Hilko sie doch kannte. Tatsächlich stand sie auf und ging wie ferngesteuert Richtung Küche, stieg über Berner Benno, drückte bei ihrem Kaffeeautomaten die Taste für Espresso und nahm sich aus dem Eisfach ein Schnapsglas und die Aquavitflasche. Mit dem dampfenden schwarzen Getränk, dem Schnapsglas und der eiskalten Flasche Aquavit in den Händen stieg sie über den noch immer lautstark schlafenden Hund zurück in das Wohnzimmer. Der erste Aquavit bereitete ihr eine Gänsehaut, der zweite nicht mehr ganz so stark. Beide erwärmten ihr Inneres, der Espresso, den sie ebenfalls in einem Schluck trank, tat das Übrige.

„Weiter!", forderte sie sich dann selbst auf.

Ja, liebe Franzi, meine kleine ostfriesische Bayerin, wären wir nicht geschieden, wärst du jetzt Witwe. Oder bist du die Witwe deines geschiedenen Mannes? Ich kenne die Rechtslage in diesem Fall nicht wirklich.

Aber weiter. Ich weiß im Moment nicht, ob ich diese Erkrankung überlebe, jedoch die Hoffnung stirbt ja bekanntlich zuletzt. Haha. Sollte die Hoffnung dann doch mit mir gegangen sein und du diesen Brief in Händen halten, möchte ich dich bitten, meine Angelegenheiten zu regeln. Keine Angst, es gibt nicht viel zu tun. Das wenige aber wird nicht einfach sein. Doch ich verspreche dir, ich werde dich von oben, oder egal wo ich bin, unterstützen.

„Quatschkopf!" Franziska verzog das Gesicht.

Hiermit komme ich nun zum Anfang meines Briefes zurück, als ich erwähnte „später mehr". Kommen wir zu meinem schrecklichen Geschmack, zu dem Paket aus China, das dich sicherlich sehr überraschte. Ach bitte – gibt es die Vroni von der Post noch? Deine Freundin, diese schrille Postbotin? Vielleicht hat sie dir ja mein Paket gebracht. Das Paket mit der Vase, die keine ist.

Hast du den Deckel der Vase schon entfernt und hineingeschaut?

Hast du erkannt, was sich darin befindet? Hast du den staubigen Bruder erkannt? Ja genau, ich bin es! Okay, in etwas anderer Form, aber doch ich! Nun erhole dich von dem nächsten Schock, mache eine Pause. Du wirst noch weitere Kräfte brauchen.

Als sie die letzten Worte gelesen und wahrgenommen hatte, aus ihrer Schockstarre erwacht war, sprang Franziska aus dem Sessel hoch und lief schreiend zu der Vase im Regal. Sie hob sie herunter, nahm den Deckel ab und schaute hinein.

„Hilko, du Depp, du ostfriesischer Dickschädel, hast du sie noch alle?“, entfuhr es ihr entsetzt. Dann fiel ihr Blick Richtung Blumenfenster und der nächste Schrei war fällig.

„Mein Gott, Hilko, ich habe die Blumen mit dir gedüngt!“ Panisch rannte sie zum Fenster, nahm einen Blumentopf nach dem anderen herunter und schüttete den vermeintlichen Sand zurück in die Vase. Als sie damit fertig war, betrachtete sie die Vase und verstand! „Das ist gar keine Vase, das ist eine Urne. Hilko, du Döskopp, wie kannst du nur!“

Schnell nahm sie den Brief zur Hand, um weiterzulesen. Was kam da wohl noch auf sie zu? Was sollte ausgerechnet sie mit Hilkos sterblichen Überresten?

Ja, ich bin in der Urne und du fragst dich sicher, was du mit mir anfangen sollst und wie ich es aus dem allüberwachten China herausgeschafft habe. Nun, auch in China hat man so seine Spezies. Ich werde hier jetzt nicht erwähnen, wer das ist, der mir mit dem Brief geholfen hat, wer es geschafft hat, dass ich verbrannt und dir die Asche aus China zugesandt wurde. Das auf diesem Weg zu berichten wäre zu gefährlich für die Menschen, die mir diesen Wunsch erfüllt haben. Nimm es bitte als gegeben hin. Und bitte nicht weinen. Ich kenne dich und weiß, dass dir jetzt ein paar Tränchen über die Wangen laufen. Lass dich von Benno trösten, wenn es den alten Stinker noch gibt. Ich stelle mir gerade vor, wie er neben dir auf dem Boden liegt und schnarchend so manche Stinkbombe ziehen lässt.

Wenn du dich dann beruhigt hast, kannst du dich gleich wieder aufregen. In einem separaten Umschlag findest du meinen Letzten Willen, außerdem gibt es noch zwei weitere Briefe. Die allerdings hat mein Vater mir kurz vor seinem Tod geschickt, in einem Begleitschreiben erwähnt, um was es geht und dass er mir überlasse, ob ich den Inhalt weitergebe. Ich komme allerdings leider nicht mehr dazu.

Ja, wer könnte meinen Letzten Willen und alles, was damit zusammenhängt, besser umsetzen als du? Schließlich habe ich sonst niemanden – obwohl, so ganz stimmt das nicht.

In Ostfriesland laufen schließlich noch einige Menschen mit meinen Genen herum. Dass die alle – und ich meine ausnahmslos alle – nicht einfach sind, hast du in der Zeit, die wir dort gemeinsam lebten, zur Genüge kennengelernt. Ich bin mir sicher, sie werden dir deinen Auftrag nicht leicht machen. Die Bande ist gierig, neidisch und böse. Vor allem die „drei toten Tanten". Traue keinem, Franziska, und ich meine wirklich keinem.

So, mein geliebter Rotschopf, nun muss ich mich verabschieden, sicher hast du bemerkt, dass meine Schrift immer unleserlicher wurde, ich habe den Brief in mehreren Etappen geschrieben und das war meine Schlussetappe. Mein Endspurt. Jetzt gehe ich auf meine letzte große Reise. Vielleicht sieht man sich ja mal wieder, auf der anderen Seite der großen Tür. Aber lass dir damit ruhig noch etwas Zeit, ich kann warten.

So viel zu uns. Mein versiegeltes Testament und die Briefe meines Vaters hast du gefunden? In einem weiteren Umschlag, auf dem dein Name steht, findest du Hinweise und

Informationen, die dir vorab sagen, was so auf dich zukommen wird.

Bitte kümmere dich um alles, auch darum, was ich in meinem Letzten Willen verfügt habe. Ich weiß, dass ich mich auf dich verlassen kann. Aber, meine liebe Franziska, nochmals, sei auf der Hut!

Viel Spaß in Ostfriesland bei den ollen Sturköppen und bitte pass auf dich auf!

Hol di munter,
Hilko
PS: Ich liebe dich, ich habe nie aufgehört, dich …

Nun war die Schrift fast nicht mehr zu erkennen.

Dicke Tränen liefen Franziska über das Gesicht, sie schniefte, wischte Tränen und Rotze weg, ohne es zu bemerken. Ja, die Schrift hatte sich im Laufe des Briefes verändert, schien verwackelt und manchmal unleserlich, das war ihr gar nicht aufgefallen, aber jetzt …

Schluchzend entfuhr ihr: „Ach Hilko, ich wusste gar nicht, dass du so viel Feingefühl hast, solch einen Brief hätte ich dir niemals zugetraut. Aber vielleicht hat dich China ja verändert – oder war es der nahende Tod? Mein Gott, ich habe mit dir meine Blumen gedüngt. Entschuldige bitte.“

Jetzt erst bemerkte Franziska, dass sie die ganze Zeit wieder laut gesprochen hatte, so, als wäre Hilko bei ihr im Raum, und hatte für einen kurzen Moment sogar das Gefühl, wie durch einen Windhauch Hilkos Rasierwasser zu riechen, seine Stimme zu hören. Verrückt, als wenn das möglich wäre. Sie lachte und weinte zugleich. Schnell schaute sie sich um. Nein, es hatte keiner bemerkt. Wie auch, schließlich war sie mit Berner Benno allein zu Hause. Ihre Eigenart, mit sich selbst oder anderen, die nicht im Raum waren, zu sprechen, holte sie gerade wieder ein.

Franziska putzte sich lautstark die Nase und blätterte in den Papieren, die seinem Schreiben beilagen. Sie erkannte jetzt, dass sich darunter eine Sterbeurkunde, verfasst vom deutschen Konsulat in China, befand. Der versiegelte Umschlag musste wohl Hilkos Testament sein. Unter dem Siegel stand: *Zweitausfertigung liegt beim Notar.*

Hatte Hilko in seinem Schreiben nicht einen weiteren Umschlag erwähnt, auf dem ihr Name …? Sie beugte sich über die Kiste, und tatsächlich, unter den Styroporschnipseln fand sie ihn. Sie öffnete ihn mit zitternden Händen, murmelte: „Welch ein Aufwand“ und begann zu lesen.

Nachdem das Schreiben geendet, sie die Worte wohl aber noch nicht verdaut hatte, schenkte sich Franziska noch einen Schnaps ein, kippte ihn hinunter und murmelte: „Na, das wird was werden! Wenn die olle Verwandtschaft erfährt, in welchem Auftrag ich komme, grillen die mich über dem offenen Feuer oder verbuddeln mich im Watt. Hilko hat recht“, überlegte sie weiter, „ich muss aufpassen, darf niemandem vertrauen.“

Unaufgefordert drängten sich wieder Fischköpfe vor ihr inneres Auge. Franziska schüttelte sich.

Dann pfiff sie nach ihrem alten Hund und meinte: „Benno, steh auf, alter Mann, wir müssen nach Ostfriesland!“

***

Franziska hörte auf Hilkos Rat, vorsichtig zu sein. Nur drei Menschen erzählte sie von ihrer anstehenden Reise und Hilkos Auftrag. Natürlich ihrer Freundin Vroni und zwei alten Ostfriesinnen aus Carolinensiel. Die einzigen Menschen, die ihr in ihrer Zeit dort offen und freundlich entgegengetreten waren. Ihnen, so wusste sie, konnte sie vertrauen. Die beiden waren auch die Einzigen, mit denen Franziska über die Jahre Kontakt gehalten hatte. Mehr oder weniger regelmäßig, aber doch herzlich.

Fast zur gleichen Zeit in Ostfriesland …

Zwei alte Ostfriesinnen auf der Suche nach einem düsteren Geheimnis

„Ich muss an die frische Luft, Schwester, mir ist schlecht. Mein Gott, die ollen Nüsse in Gesines Geburtstagskuchen waren sicher ranzig", flüsterte Jettchen Evers, schob ihren Stuhl zurück und stand auf.

„Warte, warte, ich komme mit, Schwester. Vielleicht finden wir unterwegs eine Flasche mit Schluck, den haben wir nötig."

Der Besuch hier auf dem Hyggehof war eine notwendige, aber auch ungeliebte Tradition für Jettchen Evers und ihre Schwester Fienchen. Über vier Ecken mit Gesine verwandt, war es eine lästige Pflicht der beiden Schwestern aus Carolinensiel, sie zu ihrem Geburtstag zu besuchen.

Aber nicht nur das. Seit Jahren versuchten die beiden Frauen so, hinter ein jahrzehntelang zurückliegendes Geheimnis zu kommen. Etwas, das sich vor vielen Jahren hier auf dem Hyggehof in Schlicksiel abgespielt haben musste. Die Geburtstagsrunde fand wie immer in der Stube des großen Anwesens statt. In die kleine Kate, in der Gesine mit zwei weiteren Alten lebte, passten nur wenige Besucher.

Die Frauen, die in der großen, aber dunklen Stube zu Gesines zweiundneunzigstem Geburtstag an einer Teetafel zusammensaßen, bemerkten nicht, dass die beiden den Raum verließen. Alle waren in lautstarke Gespräche vertieft. Laut, weil fast ausnahmslos alle im Raum über neunzig Jahre alt und allesamt fast taub waren. Eine aber bemerkte es doch, dass Jettchen und Fienchen durch die Tür schlüpften. Gesine!

„Was schnüffeln die zwei schon wieder herum?", flüsterte sie und erhob sich ebenfalls von ihrem Stuhl.

Vor der Stubentür schimpfte Jettchen: „Mein Gott, ist mir schlecht. Die Nüsse in der Eierlikörtorte waren sicher genauso alt wie die olle Gesine."

„Und den Eierlikör konnte man auch suchen. Am liebsten würde ich von hier verschwinden. Sollen wir Hermann anrufen, dass er uns abholt?", setzte Fienchen nach.

Jettchen schaute sich um. Die Frage ihrer Schwester beantwortete sie nicht.

Die beiden durchquerten den kleinen Flur und traten ins Freie. Jettchen atmete tief durch, dann schubste sie ihre Schwester mit dem Ellenbogen an.

„Schau mal, da sitzt Meta, die schaut, als wäre sie nicht in dieser Welt. Komm, das ist eine gute Gelegenheit, vielleicht bekommen wir etwas aus der tüdeligen Meta heraus."

„Oh ja, ich habe schon lange den Verdacht, dass mit ihrem Kopf etwas nicht stimmt. Ist schließlich auch schon über neunzig."

Sie gingen ein paar Stufen hinunter auf die Frau zu, die gedankenverloren in einem Korbstuhl vor dem Haus saß.

„Meta", sprach Jettchen sie an, „was machst du denn hier so alleine? Ist dir auch schlecht von dem ollen Kuchen?"

Meta reagierte nicht. Jetzt versuchte es Fienchen, die für ihr geringes Maß an Feinfühligkeit bekannt war, auf ihre eigene derbe Art: „Meta, was ist los? Geht's mit dir bergab? Ja, ja, das mit der Demenz ist ein Kreuz!"

Dafür bekam sie von ihrer Schwester einen weiteren Stoß in die Rippen. Jettchen zog einen zweiten Korbsessel herbei und ließ sich neben Meta nieder. Die reagierte plötzlich, so, als sei sie aus einem tiefen Schlaf erwacht.

„Jettchen! Du bist doch Jettchen? Was machst du denn hier?"

„Aber Meta, wir feiern heute alle den Geburtstag deiner Cousine, hast du das denn vergessen? Eure Stube ist voller Geburtstagsgäste."

Meta überlegte einen Moment und wollte dann wissen: „Geburtstag? Hedda? Oder Gesine?"

„Gesine! Gesine hat heute Geburtstag, Meta."

„Ach, stimmt. Und ich habe den Tee gekocht, ich weiß es wieder. Es ist schlimm mit mir, immer vergesse ich etwas. Immer mehr. Nur …"

Plötzlich brach die alte Frau ab.

„Nur …", flüsterte sie dann, „nur die schlimmen Sachen, die kann ich nicht vergessen und möchte es doch so gern."

Jettchen und Fienchen schauten sich an. War jetzt wohl die Gelegenheit, hinter das dunkle Geheimnis der drei alten Frauen vom Hyggehof, die mehr oder weniger heimlich die „drei toten Tanten“ genannt wurden, zu kommen? Ein Geheimnis, um das alle wussten oder von dem sie zumindest ahnten.

Wir müssen es geschickt anfangen, überlegte Jettchen blitzschnell.

„Ach“, begann sie vorsichtig. „Wird wohl nicht so schlimm sein, oder, Meta?“

„Oh doch, oh doch, aber ich muss still sein, darf nicht drüber reden. Gesine wird sonst böse mit mir.“

„Ja, das stimmt! Aber mit uns schon, mit uns darfst du reden, wir gehören doch zur Familie, sind eine große Familie und die muss zusammenhalten, stimmt's, Meta?“

„Aber nur über tausend Ecken, zum Glück!“, kam es leise aus dem Hintergrund von Fienchen, die sich dann aber zurücknahm. Jettchen konnte besser mit Menschen, das wusste sie.

„Ja, diese schlimmen Sachen“, bohrte Jettchen weiter. „Ist ja schon lange her, aber man kann sie einfach nicht vergessen. Mir geht es da wie dir, Meta.“

„Du weißt?“, wollte die nun mit weit aufgerissenen Augen wissen.

Jettchen nickte wissend. „Wie gesagt, wir sind eine Familie!“ Sie blickte zu ihrer Schwester und deutete ihr an, still zu sein. Diesmal hielt sich tatsächlich Fienchen mit ihrem Kommentar zurück. Ihre Schwester machte das sehr geschickt.

Die überlegte, wie sie weiter vorgehen könnte, und begann: „Ja, ist wirklich lange her und war eine andere Zeit damals.“

Meta seufzte. Dann flüsterte sie: „Musste weg, die Rote! Hätte nix Gutes gebracht mit ihr. Das Blut muss ostfriesisch bleiben, die Bande dürfen nicht zerrissen werden. Und ein Balg von anderswo, als Erbe auf dem Hof, das bringt Unglück. Ist gut, dass sie weg ist. Gesine hat da diese Wundertropfen … Danach kam alles ins Lot. Alles ins Lot. Obwohl …"

Jettchen, wie auch ihrer Schwester, war sofort klar, was gemeint war. Bande, ostfriesische Bande unter sich. Verwoben, verstrickt, so eng, dass keiner dazwischenpasste. Ihnen schauderte.

„Mein Gott, sie haben sie tatsächlich umgebracht!", entfuhr es der alten Ostfriesin. Sie schlug sich entsetzt die Hand vor den Mund und schaute zu Fienchen hoch. Die schüttelte den Kopf und flüsterte ihrer Schwester ins Ohr: „Mach weiter. Und versuche, etwas über Bertie herauszubekommen. Vielleicht weiß sie von seinem … du weißt schon!"

„Gesines Tropfen helfen immer!", kam es nochmals von Meta, begleitet von einem unkontrollierten Lachen. Dann brach sie abrupt ab und hauchte: „Und jetzt gibt es gar keinen Erben, gar keinen. Auf keinem der Höfe. Ist das die Strafe?"

Jettchen überlegte kurz, wie sie weiterbohren könnte, und wollte gerade beginnen, als Gesine, wie immer ganz in Schwarz gekleidet, in der Tür erschien.

„Meta!", fauchte sie, „kumm in un schnack kein dummes Zeug! Und ihr beide, was schleicht ihr hier herum? Kommt in die Stube oder wollt ihr schon nach Hause?"

„Gleich, Gesine, wollen nur einen Moment frische Luft schnappen."

Sie beobachteten, wie Gesine ihre Cousine am Arm grob ins Haus zog und dabei derbe beschimpfte. „Lass mich, ich muss aufs Klo!“, hörten sie Meta noch kreischen.

Der Gedanke, Hermann, ihren Nachbarn, anzurufen der sie gebracht hatte und auch wieder abholen wollte, war vergessen.

Nach Hause fahren kam nun nicht mehr infrage. Als die beiden Schwestern kurz darauf ebenfalls ins Haus zurückkamen, hörten sie, wie sich zwei Frauen, bei der einen schien es sich um Meta zu handeln, im dunklen Flur unterhielten. Leise, aber doch so, dass sie jedes Wort verstanden. Fienchen war froh, sich vor einiger Zeit doch ein Hörgerät angeschafft zu haben, wenn sie auch das Geld noch immer reute. Nun war es aber für etwas gut. Das, was sie hörten, trieb den beiden Ostfriesinnen den Schreck in die Glieder und Hühnerpelle über den Körper.

Nun war ihnen klar, dass der Verdacht, den sie schon seit vielen Jahren hatten, stimmte. Eben noch von Meta bestätigt und gerade hier von – ja von wem? Wer war das gerade im dunklen Flur? Meta, klar! Aber mit wem? Jettchen zog ihre Schwester am Arm zurück vor die Tür und flüsterte entsetzt: „Hast du das gehört? Sie haben es tatsächlich getan!“ und beschloss: „Wir müssen Tomke anrufen!“, schlug sich dann aber gegen die Stirn. „Ach, die ist ja noch in Amerika. Aber gleich wenn sie zurück ist, muss sie sich darum kümmern.“ Ihre Schwester nickte zustimmend und fuhr fort: „Nur noch ein paar Tage, dann ist sie wieder da. Aber du hast recht. Wozu haben wir das Kind zur Polizei geschickt? Komm, Schwester, ich will sehen, ob wir noch etwas erfahren!“

Jettchen wunderte sich über ihre sonst so ängstliche und dröge Schwester, die eher eine Sache bejammerte, als sich ihr zu stellen. Diesmal war es wohl anders.

Die Stimmen im Flur waren verschwunden. Jettchen und Fienchen durchschritten ihn leise. „Warte einen Moment!“ Jettchen blieb im dunklen Flur stehen, nahm ihr Hörgerät aus dem Ohr, pustete fest hinein und steckte es wieder ins Ohr.

Ihre Schwester schüttelte den Kopf.

„Na und? Ich will doch nichts verpassen! Die reden alle durcheinander da drinnen.“

Wieder schüttelte Fienchen den Kopf.

„Glaube mir, Schwester“, kam es heiser von Jettchen, „ich gebe nicht Ruhe, bevor die drei toten Tanten ihre Strafe bekommen haben.“

„Ich auch, ich auch, das sind wir der Deern aus Bayern schuldig. Sie sind alle wieder in der Stube, lass uns auch hineingehen. Vielleicht erfahren wir noch etwas. Aber eines sage ich dir, Kuchen esse ich hier keinen mehr.“ Fienchen griff nach der Stubentür.

„Aber einen Schnaps, den haben wir uns verdient.“

Als sie die Stubentür hinter sich geschlossen hatten, trat Gesine aus einem tiefen Türrahmen hervor.

„Einen Schluck, den sollt ihr haben, gerne auch zwei, ihr ollen Schnüfflerinnen. Und eure Tomke wird hier auch nichts erfahren. Niemand wird etwas erfahren. Dafür sorge ich.“ Sie griff in ihre Rocktasche und zog eine kleine braune Flasche hervor, schüttelte sie und stellte fest, bald wieder für Nachschub sorgen zu müssen.

Tage später – In der Küche der beiden Ostfriesinnen

„… mir war noch am nächsten Tag schlecht, so schlecht wie noch nie. Ich dachte, ich sterbe. Selbst als wir damals zu viel Schluck hatten, nachdem Miri angeschossen worden war, selbst danach war mir nicht so schlecht. Ob die uns wohl was ins Essen getan haben?“, beendete Oma Jettchen ihren Bericht.

„Oder es war der ranzige Kuchen!“, schickte Fienchen nach, „obwohl, den dree ollen Wievslüüt trau ich nich. Die haben Dreck am Stecken, da bin ich mir jetzt hundert Prozent sicher.“

Fienchen schaute ihre Schwester mit hochgezogenen Augenbrauen an und fuhr jammernd fort: „Ach, dass wir das noch erleben müssen, so was aber auch. Aber ich wusste ja schon immer, dass sie bösartig sind, die drei. Waren sie schon in der Schule. Ein Verhau, alle drei, *wee de Düvel sülvst*.“

Jettchen winkte ab. „Das will ich wohl noch erleben, dass denen das Handwerk gelegt wird, und wenn es das Letzte ist, was ich tue.“

Ihr war klar, hier musste schnell gehandelt und nicht gejammert werden und sie hoffte: „Vielleicht geht es ihnen jetzt endlich an den Kragen. Schließlich wissen wir, dass es wirklich kein Unfall war, sondern sie die Frau getötet haben, nur beweisen müssen wir es ihnen."

„Wie willst du das machen, Schwester? Am Ende macht Gesine mit uns auch kurzen Prozess. Ach, wenn unsere Tomke nur endlich wieder zurück wäre!" Von Fienchens anfänglichem Tatendrang war inzwischen nichts mehr zu spüren.

Carsten, der eigentlich nur kurz zu Besuch bei seinen Nachbarinnen war und sich die ganze Geschichte geduldig angehört hatte, erinnerte sich noch gut an das Besäufnis der beiden Alten. Gemeinsam mit den Nachbarinnen rechts und links hatten sie eine wilde Fete gefeiert, weil seine junge Kollegin Miri, die damals angeschossen worden war, außer Lebensgefahr war. Jetzt entgegnete er in gespielter Verärgerung: „Na, meinst du, Miri und ich kommen ohne Tomke auf dem Kommissariat nicht zurecht? Da bin ich jetzt aber verärgert. Übrigens hast du Hajo vergessen." Er verzog das Gesicht zu einer beleidigten Grimasse.

„Nein, so war das nicht gemeint und Hajo ist … aber wenn Tomke doch nur …" Jettchens Stimme zitterte.

„Ja, ich verstehe schon, ihr könnt es nicht abwarten, bis Mord und Totschlag wieder von kompetenter Kraft geklärt werden." Er grinste leicht in sich hinein. Seine beiden alten Nachbarinnen wieder einmal auf den Arm zu nehmen, machte ihm sichtlich Spaß. Dann aber fuhr er fort: „Ende der Woche sind sie doch wieder da!"

Jettchens Gesicht hellte sich auf.

„Stimmt! Dann kommen beide zurück. Es ist nicht zu fassen, dass die beiden wegen diesem Corona-Zeugs nicht nach Hause fliegen durften, als Hajos Urlaub und Tomkes Dozentenzeit zu Ende waren. Das ist doch reiner Menschenraub, oder Entführung, wenn man nicht aus dem Land gelassen wird. Himmel, da fällt mir ein: Ich werde das Haus der beiden mal wieder ordentlich durchlüften!"

„Lüften reicht nicht. Ich komme mit und putze einmal quer!", keifte Fienchen hinterher.

Carsten lachte verstohlen, aber Jettchen hatte ja recht. Ursprünglich war der Plan, dass Hajo seine Frau, die für ein halbes Jahr in Amerika eine Dozentenstelle angenommen hatte, zum Ende ihres Aufenthaltes besuchen und dann mit ihr gemeinsam zurückkommen wollte. Zuerst Tomke und später auch Hajo durften trotz Einreisesperre mit einer Sondergenehmigung ins Land, aber dann ... Dann aber gab es in der Region dort derart viele Coronafälle, dass keiner den Bundesstaat betreten oder verlassen durfte. So hatten Hajo und Tomke noch vier ungeplante Urlaubswochen in Amerika. Auf dem Revier allerdings musste er gemeinsam mit Miri, die sich nach Abschluss ihres Studiums an der Polizeiakademie auf die Stelle in Wittmund beworben hatte und auch direkt genommen worden war, das Kommissariat alleine führen.

Carsten, der den Erzählungen der beiden Ostfriesinnen anfangs nur unaufmerksam folgte, war dann aber mit der Zeit doch hellhörig geworden. In den knapp zehn Jahren, die er nun in Ostfriesland lebte, begegneten ihm immer wieder einige alte Geschichten, die sehr merkwürdig schienen. Ob nun von Michaela, seiner Frau, einer waschechten Ostfriesin, oder von deren Schwägerin Gesche. Beide hatten sie ihm schon von Geschehnissen aus früherer Zeit berichtet, die großes kriminelles Potenzial in sich trugen. Da hatten sich zwei Bauern wegen ein paar Hektar Land gegenseitig die Köpfe eingeschlagen, eine Frau einen Mörder beauftragt, ihren Mann zu töten, damit sie mit ihrem Geliebten freie Bahn hatte. Mord und Totschlag aus Gier und Erbstreitereien sollte es auch gegeben haben. Aber wo gab es das nicht?

Ob diese Geschichten alle stimmten oder man ihm auch *Dönjes* untergejubelt hatte, wusste er nicht.

Hier aber schien es anders zu sein, denn Oma und Tant' Fienchen hatten bei ihrem Besuch vor ein paar Tagen auf dem Gulfhof im Hinterland scheinbar einiges aufgeschnappt, das ihnen wohl keine Ruhe ließ. Und nun war von dieser Frau aus Bayern die Rede, die den Vermutungen der beiden alten Ostfriesinnen Futter zu geben schien und sie in ihrem Verdacht bestätigte. Aber ein Mord und ein Mordversuch, die vor vielen Jahren geschehen sein sollten und von denen Oma und Tant' Fienchen nun erzählten, waren schon schwerer Tobak. Lautes Gezeter holte ihn aus seinen Gedanken zurück. Die beiden Schwestern waren in einen heftigen Streit verfallen.

„Und ich sage dir, Bertie war ein oller Dösbaddel, sonst hätte er sich das nicht gefallen lassen", schimpfte Fienchen gerade lautstark.

„Bertie kam halt einfach nicht an gegen seine Frau. Aber er wusste vieles, was dort geschah, glaube mir nur", versuchte Jettchen den angesprochenen Bertie zu verteidigen.

„He, Moment mal, ihr zwei. Was ist denn nun los? Schlagt euch nicht die Köppe ein, sonst muss ich beruflich werden."

Kurz herrschte Ruhe im Raum, dann aber fuhr Jettchen fort.

„Ich weiß, dass da etwas dran ist, und wir müssen der Sache unbedingt nachgehen. Ich will nicht, dass Franziska auch etwas passiert."

„Auch? Und, wer ist diese Franziska? Was habt ihr mit ihr zu tun? Nun sagt doch endlich: *Wem* ist *was* passiert? Und wann? Aber bitte der Reihe nach. Wie lange liegt die Geschichte denn zurück? Mit euren Andeutungen kann ich nichts anfangen."

Jettchen goss sich und dann auch ihrer Schwester Tee nach, Fienchen sprang auf und holte Carsten eine Flasche Bier aus dem Kühlschrank. Sie winkte ihm zu, sich zu setzen, öffnete die Flasche und begann zu erzählen.

Carsten schaute auf seine Uhr und vermutete, dass das ein langer Abend werden würde.

„Also, vor vielen Jahren sind dort in Schlicksiel Dinge passiert", flüsterte die alte Ostfriesin, „die wir zwar nicht beweisen können, die niemand beweisen kann, von denen wir aber ahnen und die uns die Hühnerpelle über den Körper jagen." Kurz überlegte Carsten, wie das bei Fienchen wohl gehen könnte. Hühnerpelle – schließlich bestand sie nur aus Haut und Knochen. Mageres Huhn!, überlegte er und schickte den Gedanken wieder weg. Er wollte zuhören. Schnell sammelte er seine Gedanken wieder ein und lauschte weiter. „Gerüchte wanderten damals umher, mehr nicht. Es ging um einen Hoferben, eine junge Frau und ein uneheliches Kind, die man dort beide nicht haben wollte. Aber wir wissen inzwischen mehr und das kann uns ebenfalls zum Verhängnis werden. Nun kommt auch noch die Deern aus Bayern, die wir vor Jahren in Schlicksiel kennengelernt haben, hoch an die Küste. War übrigens knapp vor deiner Zeit, dass Hilko und sie nach Bayern geflüchtet sind. Aber weiter, es ist ja nicht nur das. Wir vermuten, dass noch viel mehr dahintersteckt. Das hängt alles zusammen, das kann kein Zufall sein. Da sind die roten Haare zum Beispiel. Wir wissen, die Deern hat einen Auftrag, der gefährlich werden könnte. Aber mehr können wir nicht verraten, wir haben ihr unser heiliges Ehrenwort gegeben. Stimmt's, Schwester?"

Jettchen nickte stumm und Fienchen fuhr fort:

„Wir vermuten auch, dass durch diesen Auftrag nun Dinge ans Tageslicht kommen, die Franziska, so heißt die Deern, in Gefahr bringen könnten und nicht nur sie. Denn, als wir dieser Tage bei den drei toten Tanten zum Zweiundneunzigsten von Gesine waren, haben wir durch Zufall Sachen erfahren, die wir eigentlich nicht hören durften und jetzt … ja, jetzt sind wir ganz sicher, dass damals schlimme Dinge passiert sind und ich frage mich, ob sie uns auch an die Wäsche gehen, denn Gesine hat so etwas angedeutet. Nun, wir haben die Deern zum Tee eingeladen, da erfahren wir sicher mehr."

Fienchen stockte, schüttelte den Kopf, als wollte sie dadurch ihre Gedanken in die richtige Reihenfolge bringen.

„Weiter, erzähl doch weiter, Fienchen, ich will alles hören!“, forderte Carsten sie geschockt auf, gleichzeitig verstand er nicht, warum sie abbrach. Außerdem machte die alte Ostfriesin Sprünge in ihrer Erzählung, die ihn verwirrten. Und was meinte sie mit den ‚drei toten Tanten‘?

Die Ostfriesin holte tief Luft, um weiterzusprechen, doch ihre Schwester ging dazwischen und bestimmte:

„Lass mich mal ran, du bekommst das nicht in die richtige Reihenfolge. Das kapiert so ja keiner.

Also … Ursprünglich begann alles vor mehr als fünfunddreißig Jahren, in Clinsiel war gerade Schützenfest. Junge Männer und Frauen, vor allem aber Jungbauern aus der Region, kamen nach Clinsiel. Schützen, Schützenzüge, Alte, Junge.

Eine junge Frau aus Bayern, die als Betreuerin in einer Kinderfreizeit arbeitete …“ Jettchen erzählte, was sie von damals wusste. Manches ergänzte ihre Schwester, Carsten hörte gespannt zu. Es wurde ein langer Abend. Inzwischen standen drei leere Bierflaschen vor Carsten auf dem Tisch, Oma Jettchen und Tant’ Fienchen hatten sich den einen oder anderen „Schluck“ gegönnt.

***

Was wissen oder ahnen die beiden alten Ostfriesinnen? Geraten sie und gerät die erwähnte Deern in Gefahr? Was hat die Frau aus Bayern mit damals und heute zu tun?

Carsten hatte sich die Geschichte komplett angehört und überlegte nun, ob wirklich Gefahr für die Frauen bestand. Doch dann, einige Tage später, wird ihm ein Mord gemeldet. Die Dinge nehmen einen verhängnisvollen Lauf.

In geheimer Mission unterwegs nach Ostfriesland

Franziska Gronewald hatte in kürzester Zeit alles so in die Wege geleitet, wie von ihrem Ex in seinem Schreiben verfügt. Seine Asche sollte in der Nordsee versenkt werden. Okay! Die Reederei Albrecht, ein Bestattungsunternehmen in dem kleinen Küstenort Carolinensiel, aus dessen Nachbarschaft Hilko stammte, war auf Seebestattungen spezialisiert und hatte alles organisiert. Das würde sicher reibungslos ablaufen, war Franziska sich sicher. Hilkos weitere Verfügungen aber machten ihr Kopfzerbrechen. Wenn das alles stimmte, was er da niedergeschrieben hatte, würde sie in Ostfriesland sicher auf erbitterten Widerstand treffen. Niemand aus der Familie sollte von ihrem Auftrag erfahren, stand in seinem Brief an sie. „Sie werden dir das Leben schwer machen, wenn sie es erfahren. Aber du schaffst das schon. Wenn nicht du, wer dann? Doch pass auf dich auf. Vielleicht holst du dir Unterstützung bei Oma Jettchen und Tant' Fienchen in Carolinensiel, du erinnerst dich doch an sie?"

***

Berner Benno musste dann doch zu Hause bleiben. Die lange Autofahrt an die Nordsee – achthundertvierundsiebzig Kilometer hatte ihr Navi angekündigt – wollte sie dem alten Herrn nicht antun. Er war bei Vroni untergekommen, die durfte dafür erfahren, was sich in dem Paket befand, das aus China angekommen war. Auch über ihren Auftrag klärte Franziska ihre Freundin auf. Ihre Antwort kam kurz und präzise: „*Mi leckst am Oarsch!*" Und „Soll i mitkimma?", hatte sie noch halbherzig gefragt, Franzi aber hatte dankend abgelehnt.

Am Tag der Abreise gab Vroni ihrer Freundin noch den Rat mit auf den Weg: „Pass auf di auf, die Preißen sammer net geheuer! Un meld di fei. Jeden Dag."

Franziska musste lachen. Natürlich wollte ihre Freundin auf dem Laufenden gehalten werden. Wer, wenn nicht Vroni, war die Neugierde in Person? Für sie begann hinter der bayerischen Grenze das Ausland, egal um welche Himmelsrichtung es sich handelte, alle Menschen gen Norden waren für sie „depperte Preißen"! Hinter den Weißwurstäquator wollte sie keinen Fuß mehr setzen. Einmal, so hatte sie schon vor Jahren beschlossen, war genug. Heute, am Tag von Franzis Abreise allerdings, versprach sie, eine Ausnahme zu machen, falls „die da oben" in Ostfriesland Ärger machen würden. „Rufst mi a", meinte sie, „dann kim i aufi zur Küste und hau feste drauf." Franzi bedankte sich bei ihrer Freundin und versprach, sofort um Hilfe zu rufen, falls ihr jemand Böses wollte.

Nun saß Franziska in ihrem knallgelben VW Käfer, der, genau wie Berner Benno, schon einige Jährchen auf dem Buckel hatte, und war auf dem Weg gen Norden. In ihr

Navi hatte sie als Zielort Carolinensiel eingegeben. Das war ihr erstes Ziel. Achthundertvierundsiebzig Kilometer, neun Stunden und sechs Minuten Fahrtzeit, zeigte es an. Franziska atmete noch einmal tief durch, murmelte: „Ab nach Carolinensiel“ und gab Gas.

Im Rückspiegel sah sie die beiden Türme der Wallfahrtskirche von Tuntenhausen verschwinden und hoffte, bald wieder in die entgegengesetzte Richtung fahren zu dürfen. War das etwa jetzt schon Heimweh?

Stunden später, sie wechselte gerade auf die A 7, brummte Franziska vor sich hin: „Ostfriesische Verwandtschaft, zieh dich warm an, Bayern ist im Anmarsch.“

Ein Toter taucht auf

Die Fahrt in Richtung Nordseeküste zog sich lang und langweilig. Das Gedudel aus dem Radio nervte, zumal sie zwischendurch immer wieder in ihre alte Unart verfiel, laut mit sich selbst zu sprechen. Sie schimpfte mit Hilko, welch große Bürde er ihr auferlegt hatte, haderte mit ihrem Job und meinte: „Noch mehr unkaputtbare Stützstrümpfe ertrage ich nicht!“ Franziska stellte ebenso lautstark fest, dass ihr Magen knurrte, aber die Brotbox schon längst leer gegessen war. „Oh Mann, Hilko, auf was habe ich mich da eingelassen!“

***

Kamelhaarbuckel hatte Hilko die Deiche in seiner Heimat während extrem heißer Sommer immer genannt. Warum ihr das gerade einfiel? Wie es jetzt im Juli dort wohl aussah? Nachdem die Situation mit Hilkos Familie eskaliert war und sie gemeinsam in Franziskas Heimat Bayern gezogen waren, hatten sie nicht oft den Weg nach Ostfriesland gesucht.

Zweimal im Jahr lediglich, widerwillig und auch nur, um Hilkos Eltern zu besuchen. Besuche, vor denen es Franziska jedes Mal grauste. Nach der Trennung von

Hilko brach ihr Kontakt zur ostfriesischen Familie dann komplett ab und das war auch gut so. Irgendwann war Hilkos Mutter und sein Vater dann vor gut einem Jahr verstorben. Das hatten ihr ihre beiden alten Freundinnen, Jettchen und Fienchen, die beiden einzigen Menschen, die sie dort Freunde nennen konnte, in einem Brief mitgeteilt. „Jettchen, Fienchen!", sinnierte sie leise vor sich hin, „ich freue mich so, euch zu sehen!"

Franziska erinnerte sich nur ungern an die Zeit von damals. Dass Hilkos Vater vor einem Jahr verstorben war, ging auch aus Hilkos Unterlagen hervor und schien eine Rolle zu spielen. „Bertie", überlegte sie laut, „ein eigenartiger, mürrischer und wortkarger Mann. Ostfriese eben."

*

Kennengelernt hatten sie und Hilko sich vor über fünfzehn Jahren, als sie mit ihrer Freundin Vroni Urlaub auf der Insel Wangerooge machen wollte, sie beide aber die letzte Fähre rüber zur Insel verpassten. (Das erste und letzte Mal, dass Vroni ihr geliebtes Bayern verlassen hatte.) Dadurch sahen sie sich damals gezwungen, die Nacht auf dem Festland zu verbringen. Unterkunft fanden sie mitten in der Saison natürlich keine und so versuchten die beiden jungen Frauen, auf dem Campingplatz von Harlesiel unterzukommen. Dort hatte Franziska dann Hilko während eines Sommerfestes kennengelernt und sich Hals über Kopf in den blonden, meist schweigsamen und einige Jahre älteren Ostfriesen verliebt. Kein Wunder, er begegnete ihr so ganz anders als die lauten und polternden Kerle in Bayern.

Schnell war damals klar gewesen, dass sie hier in Ostfriesland bleiben würde. Oft zog es die beiden Jungverliebten in den kleinen Küstenort Carolinensiel. Sie saßen im Museumshafen, lauschten in den Sommermonaten der Akkordeonspielerin, die gegen ein kleines Trinkgeld dort Seemannslieder spielte.

Irgendetwas hielt sie damals hier fest, wie ein Zauber. Franziska konnte es nicht beschreiben. Alles schien so vertraut, so bodenständig und idyllisch. So, als hätte sie schon immer hier gelebt. Nicht, dass sie das in ihrer Heimat Bayern nicht gehabt hätte, aber hier war es eben anders. Und das zog sie an, das und ...? Was war es wohl noch?

Franziska konnte es sich nicht erklären. Die Küste erschien ihr damals beschaulich und doch voller Leben, denn in den Sommermonaten waren fast alle Küstenorte voller Touristen und Veranstaltungen. War es nur das? Diese Frage hatte sie sich immer mal wieder gestellt und die Antwort war *nein*! Es gab mehr, aber was, außer Hilko, konnte das gewesen sein?

In dem kleinen bayerischen Dorf, aus dem Franziska stammte, herrschte einfach nur tote Hose. Vor allem wenn sie in den Semesterferien aus München zurück aufs Land gekommen war, hatte sie das bemerkt, immer mehr. Nach dem Studium stand ihr zwar die ganze Welt offen, aber sie verschlug es ausgerechnet nach Ostfriesland.

Dass Ostfriesland, dass der kleine Küstenort nicht „die Welt" war, bemerkte sie erst viel später.

Nach nur wenigen Monaten, in denen es viele Fahrten zwischen Bayern und Ostfriesland gab, heirateten sie und Hilko. Zu schnell?, fragte sich Franziska und hing weiter ihren Gedanken nach.

Das, was sie auf der einen Seite anzog, stieß sie aber auch wieder ab. Franziska fühlte sich zwischen zwei starken Energien hin- und hergerissen.

Fuß konnte sie dort jedoch trotz ihrer inneren Verbundenheit zu der Gegend nie fassen, da war der ostfriesische Familienclan vor. Die Bande, untereinander fest verwoben, ließen Franziska keine Chance. Hilkos Familie hatte ihr in kürzester Zeit jegliche Illusion genommen, hier in Ostfriesland willkommen zu sein. Da half es auch nicht, dass sie sich bemühte, statt bairisch hochdeutsch zu sprechen. Und es half nicht, dass ihr das Plattdeutsche lag und sie sehr schnell auf Platt schnacken konnte, so, als hätte man es ihr in die Wiege gelegt. Es half kein auf die Menschen zugehen und auch nicht, dass sie in Wilhelmshaven bei einer Werbeagentur einen gut bezahlten Job gefunden hatte, und es half auch nicht, dass sie mit einem Ostfriesen verheiratet war. Die Familie, wie auch das ganze Umfeld in Schlicksiel, behandelten sie wie eine Aussätzige. Man schottete sich von ihr ab. Franziska war und blieb die „Zugezogene" mit den roten Haaren. „Diese roten Haare bedeuten nichts Gutes, so eine können wir in Ostfriesland nicht brauchen", kam des Öfteren ein Kommentar von ihrer Schwiegermutter. Oder auch: „Zugezogene bringen nur Unglück ins Land." Bertie, ihr Mann, hatte diese wie auch viele andere Bösartigkeiten seiner Frau priemkauend und schweigend vernommen. Bertie sprach nur mit den Augen. Aber es war nicht nur das.

Immer mehr musste sie feststellen, dass es hier in Schlicksiel ein dunkles Geheimnis geben musste, das man eisern hütete. Was aber hatte das mit ihr zu tun? Warum war man ihr gegenüber so feindselig und abweisend? Was verbarg man vor ihr? Welche Leiche hatten die Schlicksieler wohl im Keller?

Oft stellte sie fest, dass die Menschen hinter ihrem Rücken tuschelten. In der Nachbarschaft gab es einen Gulfhof, auch dort wollte man von ihr nichts wissen, stand ihr ebenso feindselig gegenüber. Wenn Hilkos Familie, der sie ja nun mal auch angehörte, dort zu Feierlichkeiten eingeladen war, schloss man Franziska aus.

„Hilko darf kommen, aber die rote Teufelin soll gefälligst wegbleiben, die wollen wir hier nicht! Die bringt nur Unglück", hieß es. Ganz besonders schlimm trieben es drei alte Frauen. Weder Hilko noch Franziska verstanden, warum, so blieben sie beide solchen Feierlichkeiten fern. Nur zwei Schwestern aus Carolinensiel, die manchmal bei ihren Schwiegereltern, aber auch auf dem Nachbarhof zu Besuch kamen, waren Franziska gegenüber unvoreingenommen.

Franziska schüttelte den Kopf und hoffte, damit auch die dunklen Gedanken verscheucht zu haben.

Ostfriesland …

… stand auf einem Schild am Seitenstreifen der A 29, die sie nun schon seit einiger Zeit befuhr. Sie las das Schild, rief im Vorbeifahren: „Na endlich, es wird auch Zeit“ und jubelte: „Bayern meets Ostfriesland!“ Heimlich freute sie sich, der Familie Hilkos Ei ins Nest zu legen. Inzwischen war es nun unbedingt nötig, eine Pause zu machen und die Pipibox aufzusuchen. Eine geöffnete Raststätte fand sie allerdings nicht, so fuhr sie wieder zurück auf die Autobahn. Das jedoch war ein Fehler, denn nach kurzer Zeit wurde die Not doch groß. „Wenn ich jetzt nicht anhalte“, überlegte Franziska laut, „bekomme ich wässrige Augen und laufe über.“

Ein Blick in den Rückspiegel zeigte ihr, dass nur vereinzelt Fahrzeuge unterwegs waren, was auf der A 29 um diese Zeit nicht ungewöhnlich war. Franziska überlegte nicht lange. Kurz entschlossen hielt sie an einer kleinen Ausbuchtung des Seitenstreifens. Sie lief um den Wagen herum, öffnete die Beifahrertür als Blickschutz, vergewisserte sich mit einem kurzen Blick, dass niemand sie sehen konnte. Zufrieden ging sie hinter der Tür in die Hocke. Mit einem erleichterten Stöhnen und den Worten: „Man muss sich nur zu helfen wissen. Männer pinkeln an den Baum, Frauen haben andere Tricks!“ zog sie sich die Hose hoch und schloss die Tür.

Wieder im Wagen – sie wollte gerade den Motor starten –, vernahm Franziska eine Stimme und erschrak zutiefst. „Franzi, Franzi", hörte sie, „das war wieder typisch meine Franzi!" Erschrocken fuhr sie herum. Hatte sich da etwa jemand in ihren Wagen geschlichen? Aber war das eben nicht sogar Hilkos Stimme gewesen?

„Nein, was soll das", beantwortete sie ihre Frage selbst, „ich bin alleine, das bilde ich mir nur ein."

Sie setzte kopfschüttelnd den Blinker, murmelte: „Jetzt geht's aber los!" und gab Gas.

Die Gedanken an früher kamen zurück und Franziska tauchte wieder tief in die längst vergangene Zeit ein. Leise sprach sie vor sich hin:

„Ach Hilko, was wäre, wenn? Was wäre, wenn deine Familie mich anders aufgenommen hätte? Vielleicht lebten wir noch an der Küste, vielleicht hätten wir Kinder, vielleicht lebtest du dann auch noch. Jetzt bist du da oben und ich unterhalte mich mit dir, gut, dass mich keiner hört."

„Kein Problem, meine ostfriesische Bayerin!", kam es plötzlich vom Beifahrersitz.

Franziska fuhr zusammen, saß atemlos, wie zur Salzsäule erstarrt, mit weit aufgerissenen Augen in ihrem Fahrersitz. Vorsichtig, fast unbeweglich, nur ihre Augen bewegten sich, wagte sie einen Blick nach rechts. Da saß Hilko, ihr Ex. Der meinte: „Atmen, Franzi, atmen!" Ihr lang gezogener Schrei endete in: „Hilko, was …?" Dann riss sie, nicht Herr ihrer Sinne, das Steuer nach links. Weg von dem „Etwas" auf dem Beifahrersitz. Hinter und auch seitlich von ihr brach nun ein Hupkonzert los und auch Bremsenquietschen war zu hören. Ausgerechnet jetzt war Betrieb auf der A 29. Franziska schaffte es nur knapp, den Wagen abzufangen und zurück in die Spur zu bringen, bevor es zu einem bösen Crash kam.

Wieder schaute sie nach rechts und dort saß tatsächlich Hilko auf dem Beifahrersitz. Franziska schrie erneut auf, ging voll auf die Bremse, lenkte den Wagen auf den Seitenstreifen und stoppte ab. Geistesgegenwärtig schaltete sie den Warnblinker an und rang nach Luft. Kaum, dass der Wagen stand, sprang sie heraus.

„Mach die Tür zu, sonst …“, hörte sie noch und hatte den Wagen schon verlassen.

Eine gefährliche Aktion, denn in großem Tempo rasten mehrere Fahrzeuge, auch hupend, in nur wenigen Zentimetern Entfernung ganz knapp an ihr und der geöffneten Fahrertür vorbei.

Sie beachtete sie nicht, lief um den Wagen herum, riss die Beifahrertür auf, schrie erneut: „Hilko! Was …“, aber da war niemand.

Total erschöpft fiel sie in das Gras hinter der Leitplanke und atmete tief durch.

„Ich drehe durch und du bist schuld!“, stieß sie gen Himmel aus. „Das kommt davon, weil ich immer mit dir rede, ich muss damit aufhören. Oder ist es das schlechte Gewissen, weil ich mit dir meine Pflanzen gedüngt habe?“

Es dauerte eine Weile, bis sie sich gefangen hatte und weiterfahren konnte. Immer wieder fiel Franziskas Blick auf den Beifahrersitz, aber da saß niemand. „Und da hat auch niemand gesessen!“, stieß sie mit fester Stimme aus, um sich selbst zu überzeugen. Ganz klar, sie hatte es sich nur eingebildet.

„Das darf ich niemandem erzählen“, bestimmte sie mit fester Stimme, „die halten mich alle für bekloppt. Vielleicht sollte ich wirklich damit aufhören, Selbstgespräche zu führen, das kommt wohl davon.“

Nachdem Franziska sich etwas beruhigt hatte, wanderten ihre Gedanken wieder zu der ostfriesischen Verwandtschaft, sie blickte jedoch immer wieder unsicher nach rechts.

Was sie dort in Ostfriesland wohl jetzt erwartete, jetzt, da sie als Hilkos Testamentsverwalterin kam? Zuerst, so hatte Hilko geschrieben, müsse sie unbedingt einen Notar, dessen Adresse in seinem Schreiben stand, aufsuchen. Dem habe er eine Zweitausfertigung des Testaments und ein weiteres Dokument, das die Informationen in sich trug, sie, Franziska sei von ihm mit allen Rechten ausgestattet, zugeschickt. Außerdem habe das Konsulat dem Notar seine Sterbeurkunde zugesandt mit dem Hinweis, mit weiteren Aktionen zu warten, bis seine geschiedene Ehefrau sich melde.

„Tu das bitte, melde dich schnellstens bei ihm. Mach das unbedingt, er wird dir zur Seite stehen“, hatte ihr Ex geschrieben. „Ich kenne Ben gut, wir sind zusammen zur Schule gegangen. Und pass auf die Papiere auf, die ich dir geschickt habe, gib sie nicht aus der Hand. Niemandem. Den versiegelten Umschlag öffne bitte erst während der Testamentseröffnung, Ben hat auch dessen Inhalt in Kopie von mir erhalten. Ich will, dass die Familie erst dort erfährt, was ich zu verkünden habe."

Hilko, Hilko, immer wieder geisterte er durch ihre Gedanken.

„Ach egal!", schimpfte sie sich, gab Gas und fuhr die A 29 weiter Richtung Küste. „Vorbei ist vorbei! Jetzt gilt es Hilkos Vermächtnis umzusetzen." Insgeheim freute sich Franziska, welches Ei sie der Familie in Hilkos Auftrag bald ins Nest legen durfte. Hilkos jüngerer Bruder war damals schon ein Idiot gewesen – und Lilo, seine Frau?

„Na, die wird sich kaum verändert haben", überlegte Franziska und grinste in sich hinein.

Aber dass sie Hilko hier neben sich gesehen und gehört hatte, beschäftigte sie doch weiterhin.

„Achtung, da vorne steht ein Blitzer!", tauchte plötzlich erneut eine Stimme neben ihr auf. Hilkos Stimme.

„Hilko? Nein, nicht hinschauen, es kann nicht sein! Das kann gar nicht sein, das darf nicht sein." Franziska umklammerte das Lenkrad und starrte nach vorne, den Fuß fest auf das Gaspedal gedrückt, bis ein roter Blitz sie zusammenfahren ließ.

„Scheiße!", entfuhr es ihr.

„Sag ich doch, du bist aber auch eigensinnig!", kam es erneut von rechts.

„Hilkooo!" Franziska ließ vor Schreck das Lenkrad los, fasste aber sofort wieder nach. Ihr wurde übel, sie atmete heftig, die Windschutzscheibe lief von innen an, sodass sie nach vorne kaum mehr etwas sehen konnte. Mit einer Hand wischte sie darüber, mit der anderen umklammerte sie das Lenkrad.

„Diese scheiß Selbstgespräche. Ich muss das lassen!", stieß sie aus, nachdem der Wagen endlich wieder geradeaus fuhr.

Rechts neben sich erkannte sie allerdings immer noch Hilko. Besser gesagt, da saß etwas auf dem Beifahrersitz, das aussah wie Hilko, ganz leicht, kaum merkbar von einer weißen Nebelglocke eingehüllt.

„Nein! Es kann nicht sein! Die lange Fahrt ist schuld!"

„Nun dreh nicht durch, ich bin es wirklich. Einer muss ja auf dich aufpassen."

Franziska atmete hektisch.

„Das … gibt es doch … nicht, das gibt … es doch nicht!", stieß sie heftig aus. „Ich werde verrückt!"

„Alles gut, beruhige dich!"

„Beruhigen? Spinnst du? Du bist tot und jetzt sitzt du neben mir. Plötzlich, wie aus dem Nichts … Und ich rede auch noch mit dir!" Franziska schlug mit der rechten Hand Richtung Beifahrersitz, aber ihre Hand ging ins Leere. Also doch nicht.

„Ich weiß!", kam es in stoischer Ruhe von nebenan.

„Aber wie, warum …? Ach was, du bist nicht da, das, das …"

Franziska stotterte und konnte es nicht fassen. Unterhielt sie sich tatsächlich mit einem Toten?

Das „Etwas" neben ihr bewegte sich. Es sah aus, als waberte dort ein Hauch von Nebel, in dem Hilko klar und deutlich zu erkennen war.

Franziskas Hände umklammerten das Lenkrad inzwischen so heftig, dass ihre Knöchel weiß hervortraten. Sie schaute abwechselnd zur Straße und wieder zur Seite.

„Bleib ruhig und schau nach vorne, sonst hängen wir gleich an der Leitplanke. Mir macht das ja nichts aus, ich bin schon tot, aber um dich wäre es schade. Außerdem musst du doch einiges für mich erledigen."

Doch Franziska blieb nicht ruhig. Mit einem verstohlenen Blick zur Seite flüsterte sie: „Das träume ich, ich muss mich kneifen, das kann ich nur träumen und hoffentlich wache ich gleich auf!" Franziska wollte es wissen, löste eine Hand vom Lenkrad, griff sich in die rote Haarmähne und zog daran.

„Aua!"

„Na, glaubst du es jetzt?"

„Nein, du bist tot."

„Ich weiß …!"

„Quatsch, du kannst nicht hier sein." Sie streckte die Hand Richtung Beifahrersitz aus und griff erneut ins Leere. Nicht einmal der Nebel war zu fühlen.

„Sag ich doch, ich spinne!"

„Nein!", kam es wieder von der Seite.

„Doch!"

„Redest du mit mir oder nicht?"

„Ja, aber …!"

Franziska stieß ein pfeifendes Geräusch aus und murmelte dann: „Ach was, ich bin für meine Selbstgespräche bekannt und sollte sie …"

„Siehst du mich, oder nicht?"

„Ja, aber das ist spooky, das gibt es nicht."

„Was muss ich tun, um es dir zu beweisen?"

Franziska antwortete nicht.

Sie richtete den Blick starr nach vorne. Die lange Fahrt, überlegte sie, ich bin früh aufgestanden und übernächtigt.

Hunger habe ich auch und eine Tasse Kaffee wäre nicht schlecht. Das wird es sein, beschloss sie und verließ die Autobahn in Richtung Küste. Frische Luft, ich brauche einfach frische Luft, dachte sie und kurbelte das Seitenfenster herunter. Ein Zischen fuhr durch den Innenraum des Wagens, das „Etwas" neben ihr war nun verschwunden, die Stimme vernahm sie auch nicht mehr.

„Na bitte, geht doch! Frische Luft hilft!", stieß sie aus und schickte einen lang gezogenen, erleichterten Seufzer hinterher.

In Ostfriesland wartet nichts Gutes

Dass Hilko hier neben ihr aufgetaucht war, nein, dass sie sich das eingebildet hatte, war sicher dem mulmigen Gefühl geschuldet, das Franziska die letzten Stunden begleitete, je näher sie der Küste kam. All die Erinnerungen an ihre Zeit in Ostfriesland kamen wieder hoch, aber auch Dinge, die sie nicht wirklich fassen konnte. Manchmal blitzten Bilder vor ihrem inneren Auge auf, mit denen sie nichts anfangen konnte. Eine Frau sah sie, eine Frau mit roten Haaren, die aussah wie ihre Mutter, an die sie sich allerdings nicht erinnern konnte. Gleichzeitig aber auch ein düsteres, großes Haus. Ein Zimmer, die Fischköpfe. Erinnerungen an ihre Träume. Wie passte das zusammen? Von Franziskas Mutter gab es nur Fotos, nichts wirklich Greifbares. Sie war gestorben, als Franzi vier Jahre alt war. „Ein Unfall", hatte Tante Selma, die Schwester ihrer Mutter, bei der sie dann aufwuchs, später erklärt. „Ich möchte nicht drüber reden, zum Glück hast du den schrecklichen Crash fast unversehrt überlebt."

„Aber was …?" Franziska seufzte.

Und warum fielen ihr gerade jetzt Tante Selmas Worte von vor über fünfzehn Jahren ein, als sie meinte: „Kind, warum nur willst du in Ostfriesland Urlaub machen? Dir steht nach dem Studium die ganze Welt offen, tu das nicht. Dort wartet nichts Gutes!" Kreidebleich hatte Selma damals vor ihr gestanden, mit weit aufgerissenen Augen und angstvollem Gesicht.

Franziska rief sich zur Ordnung. „Nicht das! Nicht jetzt! Ich habe andere Sorgen!" Sie schrie die Worte heraus und ließ das Fenster wieder hochfahren.

„Was schreist du so?", kam die Stimme von der Seite. Franziska erschrak.

„Hilko, verdammt!"

„Ja?"

„Kannst du mir sagen, was das soll? Was willst du von mir?" Franziska fragte sich, ob sie die Frage gerade wirklich gestellt hatte, doch die Antwort kam prompt.

„Auf dich aufpassen!"

„Warum? Ich bin schon ein großes Mädchen!"

„Aber ein unvorsichtiges!"

„Quatsch!"

„Ich kenne dich, und außerdem …!"

„Du kanntest mich, schließlich bist du tot!"

„… und außerdem habe ich dir einen gefährlichen Auftrag hinterlassen."

„Ach Quatsch, was soll schon passieren? Ein Notar wird dabei sein und Recht ist Recht, Testament ist Testament, oder?"

„Da kennst du meine Familie schlecht. Die geben nicht so schnell auf! Vor allem die drei toten Tanten. Die sind böse, einfach nur böse."

Franziska schwieg eine Weile, ging auf den letzten Satz nicht gleich ein. Die drei Tanten, ja, an die erinnerte sie sich nur zu gut und meinte dann doch: „Ist ja schon ein heißes Ding, das du da hinterlassen hast! Wenn dein Bruder wirklich Dreck am Stecken hat, wird er alles tun, damit er nicht an die Öffentlichkeit kommt, dieser Dreck."

Hilko antwortete nicht, so fuhr Franziska fort: „Und dann diese Briefe von Bertie. Ich weiß zwar nicht, was er geschrieben hat, aber du hast geschrieben ‚damit wirst du eine zweite Bombe zünden'."

„Wieso ich? Mein Vater hat die Briefe hinterlassen und mir gleichzeitig überlassen, ob ich deren Inhalt jemals an die Öffentlichkeit bringe. Den Inhalt kenne ich auch nur andeutungsweise."

„Na, dann eben er. Trotzdem! Die Sippe wird nicht erfreut sein!"

„Sag ich doch!"

Die nächste Strecke nahm Franziska gedankenverloren, auch von Hilko war nichts mehr zu vernehmen.

Angekommen

Franziskas erster Weg führte nach Carolinensiel. Immer wieder schaute sie zur Seite, aber Hilko konnte sie nicht mehr entdecken. Zum Termin ihrer Verabredung bei der Seebestattungs-Reederei Albrecht erschien sie gerade noch rechtzeitig.

Beim letzten Telefongespräch vor zwei Wochen hatte man ihr versprochen, sich darum zu kümmern, dass ihr Exmann eine würdevolle Seebestattung bekäme. Auch wurde ihr im Telefongespräch äußerste Diskretion zugesagt. Schließlich musste Franziska vermeiden, dass Hilkos Familie zu früh erfuhr, dass er verstorben war und sie nach Schlicksiel kommen und als Testamentsvollstreckerin fungieren würde. Das sollte der Notar mit der Einbestellung der Angehörigen übernehmen.

Die entsprechenden Papiere sowie die chinesische Vase samt Inhalt übergab sie nun direkt und suchte eine Urne mit Leuchtturmmotiv aus. Die Auswahl war auf eine bestimmte Art an Urnen beschränkt, denn für eine Seebestattung musste die Urne selbstauflösend, aus speziellen Materialien, zum Beispiel auf Zellulose-Basis, hergestellt sein. Den Kaffee, den man ihr im Beerdigungsinstitut anbot, nahm sie gern.

Dieser Weg war schnell erledigt. Zurück an ihrem Wagen umrundete sie diesen, schaute vorsichtig hinein und schimpfte sich dann eine „depperte Henne". Wie konnte sie nur daran glauben, dass Hilko …?

Franziska atmete auf. Nun wollte sie schnellstens im Hotel einchecken, eine Kleinigkeit essen und nur noch schlafen, die Fahrt war anstrengend gewesen und sie inzwischen todmüde.

Trotz der noch anhaltenden Coronabeschränkungen herrschte in dem kleinen Ferienort Carolinensiel reger Betrieb, der ihr im Moment nicht zusagte. Nach der langen Fahrt brauchte sie einfach nur ihre Ruhe, und falls Hilko nochmals … „Ach Quatsch!" Franziska schüttelte den Kopf. „Ich bin einfach nur übermüdet."

Sie war froh, sich außerhalb des Touristenbetriebes im Hinterland ein Zimmer reserviert zu haben.

Zwei Stunden später lag sie frisch geduscht und nackt auf dem Bett.

„Morgen suche ich zuerst den Notar auf, der wird wohl inzwischen seine Arbeit getan und die Familie über Hilkos Tod informiert haben", nahm sie sich vor, „und danach geht's nach Schlicksiel. Mal aus der Ferne sehen, was die bucklige Verwandtschaft so treibt. Na, die werden sich wundern, wenn sie mich bei der Testamentseröffnung sehen – und erst wenn sie erfahren, dass ich als Testamentsvollstreckerin fungieren soll."

Kurze Zeit später hatte die Müdigkeit gesiegt und Franziska in einen festen Schlaf gezogen.

Am nächsten Morgen

Es war ein aufregender und anstrengender Schlaf, der ihr kaum Erholung brachte, wie die Frau aus Bayern am nächsten Morgen feststellen musste. Hilko, immer wieder erschien ihr Hilko, verdammt. So ein Quatsch. Mühsam setzte sie sich im Bett auf, wischte sich über das Gesicht und schrie: „Hilko!"

Franziska zog sich die Bettdecke bis über das Gesicht.

„Sei kein Frosch, komm da raus." Es war Hilkos Stimme, tatsächlich.

„Nun mach schon, ich muss mit dir reden."

Franziska hob den Zipfel der Decke etwas von ihrem Kopf und lugte darunter hervor.

„Ja, was ist, mach endlich!"

„Nein, du bist es nicht. Ich glaube nicht an Gespenster! Außerdem ist es jetzt genug."

Franziska sprang aus dem Bett und lief ins Bad. Dort drehte sie den Hahn am Waschbecken auf kalt und hielt ihren Kopf darunter. Doch auch das half nicht, denn als sie kurz darauf mit einem Handtuch um den Körper geschlungen zurück ins Zimmer kam, war er noch immer da. Hilko! Schnell kroch sie wieder unter die Bettdecke.

„Ich bin kein Gespenst!"

„Was denn? So ganz echt bist du auch nicht, kannst du nicht sein!"

„Stimmt! Ich bin Hilko, der auf dich aufpasst. Gefällt dir das besser? Dass du glaubst, mich zu sehen, ist deine Sache, aber auch gut. Glaube es oder lass es sein!"

„Nein, nix ist gut!", krächzte es unter der Decke hervor. „Und jetzt verschwinde, sonst …"

„Sonst? Holst du sonst die Polizei?" Von Hilko oder dem Etwas an ihrer Bettkante kam heiseres Gelächter.

„Tzzz, tzzz, tzzz, verschwinde!" Sie hob die Decke an, wedelte heftig damit und wiederholte:

„Tzzz, verschwinde!"

„Sei nicht kindisch, nimm die blöde Decke weg. Und mach nicht solch einen Wind, du verwedelst mich ja, mir wird ganz schwindelig. Ich muss mit dir reden."

Mit einem Auge lugte sie nun wieder unter der Bettdecke hervor und grinste. Die Nebelwolke inklusive Hilko wackelte wirklich hin und her. Das machte Spaß. Wieder und wieder wedelte sie mit der Bettdecke.

„Hör auf, du Kindskopf, es ist genug!"

Es dauerte einen Moment, dann schob Franziska die Decke tatsächlich weiter zurück.

Ein total verwuschelter roter Schopf kam zum Vorschein. Die roten Locken hingen ihr wild ins Gesicht und standen in alle Himmelsrichtungen ab. Haare, überall rote Haare.

Hilko versuchte inzwischen, die Balance zu finden.

„Du kleine rothaarige Hexe."

„Sag das nicht, du weißt …" Franziska brach ab. Irre, sie unterhielt sich mit einem Geist. Irre.

Ein ungläubiges, verwundertes Staunen glitt über ihr Gesicht, denn nun fiel ihr auf, dass Hilko nicht an einem

Stück zu sein schien. Einzelne Körperteile fehlten, wie sie bei genauerem Hinsehen nun feststellte. Gestern im Wagen war ihr das gar nicht aufgefallen. An der Nase fehlte ein Stück, und das rechte Ohr fehlte auch. An der rechten Hand bemerkte sie nur drei, an der linken vier Finger. Andererseits gab es im Gesicht und am rechten Arm dunkle Flecken. Was hatte das zu bedeuten? War das gestern schon so gewesen? Hilko, der ihren Blick bemerkte, schüttelte den Kopf und meinte: „Ja, du siehst richtig. Mir fehlen einige Körperteile und das ist deine Schuld!"

„Meine Schuld? Was meinst du?" Franziska verstand nicht.

„Mein rechtes Ohr, ein Teil der Nase, einige Finger und weitere Körperteile, die ich jetzt nicht erwähnen möchte, befinden sich noch in deinen Blumentöpfen!"

„Hä?" Franzi verstand noch immer nicht.

„Hast du mit meiner Asche deine Blumen gedüngt oder nicht?"

„Ja doch, entschuldige bitte!", kam es nun kleinlaut unter der Decke hervor.

„Aber ich habe sie doch wieder zurück in die Urne …!"

„Ja, sicher, aber eben nicht komplett. Nase, Ohr, Finger und anderes düngen noch immer deine Pflanzen! Die schwarzen Flecken hier an manchen Stellen sind übrigens Blumenerde, die sich unter die Asche gemischt hat."

„Hä?", kam es noch mal hinter der Decke hervor.

„Du hast die Asche mit Blumenerde vermischt und nun …"

Nun brach es aus Franziska heraus. Sie lachte und lachte, warf die Bettdecke hoch, konnte sich kaum beruhigen.

Das Lachen ging über in Weinen und wieder in Lachen. Hilko, der noch immer auf ihrer Bettkante saß, wackelte heftig hin und her und bat sie, sich doch zu beruhigen. „Franzi, hör auf, mir wird schlecht!" Doch die kam nicht zur Ruhe. Tränen liefen ihr übers Gesicht und plötzlich klopfte es an ihre Zimmertür. Abrupt brach sie ab. Noch immer schluchzend und schniefend rief sie Richtung Tür: „Ja bitte? Was ist?"

„Zimmerservice", drang eine Stimme in gebrochenem Deutsch durch die Tür, „alles in Ordnung bei Ihnen?"

„Ja, alles in Ordnung. Sorry, ich bin in Ordnung. Danke!"

Mit einem Zipfel Bettdecke wischte sie sich die Tränen aus dem Gesicht und betrachtete den schaukelnden Hilko.

Sollte sie sich auf dieses verrückte Abenteuer mit ihrer Fantasie einlassen? Sollte sie glauben, dass es ihn gab? Hilko aber ließ ihr nicht die Zeit, weiter darüber nachzudenken.

„Franzi", begann er und hielt sich am Bettrahmen fest, „ich muss mit dir reden, da braut sich was zusammen."

„Was? Wo?" Sie verstand nicht, was er meinte.

„Dein Überraschungsmoment ist gestorben."

Franzi verstand noch immer nicht. Das „Ding" Hilko sprach in Rätseln.

„Jetzt schau nicht wie 'ne Kuh wenn's donnert und steh auf. Die haben wohl herausgefunden, was passiert ist."

„Wer? Was?"

„Na, meine Leute auf dem Hof und ganz Schlicksiel. Die wissen, dass du da bist."

„Na und? Die wissen, dass du gestorben bist, wahrscheinlich hat der Notar sie informiert. Er musste sie informieren, schließlich gibt es eine Testamentseröffnung. Sie wissen aber nicht, warum ich da bin, oder?“

„Ich hoffe nicht, aber trotzdem, da braut sich was zusammen.“

„Ich wüsste nicht, was! Keiner kennt den Grund meines Aufenthaltes, keiner. Keiner weiß, dass ich deinen Letzten Willen umsetzen und die Umsetzung kontrollieren soll. Keiner weiß, was du mit dem Gulfhof deiner Familie vorhast. Ich übrigens auch nicht. Das Testament ist ja schließlich noch verschlossen.“

„Das ist richtig. Aber irgendjemand muss gequatscht haben. Ich glaube auch nicht, dass dies der alleinige Grund der Aufregung ist, in Schlicksiel braut sich eine ganz andere Gefahr zusammen. Die Sache betrifft nicht mich, meinen Tod und das Testament, sondern …“ Hilko brach ab.

„Sondern?“ Franziska war inzwischen aufgestanden, um das Fenster zu öffnen.

„Dich!“ Hilko wirkte plötzlich nervös.

Franziska lachte gereizt auf.

„Mich? Warum? Was können sie von mir wollen?“

„Es hat wohl mit früher zu tun. Bitte lass das …“

Doch Franziska unterbrach ihn unwirsch.

„Früher? Damit, dass ich dich geheiratet und in die heiligen Hallen von Ostfriesland und Schlicksiel eingedrungen bin?“

„Früher, viel früher.“

Franziska verstand nicht. Was wollte Hilko damit sagen?

„Da muss es was geben, lass das Fenster …"

Nun war er nur noch stockend und abgehackt zu verstehen. Franzi verstand im doppelten Sinne nicht. Was wollte er ihr sagen? Sie riss das Fenster weit auf und sog die Morgenluft ein, ging zurück zum Bett und ließ sich mit einem Hopser darauf fallen. „… ich wollte dich warnen, du … Fenster zu … ich jetzt nicht … muss weg … Die drei toten Tanten …" Seine Stimme wurde immer leiser und unverständlicher.

„Mach das Fenst…", hörte sie nochmals.

„Hilko! Das kannst du nicht machen. Wieso musst du weg?"

„Frag deine … ich …"

Die Stimme stotterte wie ein absterbender Motor, brach ab, um dann ganz zu verschwinden.

Franziska sprang auf und lief um das Bett herum, aber Hilko oder das, was sie für Hilko hielt, war verschwunden. Mit beiden Händen griff sie an die Stelle, an der ihr Exmann eben noch gesessen hatte, aber da war nichts. Nichts zu sehen und, wie sollte es auch anders sein, nichts zu fühlen.

„Kreuzdonnerwetter, Hilko!" Franziska presste sich die Hand auf den Mund und fürchtete: „Mein Gott, wenn mich jemand sieht oder hört, komme ich schneller in einen Raum ohne Fenster, als ich *Sakradi* sagen kann."

Kraftlos ließ sie sich zurück auf das Bett fallen, sprang aber gleich wieder hoch. Der Termin mit dem Notar, beinahe hätte sie ihn vergessen.

Jetzt aber fix. Schnell ins Bad und unter die Dusche, für ein Frühstück war keine Zeit mehr.

Hilkos Worte gingen ihr durch den Kopf und gleichzeitig bemerkte sie, dass es inzwischen wie selbstverständlich war, mit ihrem verstorbenen Mann zu sprechen, ja sogar, dass sie ihn sah.

„Verrückt!", murmelte Franziska immer wieder, „verrückt, verrückt, verrückt!", während sie sich die wilde Mähne kämmte. Obwohl anschließend kein wirklicher Unterschied zu erkennen war, legte sie den groben Kamm zur Seite und betrachtete zufrieden ihr Spiegelbild, setzte ihre markante Brille auf, zog sich die Lippen nach und verließ das Badezimmer. Ein kurzer Blick in das Hotelzimmer und Franzi stellte fest, dass Hilko nicht im Raum war. Aber etwas anderes bemerkte sie. Ihre Handtasche, nach der sie eben greifen wollte, lag nicht mehr im Sessel, doch Franziska war sich sehr sicher, sie gestern Abend dort abgelegt zu haben. Wo? … Ein Blick durch den Raum ergab, dass sie auf der zurückgeschlagenen Bettdecke lag.

„Komisch, da habe ich sie niemals hingelegt, hatte sie heute doch noch gar nicht in der Hand!" Und noch etwas war seltsam. Die Lade ihres Nachttisches war einen kleinen Spalt geöffnet. Hab ich …? Nein!, durchfuhr es sie, das war ich nicht. Schnell machte sie ein paar Schritte zum Wandsafe, klappte das Bild davor auf und gab den Code ein. Gott sei Dank, die Papiere waren noch da. Was ging hier vor? War etwa jemand in ihrem Zimmer gewesen, während sie unter der Dusche stand, und hatte Tasche und Lade durchsucht? Oder war das Hilko? „Quatsch!", fuhr sie sich selbst an. „Das mit Hilko bilde ich mir sowieso nur ein, der kann also gar nicht …" Aber hier musste jemand im Raum gewesen sein.

Franziska holte die Papiere aus dem Safe, steckte sie in ihre Tasche, schloss das Fenster und verließ nachdenklich das Hotelzimmer.

Auf dem Hyggehof …

… herrschte große Aufregung. Frerich Gronewald und seine Frau Lilo saßen gemeinsam mit ihren Freunden vom Nachbarhof und drei alten, in Schwarz gekleideten Frauen schweigend am großen Tisch in der Küche des alten Gulfhofs. In der Mitte des Tisches stand eine Kanne Tee, daneben eine Schale mit Kandis. Jeder der sieben schweigenden Menschen hatte eine gefüllte Teetasse vor sich stehen. Alle rührten sie gedankenverloren mit einem kleinen Löffel darin. Das Geräusch, das dabei entstand, war gespenstisch. Keiner trank. Die Stimmung war am Siedepunkt.

Vor einigen Tagen hatte sich bei Frerich ein Notar aus der nahen Stadt gemeldet und ihm die Nachricht vom Tod seines Bruders Hilko übermittelt. Außerdem teilte er ihm dabei mit, dass es eine Testamentseröffnung geben werde, zu der er mit Lilo, außerdem die drei alten Frauen und auch das Nachbarehepaar einbestellt seien. Dass Hilko tot war, hatte ihn nur ganz kurz berührt. Der Einwand von Lilo, dass nun endlich alles hier ihnen gehören würde, ließ bei Frerich nur unterschwellig Freude aufkommen. Denn mit Lilo teilen, das kam nicht in Frage. Schon lange nicht mehr.

Endlich!, durchfuhr es ihn, endlich habe ich das alleinige Sagen hier auf dem Hof, endlich kann ich schalten und walten, ohne mich mit meinem großen Bruder abstimmen zu müssen. Und noch etwas würde er nun endlich ändern …

Verstohlen blickte er auf seine Frau.

Nicht, dass Hilko ihm in die Arbeit auf dem Hof hineingeredet hätte, aber die Tatsache, ihn nicht mehr über jede Änderung, jede Anschaffung informieren zu müssen, ließ Frerich doch erleichtert aufatmen. Endlich musste er auch nicht mehr die Bücher frisieren, die Vermietung der Ferienwohnungen falsch angeben, um Hilkos Anteil am jährlichen Erlös kleinzurechnen. Endlich! Warum aber die anderen alle einbestellt waren, konnte er sich nicht vorstellen. Er alleine würde doch hier der Erbe sein. Etwas anderes war undenkbar.

Lilo hatte am Tag, als der Notar sie informierte, die Gedanken ihres Mannes erkannt, zwei Sektgläser aus dem Schrank und eine Sektflasche aus der Speisekammer geholt.

„Der ist doch arschwarm!“, war ein Einwand von Frerich gekommen. „Egal, den köpfen wir jetzt!“ Lilo hatte die Gläser gefüllt und ihrem Mann eines entgegengehalten.

„Auf die Freiheit!“

„Auf Hilko!“ Das Sektglas allerdings hatte Frerich wieder zurückgestellt und sich aus dem Kühlschrank die Flasche mit Schluck geholt. „Auf Hilko!“, schickte er abermals dem scharfen Getränk hinterher und fügte ganz leise hinzu: „Auf meine Freiheit!“

An diesem Tag war für ihn die Welt noch in Ordnung gewesen, jetzt aber, so befürchtete er, drohte Ungemach aus Bayern. Ein Vögelchen hatte Frerich nämlich gezwitschert, dass Hilkos Exfrau auch zu der Testamentseröffnung kommen und dass sie hier in der Gegend in einem Hotel absteigen würde. Welches, hatte er auch herausgefunden. Sollte sie etwa am Erbe beteiligt werden? Sie? Eine Bayerin, eine, die nicht von hier war? Unmöglich! Mit ihr teilen? Nie im Leben!

Frerich schreckte die schweigsame Runde am Tisch auf, als er mit der Faust krachend auf den Tisch hieb.

„Was will die rote Hexe hier? Ich dachte, die sind wir ein für alle Mal los!"

„Erben!", warf Lilo in den Raum. Frerich schaute wütend in die Runde.

„Eher bring ich sie um!"

„Und ich reiße ihr die rote Mähne vom Kopf", stimmte Lilo ihm zu.

„Gemach, gemach!", kam es nun von Siebo, Frerichs väterlichem Freund und Nachbarn. Ihm und seiner Frau gehörte der angrenzende Gulfhof, und obwohl Siebo Lückelill mehr als zehn Jahre älter war, waren die beiden, und ihre Frauen ebenso, miteinander befreundet. Frerich und er zudem über sieben Ecken verwandt. Auch Siebo versuchte zu verstehen, was dies alles sollte. Warum wurden er und seine Frau zur Testamentseröffnung bestellt? Außerdem Hedda, seine alte Tante? Er fühlte sich nicht wohl, wusste allerdings nicht warum.

Und dann diese Frau mit den roten Haaren aus Bayern. Sie hatte in ihm schon damals, als sie hier mit Hilko lebte, Unbehagen verursacht. Allerdings konnte er nicht sagen warum. Sie erinnerte ihn an eine Begegnung in seiner Halbstarkenzeit. Es war die Zeit, als er keine Feier ausgelassen, sich ausprobiert und viel Alkohol getrunken hatte, zu viel. Schnell wischte Siebo die Gedanken an früher zur Seite und versuchte, sich auf den Moment zu konzentrieren.

„Woher wisst ihr eigentlich, dass die rote Frau hier ist? Und kann es nicht nur ein Zufall sein?", wollte er wissen.

„Zufall?", fuhr Frerich auf. „Hilko ist tot, übermorgen ist Testamentseröffnung und sie ist da! Wo siehst du den Zufall?"

„Na ja, und wenn? Was kann sie schon wollen?"

„Erben!", riefen Frerich und Lilo gemeinsam aus. „Was sonst?", setzte Lilo giftig nach. Heimlich überlegte sie schon, was sie mit dem Geld, das ihr verstorbener Schwager sicher auf dem Konto hatte, anfangen könnte.

Auch Frerich war in Gedanken weit weg. Hilkos Tod würde ihm Freiheit in doppelter Form bringen, so hoffte er.

Als der Anruf mit der Nachricht gekommen war, dass Franziska sich in der Gegend befand, hatte er beschlossen, sie beobachten zu lassen. Und er wusste auch sofort, wie. „Halt die Augen auf, Siri, und informiere mich über jeden ihrer Schritte, verstehst du? Wenn wir jetzt gut aufpassen, hat die Versteckspielerei bald ein Ende", hatte er damals durchs Telefon gezischt und das Gespräch schnell beendet, denn Lilo war in den Raum gekommen.

Der Nachbar unterbrach seine Gedanken.

„Die beiden sind geschieden, da kann sie keine Ansprüche anmelden, wovor also habt ihr Angst?" Siebo verstand die Aufregung um Hilkos Ex nicht.

Wie konnte er auch? Dass Frerich all die Jahre, in denen er den Hof für seinen älteren Bruder bewirtschaftete, Geld für sich herausgezogen und zur Seite geschafft hatte, das wusste Siebo nicht. Auch wenn sie Freunde waren, das hatte er ihm nicht erzählt. Dies und noch so einiges mehr. Wenn nun die rote Hexe irgendwie am Erbe beteiligt würde, müsste er alle Zahlen offenlegen und dann wäre er geliefert. Nicht nur die schlechtgerechneten Erträge der Felder, sondern auch das, was sie über die Ferienwohnungen an Einnahmen generierten, hatte er fein säuberlich frisiert. Für den Anbau waren Pläne für fünf sehr geräumige Ferienwohnungen mit zwei zusätzlichen Aufenthaltsräumen angegeben worden, Frerich aber hatte zehn Wohnungen daraus gemacht. Der Ertrag ging steuerfrei in seine Tasche. Das Ganze kann ich nur unterm Tisch halten, wenn ich Alleinerbe meines Bruders bin!, das wusste er. Anschaffungen und Umbaumaßnahmen, Maschinen und Fuhrpark, all diese Dinge wurden immer wieder Hilko und somit auch dem Finanzamt gegenüber überteuert abgerechnet. Sein Bruder hatte in den letzten Jahren keinen Fuß auf den Hof gesetzt, sodass es nie aufgefallen war. Frerich und Lilo waren froh, dass er in China lebte, und hatten immer gehofft, dass er dort auch noch lange bleiben würde.

Jetzt aber befürchteten sie, dass alles auffliegen könnte.

Und Frerich ganz besonders, denn er sah durch das Erbe seine Chance gekommen, ein anderes Leben zu führen. Auszubrechen! Zumindest würde es so nun leichter werden, Lilo zum Teufel zu jagen. Das sollte, das durfte ihm keiner nehmen, schwor der Mann sich im Stillen.

Er schaute seinen Freund mit zusammengekniffenen Augen an. „Und wenn Lilos Überlegung stimmt und er sie in seinem Testament berücksichtigt hat?", zischte er durch zusammengekniffene Lippen.

„Na und? Dann gibst du ihr ihren Teil und gut ist. Für euch bleibt doch noch genug!"

„Oder nichts, gar nichts!", kam eine brüchige Stimme aus dem Hintergrund.

„Passt auf, sonst verliert ihr alle alles! Alle!"

Frerich und Lilo, Siebo und seine Frau, die während der ganzen Zeit kein Wort gesprochen hatte, drehten den Kopf zum Ende des langen Tisches. Was hatte dieser Satz von Tant' Gesine zu bedeuten? Im Grunde hasste Frerich die alten Weiber, die einfach nicht abkratzen wollten. Hedda war ihm egal, die gehörte eigentlich zum Nachbarhof, aber Gesine und Meta hatten Wohnrecht auf seinem Hof und das bis zu ihrem Lebensende. Jetzt, da Hilko tot war, müssten nur noch sie in Gras beißen, dann hätte er freie Bahn, den Hof zu verkaufen, zu verpachten oder was auch immer. Lilo würde dann zwar auf einen Anteil bestehen, sie hatten bei ihrer Hochzeit keine Gütertrennung vereinbart, aber wenn auch ihr etwas … Frerich schüttelte sich bei dem Gedanken, obwohl, so schlecht war der gar nicht. Drei auf einen Streich – das wäre die Lösung all seiner Probleme. Dann könnte er mit Siri in die Sonne abhauen. Siri, sie fror so sehr in Ostfriesland.

Auch Siebo war verwundert. Alle, hatte Gesine gesagt. Was meinte die Alte damit? Ihn und Inge doch sicher nicht, oder?

Die drei toten Tanten

Hedda, Gesine und Meta hatten sich schweigend angesehen und vom Tisch erhoben. Meta und Gesine waren, trotz ihres hohen Alters, noch gut zu Fuß, Hedda hakten sie rechts und links unter und verließen gemeinsam die Küche.

Die drei angeheirateten Cousinen lebten schon ewige Zeiten auf den beiden Höfen. Hedda früher drüben bei Siebo und zuvor bei dessen Eltern und Großeltern, Meta und Gesine auf dem Hyggehof. Inzwischen aber gemeinsam in einer kleinen Kate zwischen den Höfen. Vor Jahren waren sie in das Altenhaus gezogen. Alle drei waren sie sehr eigen, die Jungs der beiden Höfe wie auch die Nachbarskinder hatten gehörig Angst vor ihnen. Es rankten sich immer heftige Gerüchte um die ‚drei toten Tanten'.

„Denkt an den Notartermin!", rief Frerich ihnen nach. Antwort bekam er keine.

„Wir müssen reden!", erklärte Gesine, als sie vor dem Haus unter sich waren. „Zu Hause!"

So schlurften sie über den Hof in ihre Kate, die sie seit einigen Jahren gemeinsam bewohnten. Das kleine Haus hatte drei Schlafkammern, eine Stube, Badezimmer und eine große Wohnküche, in der sich die alten Frauen am wohlsten fühlten. Hier saßen sie oft gemeinsam.

Der Bollerofen der Küche ging nie aus, auch nicht im Sommer.

Während Meta eine Kanne Tee zubereitete, vergewisserte sich Gesine mit einem Blick aus dem Fenster, dass ihnen niemand gefolgt war. Hedda schubste sie an.

„Nun übertreibe es mal nicht, die vier sitzen noch drüben am Tisch und lassen den Schluck rundgehen. Übrigens, einen oder auch zwei könnte ich jetzt auch vertragen. Ich fürchte, da braut sich etwas zusammen und lange können wir mit der Sache nicht mehr hinterm Berg halten."

„Welche Sache?", kam es von der dementen Meta, deren Gedächtnis wohl gerade wieder aus einer leeren Blase bestand.

„Sei still", kam es von Gesine zurück, „uns kann keiner was. Auch wenn uns alle hier die ‚drei toten Tanten' nennen, leben wir noch und ich hoffe, noch lange. Vor allem wissen wir, was sonst keiner weiß und so soll es auch bleiben. Wir haben Dinge getan, die besser keiner wissen sollte. Jedenfalls nicht, solange wir leben und auch nach meinem Tod soll besser die Flut drüber kommen."

„Die Flut soll drüber kommen, die Flut! So sehe ich das auch. Alles, über alles muss Schweigen herrschen", stimmte Hedda ihr zu.

„Schweigen, ja, das solltet vor allem ihr beiden. Ich fürchte stark, dass die Schwestern aus Carolinensiel an meinem Geburtstag etwas von eurem Gespräch mitbekommen haben. Warum könnt ihr nicht eure alten Mäuler halten? Die Sache ist über dreißig Jahre her, verdammt."

„Meta war's", kam es knapp von Hedda. Meta verstand nicht, wovon Hedda sprach.

Gesine erzählte den beiden nicht, was sie an ihrem Geburtstag getan hatte. Leider war die Aktion fehlgeschlagen, die zwei Frauen in Carolinensiel lebten noch.

Meta, die still am Herd stand und mit der Zubereitung des Tees beschäftigt war, drehte sich plötzlich um und erklärte mit fester Stimme, so, als ob es ihre Demenz nie gegeben hätte: „Wir machen reinen Tisch!"

„Wie bitte?", entfuhr es den beiden anderen Frauen wie aus einem Munde.

„Wir machen reinen Tisch und nehmen die Dinge nicht mit ins Grab."

„Da will ich noch lange nicht hin, also kann ich auch noch schweigen. Und du wirst auch deinem Mund halten, hörst du?

Niemand darf etwas erfahren. Wir wollen hier auf dem Hof sterben und nicht im Gefängnis. Und wenn du, Meta, dein seniles Mundwerk nicht hältst, sorgen wir dafür, dass sie dich ins Heim für Bekloppte bringen, hast du das verstanden?" Gesine funkelte ihre Cousine böse an.

„Bekloppte, sag nicht immer Bekloppte! Ich vergesse manchmal etwas, aber ich bin nicht bekloppt. Und im Moment weiß ich alles, alles!" Sie wischte sich eine Träne von der Wange.

Hedda stemmte sich mühsam vom Tisch hoch, fiel aber mit einem Stöhnen gleich wieder zurück auf die Bank.

„Aber handeln müssen wir", stöhnte sie auf. „Ich möchte nicht wissen was passiert, wenn Siebo erfährt, dass diese Bayerin …"

„Sei still, verdammt, sei still, dann passiert auch nix!" Gesine war wütend.

„Andererseits, wer sagt uns denn, dass die Rote nicht schon alles weiß?", wollte sie plötzlich wissen. Nun wurden die alten Frauen hektisch.

„Alles? Wie sollte sie?" Meta schaute entsetzt von einer zur anderen.

„Bist du dir denn wirklich sicher, dass Bertie sein Geheimnis mit ins Grab genommen hat?" Hedda zog sich ihren Schal fester über die Schultern.

„Das Geheimnis seines Fehltritts? Oder welches Geheimnis meinst du? Er hatte nicht nur eines! Bei dieser Frau, mit der er verheiratet war, kein Wunder! Nun, sentimental war er ja, unser Bertie. Aber auch schweigsam, all die Jahre? Meint ihr, er wusste, was wir …? Ich weiß es nicht."

„Wer außer uns weiß noch Bescheid?", fragte Gesine nachdenklich.

Für einen Moment herrschte wieder Schweigen in der Stube, dann klopfte Gesine mit der knöchernen Hand auf den Tisch und verkündete: „Wir fahren hin! Wir müssen eingreifen, sonst verliert Frerich alles. Das darf nicht sein. Er ist mit Lilo schon gestraft genug." Die beiden anderen Frauen sahen sich erstaunt an.

„Fahren? Wohin?"

„Zur Roten!"

Meta wollte wissen: „In dieses Hotel? Was willst du dort und wie willst du hinkommen? Mit dem Taxi? Und woher weißt du, wo sie wohnt? Und noch etwas. Woher wusstest du überhaupt, dass sie hier ist? Warst du es am Ende, die es Frerich gesteckt hat?"

Die letzten Fragen überging Gesine und meinte nur:

„Quatsch, für ein Taxi gebe ich kein Geld aus. Wir nehmen den Traktor. Ich lasse es nicht zu, dass Unruhe auf den Höfen herrscht. Aber auf Meta müssen wir aufpassen, die kann uns sehr gefährlich werden. Nich' wahr, Meta?"

Hedda klatschte vor Freude in die Hände: „Ich bin dabei, das wird ein Spaß und vor allen bin ich gespannt, wie ihr mich auf den Bock hochbekommt."

Meta sah Gesine nachdenklich an. Manchmal machte ihr die Cousine Angst. Was wusste sie, was andere nicht wussten und wer hatte ihr verraten, dass die Frau aus Bayern hier in Ostfriesland war? Und dann gab es da noch diese Vergesslichkeit, diese wirren Gedanken, die ihren Kopf immer wieder befielen. Außerdem ertappte sie sich manchmal dabei, dass sie Dinge sagte, die sie gar nicht sagen wollte. Dinge tat, die sie eigentlich nie tun wollte, nie getan hätte. Eigentlich bemerkte sie es schon seit ein paar Jahren, aber in der letzten Zeit war es schlimmer geworden. Gestern Morgen hatte sie sich im Nachthemd hinterm Stall wiedergefunden und keine Ahnung, wie sie dort hingekommen war. Meta wusste, dass es mit ihr nicht mehr lange gut gehen würde. Mein Gehirn verabschiedet sich und ich muss mich anstrengen und die richtigen Dinge tun!, nahm sie sich vor. Die richtigen Dinge …! Aber ins Heim gehe ich nicht! Niemals!

Nun, vielleicht würde ja ein Gespräch mit der Roten helfen, aber wollte Gesine wirklich nur mit ihr reden? Oder etwa wie vor über dreißig Jahren …?

Und wenn nicht? Meta blickte hinüber zu Gesine.

Die hatte ihr Gesicht abgewandt und schaute aus dem Fenster. In Gedanken suchte sie nach einer Lösung und wusste, dass sie mit aller Macht verhindern musste, dass die Wahrheit ans Tageslicht kam. Mit aller Macht, und wenn sie dafür töten, noch mal töten musste. Nichts, aber auch gar nichts durfte die Fremde hier ausrichten und die Schande am Ende an die Öffentlichkeit kommen. Es muss unser Geheimnis bleiben, über unseren Tod hinaus, nahm die Alte sich vor. Zum Glück hatte sie ein Telefongespräch von Frerich mitbekommen, in dem er darüber sprach, dass die Frau aus Bayern in der Gegend war. Das und noch mehr wusste sie inzwischen. Viel mehr. Dieses Wissen wollte sie für sich ausnutzen.

„Wann willst du zur Roten fahren?", wollte Hedda wissen, während sie in ein Stück Stuten biss, und holte Gesine damit aus ihren Gedanken.

Die war jedoch noch weit weg und murmelte leise: „Schnell, am besten heute noch!" Sie bastelte gedanklich an einem Plan, der ein für alle Mal für Ruhe sorgen würde und alles, was war, in einem Gülleloch vergraben sollte. Nur wie?

Auch Meta war tief in einem Gedankenstrudel versunken. Nein, in ein Heim wollte sie nicht. Gesine, aber auch Lilo drohten immer wieder damit. Nein, niemals ins Heim!, schwor sich die alte Frau. Lilo! Ihr Gesicht verfinsterte sich.

Beim Notar

Das Gespräch in der Kanzlei von Notar Ben Schniedehan empfand Franziska als kurz, aber informativ. Sie hatte mit ihm abgesprochen, was Hilko wünschte, die vom Konsulat ausgestellte Originalsterbeurkunde vorgelegt. Dem Notar lagen diese Dinge in Kopie vor, die beiden Umschläge von Hilkos Vater hatte er auch erhalten und zeigte Franziska, dass auch diese noch unversehrt waren. Das Testament hatte er ebenfalls erhalten und seine Unversehrtheit überprüft. Er rief seine Mitarbeiterin über die Hausanlage und bat sie, alles in einen großen Umschlag zu packen und wieder im Tresor einzuschließen.

Schniedehan war sehr erstaunt über den Aufwand, den sein Schulkamerad da betrieben hatte, fand die Angelegenheit aber überaus spannend.

„Ich bin wirklich neugierig, welches Geheimnis es übermorgen zu lüften gibt!", meinte er lachend zu Franziska. „Die Tiefen Ostfrieslands sind immer wieder aufregend und unergründlich. Nun, einiges hat er in seinem Begleitschreiben ja angekündigt. Wir werden sehen."

Franziska berichtete ihm nicht, dass ihr durch Hilkos Brief auch schon große Teile seines Vorhabens bekannt waren. Sie erinnerte sich an seine Worte, doch vorsichtig zu sein. Und sie hoffte inständig, dass er sie in seinem Testament nicht erwähnt hatte, denn erben, das wäre das

Letzte, was sie wollte. Sie verabredeten sich für den übernächsten Tag, den Tag, an dem die Testamentseröffnung stattfinden sollte.

Nun wollte sie den restlichen und auch den kommenden Tag an der Küste genießen.

Vor dem Haus des Notars – sie bog gerade um die Hausecke – stieß sie mit einer Frau zusammen, die sie sofort grob anfuhr.

„Hat die jetzt ‚rote Hexe' zu mir gesagt?", überlegte Franziska, und auch, dass ihr die Frau irgendwie bekannt vorkam, vergaß den Zwischenfall aber sofort wieder, denn eine andere Sache machte ihr Kopfzerbrechen. Schniedehan hatte angedeutet, dass es auf dem Hof finanzielle Ungereimtheiten geben solle, ein Steuerbüro sollte das prüfen. „Bringen Sie viel Zeit mit, die ganze Sache wird einiges davon in Anspruch nehmen", lautete sein Rat.

Ihre Gedanken wurden vom Klingeln ihres Handys unterbrochen. Auf dem Display las sie „Anonym", wischte darüber und meldete sich. „Ja?" Am anderen Ende war es still, nur Motorengeräusche konnte sie aus dem Hintergrund vernehmen. Schon wollte sie auflegen, als eine dumpfe Stimme zu hören war. „Dein Haus brennt, dein Haus brennt, und wenn nicht jetzt, dann sehr bald! Hau ab!", vernahm sie, dann war die Leitung tot, Stimme wie auch Motorengeräusche verschwunden. Erschrocken schaute Franziska auf das Gerät in ihrer Hand und verstand nicht. Was war das denn? Und wer war das? Wieder so ein dummer Scherz, wie bei den Anrufen in den letzten Tagen? Damals hatte sich keiner gemeldet. Nur „Hau ab!", hatte die Stimme gesagt. Aber jetzt? Dein Haus brennt, was sollte das …? Wer in Ostfriesland hatte ihre Handynummer? Kam der Anruf überhaupt aus Ostfriesland? Entschlossen tippte sie die Nummer ihrer Nachbarin in Tuntenhausen an. Über ein paar belanglose Worte erfuhr sie, dass zu Hause alles in Ordnung war. Von dem Anruf berichtete sie nicht. Nachdenklich steckte sie das Gerät in die Tasche und lief weiter.

„Okay!“, überlegte Franziska auf dem Weg zurück zu ihrem Wagen, „heute und morgen genieße ich die Seeluft, nachher gibt's Tee bei Jettchen und Fienchen, übermorgen ist Testamentseröffnung, nächste Woche die Seebestattung und dann nix wie zurück in die Berge!“

Dass es ganz anders kommen würde, ahnte sie nicht. Wie auch?

Kamelhaarbuckel

„Bayern meets Nordsee!", rief sie aus und startete den Motor ihres Wagens. Den Anrufer hatte sie inzwischen verdrängt. Einmal raus und die Nordseeluft um die Nase, den Wind in den Haaren spüren. Aber vorher wollte die Frau aus Bayern schnell noch rüber nach Schlicksiel, einfach mal sehen, wie es dort, wo sie einige Jahre gelebt hatte, jetzt aussah.

Langsam fuhr sie mit ihrem Käfer an dem Anwesen vorbei. Doch außer dass die Bäume in der Auffahrt und hinter dem Anwesen größer geworden waren und Frerich wohl den Seitenteil des Hauses umgebaut hatte, schien alles so wie früher zu sein. Die Wohnung, in der sie mit Hilko einst lebte, wie auch die der Eltern von Hilko und Frerich waren wohl zu Feriendomizilen umgebaut, der Seitenflügel verlängert worden. Der Parkplatz seitlich am Haus zeugte von vielen Besuchern. Ein riesengroßer ostfriesischer Gulfhof. „Eigentlich wunderschön!", fand sie. Aus der Ferne konnte sie erkennen, dass ein Mann über die Anlage lief, kurz vermutete sie, auch eine weibliche Person zu sehen. Wirklich erkennen allerdings konnte sie niemanden. Immer wieder waren Bäume und Blätter im Weg. Schnell richtete sie wieder den Blick nach vorn und gab ihrem gelben Käfer Stoff. Sie drehte das Radio an, die

Seitenscheibe wieder hoch und brauste laut singend über die Landstraße. Ein kurzer Gedanke an Hilko verflog sofort wieder.

Raus zur Küste zu fahren, die Seeluft zu genießen und sich dort vielleicht einen Strandkorb mieten, bevor es später zur verabredeten Teestunde ging. Das war der Plan. Sie schlug den Weg über Esens und Bensersiel ein, stellte fest, dass die berühmt-berüchtigte Umgehungsstraße noch immer oder vielleicht auch schon wieder gesperrt war, bog aber am Kreisel kurz entschlossen gen Osten ab. Dem, was sie unterwegs sah, was ihr gefiel oder auch nicht gefiel, schickte sie das eine oder andere Wort hinterher, auch dem Entschluss, nicht den Strand von Bensersiel aufzusuchen. „Nein, nicht zu den vielen Menschen, ich fahre raus nach Ostbense und genieße die Ruhe." Dorthin hatte es sie damals oft gezogen, mit Hilko, aber auch alleine.

Auch wenn an dem kleinen Küstenabschnitt keine Strandkörbe standen, dort hatte sie sich schon immer wohlgefühlt. Die Decke auf der Rückbank würde reichen. Mit einem Blick in den Fond des Wagens wollte Franziska sich vergewissern, ob diese dort auch wirklich lag, und fuhr zusammen. Im Fond saß ihr Ex!

„Hilko! Mann, muss das sein?" Franziska atmete zischend aus und fuhr fort. „Erst verschwindest du plötzlich aus dem Hotelzimmer, lässt dich über Stunden nicht blicken und dann erschreckst du mich hier fast zu Tode. Irgendwann fahre ich noch gegen einen Baum. Kannst du das bitte mal lassen?"

„Du willst nach Ostbense? Über die Kamelhaarbuckel?“, fragte Hilko von hinten.

„Woher weißt du?“

„Ich bin tot, hast du das vergessen?“

„Heißt das, dass du alles weißt, was so auf der Welt vor sich geht?“

„Alles nicht, aber das, was in meinem Umfeld und bei den mir nahestehenden Menschen passiert, schon.“

„Und warum hast du mir dann heute Morgen nur solch vage Andeutungen gemacht? Da ist doch noch mehr. Wovor wolltest du mich warnen? Ach ja, und warum hast du …!“ Doch Hilko unterbrach sie:

„Vor den Tanten, vor den drei toten Tanten. Ich weiß, dass sie, vor allem aber Tant' Gesine, etwas planen. Aber zuerst muss ich dir … Hörst du mir überhaupt zu, Franzi?“

Der war es inzwischen heiß geworden. „Wieso die toten Tanten? Was haben die mit uns zu tun?“, wollte sie wissen und kurbelte die Fensterscheibe der Fahrertür herunter.

Hilko sprach weiter. „Du kennst sie doch, es sind …“, verspürte aber kurz darauf den Luftzug, schrie entsetzt: „Mach das Fenster … heute im Hotel schon … du sollst …!“ und war verschwunden.

Franzi fluchte. „Hilko, was … oh Mann, nicht schon wieder.“ Sie war sauer. „Dann eben nicht!“ Auf der Landstraße war reger Verkehr, sie musste sich konzentrieren, durfte den Abzweig nicht verpassen.

Was sollte dieses Katz-und-Maus-Spiel von Hilko?

Kurz hinter dem Hotel Nordstern setzte sie den Blinker und bog auf den Nordsternweg in Richtung Küste ab.

Ob es dort wohl noch immer so idyllisch war wie früher? Kamelhaarbuckel nannte Hilko die Deiche im Sommer, wenn sie nicht mehr grün, sondern kamelhaarbraun von der Sonne ausgelaugt und trocken waren. Noch war es nicht so weit, aber in ein paar Wochen, wenn es weiterhin so heiß und trocken bliebe, bestimmt.

An einem kleinen Parkplatz, unterhalb des Deiches, stellte sie den Wagen ab und stieg aus. Ihr knallgelber Käfer stand ganz alleine auf dem Parkplatz. Von der Rückbank nahm sie die grüne Decke, eine Plastiktüte, in der sich eine weiße Mappe befand, warf sie auf den Beifahrersitz. Franziska schloss ihren Wagen ab und lief den Deich hoch.

Sie war alleine hier, kein Fahrzeug, kein Fahrrad, kein Mensch weit und breit. Herrlich! Nur ganz in der Ferne konnte sie einen kleinen roten Punkt auf dem schmalen Fahrweg erkennen, doch der interessierte sie nicht.

Hilko konnte sie ebenfalls nirgends entdecken. Auch gut! Franziska blieb auf der Deichkante stehen. Ganz leise, weit hinter sich, nahm sie dann doch Autogeräusche wahr, ignorierte diese aber.

Die Nordsee, nicht das graue Watt, nicht die glitschige Matschepampe, sondern die Nordsee war da. Tiefblau mit ganz leichtem Wellengang. „Mein Gott, wie schön“, entfuhr es ihr. Tief im Inneren gab ihr dieser Anblick, die Weite, die Ruhe ein Stück Geborgenheit. Franziska konnte nicht nachvollziehen, warum. Schließlich war sie doch ein Kind der Berge. Beschwingt lief sie weiter. Am Gedenkstein „Versunkene Dörfer“ machte sie kurz halt und las, was auf der Bronzetafel stand. Sie erinnerte sich an Hilkos Erzählungen, dass der Inhalt der Tafel dieses Gedenksteines in seiner Schulzeit Thema im Unterricht war. Er wies auf versunkene Landschaften aus früheren Jahrhunderten, versunkene Warften inklusive ihrer Siedlungen hin. Wahnsinn!, sprang ein Gedanke sie an, welche Kräfte die Natur doch hat.

Die Sonne spiegelte sich in den tanzenden Wellen, der tiefblaue Himmel gab der Nordsee heute ein Blau, welches man sonst nur aus südlichen Ländern kannte. Das Licht der Mittagssonne flimmerte am Horizont und ließ den Moment mystisch, bizarr und wunderschön erscheinen. Ein herrlicher Tag. „Jetzt fehlt nur noch Harfenklang und Engelstanz und dass Hilko neben mir erscheint."

„Hier bin ich!", hörte sie seine Stimme neben sich und stöhnte leise auf. Im Grunde hatte sie gehofft, dass er kommen würde, ging aber nicht auf ihn ein. Sie wollte nur den Moment genießen, sich vielleicht an schöne gemeinsame Zeiten erinnern.

Es war ein ganz besonderer Moment, vielleicht einer, der niemals wiederkommen würde. Der sanfte Wind trug ein Handyklingeln an ihr Ohr, das aber sofort wieder erstarb. Ruhe, es war einfach nur wunderbar ruhig hier.

Für den Augenblick schien das, was an Ärgernissen vor ihr lag, aus ihren Gedanken verschwunden. Auch der Anrufer von vor einer halben Stunde. Hilkos Tod, sein Auftrag, sein Erscheinen immer wieder, sogar das, was ihr heute im Hotelzimmer aufgefallen war. Die Ruhe – auch Hilko hielt die Klappe – und Abgeschiedenheit in der kleinen Bucht taten ihr einfach nur gut. Franziska streckte sich auf ihrer Decke aus, verschränkte die Arme hinter dem Kopf und richtete den Blick in den strahlend blauen Himmel. Schnell fielen ihr die Augen zu.

Irgendwann, zwischen Schlaf und Wachsein, glaubte sie, eine Stimme zu hören, die immer wieder flüsterte: „Wach auf, pass auf, Franziska! Wach auf, pass auf!" Träumte sie? Franziska öffnete die Augen und blinzelte ins Sonnenlicht. Hatte da jemand zu ihr gesprochen? Hilko, in einem Traum vielleicht? Franziska setzte sich auf und ließ den Blick über die Weite gleiten. Sie war alleine hier auf der Deichkuppe, doch nein, ganz in der Ferne, zwischen den blendenden Sonnenstrahlen, stand jemand und schaute zu ihr herüber.

Wer war das? Eine Frauengestalt? Oder doch ein Mann? Noch immer geblendet von dem grellen Sonnenlicht konnte sie es nicht erkennen. Die Gestalt war schlank, trug Hosen und Franziska glaubte lange Haare, die im Wind wehten, zu erkennen. Eine Frau! Obwohl, sicher war sie sich nicht. Die Person schaute zu ihr, nicht in die Ferne, nicht über das glitzernde Wasser, sondern zu ihr, das konnte Franziska nun genau erkennen. Sie stand auf, nahm den Blick nicht von der Gestalt. Die aber drehte sich plötzlich um und verschwand. Ein Schauer erfasst ihren Körper. Kam der von der kühlen Brise, die plötzlich von Seeseite aufzog, oder war es diese Erscheinung auf dem Deich?

„Du spinnst!“, schalt sie sich schnell und raffte ihre Sachen zusammen, „du bist schließlich nicht die Einzige, die diesen Platz kennt.“

Zurück an ihrem Wagen fuhr sie entsetzt zusammen. Jemand hatte das Fenster ihrer Beifahrertür eingeschlagen. Die weiße Plastiktüte, die sie neben sich auf dem Beifahrersitz abgelegt hatte, war verschwunden.

„Was zum Teufel …?“ Franziska konnte es nicht fassen, schaute sich suchend um. „Wer war das?“ Sehen konnte sie niemanden. Sofort fiel ihr wieder der Morgen im Hotelzimmer, die geöffnete Lade des Nachttisches und ihre durchwühlte Handtasche ein. „Ich bin also doch nicht verrückt im Hirnkasterl!“, sprach sie leise zu sich selbst und fluchte dann laut: „Himmelkreuzdonnerwetter! Wer war das und was soll das?“

Eigentlich wollte sie sich nun auf den Weg nach Carolinensiel zu den beiden befreundeten Ostfriesinnen in ihrem Haus auf dem Deich machen. Schließlich war sie dort zum Tee verabredet und die Teestunde nah. Doch nun musste sie zuerst zur Polizei, den Einbruch in ihr Auto melden, sonst würde es sicher Ärger mit der Versicherung geben. Franziska suchte den Wagen mit den Augen ab. Es fehlte nichts. Im Grunde hatte sie auch nie irgendwelche Wertsachen im Wagen. Nur die Plastiktüte mit der weißen Mappe war weg. Plötzlich kam die Bayerin in ihr durch. „Kreizkruzefixhimmiherrgottsakrament!“, schimpfte sie vor sich hin, der Inhalt der Mappe war wichtig.

Alle oder keine – Drei tote Tanten on Tour

Gesine hatte den alten Traktor aus der Scheune geholt und nahe der Kate geparkt. Der alte Deutz, ein gut erhaltenes Schmuckstück aus den Fünfzigern, tuckerte vor sich hin. Gemeinsam mit Meta versuchte sie nun, die schwerfällige und fast steife Hedda auf den hölzernen Sitz über dem hohen Kotflügel zu bugsieren. Ein schwieriges Unterfangen. „Komm, Meta, hoch mit ihr, auf den Bock! Hilf doch mal mit!“, rief sie stöhnend.

Nachdem sie es mühsam geschafft hatten, Hedda auf die erste Trittstufe zu wuchten, nahm Meta Heddas Krückstock zur Hilfe und schob von unten. Gesine, die schon oben war, zog.

„Fuß anheben, Hedda. Du musst den Fuß auf den nächsten Tritt stellen, sonst wird das nichts!“, keifte sie.

Plötzlich stieß Hedda wilde Schreie aus.

„Aua, Meta, bist du verrückt? Du schiebst mir ja den Stock ins Arschloch bis zur Schädeldecke durch. Noch ein Stück weiter und er kommt mir oben raus!“

Leise vor sich hin meckernd drehte diese den Stock um und stützte Heddas Hinterteil nun mit dem Griff des Stockes ab. Nach mehreren Anläufen, mit lautem Wehgeschrei von Hedda, die unbedingt darauf bestanden hatte mitzukommen, und schweißgebadet, schafften sie es dann doch. Gesine hatte auf dem Fahrersitz Platz genommen, Meta links neben ihr.

„Wo müssen wir denn hin?“, wollte Meta wissen.

„Hab ich doch gesagt, wir fahren Richtung Esens und nehmen uns die rote Hexe zur Brust. Du wirst aber auch immer seniler.“

„Ich will doch wissen, wo sie ist, wo finden wir sie?“

Gesine klopfte sich auf die Jackentasche. „Die Adresse habe ich hier!“

„Woher …?“, versuchte es Meta weiter, brach dann aber ab. Ihr Blick glitt über den Hof und verfinsterte sich. Lilo kam gerade aus einer der Ferienwohnungen. Lilo, immer wieder drohte sie, Meta ins Heim zu stecken. Dunkle Gedanken stiegen wie Gewitterwolken in Meta auf. „Nein, Lilo, nein! Das machst du nicht!“, raunte sie und umkrallte den Sitzbügel.

Qualmend und spuckend startete der alte Traktor, Gesine legte krachend den Gang ein und das stinkende Unikum holperte, beladen mit fast dreihundert Jahren ostfriesischer Boshaftigkeit, über den Hof. Hedda rechts, Meta auf der linken Seite klammerten sich mit ihren knochigen Arthrosefingern an der dünnen Haltebrüstung fest. „Gesine, wenn alles Reden nichts hilft, hast du auch an die Notlösung gedacht?“, kam es keifend von Hedda. Gesine klopfte sich nochmals an die Jackentasche und nickte. Ihre Antwort wurde vom Motorengeräusch verschluckt. Beide Hände fest am großen Lenkrad, schrie sie: „Festhalten, es geht los!“ und steuerte das alte Gefährt auf die schmale Straße. Es war ein skurriler Anblick.

Aus der Ferne beobachtete Frerich mit dem Handy am Ohr die Situation. „Wo die drei wohl wieder hinwollen?“, fragte er sich stumm. Andererseits war es ihm auch egal, denn er hoffte, dass sie dabei irgendwann mal unter die Räder kämen. Er hielt sie von ihren seltenen, aber waghalsigen Touren nicht ab. Mal fuhren die drei zum Tee in den Nachbarort, zum Geburtstag hochbetagter Menschen aus ihrer Schulzeit (in Ostfriesland wird man uralt) oder auch zum Supermarkt nach Esens. Oft war die alte Gesine auch alleine unterwegs. „Kräuter suchen!“, erklärte sie dann. Solange er zurückdenken konnte, fuhr Gesine dieses Gefährt. Einen Führerschein besaß sie nicht, aber keiner hatte auch je danach gefragt. „Tut mir den Gefallen, landet im nächsten Sloot* und brecht euch die morschen Hälse!“, rief er ihnen nach, was aber im lauten Motorengeräusch unterging. Frerich wusste nicht, in welcher Mission die drei unterwegs waren, wusste nicht, dass es im Grunde zu seinem Vorteil war, wenn sie ihren heimtückischen Plan umsetzten.

Er widmete sich wieder dem Telefongespräch und fragte: „Was ist das, was hast du gefunden? Sonst nichts? Und was befindet sich in der weißen Mappe?“ Kurz lauschte der Mann und antwortete: „Dann bring sie her, ich will mir das selbst ansehen. Und schau nach, was du sonst noch so im Wagen findest, vielleicht Papiere, die wichtig für uns sind.“ Wieder lauschte er kurz. „Ja, pack alles in diese Plastiktasche und bring es mir auf den Hof. Aber pass auf, dass Lilo dich nicht sieht. Sie stellt in den letzten Tagen dumme Fragen, als ahnte sie etwas von uns.“ Frerich steckte schnell das Handy weg, denn wie auf Bestel-

* Graben

lung kam Lilo um die Ecke des Hauses und stellte sich mit verschränkten Armen dicht vor ihren Mann.

„Was ist, hast du nichts zu tun?“, fuhr er sie an.

„So sprichst du nicht mit mir, mein Lieber. Ich bin nicht deine Magd. Auch wenn ich schon lange nicht mehr deine Frau bin, erwarte ich Respekt von dir.“ Lilo hatte mit fester Stimme gesprochen, die Frerich überrascht aufhorchen ließ. Er wich einen Schritt zurück und bevor er etwas entgegnen konnte, fuhr Lilo fort: „Dein kleines Flittchen soll sich hier nicht blicken lassen, verstehst du?“ Auch jetzt hatte sie das Überraschungsmoment auf ihrer Seite und nutzte die Gelegenheit: „Wenn du die Scheidung willst, bitte. Aber glaube nicht, dass du mich über den Tisch ziehen kannst. Ich gehe hier nur mit vollen Taschen raus, damit das klar ist. Schließlich habe ich auf dem Hof einiges an Arbeit eingebracht und keinen Pfennig dafür gesehen. Und jetzt kümmere dich gefälligst darum, dass es überhaupt etwas zu verteilen gibt und die ‚Rote‘ sich nicht die Taschen vollstopft.“

„Bist du bescheuert?“, fauchte Frerich sie nun an. „Scheidung? Volle Taschen? Was soll das? Du bist mit nix hier auf den Hof gekommen und kannst froh sein, wenn ich dir einen Anteil auszahle, aber so weit sind wir noch lange nicht!“

„*Du*, mein Lieber, kannst froh sein, wenn du überhaupt etwas bekommst und nicht im Knast landest. Schließlich bist du es, der hier die Bücher führt und sie die ganzen Jahre frisiert hat. Glaubst du, ich weiß das nicht? Wenn du mich reinlegen willst, erfährt das Finanzamt von deinen falschen Zahlen und davon, dass du Hilko betrogen hast, das kann ich beweisen. Also pass gut auf, was du tust. Mich hintergehst du nicht.“ Lilo warf ihrem Mann noch einen verächtlichen Blick zu und drehte sich auf dem Absatz um. Ohne ein weiteres Wort verschwand sie wieder hinter der Hausecke. Kurzzeitig stand Frerich wie versteinert. Das durfte nicht sein. Lilo würde ihre Drohung wahr machen, das wusste der Mann.

„Ich muss mir etwas einfallen lassen, sie wird mir zu gefährlich.“ Mit festen Schritten folgte er ihr, doch sie war nicht mehr zu sehen.

Ein Motorengeräusch von der Straße her kommend ließ ihn aufhorchen. Fuhr Lilo weg, wollte sie ihn etwa wirklich anschwärzen? In der Ferne sah er ein gelbes Auto vorbeifahren. Siri war das nicht, ihr kleiner alter Polo war rot. Wäre auch viel zu früh. Aber hatte sie nicht erwähnt, dass die fremde Frau im Hotel einen quietschgelben Wagen fuhr? Franziska?

Sie wird doch wohl nicht wagen, hier aufzukreuzen?

Der Wagen war nun wieder zwischen den Bäumen und Büschen verschwunden. Egal, er musste sich um Lilo kümmern, versuchen, sie umzustimmen, sonst ...

Aus den Augenwinkeln sah er währenddessen einen dunklen Schatten hinter einem Baum verschwinden. Lilo? Nein! Aber eine der Tanten konnte es auch nicht sein. Die waren ja mit dem Traktor vom Hof gefahren. Trieben sich etwa Feriengäste in dem Teil des Anwesens herum, der für sie tabu war? Frerich lief an der Hauswand entlang, schaute um die Ecke, aber da war niemand. Der Gedanke an Lilo ließ ihm keine Ruhe. Suchend nahm er den Weg hinter dem Haus entlang.

In Clinsiel!

Franziska traf später in Carolinensiel ein als geplant.

„Jettchen, Fienchen“, rief sie den beiden Ostfriesinnen zu, die vor der Haustür standen und sie schon erwarteten, „ich freu mich so, euch zu sehen. Entschuldigt bitte, dass ich mich verspätete habe, aber ich musste noch mal nach Wittmund zur Polizei!“ Franziska warf die Autotür zu und lief um den Wagen herum.

„Wieso Polizei?“, riefen Fienchen und Jettchen wie aus einem Munde. „Haben die drei Ollen was angestellt?“

Franziska schaute fragend von einer zur anderen. „Nein, ich meine … wen meint ihr?“

Jettchen schüttelte den Kopf, das wollte sie nicht vor dem Haus besprechen. „Kumm in, Deern, der Tee ist fertig!“

***

Sie saßen zu dritt um den großen Küchentisch, Franziska auf der Bank und lehnte sich genüsslich gegen die Wand.

„Ach, hier hat sich ja gar nichts verändert, seit ich das letzte Mal bei euch war. Aber jetzt sagt doch mal, was habt ihr vorhin gemeint?“

„Erzähl du lieber, warum du zur Polizei musstest."

Franziska stöhnte genervt auf: „Ich war in Ostbense am Strand, und als ich zu meinem Wagen zurückkam, hatte man mir eine Scheibe eingeschlagen. Ich frage mich, warum, denn im Wagen lag nichts von Wert, außer einer Arbeitsmappe, die ich dummerweise vergessen hatte rauszunehmen." Sie beugte sich Richtung Fenster und zeigte auf ihr Auto. Für die fehlende Seitenscheibe hatte ihr ein freundlicher Polizist mit Kreppband ein Stück Folie angeklebt.

Jettchen und Fienchen warfen sich einen vielsagenden Blick zu. Franziska bemerkte es und hakte nach. „Nun sagt schon, was los ist."

„Warst du schon in Schlicksiel? Wissen sie dort, dass du da bist?", wollte Oma Jettchen wissen.

„Nein, nur kurz durchgefahren bin ich. Einfach mal hinfahren und schauen, den Rest hebe ich mir für nach der Testamentseröffnung auf."

„Dann pass bloß up, Deern!" Jettchen hob den Zeigefinger, gleichzeitig schob sich die rechte Augenbraue hoch. Ein Zeichen dafür, dass etwas im Busch war. Sie fuhr fort: „Vor einigen Tagen waren wir auf dem Hyggehof, da braut sich was zusammen, das sage ich dir. Den drei bösen Weibern traue ich alles zu."

„Aber warum? Die können doch erst seit ein paar Tagen wissen, dass Hilko tot ist – und dass ich als Testamentsverwalterin fungieren soll, weiß niemand. Was ist hier los? Kann man in Ostfriesland hellsehen?"

„Sicher nicht, aber hier kennt jeder jeden und untereinander sind alle irgendwie verwoben und verbunden. Die

Küstenbande sind weit verzweigt. Es gibt gute, aber auch böse Bande. Also wundere dich nicht, wenn die auf dem Hof schon wissen, was Sache ist."

„Wie in Bayern!", lachte Franziska „Alles eine Sippschaft, alles eine Brut!" Schnell wurde sie allerdings ernst.

„Meint ihr", wollte sie nun wissen, „das mit meiner Autoscheibe hat eine Bedeutung? Ich meine, wegen des Testaments?"

Die beiden Ostfriesinnen zuckten synchron mit den Schultern.

„Wie gesagt, denen vom Hyggehof trau ich alles zu! Wenn Tomke doch nur endlich da wäre", setzte sie leise nach.

Oma füllte die Teetassen noch mal auf und schob Franziska ein weiteres Stück Kuchen auf den Teller. Die schaute plötzlich nachdenklich zur Seite und meinte nach einer Weile. „Da war jemand in der Ferne, ich dachte mir nix dabei, vielleicht hat es ja wirklich keine Bedeutung, aber dann …" sie brach ab. Jettchen, wie auch ihre Schwester, beobachteten sie gespannt.

„Und außerdem … heute Morgen, in meinem Hotelzimmer … ich dachte zuerst, ich spinne, aber jetzt … ihr habt mich unsicher gemacht." Franziska atmete tief durch und nahm nachdenklich einen Schluck Tee. Schon seit Jahren hatte sie keinen Tee mehr getrunken, er schmeckte ihr nur in Ostfriesland.

„Was ist denn passiert in deinem Hotelzimmer?", wollte Fienchen wissen.

Franziska erzählte den beiden, was sich zugetragen hatte. „Während du im Bad warst? Wie dreist! Ich sage ja, pass up, Deern!“ Sie überlegten zu dritt, was das wohl zu bedeuten haben könnte, wurden dann von Franziskas Telefon unterbrochen. Sie wischte über das Display – „Anonym“ war dort zu lesen – und erschrak. Ob das schon wieder …? „Ja bitte?“, fragte sie in den Apparat. Kurz darauf riss sie die Augen weit auf. „Hallo? Wer sind Sie? Was …?“ Sie nahm den Apparat vom Ohr, schaute nochmals auf das Display und drückte geistesgegenwärtig die Lautsprechertaste. „Hau ab, hab ich gesagt, sonst bist du tot“, kam es böse und so laut aus dem Gerät, dass auch die beiden alten Frauen es hören konnten.

Franziska war die Farbe aus dem Gesicht gewichen. „Nicht schon wieder. Ich glaube es nicht!“

Fienchen schnellte von ihrem Stuhl hoch und griff sich mit zittrigen Fingern das Telefon von der Küchenanrichte.

Oma lief mit flinken Schritten in die Speisekammer und kam mit der Schluckflasche und drei Gläsern zurück.

Franziska schaute abwechselnd zu den beiden, dann wieder entsetzt auf das Telefon in ihrer Hand.

„Wir haben das genau gehört“, krächzte Jettchen aufgeregt, „darauf müssen wir einen Schluck nehmen, bevor hier jemand vor Schreck umkippt.“

„Und ich rufe Carsten an, der muss sich darum kümmern!“ Fienchen suchte nach der Kurzwahl.

„Ein Glück, dass morgen Tomke zurückkommt, die wird die Sache sicher aufklären!“

„Lass das bloß Carsten nicht hören!“ Fienchen drohte ihrer Schwester mit dem Zeigefinger. „Ach, so was aber auch, er meldet sich nicht!“ Fienchen legte mit zittrigen

Fingern das Telefon auf den Tisch. Franziska saß noch immer wie versteinert am Tisch. Nach einer Weile löste sich ihre starre Miene und sie flüsterte: „Das war nicht der erste Anruf dieser Art. Und ich glaubte schon an einen dummen Scherz.“

Falsches Spiel … zur selben Zeit

Frerich hatte ungeduldig auf die junge Inderin gewartet. Als sie eintraf, stürmte er auf sie zu und wollte wissen: „Na endlich, Siri. Und? Was hast du?“

Sie hielt ihm eine weiße Plastiktüte hin und fragte, sich ängstlich umschauend: „Wo ist Lilo?“

„Keine Ahnung, irgendwo unterwegs in der hinteren Anlage. Ferienwohnung putzen wahrscheinlich.“

„Kann Frau uns sehen?“

„Nee, aber du hast recht, es darf uns keiner zusammen sehen. Noch nicht.“

Frerich führte die junge Frau am Arm hinters Haus. Neugierig öffnete er die Plastiktüte. Siri war nervös, sie hatte große Angst vor Lilo und ganz besonders vor den alten schwarzen Frauen, wie sie die drei toten Tanten nannte. Sie lief an der Hauswand entlang, spähte vorsichtig um die nächste Ecke.

„Frerich!“, schrie sie dann entsetzt auf. „Da jemand liegt. Oh, oh, das Lilo. Lilo liegt hier auf Boden, sieht aus wie tot.“

Frerich, der inzwischen eine weiße Mappe aus der Tüte gezogen hatte, schimpfte: „Was ist denn? Was läufst du durch die Gegend, verdammt?“

Siri zeigte entsetzt auf die auf dem Boden liegende Frau. „Das ist Lilo. Hast du …?“ Die junge Frau machte ein gurgelndes Geräusch und fuhr sich mit dem Zeigefinger über den Hals.

„Was denkst du denn von mir? Glaubst du wirklich, ich könnte jemanden töten? Ach Siri, glaubst du das?“ Frerich riss die Augen auf. Sofort lenkte sie ein. „Nein, natürlich nicht, mein Frerich. Aber ...“

„Nichts aber. Wir müssen jetzt klug handeln. Vor einiger Zeit ist die Frau mit dem gelben Auto vorbeigefahren. Die war das sicher. Sie hat Lilo getötet. Ich muss die Polizei anrufen.“ Wieder blickte er in die Tüte und zog mit spitzen Fingern ein zerknäultes Papiertuch heraus. Er reichte es der jungen Frau. „Siri, ist das deins?“

Die schüttelte den Kopf.

„Nein, war in Auto, ich in Tasche gepackt.“

Frerich schaltete blitzschnell.

„Nimm das Taschentuch und lege es neben die Leiche, dann weiß die Polizei sofort, wer es war.“

„Was ist das?“, wollte sie wissen.

„Siehst du doch, ein Taschentuch. Gehört der Frau mit dem gelben Auto.“

Sie tat, wie ihr geheißen und drapierte das Taschentuch neben Lilos Kopf.

„Aber jetzt ich muss zurück in Hotel, Pause ist bald rum.“

„Alles gut, Siri, die Mappe schau ich mir nachher an. Fahr los, mach weiter, als wäre nichts geschehen. Aber halte die Augen auf und ruf mich sofort an, wenn die Frau zurückkommt. Verstanden?“

„Ja, verstanden, mein Frerich. Rote Haare, gelbes Auto, ich pass auf. Und Lilo?“ Wieder zeigte sie auf die

Tote. „Ist jetzt bald vorbei alles?“, wollte sie zögerlich wissen.

„Bald, ganz bald, mein Mädchen, glaube mir.“

Frerich schaute seiner Geliebten noch nach, bis sie vom Hof verschwunden war, und wandte sich der toten Lilo zu. Das Taschentuch beschwerte er mit einem Stein, damit der Wind es nicht davonwehte. Gegen Abend wollte er die Polizei informieren, dass er seine Frau gefunden habe. Tot. Ein guter Plan, wie er fand. Alles lief so, wie er es sich wünschte, fast zu gut.

Anschließend zog er einen Zettel aus der Hosentasche und wählte erneut die Nummer mit seinem Handy an.

Nachdem er das Gespräch beendet hatte, speicherte er die Nummer und steckte den kleinen Apparat zufrieden weg. „Die werde ich noch einige Male brauchen“, wusste er. „Sie soll sich vor Angst in die Hose scheißen!“

Knapp dreihundert Jahre on Tour

Der alte Traktor knatterte über die Landstraße. Die Geräusche, die er von sich gab, ließen so manchen Passanten am Straßenrand erschrocken hochfahren. Es krachte und knallte aus dem alten Deutz, als würde eine Schusswaffe abgefeuert. Aber nicht nur das Gefährt selbst, sondern auch die drei Gestalten darauf ließen die Leute mit offenen Mündern zurück.

Gesine kümmerte sich nicht darum. Sie fuhr den Traktor, so lange sie zurückdenken konnte, scherte sich weder um die Leute noch um die Geräusche, sie waren ihr egal.

Manch einer am Straßenrand zückte das Handy und fotografierte die skurrile Erscheinung. Später waren die Bilder dann in den sozialen Medien mit entsprechenden Kommentaren zu sehen. Ein grüner Traktor, darauf drei in Schwarz gekleidete alte Frauen mit verbissenen Gesichtern, von denen sich zwei krampfhaft am Sitzgriff festhielten.

Beim Raiffeisenmarkt unterwegs hielt Gesine an und gab dem Mitarbeiter dort die Anweisung, aufzutanken. Der tat wie ihm geheißen. Er kannte die alte Frau. Wie in den letzten Jahren schon oft, erklärte er: „Der alte Deutz braucht eine Überholung. Bring ihn doch mal in die Werkstatt. Der knattert und pufft, das hört sich nicht gesund an!" Das aber wollte Gesine nicht hören.

„Der braucht ebenso wenig eine Überholung wie ich, höre ich mich etwa krank an? Und außerdem, was zu tun ist, mache ich selbst!" Sprachs und bestieg das alte Gefährt, als hätte sie nie etwas anderes getan.

„Wo ist Meta?", wollte sie dann von Hedda wissen, denn Metas Platz war leer.

„Ich glaube, die hat wieder einen Schub. Ganz plötzlich ist sie runter vom Bock und wollte nach Hause."

„Zu Fuß?" Gesine konnte es nicht fassen.

„Nein, sie ist zum alten Hein in den Wagen gestiegen. Ich denke, der fährt sie zurück zum Hof."

„Auch gut, dann muss ich nicht auf sie aufpassen." Gesine sah es pragmatisch.

Nach einer Dreiviertelstunde hatten die beiden Frauen ihr Ziel erreicht. Vor ihnen fuhr gerade ein kleiner roter Wagen auf den Parkplatz des Hotels.

Gesine allerdings parkte direkt vor dem Hotel, wies Hedda an, sitzen zu bleiben.

„Aber ich …", begann Hedda. Doch Gesine fuhr sie an: „Wir haben dich Plumpsack einmal auf den Bock gehievt, ein zweites Mal schaffe ich das jetzt alleine nicht. Also bleib sitzen und schrei laut, wenn du die ‚Rote' kommen siehst. So bist du wenigstens zu etwas zu gebrauchen und nicht umsonst dabei. Den Rest mach ich selbst."

Hedda schluckte die Boshaftigkeit wortlos, war sie doch froh, überhaupt dabei zu sein. Ihre Beine wollten einfach nicht mehr so, was sollte sie denn machen?

Endlich …

… hatte Fienchen Carsten erreicht, der mit Miri einen gesuchten Straftäter von der Spiekerooger Fähre abgeholt und in Wittmund in Gewahrsam genommen hatte. Später sollte der nach Oldenburg verbracht werden, aber das würden die uniformierten Kollegen übernehmen.

Fienchens Anruf hatte sehr dringend und besorgt geklungen, also entschied er sich, nach Carolinensiel zu fahren. Nachdem er seinen Schreibtisch aufgeräumt und die Tür des Nebenraums abgeschlossen hatte, rief er Miri zu: „Wir machen Feierabend, denke ich. Es liegt nichts mehr an. Wenn wir schon mal in Carolinensiel sind, können wir dort auch bleiben. Überstunden haben wir genug."

„Megagute Idee, warte, ich fahr noch schnell meinen Läppi runter."

Seit Miri mit auf der Dienststelle war, hatte es sich eingebürgert, dass sie gemeinsam zur Arbeit und zurück nach Carolinensiel fuhren, denn sie wohnte, wie zu ihrer Praktikumszeit auch, bei Oma und Tant' Fienchen.

Schnell hatte sie ihren Laptop zusammengeklappt, den Schreibtisch abgeschlossen und folgte Carsten nun durchs Treppenhaus.

„Was ist denn los in Carolinensiel?“, wollte sie wissen, als sie den Hof des Präsidiums verließen.

Carsten erzählte ihr von Fienchens Telefonanruf und davon, was er vor einiger Zeit von den beiden erfahren hatte.

„Und diese Bayerin ist jetzt da und wird bedroht?“, fragte sie nach.

Carsten zuckte mit den Schultern. „Scheint so, wir werden sehen.“

„Gut, dass Tomke morgen wiederkommt“, frotzelte Miri und grinste zu Carsten hinüber. Der drohte ihr mit der Faust.

„Du, Carsten“, unterbrach sie eine Weile später, als sie auf der B 461 gen Norden fuhren, „ich brauche endlich eine Wohnung. Lange kann und will ich auch nicht mehr bei den beiden lieben alten Frauen wohnen.“

„Warum?“, kam es von Beifahrersitz und mit einem Grinsen wollte Carsten wissen: „Hast du einen Freund?“

Als Miri nicht sofort antwortete, lachte er: „Aha, dachte ich es mir doch. Kenne ich ihn?“

„Ja, nein, nicht wirklich, aber egal! Ich will endlich selbstständig wohnen.“

Miri schwieg nun und Carsten bohrte nicht weiter. Sie wird schon reden, wenn sie es will, überlegte er, schlug dann aber aufs Lenkrad und schimpfte. Vor ihnen fuhr ein überbreiter Traktor mit eingeklappter Giftspritze, den zu überholen, bot sich keine Chance. Der Gegenverkehr ließ es einfach nicht zu.

„Jetzt biegt der auch noch Richtung Bahnhofstraße ab“, maulte er genervt. „Herrje, das gibt es doch nicht.“

Gegen siebzehn Uhr durchfuhren sie den zweiten Kreisel von Carolinensiel, noch immer hinter dem Traktor her und Carsten war froh, endlich sein Haus erreicht zu haben. Er setzte den Blinker, fuhr die Deichauffahrt hoch und parkte vor der Garage. Das übliche Begrüßungshallo seiner Kinder blieb aus, die waren seit ein paar Tagen mit ihrer Mutter auf Spiekeroog bei Onkel Thomas und Tante Gesche zu Besuch und würden erst in einigen Tagen zurückkommen. Carsten vermisste sie sehr.

Er schloss den Wagen ab und umrundete gemeinsam mit Miri das Haus hinüber zu den beiden Schwestern, die ihn schon sehnlichst erwarteten. Oma Jettchen stand händefuchtelnd vor dem Haus.

„Da seid ihr ja endlich, kommt rein, wir warten schon so lange.“ In der Auffahrt des Hauses von Jettchen und Fienchen stand ein VW Käfer mit dem Kennzeichen RO und in einer Farbe, die Carsten die Tränen in die Augen trieb. Rosenheim überlegte er, das ist wohl die berühmte Franziska. Na, mal sehen, was uns erwartet.

„Wir haben es alle gehört, ganz eindeutig“, begrüßte Fienchen die beiden völlig aufgelöst.

Am Küchentisch saß eine Frau mit knallrotem Wuschelkopf und großer, markanter Brille, die nun aufstand und Carsten begrüßte.

„Sorry, es tut mir leid, aber die beiden haben darauf bestanden, Sie zu informieren.“ Miri nickte sie zu.

Oma übernahm die Vorstellung und alle saßen nun um den Küchentisch. Franziska erzählte, was vorgefallen war.

Sie deutete an, warum sie in Ostfriesland war, erzählte von ihrem Notarbesuch, dem Ausflug an die Küste, der eingeschlagenen Scheibe und dass sie früher auf dem Hyggehof gelebt habe. „Nun muss ich den Letzten Willen meines Ex vollziehen, durchführen, vollstrecken oder wie man sonst sagen soll. Ich habe mich nicht darum gerissen."

Carsten hatte sich das alles angehört, ein paar Notizen gemacht und überlegte, was zu tun sei. Viel war im Moment eigentlich nicht möglich, und das sagte er Franziska auch.

„Wir können nur darauf hoffen, dass der Anrufer sich noch mal meldet. Dann sollten Sie das Gespräch aufnehmen, damit wir etwas in Händen haben. Ob das allerdings etwas bringt, kann ich Ihnen nicht sagen." Er notierte sich noch die Uhrzeit der beiden Anrufe, wurde dann aber vom Klingeln seines Handys unterbrochen. Das Display zeigte eine Nummer des Polizeireviers, so reichte er das Gerät zu Miri weiter, die die ganze Zeit schweigend zugehört hatte. „Hier, hör bitte mal, was die Kollegen von uns wollen."

Er hatte noch ein paar Fragen an Franziska und schlug dann sein Notizbuch zu.

„Wie gesagt, im Moment können wir da nicht viel unternehmen, zumal die Nummer, wie Sie sagen, unterdrückt wurde. Passen Sie einfach auf sich auf, und wenn der Anrufer sich noch mal meldet, nehmen Sie das Gespräch auf. Wenn irgendetwas ist, melden Sie sich bei mir." Er reichte ihr seine Visitenkarte.

„Wie? Mehr geht nicht? Ihr müsst zum Hyggehof, die waren das, nicht wahr, Schwester?" Jettchen war entsetzt.

Warum nur unternahm Carsten nichts? Fienchen nickte nur und schüttelte anschließend den Kopf. „Hm, hm, hm", machte sie. „So was aber auch, hm, hm, hm."

Miri hatte das Gespräch mit dem Kollegen inzwischen beendet und bat Carsten, kurz mit ihr vor die Tür zu kommen.

„Was ist passiert? Müssen wir noch mal raus?", wollte der verwundert wissen, als er Miris ernste Miene sah.

Die zog ihn am Ärmel vor die Tür und berichtete, was sie gerade erfahren hatte.

Kurz darauf kamen sie in die Küche des alten Kapitänshauses zurück und Carsten erklärte mit fester Stimme: „Frau Gronewald, waren Sie heute in Schlicksiel?"

„Ja", antwortete die verdutzt, „ganz kurz. Warum?"

„Dann muss ich Sie bitten, mitzukommen."

„Warum?", riefen Franziska, Oma und Tant' Fienchen fast gemeinsam aus.

„Es hat auf dem Hyggehof eine Tote gegeben, kommen Sie bitte."

„Eine Tote? Wer? Aber ich war doch gar nicht auf dem Hof. Ich bin nur durch den Ort und die Straße am Hyggehof vorbeigefahren."

„Sie wurden aber auf dem Hof gesehen. Kommen Sie bitte mit, vielleicht klärt sich ja alles schnell auf."

Oma Jettchen erhob sich von ihrem Platz und stellte sich direkt zwischen Carsten und Franziska.

„Wir lassen die Deern nicht gehen, bevor du uns sagst, was passiert ist. Wer ist tot? Eine von den alten Weibern? Um die isses nicht schade, außerdem haben sie ihr Alter, also?"

„Oma, bitte, mach keine Schwierigkeiten, geh zur Seite.“

„Schwierigkeiten sind unser Spezialgebiet, das weißt du doch, mein Junge. Also?“

„Oma, dazu ist jetzt keine Zeit. Auf dem Hyggehof liegt eine tote Frau. Ihr Mann hat, als er die Kollegen informierte, erwähnt, er habe eine rothaarige Frau gesehen, die sich heftig mit seiner Frau gestritten habe. Außerdem hat er ihren gelben Käfer beschrieben.“ Carsten deutete auf Franziska. „Das müssen wir nun klären und dazu brauchen wir Frau Gronewald.“

„Das ist ein abgekartetes Spiel!“, keifte nun auch Fienchen und klopfte mit einer Teetasse auf den Tisch, „das ist alles abgekartet. So sind sie auf dem Hyggehof, wir kennen sie schon lange. Außerdem gibt es noch mehr rothaarige Frauen in Ostfriesland. Wieso muss das ausgerechnet Franziska gewesen sein?“

Carsten stimmte ihr zu, setzte dann aber nach: „Auch mit knallgelbem VW Käfer?“

Er nutzte das Überraschungsmoment und die kurzzeitige Sprachlosigkeit der beiden alten Frauen, fasste Franziska am Arm und bat: „Kommen Sie, das klärt sich sicher alles.“

Sie führten Franziska ums Haus zu Carstens Fahrzeug.

„Hast du die Adresse?“, wandte Carsten sich an Miri.

Bevor seine junge Kollegin antworten konnte, bemerkte Franziska: „Ich kann Ihnen den Weg zeigen.“

Im Haus auf dem Deich war nun Palaver angesagt. Oma und Tant’ Fienchen waren mächtig sauer auf Carsten.

„Da holt man ihn zur Hilfe und was macht der Kerl? Er verhaftet Franziska!“, schimpfte die eine.

„Franziska ist doch keine Mörderin, so was aber auch. Was soll nur werden? Muss sie etwa ins Gefängnis?“, jammerte die andere.

Jettchen war entschlossen zu handeln. „Das lassen wir nicht zu, wir müssen was tun. Gleich morgen früh setzen wir uns in ein Taxi und fahren zum Hyggehof. Wollen doch mal sehen, ob wir etwas ausrichten können. Das wäre ja noch schöner.“

Die Beweislage …

… war schwierig. Hier stand Aussage gegen Aussage. Franziska bestand weiterhin darauf, nicht auf dem Hof gewesen, sondern nur daran vorbeigefahren zu sein.

„Haben Sie dabei etwas beobachtet?“, wollte Carsten wissen.

„Nein, beobachtet habe ich nichts. Ein Mann lief über den Hof und eine zweite Person verschwand hinterm Haus. Das habe ich aber nur aus der Entfernung gesehen.“

„Wer war das?“

„Kann ich nicht sagen, dunkle Kleidung, weit, wohl eher eine Frau.“

„Diese Frau?“, schaltete sich nun Miri ein und zeigte auf die Leiche.

„Nein, die trägt helle Kleidung und eine Hose. Ich habe dunkle Kleidung gesehen und wohl eher einen weiten Rock. Die Frau hier trägt Jeans.“

Inzwischen waren auch die Spurensicherung sowie Rechtsmedizin in Person des meist mürrischen Hajo Manninga eingetroffen. Heute allerdings sah man den Leichenfledderer, wie sie ihn nannten, bei bester Laune. Carsten hatte ihn noch nie summend und pfeifend bei einer Leiche erlebt. Was ihm wohl Gutes widerfahren war? Nachfragen wollte er nicht, am Ende änderte sich dessen Laune wieder und auf Gemotze hatte er keine Lust.

Frerich Gronewald giftete seine Schwägerin an: „Du hast Lilo auf dem Gewissen, ich habe dich gesehen. Dich und deine roten Haare. Dein komisches Auto übrigens auch. Hier hat es gestanden." Er zeigte auf eine kleine Ausbuchtung vor einem Blumenbeet.

„Quatsch!", kam es von Franziska.

„Und da ist noch etwas!" Der Mann deutete auf die Kollegen der Spurensicherung und meinte: „Fragen Sie mal Ihre Leute, was sie neben meiner Frau gefunden haben."

Carsten betrachtete die Leiche, bat Gronewald, sich doch besser etwas abseits zu stellen, und wollte wissen, wer denn noch auf dem Hof lebe. „Unsere drei alten Tanten, aber die sind mit dem Traktor unterwegs, schon seit ein paar Stunden. Wann sie wiederkommen, kann ich nicht sagen."

Carsten vermutete, dass es sich hier um die von Jettchen und Fienchen erwähnten Frauen handelte, und hakte nach. „Wohin sind die drei gefahren?"

Frerich Gronewald antwortete mit einem Achselzucken.

Der Kommissar atmete tief durch und ging zu den in weiße Ganzkörperkondome verschnürten Kollegen der Spusi. Rikus Stevensen, der Chef der Truppe, kam ihm entgegen.

„Und?", sprach Carsten ihn an. „Kannst du schon was sagen?"

„Ach was, wir sind doch auch erst ein paar Minuten da."

„Der Ehemann hat angedeutet, dass ihr etwas gefunden habt?"

„Nicht viel, nur ein Taschentuch neben der Leiche, aber das sagt noch nichts. Es klemmte zwischen einem Stein und dem Kopf der Frau.“

„Die Mordwaffe?“

„Du meinst den Stein? Dazu kann ich noch nichts sagen.“

Er griff in eine weiße Schale, die er in der linken Hand hielt, und zog einen Asservatenbeutel hervor. „Das ist das Tuch, ein Papiertuch. Es kann genauso von der toten Frau sein. Allerdings hat er uns gleich mit der Nase darauf gestoßen, es war ihm wohl wichtig.“ Rikus zog nachdenklich die Stirn in Falten. Carsten bemerkte es und schaute sich suchend um.

„Kann die Frau auch gestürzt sein? Auf den Stein, meine ich?“

„Eher nicht“, kam es von Rikus, „die tödliche Verletzung befindet sich am Hinterkopf, die Frau lag aber auf dem Bauch, somit müsste sich die Kopfverletzung auch am Vorderkopf befinden. Also eher nicht. Unfall, meine ich. Aber, das werden wir und die Kollegen der KTU und natürlich Freund Manninga alles in Erfahrung bringen.“ Carsten nickte ihm gedankenverloren zu.

Miri stand mit Franziska Gronewald ein paar Meter hinter ihm.

„Frau Gronewald“, begann er nun, „können Sie mir hierzu etwas sagen?“ Er hielt den Beutel mit dem Taschentuch hoch und deutete hinüber zur Leiche.

„Wozu? Zu diesem Tuch? Quatsch, ich sagte doch, ich war nicht auf dem Hof!“

„Der Mann hat Sie gesehen, auch Ihren Wagen beschrieben. Wir haben dieses Beweismittel gefunden. Wenn wir es überprüft haben und Ihnen zuordnen können, sieht es schlecht für Sie aus."

„Dann überprüfen Sie mal, mir kann es nicht gehören. Der will mir was anhängen, ist ja nicht zu fassen."

Miri hatte das Geschehen die ganze Zeit wortlos beobachtet. Carsten bemerkte, dass ihr etwas nicht gefiel. Er kannte sie, trotz der kurzen Zeit, die sie zusammenarbeiteten, doch schon recht gut.

„Was passt dir nicht?", wollte er wissen.

„Der Mann!", begann sie, „sein Hinweis auf den Fund, seine ganze Art, da stimmt was nicht."

„Okay, Fräulein Kommissar, was stimmt da deiner Meinung nach nicht?"

„Ich weiß es nicht!"

Sie schaute zu Franziska, dann hinüber zu deren Schwager, der an eine Wand gelehnt das Geschehen beobachtete.

„Das ist alles so offensichtlich. Darf ich mal etwas ausprobieren?", wollte sie von Carsten wissen.

„Na, dann mach mal, wenn's hilft!"

Miri zog ihren Notizblock aus der Hosentasche und bat Franziska um ihre Handynummer, notierte sie und ging zu Frerich Gronewald hinüber. Carsten schaute ihr nach und ahnte plötzlich, was kam.

Er sah, dass seine Kollegin kurz mit Gronewald sprach, dann zog der sein Handy aus der Tasche und gab es ihr. Miri tippte kurz darauf herum und hielt es dem Mann dann vors Gesicht. Der versuchte danach zu greifen, doch Miri war schneller, denn plötzlich klingelte Franziskas Telefon.

Mit einem triumphierenden Grinsen schaute die junge Kommissarin zu Carsten. Der hob den Daumen.

„Die Nummer von Frau Gronewald ist hier eingespeichert und es hat mehrere ausgehende Anrufe zu dieser Nummer gegeben!“, rief sie ihm zu.

„Gut gemacht, Kollegin!“

Franziska, die das Ganze zwar verfolgt hatte, verstand allerdings den Sinn nicht, bis Carsten sie aufklärte.

„Der anonyme Anruf mit der Drohung scheint vom Handy Ihres Schwagers, oder Schwagers, gekommen zu sein. Wir werden das noch genau überprüfen, aber wie es scheint …“

„Rikus!“, rief er seinem Kollegen zu, „kannst du bitte das Handy übernehmen? Ich erkläre dir gleich, warum. Und dann habe ich noch eine Bitte!“ Er ging auf den Mann zu und sprach kurz leise mit ihn. Der nickte, zog einen Asservatenbeutel für Frerichs Handy hervor, dann ging er weiter seiner Arbeit nach.

„Das wäre geklärt. Wenn der Mord an der Frau sich auch so schnell aufklärt, können wir bald nach Hause fahren.“ Carsten wusste allerdings, dass hier eher der Wunsch der Vater des Gedankens war.

Miri war happy, dass sie mit ihrer Vermutung so richtiggelegen hatte.

„Wie bist du auf die Idee gekommen, Gronewald zu verdächtigen?“, wollte Carsten von ihr wissen.

„Frag mich nicht, das war so ein Gefühl, vielleicht auch, weil er uns nicht in die Augen schauen konnte. Außerdem war er gar so erpicht darauf, Frau Gronewald zu belasten. Der setzt alles daran, sie fertigzumachen.“

Sie unterhielten sich noch eine Weile. Im Grunde glaubten sie nicht daran, dass die Frau aus Bayern mit dem Mord etwas zu tun haben könnte. Carsten deutete zwischendurch immer wieder auf Franziska und ging dann zu ihr.

„Wo wohnen Sie?", wollte er von ihr wissen.

Die zog eine kleine Karte aus ihrer Tasche und hielt sie ihm hin.

„Okay, Sie können heute in Ihr Hotel gehen, aber halten Sie sich zu unserer Verfügung. Der Verdacht ist schließlich noch nicht ganz ausgeräumt, in den nächsten Tagen müssen Sie …"

Franziska unterbrach ihn:

„In den nächsten Tagen habe ich hier so viel um die Ohren, ich kann die Gegend gar nicht verlassen. Das Testament, Sie wissen doch!"

Carsten nickte, dann meinte er: „Na ja, wenn ich Sie in Gewahrsam nehmen würde, bekäme ich mit meinen beiden Nachbarinnen höllischen Ärger, das kann ich mir nicht erlauben."

„Und ich wohne dort!", fügte Miri lachend ein, „die zwei lassen mich nicht ins Haus, wenn ich sagen muss, dass wir Sie eingesperrt haben."

„Was machen wir mit dem Ehemann?", wollte Miri von ihrem Chef wissen. „Verhaften?"

„Nein!", beschloss der nach kurzer Überlegung, „nicht wegen der Anrufe bei seiner Schwägerin, auch nicht wegen der Verdächtigungen. Den holt jeder Anwalt nach ein paar Stunden wieder raus. Lassen wir ihn und beobachten, was weiter geschieht. Vor allem müssen wir warten, was Spurensicherung und anschließend die Kollegen der Kriminaltechnik uns sagen können. Den Mord an seiner Frau können wir ihm auch nicht nachweisen. Komm, lass uns nach Hause fahren."

Zu Franziska gewandt erklärte er: „Wir nehmen Sie mit zu Ihrem Wagen, es kann allerdings noch etwas dauern, bis Sie von dort losfahren dürfen. Die Kollegen der Spurensicherung müssen ihn sich noch ansehen."

„Von mir aus, wenn es der Wahrheitsfindung dient und ich übermorgen den Notartermin bei Schniedehan einhalten kann. Sie können ihn übrigens gerne anrufen. Hoffentlich finden Sie in der Zwischenzeit den wahren Mörder, ich jedenfalls habe Lilo nicht umgebracht." Plötzlich huschte ein Lächeln über ihr Gesicht. Miri sah es und wollte wissen: „Warum lächeln Sie jetzt?"

„Weil mein letzter Satz nicht vollständig war. Richtig hätte es heißen müssen: Ich habe Lilo nicht getötet, auch wenn ich es in den Jahren, als ich hier lebte, tausendmal hätte tun wollen. Den Job hat jetzt ein anderer für mich erledigt."

Miri wollte etwas entgegnen, doch Carsten unterbrach sie.

„Wir fahren, alles Weitere morgen. Dann vernehmen wir auch die drei alten Frauen. Ich hoffe, sie sind dann wieder zurück auf dem Hof."

Frerich Gronewald fragte er noch nach seinem Alibi für den Mord an seiner Frau. Bei der Tatzeit müsste es sich um den Nachmittag handeln. Der Mann behauptete, hier auf dem Hof gewesen zu sein. Ein Alibi konnte er nicht nachweisen. Carsten wies ihn an, das Anwesen, mindestens aber die Gegend nicht zu verlassen und versicherte ihm, das mit dem Drohanruf würde noch ein Nachspiel haben.

So stiegen sie dann zu dritt in Carstens Wagen und fuhren Richtung Carolinensiel. Gronewald blickte ihnen nach. Sein Handy hatten sie mitgenommen, aber das sah er nicht als so tragisch an, schließlich besaß er noch ein zweites, das, mit dem er mit Siri telefonierte. Er hatte es vorsichtshalber angeschafft, vor Jahren schon, denn Siri war nicht die erste Frau, die er neben Lilo hatte.

Inzwischen war es schon nach achtzehn Uhr. Miri knurrte der Magen. Carsten hörte es und erkundigte sich: „Hunger? Sie auch Frau Gronewald?"

„Bisher nicht, der Schock, dass Sie mich verdächtigen, ist mir auf den Magen geschlagen, aber jetzt verspüre ich so langsam auch ein Hungergefühl."

„Pizzeria?", wollte Miri wissen.

Carsten lachte auf. „Nein, das machen wir ganz anders. Ruf bitte auf dem Deich an und sage den beiden, dass wir zu dritt auf dem Rückweg sind. Alles Weitere ergibt sich von selbst. Glaube mir."

Miri verstand nicht gleich, wie er das meinte, tat aber wie ihr geheißen. Nach dem Gespräch schubste sie Carsten an und grinste: „Okay, hab's kapiert. Sie richten uns was zum Essen."

Franziska meldete sich von der Rückbank: „Muss ich das verstehen?"

„Na, da wir Sie wieder mitbringen, wissen Oma und Fienchen, dass wir Sie nicht verhaftet und in den Kerker geworfen haben. Zur Belohnung bekommen wir ganz sicher ein karges Mahl." Sie lachten alle drei und die Fahrt ging schweigend weiter. Alle hingen sie ihren Gedanken nach. Jeder auf seine Art.

Zuvor – Am frühen Abend

Zwei böse Alte auf dem Weg nach Hause

Gesine war zufrieden. Hedda wartete vor dem Haus und würde sich melden, wenn die Rote unverhofft auftauchte. Um die demente Meta musste sie sich nicht kümmern, die war sicher wieder zu Hause.

Sie hatte die kleine Inderin abgefangen und ihr unmissverständlich klargemacht, was zu tun sei. Die nahm total eingeschüchtert den Hauptschlüssel von der Rezeption und lief, sich immer wieder vorsichtig umschauend, vor der alten Frau die Treppe zum ersten Stock hoch. Vor dem Zimmer mit der Nummer 111 blieb sie stehen und klopfte an die Tür. Als sich niemand meldete, hämmerte sie etwas fester dagegen.

„Lass doch gut sein, sie ist nicht da. Schließ auf und pass auf, dass keiner kommt." Flink, die zweiundneunzig Jahre traute man ihr hier nicht zu, schlüpfte sie durch die halb offene Tür und schob sie hinter sich zu. Im Zimmer schaute sie sich um, zog ein kleines Fläschchen aus der Tasche und schraubte es vorsichtig auf. Kein Tropfen durfte verloren gehen, aber auch kein Tropfen an ihre Haut kommen. Auf dem Tisch des Zimmers stand eine Wasserflasche. Na bitte, das war doch eine gute Möglichkeit. Dann musste sie aber feststellen, dass die Flasche noch original verschlossen war, und stellte sie wieder weg.

Durch eine halb geöffnete Tür erkannte sie das Badezimmer des Hotelzimmers und ging hinein. Auf der Ablage über dem Waschbecken fand die Frau, was sie suchte.

„Ich werde auf Nummer sicher gehen", überlegte Gesine laut, nahm die Zahnbürste aus dem Glas, ließ zwei Tropfen der Tinktur darauflaufen, träufelte etwas in das Glas und wiederholte es bei ein paar anderen Kosmetikartikeln, die sie dort fand. Gesine wusste, dass ihre Tinktur über die Haut mehr als gefährlich, oral jedoch tödlich war. „Je zwei Tropfen, das reicht. Ich will nichts vergeuden." Bedächtig drehte sie die kleine Flasche wieder zu und ließ sie in der Tasche ihres weiten Rockes verschwinden. Im Hotelzimmer zurück, öffnete sie den Kleiderschrank, schob Kleidungsstücke auseinander, Schubladen auf, schlug diese wie auch die Lade ärgerlich zu. Was hoffte sie zu finden? In den beiden Schubladen des Nachttisches rechts und links des Bettes gab es zu ihrem großen Bedauern auch nichts zu entdecken. Gesine warf die Bettdecke zurück, hob das Kopfkissen hoch. „Die Rote hat die Unterlagen gut versteckt", presste sie durch die Zähne.

„Ich heute Morgen alles schon untersucht, wie Frerich gesagt", kam es in gebrochenem Deutsch von der Tür. Gesine fuhr herum.

„Du kleines nichtsnutziges Ding, ich habe gesagt, du sollst draußen vor der Tür aufpassen", blaffte sie die junge Frau an. „Ich möchte nur wissen, was Frerich an dir findet. Kannst nicht mal richtig sprechen, bist zu nix zu gebrauchen." Sie marschierte auf Siri zu und drehte sich vor der Tür noch mal um. „Räum da drinnen auf und schließe wieder ab, sie darf nicht merken, dass jemand im Zimmer war. Und kein Wort zu niemandem, hörst du? Sonst verrate ich Lilo, was Frerich mit dir so treibt. Die hängt dich an deinem langen Zopf auf, das glaube mir."

Sprachs, schob die junge Frau grob zur Seite und verschwand auf dem Weg, den sie auch gekommen war.

Siri blieb verängstigt zurück. Die böse alte Frau war ihr nicht geheuer. Nur vor Lilo, das wusste sie, musste sie keine Angst mehr haben. Sie richtete das Bett, so, wie sie es beim Zimmerservice immer tat. Schaute in den Schrank, schloss ihn korrekt und ging ins Bad. Dort sah alles so aus wie am Morgen, als sie das Bad gereinigt hatte. Zahnputzglas, Kosmetika, alles stand ordentlich an seinem Platz. Auch der Lippenstift, der ihr so gut gefiel. Wie am Morgen auch, nahm sie die Kappe ab, drehte ihn auf und zog sich die Lippen nach. Dann stellte sie ihn zurück auf die Ablage, betrachtete sich im Spiegel. Siri gefiel, was sie sah. Sie presste die Lippen fest zusammen, machte anschließend einen spitzen Mund. Die Farbe des Lippenstiftes faszinierte sie. Bevor sie das Licht im Bad löschte, fuhr sich die junge Frau mit der Zunge über den Mund, nun glänzten ihre Lippen besonders schön.

Zufrieden verließ die junge Inderin das Hotelzimmer und nahm sich vor, bald auch einen solchen Lippenstift zu kaufen. Frerich würde es sicher gefallen.

***

Hedda saß noch immer auf dem Traktor. Plumpsack hatte Gesine sie genannt, als sie Richtung Hotel verschwunden war. Das ärgerte die Frau sehr. Aber sie war nun mal wirklich gebrechlich und schwerfällig. Die alten Knochen machten ihr schwer zu schaffen. Noch mehr ärgerte Hedda, dass sie nicht sehen konnte, was Gesine im Hotel trieb. Ob die Rote wohl auch da war?

Es dauerte keine zehn Minuten und Gesine kam zurück. Sie kletterte auf den Traktor. Hedda wollte wissen: „Hast du …? Hast du wirklich? So wie damals, als die junge Frau mit dem Kind …"

„Halt's Muul!", unterbrach die sie giftig. „Vergiss, dass wir hier waren. Vergiss es, so wie Meta alles vergisst."

„Gesine", keifte Hedda zurück, „du bist ein böses Weib!" Sie schlug ihr gegen den Arm.

Gesine wandte sich ihr zu und drohte: „Kein Wort, verstehst du? Kein Wort zu niemandem. Ich hoffe nur, dass ich mich darauf verlassen kann. Sonst …" Sie klopfte auf ihre Rocktasche und startete den Traktor. Hedda saß wie versteinert. Pures Entsetzen sprach aus ihren Augen. Übertreibt es Gesine?, fragte sie sich stumm. Bekommen wir auch irgendwann ihre Tropfen verabreicht?

Schweigsam nahmen die beiden Alten den Weg zurück zum Hyggehof. Es war eine lange, anstrengende Fahrt. Hedda schmerzte das Hinterteil, aber das ließ sie sich nicht anmerken.

Auf dem Hof erwartete sie allerdings eine böse Überraschung.

***

Am frühen Abend trafen sie auf dem Hof ein. Die Ermittlungsarbeiten waren schon beendet, nichts deutete auf das Geschehen vom Nachmittag hin.

Gesine stellte den Traktor ab, mit viel Mühe hievte sie Hedda nun wieder von dem Gefährt, was nicht ohne Wehklagen geschah.

Frerich hörte es und kam aus dem Haus. Meta war nirgends zu sehen.

„Wo wart ihr?", wollte er wissen. „Und wo habt ihr Meta gelassen?" Gesine überging die letzte Frage.

„Das wirst du schon noch früh genug erfahren. Aber wo ist deine Frau? Die Wäsche hängt noch auf der Leine, die darf nicht über Nacht dort hängen bleiben, das bringt Unglück.

„Ist schon passiert!"

„Was?

„Das Unglück! Lilo ist tot!"

Gesine fuhr entsetzt herum.

„Was? Was ist passiert? Hast du sie beiseitegeschafft, um frei zu sein für deine kleine Schlampe? Ja, schau nicht so, ich weiß das schon lange."

Nach einem kurzen Moment antwortete Frerich: „Nein, die Rote hat sie erschlagen!"

Hedda schlug sich entsetzt die Hände vors Gesicht. Gesine meinte nur: „Na, dann musst du das Erbe nicht mit ihr teilen."

„Wo wart ihr?", fragte Frerich noch mal.

„Dein Erbe sichern. Aber vielleicht war es ja umsonst!", meinte Gesine lakonisch und zog Hedda mit sich fort.

Meta fanden sie in der Stube. Sie saß in ihrem Sessel, die Beine auf einem Hocker vor sich ausgestreckt.

„Da bist du ja. Was sollte das? Warum bist du einfach zurück zum Hof?“ Gesine baute sich vor ihr auf.

„Warum habt ihr mich nicht mitgenommen?“

„Bitte? Bist du jetzt ganz blöd?“ Gesine schaute ihre Cousine fragend an. In ihren Händen drehte sie etwas, das Gesine nicht erkennen konnte.

„Ich weiß es nicht!“, kam es aus dem Sessel.

Hedda schüttelte den Kopf. „Was hast du die ganze Zeit getrieben, Meta?“

„Ich weiß es nicht! Sie haben gestritten. Lilo war böse, so böse. Frerich auch. Ihr habt mich nicht mitgenommen. Ich will hierbleiben. Ich geh nicht ins Heim.“

Meta hatte wieder einen schweren Schub. Man muss sehr auf sie aufpassen, stellte Gesine fest.

„Viele Leute sind auf dem Hof. Die Rote, die Rote ist auch da.“ Meta deutete zum Fenster.

„Nein, niemand ist da, draußen ist alles ruhig“, versuchte Hedda nun, die alte Frau zu beruhigen.

***

Dass der Abend für die beiden Ermittler doch noch friedlich im Haus auf dem Deich endete, Miri und Carsten nicht Hunger leiden mussten, war ausschließlich der Tatsache geschuldet, dass sie Franziska mitbrachten und die später zurück in ihr Hotel fahren durfte.

Die Spurensicherer untersuchten inzwischen die Reifen des alten Käfers und verschwanden dann in Richtung Kommissariat. Jetzt mussten die Kriminaltechniker tätig werden.

Bevor Carsten sich ins Nachbarhaus verabschiedete, besprach er mit Miri noch den kommenden Tag. „Warten wir die Ergebnisse von Spusi und KTU ab. Außerdem den Bericht von Manninga. Danach sehen wir weiter."

„Bestellen wir die alten Frauen vom Hof ein oder fahren wir hin?", wollte Miri noch wissen.

Lautes Gelächter kam vom Küchentisch. Oma Jettchen hatte es gehört und erklärte: „Dann müsst ihr aber viel Zeit einplanen. Die kommen nämlich mit Gesines ollem Traktor angefahren und das kann dauern."

„Wir werden sehen. Schluss jetzt!", beschloss Carsten. „Morgen wissen wir mehr."

Auch Franziska verabschiedete sich, stieg in ihren gelben Käfer und fuhr rückwärts die Deichauffahrt hinunter.

Am nächsten Morgen

Die berstende Lebensfreude der Band Santiano riss Carsten aus dem Schlaf. „Mein Gott, ich muss den Klingelton unbedingt ändern", nahm er sich vor. Noch halb benommen griff er nach seinem Handy, setzte sich im Bett auf und krächzte mit rauer Stimme: „Ja, was'n los?"

„He, du Schlafmütze", kam es vom anderen Ende. „Alles gut bei euch? Ich wollte nur sagen, dass wir auf dem Weg sind. Unser Direktflug wurde allerdings gecancelt und wir müssen über New York und London fliegen. Dann wohl nach Frankfurt und von dort nach Bremen. Heißt, wir kommen nicht wie geplant an. Ich melde mich aus London, und nun schlaf schön weiter!"

Tomke!

Carsten suchte nach dem Wecker auf dem Nachttisch. Der zeigte fünf Uhr zehn!

„Tomke!", rief er laut aus. „Spinnst du?" Doch die konnte das schon nicht mehr hören.

Er ließ sich ins Kissen zurückfallen. Hellwach! Sein Puls raste. An Schlaf war nun sicher nicht mehr zu denken.

Einige Minuten später meldete sich sein Handy erneut. Wieder war es Tomke.

„Sorry, ich hab mich mit der Zeit vertan, aber jetzt bist du ja wach. Sag mal, was ist denn bei dir nebenan los? Ich habe mit Oma telefoniert, die war ganz aus dem Häuschen …"

„Kein Wunder, wenn du dort mitten in der Nacht anrufst“, unterbrach er ihren Redeschwall.

„Nein, das war es nicht. Du weißt doch, sie leidet unter seniler Bettflucht und ist schon früh auf den Beinen. Nein, sie erzählte etwas von kriminellen Machenschaften in der Familie, von einer Frau aus Bayern und dass ich unbedingt kommen müsse.“ Carsten hörte sie kichern, dann setzte Tomke nach: „Ich wusste doch, dass ihr ohne mich nicht klarkommt, aber bald bin ich ja da.“

„Du mich auch!“ Carsten beendete das Gespräch und warf das Handy neben sich auf die Bettdecke. Er breitete die Arme aus und schloss die Augen. Wenn der Tag schon so begann …

Er war kurz davor, wieder einzunicken, als das Telefon erneut klingelte.

„Oh Mann, Tomke, verdammt. Es reicht!“ Er griff nach dem Telefon und meldete sich verärgert. „Ist jetzt nicht mehr witzig.“

„Deshalb rufe ich an!“, kam eine männliche Stimme aus dem Handy. Erneut richtete sich Carsten auf. „Die beiden Frauen auf meiner Station lachen auch nicht.“

Carsten stutzte und fragte verwundert. „Hallo, wer ist da?“

„Dr. Matthias Bengelmann, Klinikum Sanderbusch!“

„Was ist passiert?“ Plötzlich war Carsten wieder hellwach. Michaela und die Kinder fielen ihm sofort ein. Gestern am späten Abend hatte er gehört, dass der Rettungshubschrauber von Spiekeroog kommend über sein Haus geflogen war. Sollte dort etwa …?

„Was ist passiert?“, fragte er noch mal nach.

„Wir haben in der Nacht zwei Zugänge mit Vergiftungserscheinungen bekommen. Eine konnten wir nicht retten, die andere schon. Ein Kollege hatte vor einiger Zeit mit Ihnen zu tun und meinte, ich solle Sie direkt anrufen. Ich glaube, damals ging es um einen Brand, aber egal. Jetzt …"

Carsten sprang aus dem Bett und lief mit dem Handy am Ohr ins Bad.

„Wer ist es? Wer liegt in der Klinik?"

„Eine heißt Siri, ich weiß nicht wie weiter, den Hinternamen kann ich nicht aussprechen, die andere Franziska Gronewald."

„Scheiße …!", entfuhr es Carsten und er hakte vorsichtig nach. „Vergiftung?"

„Jow!", kam es aus der Leitung.

„Suizid?"

„Gleich zweimal? Mit den gleichen Symptomen? Das glaube ich eher nicht."

„Welche der beiden Frauen hat nicht überlebt?", wollte Carsten nun wissen.

„Diese Inderin, diese Siri mit dem unaussprechlichen Nachnamen."

„Und Frau Gronewald? Wie geht es Frau Gronewald?"

„Den Umständen entsprechend. Sie hat wohl nicht so viel abbekommen von diesem Gift. Ist Ihnen die Frau bekannt?"

„Ja, seit Kurzem. Ist Ihnen die Substanz bekannt?"

„Wenn wir das wüssten, hätten wir die Inderin wohl nicht verloren. Auf den ersten Blick konnten wir das Gift nicht zuordnen. Die Untersuchungen in unseren Labors laufen noch. Das ist nicht einfach, schließlich müssen alle möglichen Substanzen ausgeschlossen werden. Außerdem, wie es scheint, handelt es sich um eine Mixtur."

„Bitte bewahren Sie alles auf. Die Untersuchungen werden bei uns in der Gerichtsmedizin fortgesetzt. Ich veranlasse das sofort."

„Ist klar. Was glauben Sie denn, warum ich Sie angerufen habe?"

„Weil Ihr Kollege es Ihnen gesagt hat?", spöttelte Carsten, der nun hellwach war, und wurde gleich wieder ernst. „Sorry."

Der Arzt sprach ungerührt weiter. „Nein, weil klar ist, dass es sich um fremd zugeführtes Gift handelt. Das war mit Sicherheit kein Suizidversuch. Das Gift wurde übrigens nicht über die Nahrung, sondern vermutlich über die Haut aufgenommen. Jedenfalls bei Frau Gronewald. Ganz subtil. Bei der Toten auch, aber da muss noch etwas anderes sein. Das jedoch werden Ihre Labors herausfinden. So etwas hatte ich in meiner Medizinerlaufbahn auch noch nicht."

„Wo wurden die beiden Frauen gefunden? Frau Gronewald vermutlich im Hotel. Aber die andere, ich meine die Verstorbene?"

„Auch im Hotel, es handelt sich wohl um eine Hotelangestellte."

„Ach, das ist aber seltsam. Ich schicke unsere Leute los und komme gleich zu Ihnen nach Sanderbusch. Wo genau muss ich hin?"

Doktor Bengelmann erklärte es ihm und die beiden Männer verabredeten sich auf der Station.

„Aber trödeln Sie nicht, eigentlich habe ich in einer halben Stunde Dienstschluss."

Carsten drückte das Gespräch weg und wählte sofort Miris Nummer. Auch sie war noch sehr verschlafen, versprach aber, sich sofort fertig zu machen, und setzte nach: „In zehn Minuten komme ich rüber!"

„Fünf!", antwortete Carsten.

Mit dem Handy am Ohr schlüpfte er in Hose und Schuhe und informierte die Kollegen der Spurensicherung, anschließend direkt die KTU. Er versprach, nach dem Besuch in der Klinik sofort zu ihnen ins Hotel zu kommen.

„Kümmert euch darum, dass die Tote in die Rechtsmedizin kommt", ordnete er noch an.

Zu mehr als einer Handvoll Wasser für das verschlafene Gesicht und Zähneputzen reichte die Zeit nicht.

Fünf Minuten hatte er Miri gegeben – und so war es auch. Carsten schloss gerade die Haustüre ab, als die junge Kollegin um die Hausecke geflitzt kam. „Fertig!", rief sie ihm entgegen.

„Jetzt erzähl doch mal, was passiert ist!"

Carsten schilderte während der Fahrt, was er am Telefon erfahren hatte. Anschließend berichtete er Miri von Tomkes Anruf.

„Mega!", kam es nur vom Beifahrersitz. Sie freute sich darauf, endlich mit der toughen Tomke zusammenarbeiten zu können. Dass sie in der letzten Zeit mit Tomke in telefonischem Kontakt stand, verriet sie Carsten nicht.

Vormittags auf dem Hyggehof

Wieder saßen sie um den großen Küchentisch auf dem Hyggehof. Schweigend.

Frerich, die drei toten Tanten, Siebo und seine Frau Inge. Nur Lilo fehlte! Das war aber auch der Grund ihres Zusammentreffens. Inge weinte still vor sich hin, tupfte Tränen weg, putzte sich die Nase. Siebo sah man den Schock an, er war kreidebleich, die drei alten Frauen starrten stumm auf den Tisch und rührten in ihren Teetassen. Frerich spielte den trauernden Ehemann. Irgendwann brach er das Schweigen. „Die rote Hexe war's, da bin ich mir sicher. Wer sonst?"

„Kann Lilo nicht auch nur gestürzt sein?", kam es aus der Runde.

„Nie und nimmer, ich bin mir ganz sicher. Man hat auch ein Taschentuch von ihr neben Lilos Leiche gefunden." Frerich war angespannt. Jetzt durfte er keinen Fehler machen, sich nicht verraten, es musste sicher sein, dass man seine Schwägerin weiterhin verdächtigte. Der Mann überlegte, was er noch dafür tun könnte. Doch seine Gedanken drifteten ab.

Warum Siri sich wohl nicht meldete? Schließlich hatte die den Auftrag, die Rote im Hotel zu beobachten. Immer wieder schaute er verstohlen auf sein geheimes Handy, das nun nicht mehr geheim sein musste. Lilo war ja tot.

Weder eine Nachricht traf dort ein, noch kam ein Anruf von Siri. Das war eigenartig.

„Dann fehlen morgen zwei Frauen bei der Testamentseröffnung", kam es nun von Gesine.

„Wieso zwei?", wollte Siebo wissen. Inge weinte noch immer stumm in ihr Taschentuch.

„Na, Lilo", erklärte die alte Frau, „mit der brauchst du dann nicht mehr zu teilen, Frerich, und die Rote! Die Rote wird auch nicht kommen."

Hedda stupste ihre Cousine an und schüttelte den Kopf. Die bemerkte ihren Fauxpas und setzte schnell nach. „Die Polizei hat sie doch sicher verhaftet, oder?"

Frerich nickte. „Hoffentlich!"

Wenn du wüsstest, grinste Gesine in sich hinein, die Rote liegt sicher schon im Leichenschauhaus. Wenn die Zahnbürste und Nachtcreme nichts genutzt haben, dann doch sicher am Morgen der Lippenstift!

Aber das würden sie alle offiziell sicher am nächsten Tag bei der Testamentseröffnung erfahren. Ihre Tropfen, so wusste sie, wirkten nicht nur, wenn man sie über die Nahrung aufnahm, sondern sehr gut auch über die Haut. Zuerst kam der Schwindel, dann Halluzinationen, Sprache und Augen versagten ihre Dienste und dann … Sie musste aufpassen, nicht höhnisch aufzulachen.

Damals, vor vielen Jahren, hatte sie der jungen Frau für den Heimweg eine Kanne Tee gekocht und die Wirkung setzte unterwegs auf der Autobahn ein. Schnell und heftig, die Dosierung hatte sie entsprechend gewählt. Warum das Balg es allerdings überlebt hatte, verstand sie nicht. Egal, jetzt hatte es ganz sicher geklappt. Viele Jahre später war das Werk nun vollendet und niemand störte mehr die Familienbande. Still nickte die alte Frau vor sich hin, sicher, alles richtig gemacht zu haben. Ja, wir Frauen hier auf den Höfen und in Schlicksiel wissen, was gut und richtig ist. Wir halten zusammen. Eine Fremde hat bei uns nichts zu suchen. Immer noch schaute sie stur auf den Holztisch. Niemand sollte ihr böses Grinsen sehen, das ihr ins Gesicht gemeißelt war.

„Willst du die Testamentseröffnung verschieben?", meldete sich nun Inge mit tränenerstickter Stimme.

„Bist du verrückt?", blaffte Frerich sie an. „Das ziehen wir durch."

„Wat mut, dat mut!", kam es nun von Gesine. Die Alte erhob sich, forderte ihre beiden Cousinen auf, mitzukommen, und schob sie vor sich her durch die Tür.

„Die wissen es noch nicht, das ist gut!", erklärte sie draußen auf dem Hof. „Wird sicher eine Überraschung für Frerich geben, wenn er von seinem Glück erfährt."

Hedda schüttelte den Kopf.

„Glück?", fragte Meta mit weit aufgerissenen Augen. „Natürlich Glück. Ein Glück, dass sie tot ist."

„Wer ist tot?" Meta verstand nicht.

Gesine schaute kopfschüttelnd von der einen zur anderen und erkannte die Unsicherheit in deren Augen. Sollten die beiden etwa Schwierigkeiten machen? Mit der Hand tastete sie nach ihrer Rocktasche.

In Sanderbusch

Der Besuch auf der Krankenstation in Sanderbusch war nicht sehr hilfreich.

Als die beiden Ermittler dort eintrafen, herrschte reges Treiben. Die Pflegerinnen und Pfleger waren gerade dabei, die Frühstückstabletts zu verteilen. Miri schaute auf ihre Uhr. „Ganz schön früh, die armen Patienten. Nicht mal im Krankenhaus kann man ausschlafen", flüsterte sie ihrem Kollegen zu. Im Schwesternzimmer trafen sie dann auf die Stationsleiterin. Carsten fragte nach Doktor Bengelmann und erklärte, dass sie verabredet seien. Die Schwester rollte mit ihrem Schreibtischstuhl zur Seite, klopfte an eine Tür und rief: „Bengelchen, Besuch für dich!"

Miri und Carsten grinsten sich an. Bengelmann kam aus seinem Arztzimmer und schimpfte: „Kein Respekt mehr unter den Untergebenen!"

Er und die Stationsschwester flachsten noch ein wenig miteinander und Bengelmann bat die beiden Ermittler in sein Büro.

„Eigentlich wollte ich zu Frau Gronewald!", erklärte Carsten.

„Gleich. Auf der Station findet gerade die Fütterung der Raubtiere statt, da wollen wir doch nicht stören."

Er bot Carsten den Stuhl vor seinem Schreibtisch an und zog für Miri einen aus der Ecke herbei.

„Inzwischen weiß ich schon ein wenig mehr, die Kollegen im Labor haben eine Nachtschicht eingelegt. Sie haben inzwischen entdeckt, dass es sich um mehrere pflanzliche Substanzen handelt, sehr interessant. Genaueres werden dann sicher Ihre Kollegen herausfinden."

„Und?" Carsten blickte ihn fragend an.

„Nix und, Monsieur le commissaire. Was wir bisher wissen, ist, dass diese Substanzen über die Haut und nicht über den Nahrungsweg zugefügt wurden. Aber wie? Den Bericht bekomme ich von den Laborratten gleich per Mail. *Dann* wissen wir mehr."

Carsten reichte ihm seine Karte und bat: „Bitte alle Berichte und Unterlagen sofort an meine Mailadresse weiterleiten und die Leiche brauchen wir schnellstens in unserer Rechtsmedizin. Können Sie das veranlassen?"

„Ja!" Bengelmann griff nach dem Telefon, wählte eine Nummer und gab seine Anweisung.

Anschließend führte er Carsten und Miri zu Franziska Gronewald. Die lag ziemlich blass in ihrem Bett und hob schwach die Hand, als sie eintraten. Neben dem Bett stand ein Galgen, an dem mehrere Flaschen mit Flüssigkeiten hingen, die Franziska über einen dünnen Schlauch zugeführt wurden.

„Na, Sie sehen aber schon viel besser aus als heute Nacht. Ein oder zwei Buddeln von dem guten Zeug hier noch", Bengelmann wies auf die tropfende Flasche, „und alles ist wieder gut."

„Das will ich hoffen, ich muss heute noch zurück ins Hotel. Morgen um elf Uhr habe ich einen Notartermin, den ich auf keinen Fall verpassen darf", kam es leise aus dem Bett.

Doktor Bengelmann strich über ihre Bettdecke und meinte: „Eine Nacht möchte ich Sie noch beobachten. Morgen früh reicht für Ihren Termin dann ja auch noch."

Carsten stellte sich dicht an Franziskas Bett und fragte: „Was ist passiert? Was haben Sie gemacht?"

„Ich?", rief die mit schwacher Stimme aus. „Nicht schon wieder ich!"

Sie versuchte, sich im Bett aufzusetzen, was ihr nur schwer gelang. Miri nahm das Kissen unter ihr weg, schüttelte es auf, legte es doppelt und schob es Franziska unter den Kopf. Die bedankte sich mit einem Lächeln.

„Ich bin ins Hotel gekommen und sofort weiter auf mein Zimmer. Habe noch ein Glas Wasser getrunken, bin anschließend ins Bad und dann sofort ins Bett gegangen." Sie stockte kurz, denn Miri tippte etwas in ihr Handy, und fuhr dann fort: „Gegen elf Uhr hat sich plötzlich alles gedreht. Ich hatte Sehstörungen, mir war schwindelig und ich bekam keine Luft mehr. Furchtbar, ganz furchtbar. Die Wände kamen auf mich zu, alles war so erdrückend." Franziska unterbrach ihre Erzählung und schloss die Augen. Die Erinnerung daran war schlimm. „Ich hatte plötzlich Todesangst", fuhr sie leise fort. „Nur mit Mühe konnte ich das Haustelefon auf dem Nachttisch greifen und die Rezeption anrufen. Mein Handy lag im Bad, das hätte ich niemals erreicht."

Wieder machte sie eine Pause. Der Frau war es anzusehen, dass ihr das Reden schwerfiel. Der Arzt wollte gerade eingreifen und um Ruhe für seine Patientin bitten, als sie den Kopf hob und fortfuhr. „Wie ich später erfahren habe, war gerade ein Notarzt im Hotel, weil ein anderer Hotelgast ähnliche Probleme hatte. Er vermutete eine Lebensmittelvergiftung. Mich wundert das allerdings, denn ich habe hier doch gar nicht gegessen. Oder war es vielleicht das Wasser, das ich getrunken habe? Das stammt aus dem Hotel und wird jeden Tag ins Zimmer gestellt." Schwer fiel Franziskas Kopf zurück ins Kissen.

„War die Wasserflasche denn angebrochen? Kann Ihnen so jemand unbemerkt etwas hineingetan haben?", wollte Miri wissen.

Franziska überlegte für einen Moment. „Nein!", kam es dann leise aus dem Krankenbett. „Ich denke nicht, denn es fiel mir schwer, den Verschluss zu öffnen, daran erinnere ich mich genau. Ich habe mir ein Handtuch aus dem Bad geholt, um den Verschluss gewickelt und dann hat es geknackt. Nein, ich denke, die Flasche war originalverschlossen."

„Was nichts zu sagen hat", warf Carsten nun ein. „Auch durch die Verschlusskappe kann man etwas in die Flasche injizieren. Das werden Spusi und KTU prüfen."

„Ich hab ihnen schon einen Hinweis geschickt." Miri hob ihr Handy hoch.

„Nun ist aber endgültig Schluss", ging der Arzt dazwischen. „Sie", er zeigte auf seine Patientin, „ruhen sich jetzt aus, sonst kann ich Sie morgen nicht entlassen. Und Sie", nun deutete er auf die beiden Ermittler, „gehen jetzt."

„Okay, okay!" Carsten sah ein, dass es für die Frau nun zu viel wurde. „Wir sehen uns morgen. Ich hole Sie vom

Hotel ab und begleite Sie zum Notar. Ich kann es natürlich nicht mit Bestimmtheit sagen, aber das alles hat vielleicht mit dem Testament Ihres Exmannes zu tun." Ihm waren die Worte von Oma und Tant' Fienchen eingefallen. Sollten die beiden vielleicht recht haben?

Sie verabschiedeten sich von Franziska Gronewald, die mit geschlossenen Augen im Bett lag und nur ein leises: *„Pfia God!"* murmelte.

Auf dem Weg von Sanderbusch zu dem Hotel, in dem die Spurensicherung sicher schon am Werk war, beschloss Carsten, einen kurzen Umweg über Carolinensiel zu machen. Die beiden Frauen auf dem Deich nicht darüber zu informieren, dass Franziska im Krankenhaus lag, würden die ihm sicher nie verzeihen. „Sonst killen die beiden uns!", erklärte er Miri. Die stimmte ihm lachend zu. Anschließend erkundigte sie sich bei den Kollegen der Spurensicherung – aus dem Krankenhaus heraus hatte sie niemanden erreicht –, ob sie denn schon vor Ort im Hotel seien und vielleicht schon etwas sagen könnten. Schließlich bat sie nochmals darum, die Wasserflasche im Zimmer von Franziska Gronewald genau zu untersuchen.

„Sie sind dort, Informationen haben sie noch nicht für uns. Wie auch", informierte sie ihren Kollegen. „Im Moment untersuchen sie das Zimmer der Inderin, sie war kein Gast, sondern hat dort als Servicekraft gearbeitet."

„Ja, das sagte der Arzt schon. Eine Servicekraft und ein Gast kommen mit dem gleichen Gift in Berührung", wunderte sich Carsten. Konnte das ein Zufall sein?

***

Bei Oma und Tant' Fienchen herrschte sofort Ausnahmezustand, als sie erfuhren, was mit ihrer „Deern" passiert war.

„Glaubst du uns jetzt, dass sie in Gefahr ist?", wurde Carsten angegiftet. „Und ihr wolltet sie schon verhaften."

„Andererseits wäre das dann nicht passiert", warf Miri ein, was ihr einen bösen Blick von Oma einbrachte.

„Sucht den Mörder von Lilo auf dem Hyggehof, *dunners**. Und der Anschlag auf die Deern kam sicher auch von dort. Und was vor vielen Jahren geschah, das …"

„Das wissen wir alles nicht!" Carsten war ärgerlich. Vor allem, weil die Möglichkeit bestand, dass die beiden Alten recht haben könnten. Hätten sie wirklich früher reagieren müssen? Allerdings gab es da ja auch noch die Inderin, die an dem Gift gestorben war. Konnte das ein Zufall sein? Was sonst?, überlegte er, meinte dann aber an die beiden Frauen gewandt:

„Ihr mögt ja nicht falschliegen mit euren Vermutungen, aber wir können nichts beweisen."

„Noch nicht", kam es leise von Oma, und zu ihrer Schwester gebeugt flüsterte sie: „Das werden wir ja sehen. Vielleicht können wir sie aus der Reserve locken. Ich habe da eine Idee." Carsten hatte es vernommen.

„Untersteht euch! Es ist noch nicht geklärt, ob die Vergiftungen nicht auch über Lebensmittel aus dem Hotel gekommen sind, denn eine Mitarbeiterin

* verdammt

des Hotels war auch betroffen und ist sogar daran gestorben."

„Ach, das ist ja schrecklich. Trotzdem glaube ich nicht an einen Zufall. Nehmt euch die drei toten Tanten vor, vor allem Gesine, die ist dort das Oberhaupt des Bösen. Ihr hättet sie gleich verhaften und nicht die arme Franziska verdächtigen sollen. So was aber auch."

Carsten warf Miri einen genervten Blick zu. Wie nur konnte er die beiden davon überzeugen, dass das nicht so einfach war? Ihnen fehlten die Beweise und das sagte er dann auch. Oma winkte ab und beschloss mit fester Stimme, die keinen Widerspruch zuließ:

„Das Kind darf nicht in das Hotel zurück. Ich weiß, was ich gehört habe, als wir zu Gesines Geburtstag dort waren. Sie muss bei uns einziehen. Schwester!", rief Jettchen entschlossen. „Wir müssen Opfer bringen!"

„Opfer?" Fienchen verstand nicht recht.

„Das ist doch selbstverständlich. Wir geben der Deern dein Schlafzimmer und du ziehst bei mir ein." Jettchens Blick duldete keinen Widerspruch, selbst die sonst so energische Fienchen erkannte das und schluckte. Das allerdings war Miris Gelegenheit.

„Das müsst ihr nicht. Frau Gronewald kann mein Zimmer haben!", erklärte sie mit leicht belegter Stimme.

„Wieso denn das, wo willst du denn schlafen, im Öken* etwa? Kommt gar nicht infrage!" Fienchen schüttelte den Kopf.

„Na, sicher bei ihrem Freund, dort, wo sie so manchen Nachtdienst verbracht hat!", schmunzelte nun Jettchen. Miri schien überrascht. „Aber woher …? Jettchen, weißt du …?"

* kleiner Raum in der Dachschräge

„Ach Kind, wir waren auch mal jung. Ich jedenfalls, bei meiner Schwester bin ich mir da nicht so sicher, obwohl, wenn ich da an die Geschichte mit …"

„Henriette Evers, hol din Muul …" Fienchen drohte mit erhobenem Zeigefinger.

„Bin ja schon ruhig, Schwester. Aber Miri, mein Kind, glaubst du, ich habe nicht bemerkt, dass du bis über beide Ohren verknallt bist?"

Miri konnte nicht antworten, sie stotterte etwas und brach dann ab.

Carsten befreite seine junge Kollegin aus ihrer peinlichen Situation und meinte: „Dann ist ja alles geklärt. Miri zieht für ein paar Tage zu … wem auch immer, Frau Gronewald dafür bei euch ein. Eine Chance, das zu verhindern, haben wir ja sicher nicht, oder?"

„Richtig!" Oma Jettchen stand auf. Fienchen tat es ihr nach und begann, unruhig durch die Küche zu laufen. „Ich muss oben putzen und das Bett neu beziehen."

„Mach bitte langsam. Ich möchte meinen, meinen …"

„… Freund, sag's doch."

„Ja, Freund, erst mal fragen. Sicher hat er nix dagegen, aber fragen sollte ich ihn schon, ob ich für ein paar Tage einziehen kann." Sie zog ihr Handy aus der Tasche, tippte etwas ein und stellte sich etwas abseits.

„Gut, dann ist das geklärt. Frau Gronewald wird erst morgen entlassen, also lasst euch Zeit. Dann muss sie in ihr Hotel, hat ja alle ihre Sachen dort. Ich vermute, sie wird erst übermorgen bei euch einziehen. Apropos Zeit, wir haben keine mehr und müssen los." Carsten griff nach seinem Schlüssel auf dem Küchentisch und verabschiedete sich. Miri telefonierte noch. Sie deutete Carsten an, einen Moment zu warten. Wenig später steckte sie ihr Handy weg und folgte ihm. Vor dem Haus erklärte sie: „Alles klar! Ich habe ein Bett für die nächsten Nächte!"

Die beiden Ermittler saßen bereits im Auto, Carsten hatte schon seine Wagentür zugeschlagen und den Motor gestartet, als Oma Jettchen aus der Tür gestürmt kam. Sie klopfte an die Beifahrerscheibe, Miri ließ das Fenster mit einem Knopfdruck herunterfahren.

„Halt, wartet, Tomke hat angerufen!"

„Ich weiß", Carsten beugte sich etwas zur Beifahrertür hinüber, „und das in aller Herrgottsfrüh."

„Nein, ja, ich meine bei mir auch, aber eben gerade noch mal. War ganz kurz angebunden, das Kind. Die beiden kommen morgen Vormittag um zehn Uhr in Bremen an, soll ich euch sagen. Holt ihr sie ab?"

„Was? Schon wieder eine Planänderung?" Carsten stöhnte auf. „Aber lass mal. Wir müssen los, das besprechen wir heute Abend, wenn ich zurück bin, einverstanden?"

Jettchen nickte glücklich.

Endlich, endlich kam das Kind zurück.

Aber etwas trübte ihre Freude. Man hatte versucht, die Deern aus Bayern zu vergiften. Das konnten nur die drei vom Hyggehof gewesen sein. Sollte ihre Übelkeit nach der Geburtstagsfeier tatsächlich auch eine Vergiftung gewesen sein?

Jettchen beschloss, ihrer Schwester diesen Gedanken erst einmal nicht zu verraten. Nun, Tomke würde das sicher bald aufklären. Und noch etwas beschäftigte die alte Ostfriesin. Die Idee, zum Hyggehof zu fahren und sich dort umzuschauen, um mehr über das Geheimnis der Alten zu erfahren, schien doch nicht die beste zu sein. Jetzt, da Franziska bei ihnen einziehen würde, fehlte einfach die Zeit. Ich mach das anders, beschloss sie dann, ich rufe Gesine an und sage ihr auf den Kopf zu, dass ich um ihre Taten weiß, vielleicht verrät sie sich dann.

Im Krankenhaus

Dass sie hier regelrecht ans Bett gefesselt war, ärgerte Franziska sehr. Im Grunde hätte sie sich gerne selbst entlassen, spürte andererseits aber, dass es unvernünftig wäre. Beim Versuch, das Bett für einen Toilettengang zu verlassen, versagten ihr die Beine. Zum Glück kam gerade ein Pfleger ins Zimmer der sie vom Tropf und dem Überwachungsmonitor befreite, um ihr dann in das angrenzende kleine Bad zu helfen. *Henning* stand auf dem Namensschild an seiner Brust.

Mehr als bis zur Tür ließ sie nicht zu. „Pfia God und tschüss. Den Rest schaffe ich alleine." Das fehlte noch, dass ihr jemand beim Pinkeln zuschaute.

„Na gut, aber ich warte vor der Tür, und, bitte nicht verriegeln."

Als sie die Tür dann wieder öffnete, stand der junge Mann tatsächlich davor und führte sie zurück. „So und noch den Piepser und das leckere Elixier anschließen, damit das Gift aus dem Körper gespült wird, dann haben Sie es geschafft."

Im Bett liegend musste Franziska feststellen, dass der kurze Gang sie doch angestrengt hatte. Na, dann bleib ich halt noch eine Nacht. Ich muss schließlich Kräfte sammeln für morgen.

Die Erinnerung an die vergangene Nacht, als es ihr so elendig schlecht ging, ließ sie erschaudern.

Sie versuchte die Zeit vor dem Zubettgehen noch mal Revue passieren zu lassen und hoffte, sich so an mehr als ein paar Fetzen, so wie bisher, zu erinnern:

Ich bin ohne Umwege durch das Treppenhaus des Hotels auf mein Zimmer gelaufen und habe dort meine Schuhe von den Füßen geschnickt, das Shirt über den Kopf gezogen. Da war noch der kurze Gedanke, an der Hotelbar etwas zu trinken, aber eigentlich wollte ich nur noch ins Bett. Oben bin ich dann direkt ins Bad, war auf der Toilette und habe mich abgeschminkt. Die elektrische Zahnbürste stand noch im Spiegelschrank, wo ich sie zum Aufladen angeschlossen hatte, und ich putzte mir die Zähne.

Was war dann?

Ach ja, ich nahm eine Portion Nachtcreme aus dem Cremetopf und habe mich eingecremt. Also alles wie immer. Die Haare habe ich mir mit den Fingern gekämmt und bin ins Bett.

„Mehr war nicht", überlegte sie nun laut. Franziska spürte eine große Erleichterung darüber, sich nun doch wieder an die Zeit, bevor es ihr so schlecht ging, zu erinnern. Vor ein paar Stunden hatte sie es nur bedingt gekonnt. Sie grübelte weiter. Und dann? Was war dann passiert?

Ich habe nichts gegessen, auch nicht das Betthupferl, das man mir auf die Bettdecke gelegt hatte. Nur ein Glas Wasser habe ich noch getrunken.

Franziska erinnerte sich, dass sie noch kurz durch das Fernsehprogramm gezappt und schon dabei bemerkt hatte, dass mit ihren Augen etwas nicht stimmte, hatte das aber der Müdigkeit zugeschoben und den Apparat ausgeschaltet. Ob und wie lange sie dann geschlafen hatte, daran erinnerte sie sich nicht. Wirre Träume hatten sie befallen. Träume von Fischen mit großen Mäulern, von rasenden Autos, immer schneller, immer schneller. Sie hatte das Gefühl, in einem sich rasend schnell drehenden Karussell zu sitzen, um dann schweißgebadet aufzuwachen. Und ihr war schlecht! Stockschlecht! Dann kam die Angst. Todesangst. Sie spürte, dass ihr Herz wie wild raste, Hals und Kiefermuskulatur sich verkrampften, Hände und Gesicht glühten, alles drehte sich. Nur mit Mühe war es ihr gelungen, das Licht auf dem Nachttisch einzuschalten. Aber das machte es nicht besser, denn nun stellte sie fest, dass der Schrank, der kleine Tisch mit den beiden Sesseln, Fenster und Türen tanzten. Alles drehte sich, kam auf sie zu, flog durch die Luft, versuchte, sie zu treffen. Ihr Hotelzimmer wurde eng und enger. Auch Hilko sah sie durch die Luft fliegen. Mal fehlte ihm ein Bein, mal der Kopf. Fischköpfe sausten knapp an ihrem Kopf vorbei.

Franziska konnte sich nicht daran erinnern, ob sie geschrien oder sich unter der Decke versteckt hatte. Einen klaren Moment musste sie wohl doch gehabt haben, denn sie hatte nach dem Telefon auf dem Nachttisch gegriffen.

Die Erinnerung an die Nacht war entsetzlich. Wie konnte sie die nur loswerden?! Nicht mehr daran denken. Es war einfach zu schlimm.

Auch jetzt, hier im Krankenhausbett, stand ihr der Schweiß auf der Stirn und das Herz schlug ihr bis zum Hals.

Plötzlich piepste es neben ihr. Kurz darauf kam der Pfleger wieder ins Zimmer gestürzt. „Was ist passiert?

Sind Sie aufgestanden?" Er kontrollierte den Monitor und pfiff durch die Zähne. „Huiii, Ihr Puls geht gerade durch die Decke. Was haben Sie gemacht?"

„Mich erinnert. Ich habe mich an die letzte Nacht erinnert und es war grausam", stöhnte es aus dem Bett.

„Na, dann beruhigen wir uns mal wieder und denken an etwas Schönes."

„Sie auch?" Franziska hasste es, wenn man so mit ihr sprach.

Henning, der Pfleger, musste lachen. „Ja!", meinte er, „Sie haben recht. Blöde Sprache, die wir uns da angewöhnt haben."

Er fühlte ihren Puls am Handgelenk, kontrollierte noch mal den Monitor und bestätigte: „War wohl eine kleine Panikattacke. Das wird wieder. Die Schläge sind noch hart, wandern aber schon wieder in Richtung Normalbereich. Vorsichtshalber schicke ich Ihnen gleich noch den Stationsarzt vorbei. Er ist gerade auf dem Flur unterwegs."

„Doktor Bengelmann?", wollte sie wissen.

„Nein, der hat Dienstschluss!"

„Egal!"

Franziska lächelte dankbar und schloss die Augen. Ja, sie spürte, dass sie wieder ruhig wurde. Aber die Angst, dass die Erinnerung eine weitere Panikattacke auslösen könnte, war groß. Ihre Gedanken flogen zurück zu dem Tag, als Vroni Hilkos Paket gebracht hatte. Sie konnte inzwischen darüber lachen, dass sie mit seiner Asche ihre Blumen gedüngt hatte. Auch über ihre Einbildung, Hilko unterwegs gesehen und tatsächlich auch noch mit ihm gesprochen zu haben, musste sie nun lächeln. „Okay, Hilko, ich habe mir dich eingebildet, was sonst." Sie war froh, dass er ihr in den letzten Stunden nicht mehr erschienen war. Wieder schloss sie die Augen und atmete tief durch. Viele Gedanken gingen ihr durch den Kopf. „Vroni, ach, die muss ich unbedingt anrufen." Über diesem Gedanken fielen ihr die Augen zu.

Als es etwas später klopfte und sich die Zimmertür öffnete, wusste sie nicht, ob sie wachte oder träumte. In der Tür stand, ganz in Weiß gekleidet: Hilko!

„Nicht schon wieder!", rief sie entsetzt aus und fuhr im Bett hoch. Erneut meldete sich der Monitor mit einem ungeduldigen Piepsen.

Franziska fiel in ihr Kissen zurück und schlug wie wild um sich.

„Verschwinde endlich. Du bist tot, Hilko, ich will dich nicht sehen. Verschwinde. Nur weil ich mit dir meine Blumen gedüngt habe, kannst du nicht dauernd um mich herumgeistern." Sie schrie, bäumte sich auf und schlug immer wieder auf die Bettdecke. Der Monitor piepste wie verrückt, die dünnen Schläuche, durch die man ihr Stärkungsmittel, aber auch etwas zur Entgiftung in die Venen pumpte, flogen hin und her.

Der Arzt benötigte nur eine kurze Reaktionszeit, dann stürmte er auf Franziskas Bett zu. Laut rief er durch die offene Tür: „Ich brauche Hilfe hier auf der zwo zwo null!"

Er griff nach Franziskas Händen, hielt sie fest, aber sie riss sich wieder los und zog die Bettdecke über den Kopf.

„Frau Gronewald, hören Sie mich? Alles ist gut. Sie träumen, das ist nur ein Traum. Niemand tut Ihnen was."

Die Stationsschwester kam ins Zimmer gelaufen. „Halluzinationen?“, fragte sie knapp. Der Arzt nickte.

„Nachwirkungen der Vergiftung vermutlich. Wir wissen noch immer nicht genau, was man ihr verabreicht hat.“

„Halluzinationen?“, kam es unter der Decke hervor. „Wieso Halluzinationen? Bist du nicht Hilko?“

Vorsichtig schob sie die Decke zur Seite, griff nach dem Arm, der sie hielt, und griff nicht ins Leere.

„Hilko? Wie kommen Sie darauf? Wer ist Hilko?“, wollte der verdutzte Arzt wissen.

„Mein Mann, mein verstorbener Mann.“

„Nein, das bin ich nicht, aber was nicht ist, kann ja noch werden“, grinste er Franziska an. „Das verstorbene mal ausgenommen.“

„Aber Sie sehen aus wie Hilko.“ Noch mal griff sie nach dem Arzt.

„Das tut mir leid! Nun kommen Sie mal unter Ihrer Decke hervor. Hier ist kein Hilko. Ich bin Doktor Martin Hildebrandt.“

Er fühlte ihren Puls, beobachtete gleichzeitig den Monitor. Die Krankenschwester richtete Franziskas Decke und überprüfte die Schläuche. Dann meinte sie:

„Okay, ich bin hier ja wohl überflüssig, Hildchen. Du machst das schon!“ Sie nickte dem Arzt zu.

„Unsere Stationsschwester“, meinte der Angesprochene zu Franziska, „sie hat heute wieder mal einen Clown gefrühstückt. Für jeden hat sie einen Kosenamen. Man darf das nicht ernst nehmen.“

Er setzte sich zu Franziska auf die Bettkante. „Geht’s wieder?“

Sie nickte, noch immer außer Atem. „Sorry, ich habe geglaubt, Hilko steht in der Tür. Sie sehen ihm aber auch verdammt ähnlich."

„Und warum löst das bei Ihnen eine solche Panik aus? Sagten Sie nicht, er sei tot?"

„Ach, das ist eine längere Geschichte. Ob ich die wirklich erzählen möchte, weiß ich noch nicht."

Der Arzt betrachtete seine Patientin einen Augenblick, ihre Blicke trafen sich, doch schnell schaute Franziska zur Seite. Verdammt, sah der Kerl dem toten Hilko ähnlich.

„Sie möchte morgen entlassen werden, hat mir Kollege Bengelmann mitgeteilt?"

„Ja, ich habe einen Notartermin, den ich auf keinen Fall verpassen darf."

„Ich bin ja nur peripher informiert, weiß aber, dass der Verdacht besteht, dass man Sie vergiftet hat. Zum Glück ist es ja einigermaßen glimpflich ausgegangen."

Franziska nickte.

„Können Sie sich vorstellen, wer Ihnen das antun wollte?"

„Nein, oder nur bedingt. Darum muss ich morgen unbedingt zu diesem Notartermin." Franziska ließ erschöpft ihren Kopf ins Kissen sinken.

„Sie sind müde, ruhen Sie sich aus. Aber interessieren würde mich die ganze Geschichte schon, auch die um Ihren Mann. Vielleicht haben wir ja mal die Gelegenheit."

Sollte das die Andeutung eines Dates gewesen sein? Franziska war sich nicht sicher.

„Vielleicht!", antwortete sie müde und schloss die Augen. Eine große Welle der Schläfrigkeit hatte sie übermannt. Das geschah in den letzten Stunden immer mal wieder. Ob diese Schlafattacken der Vergiftung zuzuschreiben waren?

Der Arzt verabschiedete sich und versprach: „Ich schaue zwischendurch immer mal wieder nach Ihnen. Aber nicht erschrecken. Ich bin Martin, nicht Hilko!“ Er lachte leise und verließ das Zimmer.

Enttäuschte Vorfreude

Auf dem Hyggehof war von Trauer nicht viel zu spüren. Die drei toten Tanten lebten weiter wie bisher, Frerich gab, wenn jemand aus der Nachbarschaft zum Kondolieren kam, den trauernden Witwer. Etwas anderes beunruhigte ihn. Er konnte Siri nicht erreichen. Warum nur ging sie nicht an ihr Handy? Der Mann war froh, dass das Versteckspiel nun ein Ende haben konnte. Auch wenn es überraschend kam, Lilos Tod war die Lösung seiner Probleme. „Nun muss ich nicht mehr mit ihr teilen. Gute Lösung, sehr gute Lösung. Manches erledigt sich von alleine." Er musste sich beherrschen, nicht laut zu lachen, und wählte nochmals Siris Handy an. Nichts, wieder nur die Mailbox.

Sollte er im Hotel anrufen und nach ihr fragen? Nein, um ihr Verhältnis öffentlich zu machen, dazu war es noch zu früh. „Ich fahre hin!", überlegte der Mann.

Frerich lief mit großen Schritten über den Hof auf die Kate der Tanten zu. Er klopfte ans Fenster, dann an die Tür. „Gesine, Meta?", rief er laut. „Ich muss mal weg. Nachher haben wir in den hinteren Ferienwohnungen zwei Anreisen, übernehmt das mal. Ich bin am Nachmittag wieder da."

Im Haus rührte sich nichts. „Wo sind die ollen Weiber nur wieder hin, verdammt? Alt, halb tot und zu nix zu gebrauchen. Gesine!“, schrie er nochmals laut. Als aus dem Haus keine Antwort kam, drehte er sich um und prallte fast mit seiner Tante zusammen. „Was schreist du so!“, wollte Gesine mit gefährlich leiser Stimme wissen. „Ich bin doch da!“

„Schleich dich nicht immer so an, sonst …“

„Was sonst? Geht es mir sonst wie Lilo?“, wollte die alte Frau wissen.

„Nix. Kümmere dich um die Feriengäste und halte dich aus allem anderen heraus. Verstehst du?“

„Natürlich, mein Junge. Was sonst? Aber bedenke, wenn ich nicht …“

„Schnack nich', ich muss weg!“ Frerich wandte sich zum Gehen und wurde von einem Klingeln aufgehalten. War das endlich Siri? Er griff nach seinem Handy in der Brusttasche, musste aber feststellen, dass seines es nicht war, das geklingelt hatte. Erstaunt sah er zu, wie Gesine in ihre Rocktasche griff und ein Telefon herauszog. Die Alte auf dem neuesten Stand der Technik? Mit zweiundneunzig Jahren? Der Mann war fassungslos.

„Du hast ein …?“, begann er. Doch Gesine beachtete ihn nicht. Sie meldete sich mit einem kurzen „Hallo?“, lauschte eine Weile in den Apparat, antwortete: „Du kannst mir nix“, und drückte die Taste. Böse murmelte sie vor sich hin: „Hab ich's mir doch gedacht, dass du gelauscht hast, Henriette Evers! Na warte!“ Gesine wusste, dass sie sich etwas einfallen lassen musste.

„Gesine?“, rief Frerich erstaunt, der noch immer nicht fassen konnte, dass die alte Frau ein Handy besaß. Doch die beachtete ihn nicht.

Sie drehte sich um und lief leicht gebeugt zum Nebentrakt des Hauses. Dort verschwand sie in der Hexenküche, wie er den kleinen Wirtschaftsraum schon seit Kinderzeiten nannte. Keiner außer den drei toten Tanten durfte ihn betreten. Die Familie akzeptierte es, denn dort entstanden die leckersten Marmeladen und Frerich liebte sie.

Und doch … Oft hatten sie als Kinder versucht, dort einzudringen, aber umsonst. Entweder waren sie am Schloss gescheitert oder an Gesine, die sie erwischte und ihnen Schläge angedroht hatte.

„Ja", murmelte er böse. „Geh einkochen, damit du zu etwas nütze bist." Frerich Gronewald lief kopfschüttelnd zu seinem Wagen. Die drei toten Tanten überraschten ihn immer wieder. Nie wusste man, was sie gerade vorhatten. Vor allem Gesine war ihm nicht geheuer. „Sie hat ein Handy – unfassbar!"

Wenn es nur eine Möglichkeit gäbe, sie loszuwerden …

Auf dem Weg über die schmale Landstraße vergaß er das Geschehene wieder. Seine Gedanken waren bei Siri. Frei, endlich war er frei für die kleine, zarte Person. Lilo war eine gute Arbeitskraft auf dem Hof, aber derb und laut, nun jedoch Geschichte.

„Dass du aber auch so früh von mir gehen musstest!", grinste er gehässig vor sich hin und gab Gas. Siri – er freute sich auf sie. Dass sie nicht an ihr Handy ging, das würde er ihr auch noch abgewöhnen.

Der Hotelparkplatz war gut besucht. Frerich suchte sich eine Parklücke und pfiff erfreut durch die Zähne. Einige der Fahrzeuge, die hier standen, kannte er. Gestern parkten sie noch auf seinem Gelände. Es handelte sich um Polizeifahrzeuge, eines davon mit der Aufschrift *Kriminaltechnik*, ein anderes mit *Spurensicherung*. „Sie verhaften Franziska!", jubelte der Mann und weiter: „Tja, liebe Schwägerin, jetzt geht's dir an den Kragen. Aus dem Notartermin morgen wird nichts und aus einem Erbanteil schon gar nicht. Erbunwürdig nennt man das wohl, wenn ich mich nicht irre."

Er rieb sich die Hände und stieg aus.

Aus dem Nebeneingang des Hotels kamen zwei Gestalten in weißen Overalls, holten etwas aus ihrem Fahrzeug und verschwanden wieder in der Tür. Auch Frerich lief auf diese Tür zu. Zum einen wollte er den Vordereingang vermeiden, da man es im Hotel nicht gerne sah, wenn die Angestellten Besuch bekamen, zum anderen war er neugierig zu erfahren, was hier ablief. Vielleicht würden sie seine Schwägerin vor seinen Augen in Handschellen abführen, das wäre ihm ein innerer Vorbeimarsch und große Freude. Heimlich lobte er sich für die Idee, einen persönlichen Gegenstand Franziskas neben seiner toten Frau deponiert zu haben. Frerich kannte den Weg zu Siris Zimmer, sehr oft hatte er ihn durch die Hintertür schon genommen. Franziska begegnete ihm allerdings nicht und seine Freude wurde kurze Zeit später jäh gestoppt.

***

Der Anruf erreichte Carsten Schmied beim Hotel. Er hatte gerade den Wagen geparkt, als sein Telefon klingelte. Es war Jan, der Kollege der Kriminaltechnik, der ihm vorab telefonisch mitteilen wollte, dass die Reifenspuren von Franziska Gronewalds Fahrzeug nicht zu den Spuren auf dem Hyggehof passten.

„Okay, dann war sie also doch nicht dort. Der Mann der Toten hat also gelogen."

„Ganz so ist es dann doch nicht", setzte Jan nach. „Ich habe auch das Taschentuch untersucht, das neben der Toten lag."

„Und?", hakte Carsten nach.

„Nun, es trägt eindeutig Spuren dieser Frau Gronewald."

„Was? Dann war sie doch am Tatort?"

„Sieht ganz so aus!"

Carsten wusste nicht, was er davon halten sollte. Wie passte das zusammen? Hatte Franziska Gronewald ihn doch belogen? Ihn und auch die beiden Frauen, die so von ihrer Unschuld überzeugt waren? Miri, die das Gespräch mitgehört hatte, schüttelte ungläubig den Kopf.

„Eigenartig", entfuhr es ihr. „Sehr eigenartig! Kann es am Ende sein, dass man das Tuch absichtlich dort drapiert hat, um die Schuld auf die Frau zu schieben?"

„*Man*? Und wie soll *man* an dieses Taschentuch gekommen sein?", fragte Carsten.

„Man oder Mann! Und Möglichkeiten gibt es da schon!"

„Du meinst den Mann der Toten?"

„Genau! Gronewald! Es war ja recht offensichtlich, wie er gestern immer wieder auf den Fund hinwies." Miri zog nachdenklich die Augenbrauen hoch.

„Ich merke, du magst ihn nicht. Okay! Ich rufe Jan noch mal an. Vielleicht befinden sich ja noch andere Spuren an dem Tuch."

Miri hob den Daumen zur Bestätigung. „Mega!"

Sie wartete, während Carsten erneut telefonierte, an seinen Wagen gelehnt und blickte über den Parkplatz. Plötzlich stutzte die junge Ermittlerin. An einem schwarzen Kombi in einiger Entfernung war ein Werbeschild mit der Aufschrift *Ferien auf dem Hyggehof* angebracht. Was machte denn der Wagen von Frerich Gronewald hier?

Sie stupste Carsten an und zeigte auf das Fahrzeug. Der nickte, wechselte noch ein paar Worte mit dem Kollegen der KTU und beendete dann das Gespräch.

„Das ist doch …", begann er, wurde aber von Miri unterbrochen.

„Was hat er gesagt?"

„Nix, also, es gibt zwar noch zwei weitere DNA-Spuren an dem Taschentuch, aber die kann er nicht zuordnen, noch nicht jedenfalls. Eine ist so minimal, dass er bezweifelt, sie überhaupt zuordnen zu können." Carsten nickte zu dem Fahrzeug hinüber und blickte Miri fragend an.

„Genau, das ist der Wagen von Gronewald, was der wohl hier will?"

„Wir werden es erfahren. Komm! Vielleicht läuft er uns ja über den Weg."

Die beiden Ermittler betraten das Hotel ebenfalls durch den Seiteneingang, nahmen den Weg über das Treppenhaus. Einer der Spurensucher, ganz in weiß gekleidet, kam den beiden entgegen und zeigte nach oben. Er trug eine Plastikbox vor sich her. „Bei der Mitarbeiterin des Hotels sind wir durch. Zurzeit untersuchen wir Zimmer 111. Ich lasse die bisher gesicherten Beweismittel gleich ins Labor zur KTU bringen.“ Carsten warf einen Blick in die Box. „Irgendwas Interessantes dabei?“

„Nein, auf den ersten Blick nicht. Im Zimmer der Toten deutet nichts auf eine giftige Substanz hin. Aber wenn was da ist, werden die Techniker es schon finden.“ Er nahm weiter den Weg nach unten, blieb dann aber abrupt stehen, rief: „Rikus leistet im Zimmer der Toten übrigens gerade Erste Hilfe, da ist jemand zusammengeklappt“, und ging weiter.

Oben angelangt, erkannten sie Frerich Gronewald. Zusammengesunken, wie ein Häufchen Elend, saß er auf dem Boden und heulte stumm. Rikus Stevensen fühlte ihm den Puls und nickte den beiden Ermittlern zu. Sollte wohl heißen: ist nicht so schlimm.

Miri beugte sich zu Carsten und flüsterte: „Der hatte was mit der Toten! Ganz bestimmt.“ Seine Antwort konnte sie nicht verstehen, die ging in einem unwirschen „Lassen Sie mich los!“ unter. Gronewald entzog Stevensen seinen Arm. „Das war sie, das war auch sie!“

„Wer? Wen meinen Sie, Herr Gronewald? Und übrigens, was haben Sie mit Frau Balakrishnan zu tun?“

„Siri, sie heißt Siri und ist, ist …“, er brach ab.

„Ihre Geliebte?“, wollte Miri wissen. Gronewald winkte ab und stand auf. „Denken Sie, was Sie wollen, aber sagen Sie mir bitte, was passiert ist. Wer hat das getan?“

Carsten ging auf die Frage nicht ein und wollte wissen: „Kann es sein, dass Sie um Frau Balakrishnan mehr trauern als um Ihre Frau?“

Frerich sah ihn mit zusammengekniffenen Augen an und stapfte davon. Im Türrahmen blieb er stehen, drehte sich um. „Ich sagte doch, denken Sie, was Sie wollen. Aber sagen Sie mir: Woran ist Siri gestorben? Wie wurde sie getötet?“ Er deutete auf Stevensen und fuhr fort: „Er meinte, dass es Gift gewesen sein könnte?“

Carsten überlegte einen Moment und stimmte dann zu. „Ja, kann sein, wir werden sehen.“ Mehr wollte der Ermittler noch nicht preisgeben.

„Warum? Warum macht das jemand? Siri hat niemandem etwas getan.“

„Das versuchen wir zu klären, ebenso wie den Tod Ihrer Frau. Das dürfen Sie mir glauben, Herr Gronewald. Dazu erwarte ich Sie morgen um neun Uhr in Wittmund auf dem Präsidium. Vielleicht überlegen Sie sich bis dahin, welches Auto Sie auf dem Hof gesehen haben, das von Ihrer Schwägerin war es jedenfalls nicht.“

Gronewald wirkte für einen Moment verunsichert, doch dann meinte er mit fester Stimme: „Ich weiß, was ich gesehen habe! Wurde das Taschentuch schon untersucht? Dann werden Sie sehen, dass es Franziska war. Außerdem habe ich morgen um elf einen Termin beim Notar zur Testamentseröffnung, ich kann also nicht zu …“

„Das passt schon“, unterbrach ihn der Kommissar. „Wenn wir Sie nicht verhaften, kommen Sie rechtzeitig, das verspreche ich Ihnen.“

Miri grinste still in sich hinein.

Gronewald drehte sich um und verließ das Zimmer. Carsten wartete noch einen Moment, der Blickkontakt mit Miri war eindeutig. Sie glaubten ihm nicht. Dann erkundigte sich die junge Kommissarin bei Rikus Stevensen: „Wisst ihr schon was?"

Der schüttelte den Kopf. „Nein, aber wir haben alles hier untersucht und eingepackt. Im Moment gibt es keine Hinweise auf Gift. Die Kriminaltechniker werden sich damit beschäftigen. Meine Leute sind schon im Zimmer von Frau Gronewald, auch dort packen sie alles ein. Zum Glück hat sie den Anschlag überlebt und kann uns vielleicht etwas sagen und somit hilfreich sein." Stevensen ließ das Schloss seines Koffers zuschnappen und wollte gehen. Dann hielt er inne. „Sagt mal, ihr zwei", wandte er sich an Carsten und Miri, „habt ihr schon das Hotelpersonal vernommen?"

„Nein, das steht jetzt gleich an, warum?"

„Eines der Mädels vom Zimmerservice erzählte mir, dass ihre tote Kollegin gestern Nachmittag mit einer alten ganz in Schwarz gekleideten Frau im Treppenhaus unterwegs gewesen sei. Sie vermutet einen Privatbesuch, denn als Hotelgast kannte sie die Frau nicht. Das, so meinte sie, sei auch das letzte Mal, dass sie ihre Kollegin gesehen habe." Plötzlich stockte er und blickte zur Tür, auch Carsten und Miri drehten sich um. Sie hatten von dort ein kurzes Stöhnen gehört. Carsten machte ein paar Schritte Richtung Treppenhaus und bemerkte, dass jemand mit schnellen Schritten die Treppe nach unten nahm. Erkennen konnte er niemanden. War das Gronewald? Carsten konnte es nicht genau sagen.

Aber es war ihm auch nicht wichtig.

„Tut mir den Gefallen und legt eine Sonderschicht ein, Rikus. Die Sache nimmt Formen an, die mir nicht geheuer sind. Ich glaube, dass es noch nicht zu Ende ist. Dem sollten wir zuvorkommen. Und wir hören jetzt mal, was es mit der Besucherin auf sich hat."

„Wir sind dran, mein Lieber. Alles kommt umgehend zu den Kriminaltechnikern und ins Labor. Trete du ihnen auf die Füße, vielleicht hast du Glück und es geht schneller."

Carsten nickte. „Komm, Miri, lass uns gehen. Wir müssen das Hotelpersonal und die Besitzer befragen. Irgendjemand muss doch etwas bemerkt haben."

„Hat Manninga bei der Leiche etwas entdeckt, das uns weiterbringt?", wollte Rikus noch wissen.

Miri schüttelte den Kopf. „Bisher nicht!"

Nachschub

Gesine musste für Nachschub sorgen. Die vorbereiteten Knollen und Blüten des Blauen Eisenhut lagen bereit, außerdem die zweite Zutat, Engelstrompete. Beide Pflanzen wuchsen im Garten hinter dem Haus. Eine Zutat allerdings holte sie aus einem kleinen, verschlossenen Fach des Schrankes. Es handelte sich um getrocknete Wurzeln und Blüten einer Pflanze, die ebenfalls, aber an einer sehr versteckten Stelle, ganz hinten in ihrem Garten wuchs. Keiner auf dem Hyggehof wusste davon. Niemand ahnte, welch tödliche Rarität hier wuchs. Dass daraus eine tödliche Tinktur wurde, war einem dummen Zufall geschuldet. Vor mehr als sechzig Jahren war ihr ein handgeschriebenes Rezept in die Hände gefallen. Es enthielt die Überlieferung ihrer Großmutter, die aus dem Blauen Eisenhut und einer weiteren Zutat damals schon eine Tinktur erstellte, die gegen Gicht und Schmerzen, aber auch gegen Fieber und Erkältungskrankheiten half. Es dauerte eine ganze Weile, bis Gesine damals die Zusammenstellung der Tinktur gelang. Ihr erster Proband war damals ein junger Mann. Heddas Verlobter, der nach der schweren Feldarbeit über heftiges Ziehen im Rücken klagte. Gesine tat ihm, wie es im Rezept der Großmutter lautete, einige Tropfen in den Tee. Heimlich! Das ging gewaltig schief. Statt entspannend und schmerzlindernd wirkte das

Mittel krampfend und Heino starb einen qualvollen Tod. Niemand wusste, warum. Hedda blieb unverheiratet. Gesine hatte niemals darüber gesprochen, was passiert war. Im Laufe der Jahre aber stellte sie fest, dass es sich bei der zweiten Zutat nicht um Engelstrompete, die Schrift der Großmutter war sehr schwer zu entziffern, sondern um eine andere Pflanze handelte. Auch wurde es im Laufe der Jahre zur Obsession, Mischungen herzustellen, mit denen sie ihre Umwelt beherrschte. Inzwischen war Gesines Giftschrank gut gefüllt.

So hatte sie nun wunderbare Tinkturen gebraut, wie sie fand. Hilfreich bei Schmerzen jeglicher Art, korrekt dosiert sogar überaus hilfreich, andere wiederum, nun, die setzte sie in ganz besonderen Notfällen ein. Manche waren so giftig, dass sie schon über die Haut tödliche Reaktionen hervorriefen.

Die alte Frau nahm einen Schlüsselbund aus der Rocktasche, öffnete einen Schrank links neben der Ablage, auf der sonst Marmeladen und andere „Einkochsel" zum Kühlen abgestellt wurden. Mit flinken Handgriffen holte sie Töpfe, diverse Bestecke, Leinentücher und ein paar Glasgefäße heraus. Schnell war etwas aufgebaut, das wie ein kleines Labor aussah.

Die beiden Töpfe stellte sie auf den alten Herd. Einen Porzellanfilter, in den sie eine Papierfiltertüte legte, daneben.

Ein Blick auf die Uhr über der Tür zeigte ihr, dass noch genügend Zeit für die Vorbereitungen war. Die Feriengäste würden sicher nicht vor vierzehn Uhr anreisen.

Gesine war in ihrem Element. Zuerst die Spezialtinktur, danach die Tropfen für Heddas schmerzende Knochen. Bloß nicht vertauschen, ermahnte sie sich.

Sie zog sich ein Paar Gummihandschuhe über und begann, die Zutaten in einem Mörser zu zerkleinern. Plötzlich horchte die Alte auf. Vor dem Haus waren Stimmen zu hören, ihr Name wurde gerufen. Ein Blick durch das kleine Fenster zeigte: Inge, die Frau von Siebo, kam über den Hof gelaufen, im Hintergrund gestikulierte Hedda.

Leise fluchend öffnete sie die Tür und trat heraus.

„Inge, was gibt's?"

„Ach, da bist du ja. Frerich will, dass ich bei Albrecht in Harlesiel die Seebestattung von Lilo bestelle. Ich weiß nicht, warum er das nicht selbst tut."

„Der Schmerz, Inge, der Schmerz!", heuchelte die alte Frau.

„Kommst du mit mir? Ich kann das doch nicht alleine entscheiden."

„Ich habe keine Zeit, frag Hedda oder Meta."

„Hedda hat wieder das Reißen im Knie und Meta sitzt in ihrem Sessel und träumt."

„Dann musst du das alleine machen, ich habe keine Zeit, bin am Einkochen." Sie zeigte auf die Tür hinter sich.

„Ach, das hat Lilo wirklich nicht verdient. Keiner kümmert sich um ihre Beerdigung." Inge traten Tränen in die Augen.

„Du machst das schon. Warst ja ihre beste Freundin – wer könnte das besser?"

Inge drehte sich seufzend um. „Dann muss ich wohl!"

„Ja, Inge, ja!“ Gesine hoffte, dass sie nun endlich verschwinden möge. Doch dann hielt sie inne.

„Ach, Inge, warte mal, kannst du mir einen Gefallen tun? Ist auch kein Umweg.“

„Was denn, Gesine?“

„Nimm für mich etwas mit nach Carolinensiel, zu Jettchen und Fienchen auf'm Deich. Warte hier! Ich bin gleich wieder da.“

Sie lief zurück in die Kochküche, griff aus dem Kühlschrank einen Plastikkanister mit Apfelsaft, drehte ihn auf und gab die restlichen Tropfen ihrer tödlichen Tinktur hinein. Dann drehte sie den Verschluss wieder fest zu und lief zurück zur Tür.

„Hier siehst du, das ist Apfelsaft vom Apfelhof!“, sie zeigte auf das Etikett, „den wollten die beiden an meinem Geburtstag mitnehmen, aber wir haben alle nicht daran gedacht. Du musst dich dort auch nicht aufhalten, stell ihn einfach vor die Tür, sie wissen schon Bescheid.“

Inge griff nach dem Henkel des Kanisters. „Na gut, liegt ja auf dem Weg. Und du kommst wirklich nicht mit?“

„Nein, ich hab zu tun. Das Obst verarbeitet sich nicht von alleine.“

Verärgert ging Inge davon. Sie war wütend. Nein, das hatte Lilo wirklich nicht verdient. Außerdem hatte sie selbst auch genug zu tun. Heute hatte wieder eine ihrer Putzkräfte gekündigt. „Wenn das so weitergeht, muss ich unsere Ferienwohnungen, und alles andere auch, alleine putzen und für die Gäste zurechtmachen“, maulte sie vor sich hin. Ihr Traum, das eigene Anwesen auszubauen, zu vergrößern und damit zu einem der größten und schönsten Ferienhöfe der ganzen Region zu machen, größer als alle anderen hier, könnte daran scheitern, Arbeitskräfte im Service zu finden. Aber nicht nur daran, darüber war Inge sich klar, denn Siebo war strikt gegen einen Ausbau. Mit diesen Gedanken stieg sie in ihren Wagen und verließ den Hyggehof.

Gesine schaute ihr mit einem Grinsen nach, das jedem Betrachter Gänsehaut verursacht hätte.

Schnell schloss sie die Tür wieder ab, jetzt durfte keiner mehr stören.

Die Alte prüfte ihren Vorrat nochmals. Von dem „Einreibsel" für schmerzende Knochen und Gelenke, das in der Hauptsache von Hedda genutzt wurde, war doch noch genug vorrätig, einzig ihre Tropfen musste sie heute brauen. Sicher würden die je nach Dosierung in der nächsten Zeit ihren Einsatz finden.

Wut

Frerich wusste nicht wohin mit der Wut, die in ihm kochte. Alles schien umsonst. Alles sinnlos und umsonst. Siri war tot, was sollte er jetzt tun? Das Geld, das er beiseitegeschafft hatte – umsonst? Der große Hof für ihn alleine? Und dann waren da die drei toten Tanten. So lange die lebten, konnte er den Hyggehof nicht verkaufen. Über Jahre und Jahrzehnte krochen sie um ihn herum. Und nun das. Die in Schwarz gekleidete alte Frau, das konnte nur Gesine gewesen sein. Hatte die gestern nicht so etwas angedeutet? Verdammt, ich habe nicht richtig zugehört. Was meinte sie noch? „Wenn ich nicht …", hatte sie gesagt und dann? Der Mann erinnerte sich nicht.

Also waren die drei gestern mit dem Traktor zum Hotel gefahren. Was wollten sie dort? Franziska töten, das hätte er noch verstanden, aber Siri? Immer wieder schlug er mit der Faust auf das Lenkrad. Siri, warum ausgerechnet Siri? Ich bringe sie um, alle drei. Aber zuerst Gesine, die alte Hexe. Ich töte sie und werfe die alten Weiber ins Gülleloch, eine nach der anderen.

Dann wanderten seine Gedanken zu Lilo, er schüttelte sich. „Wie konnte ich sie nur so lange ertragen?" Nacht für Nacht im gleichen Bett mit dieser derben Frau, deren unerträgliches Schnarchen ihn an den Rand des Wahnsinns gebracht hatte. Nacht für Nacht hatte er Mordgedanken gehabt.

Siri dagegen war zart und weich, so anschmiegsam, wie er es noch nie erlebt hatte. „Ach Siri!"

Er hatte sich in den letzten Jahren auch mit anderen Frauen vergnügt, aber Siri, die war etwas ganz Besonderes. Frerich hielt in einer Parkbucht an und legte den Kopf auf das Lenkrad.

Dann reifte ein Gedanke in ihm. Aufgeben war nicht sein Ding. Er legte sich einen Plan zurecht: Ich will wissen, was Gesine im Hotel gemacht hat, außerdem muss es klappen, dass Franziska für Lilos Tod verantwortlich gemacht wird. Franziska – hatte er eben im Hotel richtig gehört? Franziska hatte den Anschlag überlebt? Morgen ist Testamentseröffnung, es bleibt nicht mehr viel Zeit. Und dann seid ihr dran, ihr alten Weiber. Frerich wischte sich über die Augen und startete nachdenklich den Wagen.

Was bleibt mir? Soll ich den Hof verpachten und mir einen schönen Lenz von dem Geld machen? Alleine? Allerdings war da noch Levke, die Sekretärin des Notars. Eine alte Schulfreundin. Frerich hatte, bevor er Siri kennenlernte, eine kurze Affäre mit ihr gehabt. Levke, das wusste er, würde alles für ihn tun, schließlich war sie es auch gewesen, die ihn in Sachen Testament auf dem Laufenden gehalten hatte.

Vor ihr wusste er, in welchem Hotel Franziska abgestiegen war. Sie hatte es im Auftrag ihres Chefs schließlich gebucht. „Levke, ja!", murmelte er. „Besser als alleine zu sein! Ich werde sie nachher anrufen. Sicher weiß sie inzwischen auch mehr darüber, was das Testament und die Anwesenheit Franziskas betrifft."

Frerich stöhnte auf. Ich allein muss den Hof erben und dann die alten Weiber loswerden, nahm der Mann sich fest vor.

Am nächsten Tag

Die Testamentseröffnung, doch zuvor …

Schon vor neun Uhr saß Frerich Gronewald auf einem Stuhl vor der Tür des Kommissariats. Man würde ihn gleich hereinrufen, hatte der junge Mann, der ihn nach oben brachte, gemeint. Frerich war unruhig. Was wollte man von ihm? Klar, es ging um Lilos Tod, aber sie konnten ihm nichts anhängen und schon gar nichts beweisen. Dass er Franziska ein paarmal angerufen hatte, nun, das war ja wohl eine Lappalie. Wieder schaute er auf die Uhr, schließlich wollte er die Testamentseröffnung nicht verpassen.

Hinter der Tür saß Miri an ihrem Schreibtisch und blätterte die ausgedruckten Ergebnisse durch, die man ihr auf den Computer geschickt hatte. Bisher allerdings lagen nur die Untersuchungsergebnisse der beiden Frauen vor.

„Blauer Eisenhut und Engelstrompete", las sie. Es wurde noch eine weitere Substanz entdeckt, die man bisher noch nicht zuordnen konnte. „Als wenn das nicht reichen würde", murmelte sie und griff zum Telefonhörer, um Carsten zu informieren.

„Gronewald sitzt hier bei mir vor der Tür, aber mit den bisherigen Untersuchungsergebnissen können wir ihn nicht festnageln. Die KTU arbeitet noch dran. Was soll ich mit ihm machen? Du wolltest ihn doch vernehmen."

„Lass ihn gehen. Ich hole jetzt Franziska Gronewald vom Krankenhaus ab, ihr Wagen steht ja noch am Hotel, und fahre dann mit ihr zum Notar. Ich schaffe es nicht mehr ins Büro. Vielleicht hat ihn die Vorladung ja ein wenig aufgeschreckt und unsicher gemacht.

Unterwegs versuche ich herauszufinden, was es mit dem Taschentuch bei der Leiche auf dem Hof auf sich hat. Lass also Gronewald erst mal gehen, er will ja auch zum Notar. Vielleicht erfahren wir dort mehr. Wenn du neue Infos aus dem Labor bekommst, ruf mich an, dann bringe ich ihn wieder mit. Wichtig ist für mich jetzt zu sehen, was das Testament bringt. Ich bin gespannt."

„Okay, bis später. Ich melde mich, wenn ich mehr weiß. Unser freundlicher Rechtsmediziner hat sich auch angemeldet, kommt gleich vorbei. Einfach nur einen Bericht schicken ist bei ihm ja nicht."

„Viel Spaß mit dem Leichenfledderer! Tschüss", lachte Carsten.

„Übrigens kommen Tomke und Hajo heute zurück. Sollten wir sie nicht abholen?"

Doch Carsten hatte die Verbindung schon unterbrochen und ihren letzten Satz nicht gehört.

„Dann eben nicht!" Miri legte auf und erhob sich, um Frerich Gronewald nach Hause zu schicken.

Beim Notar

Wenn Blicke töten könnten!, grübelte Franziska und weiter: Ihr habt es versucht, aber ohne Erfolg. Sie schloss kurz die Augen. Gut, dass mich der Kommissar vom Krankenhaus abgeholt hat, überlegte sie weiter, denn sie fühlte sich noch recht wackelig auf den Beinen.

Nun saß Franziska Gronewald im Büro des Notars und erwartete gespannt, was geschehen würde. Einiges von dem, was hier nun verkündet werden sollte, kannte sie schon aus den Unterlagen, die Hilko ihr geschickt hatte, aber seinen Andeutungen nach musste heute noch viel mehr ans Tageslicht kommen.

Der Stuhl neben ihr blieb frei, dort hätte wohl Lilo gesessen. Daneben hatten Frerich und anschließend Gesine, Meta und Hedda Platz genommen. Rechts von Franziska Gronewald saßen Siebo und Inge Lückelill. Siebos Eltern, daran erinnerte sich Franziska noch sehr gut, waren es damals, die auf keinen Fall wollten, dass sie an den Familienfeiern in ihrem Haus teilnahm. Franziska verstand damals nicht, warum, auch Hilko nicht. Auch noch heute war es ihr ein Rätsel. Siebos Vater lebte nicht mehr, Siebo als einziger Nachkomme hatte den Hof übernommen. Seine Mutter lebte als Pflegefall mit auf dem Hof und wurde von einer polnischen Betreuerin gepflegt. Das hatte Franziska von Oma Jettchen erfahren. Ansonsten waren ihr die

Menschen aus der Nachbarschaft des Hyggehofes fremd, mehr als fremd.

Franziska holte sich aus ihren Gedanken zurück, denn die Tür wurde geöffnet und der Notar betrat den Raum. Gemeinsam mit ihm kam Carsten Schmied herein und stellte sich etwas abseits. Den angebotenen Stuhl lehnte er ab.

Der Notar legte einen Stapel Akten und Papiere vor sich auf dem Schreibtisch ab und ließ sich auf seinen Stuhl fallen.

„Moin zusammen!", begrüßte er die Versammlung im Raum und setzte nach: „Ist ja eine illustre und große Runde heute zur Testamentseröffnung, das habe ich so in dieser Form nur selten."

„Wäre auch nicht nötig, denn wer anderes als ich bin der Erbe meines Bruders? Im Übrigen verstehe ich nicht, was eine Mörderin", er zeigte auf Franziska, „bei einer Testamentseröffnung zu suchen hat. Sie hat Lilo getötet. Hier auf diesem Platz würde meine Frau eigentlich sitzen und nun liegt sie beim Bestatter."

Nun war es raus. Frerich konnte nicht anders, fast wäre er geplatzt. Warum nur ließen die Kommissare diese Frau noch frei herumlaufen? Das Taschentuch musste doch ein eindeutiger Hinweis gewesen sein. Was soll ich denn sonst noch machen?, fragte er sich verzweifelt.

„Herr Kommissar, haben Sie dazu etwas zu sagen?" Schniedehan schaute Carsten fragend an.

„Es gibt keinen Hinweis, dass Frau Gronewald ihre Schwägerin getötet hat."

„Danke, das reicht mir." Schniedehan wandte sich wieder den geladenen Gästen zu. „Lassen Sie bitte diese Unterstellungen, Herr Gronewald, und kommen wir …"

„Seit wann siezt du mich, Ben?“

„Lassen wir es dabei, solange der offizielle Teil hier nicht abgeschlossen ist“, bat Schniedehan und fuhr fort. *„Nu geit dat los, Leute!“* Er schaute in die Runde.

Die Stimmung im Raum war angespannt. Man hätte eine Stecknadel fallen hören können, eine solche Stille beherrschte den Raum.

„Ich hoffe, Sie haben alle etwas Zeit mitgebracht, denn der gute Hilko hat Ihnen einiges zu sagen, und nicht nur er. Vor mir liegt sein Testament, das ich, darum hat er mich in einem beigefügten Schreiben ausdrücklich gebeten, erst zum Schluss verlesen werde. Zuerst gibt es ein paar andere Dinge zu klären. Dafür bitte ich um Ihre Aufmerksamkeit und bitte unterbrechen Sie mich nicht. Keiner!“

Schniedehan legte drei Umschläge vor sich auf den Tisch und deutete darauf.

„Erstens, zweitens, drittens! In dieser Reihenfolge werde ich vorgehen.“

„Nun fang schon an!“, kam es von Frerich, was ihm einen strafenden Blick des Notars einbrachte.

Schniedehan griff nach einem Brieföffner vor sich auf dem Schreibtisch, fuhr damit in den ersten Umschlag und öffnete ihn. Mit spitzen Fingern zog er ein paar eng beschriebene Blätter hervor und legte sie vor sich auf den Schreibtisch. Frerich hob den Kopf und versuchte einen Blick auf das oberste Blatt zu werfen. Schniedehan nahm die Blätter auf, lehnte sich zurück und erklärte: „Das ist ein handgeschriebener Brief von Berthold Gronewald, deinem Vater, Frerich.“ Ungewollt war der Notar in das vertraute Du übergegangen.

„Bertie?“, stieß Gesine spitz aus. Ihr fuhr der Schreck in die Glieder. Sollte der etwa …?

Frerich wollte wissen:

„Was hat denn der Alte mit Hilkos Testament zu tun?“

Erneut traf ihn der strafende Blick des Notars und gleichzeitig Gesines spitzer Ellenbogen in die Rippengegend.

Schniedehan begann:

„Ich hoffe, ihr erfreut euch bester Gesundheit, meine Söhne Hilko, Frerich und, ja, und mein erstgeborener Sohn, Siebo.“

Sofort fuhren Frerich und Siebo auf. Beide riefen wie aus einem Munde: *„Wie bitte?“* Von den drei alten Frauen kam Stöhnen, Gejammer und Gesine rief: „Bertie, du Dummkopf!“

„Ruhe bitte!“, mahnte der Notar. „Ich bitte um Ruhe, hören Sie bitte weiter zu!“

Frerich allerdings, inzwischen aufgesprungen, konnte sich nicht beruhigen. „Siebo ist mein Bruder …? Ich fasse es nicht. Der Alte hat fremdgefickt? Moment, ich muss mal nachrechnen …“

„Ruhe, Frerich. Setz dich hin und hör weiter zu.“ Schniedehan war nun ärgerlich. Er fuhr fort:

„Ich weiß nicht, ob und in welcher Form ihr erfahrt, was ich euch zu sagen habe. Was zu sagen ist, was gesagt werden muss, habe ich bisher für mich behalten und nur teilweise an Hilko weitergegeben. Ihm soll überlassen sein, ob alles ans Licht kommt, was geschehen ist.

Und ich sage euch, es ist viel geschehen. Böse, sehr böse Dinge sind geschehen. Es hat mich ein ganzes Leben lang be-

schäftigt, dich, Siebo, nicht als meinen Sohn anerkennen zu dürfen, denn das hätte die Ächtung deiner Mutter nach sich gezogen und meine natürlich auch, mein Junge. So musste ich schweigen. Hilko und Frerich, euch sage ich, dass ich mich sehr gefreut habe, dass ihr Jahre später doch noch zu uns gekommen seid, lange haben wir auf euch warten müssen, was aber dem geschuldet war, dass eure Mutter sich mir von Anfang an verweigerte. Vielleicht wisst ihr, dass eure Mutter und ich verheiratet wurden. Es ging um Ländereien, die zusammenkommen sollten, um Verbindungen und um Absprachen unserer Eltern, denen wir uns damals nicht entgegenstellen durften. Heute ist das zum Glück ganz anders oder sollte es zumindest sein. Meine große Liebe war Helene, deine Mutter, Siebo. Darum sei dir sicher, du bist ein Kind der Liebe.“

„Wir nicht?“, fuhr Frerich auf. „Ruhe!“, kam die Ermahnung von Schniedehan. Er las weiter.

„Sollte sich Hilko dazu entschließen, dieses Geständnis öffentlich zu machen, bist du, Siebo, nun auch erbberechtigt und ich überlasse es dir, davon Gebrauch zu machen. Da gibt es sicher Wege. Das Erbe unter Hilko und Frerich ist schon lange geklärt. Einigt euch.

Nun habe ich noch ein weiteres Geheimnis zu lüften, das ich mit ins Grab genommen habe, und auch dessen Preisgabe überlasse ich Hilko. Zu wissen, dass Menschen so viel Bosheit widerfahren kann, dass Menschen bereit sind zu töten, einfach so, weil nicht sein kann, weil nicht sein darf, hat mich ein Leben lang belastet. Ich war zu schwach, dagegen anzugehen. Leider. Das tut mir unendlich leid. Doch nun soll die Wahrheit ans Licht kommen. Alles soll ans Licht kommen. Wenn Hilko es will, dann öffnet den zweiten Brief. Niemand weiß bisher, was darin steht, auch Hilko nicht, aber ich vertraue ihm. Ich weiß, er wird das Richtige tun. Ich habe ihn gebeten, alle Betroffenen zusammenzurufen, und wünsche mir, dass ihr nun in einer Runde sitzt. Schlimme Dinge sind geschehen, so schlimme Dinge. Eines noch: Meine Söhne, ich weiß, ich konnte es nicht immer zeigen, aber ich liebe euch von ganzem Herzen, alle drei!

Euer Vater."

Schniedehan ließ den Brief sinken und schaute in die Runde.

Frerich und Siebo saßen wie versteinert auf ihren Stühlen. Die drei Alten neben Frerich flüsterten aufgeregt miteinander. Wussten sie, was in dem zweiten Brief zutage treten würde?

Franziska verstand nicht, was sie mit dem Gehörten anfangen sollte. Sie hatte die Ausführungen aufmerksam verfolgt, doch sie betraf das alles nicht. Sie drehte sich um und schaute zu Carsten Schmied, der ebenfalls gespannt zugehört hatte.

„Möchte jemand etwas trinken?", wollte Schniedehan wissen. Er zeigte auf ein Tablett mit einer Auswahl an Getränken auf dem kleinen Nebentisch.

„Nein, mach weiter. Was soll das alles? Heißt es etwa, dass ich den Hof mit Siebo teilen muss? Mach weiter, verdammt. Ich bin gespannt, was noch so kommt." Frerich hoffte inständig, dass seine finanziellen Machenschaften nicht auch aufgedeckt werden würden. Und wer sagte ihm denn, dass das wirklich ein Brief seines Vaters war?

Das Schreiben muss ich prüfen lassen, beschloss er.

Siebo stand auf und holte sich ein Wasser, auch Franziska hielt er eine Flasche, über die ein Glas gestülpte war, hin. Beides nahm sie dankbar. Inge blieb regungslos sitzen. In ihr arbeitete es. Gedanken, Ideen wirbelten durch ihren Kopf. Sie musste sich an der Armlehne des Stuhles festhalten, um nicht das Gleichgewicht zu verlieren. Siebo Miterbe des Hyggehofes? Das wäre ja der größte Glücksfall aller Zeiten.

Die drei alten Frauen tuschelten miteinander.

Auch Schniedehan trank ein paar Schlucke und griff nach dem zweiten Umschlag.

„Dann öffne ich jetzt den zweiten Umschlag." Er hielt ihn hoch und fuhr mit dem Brieföffner unter die Lasche.

Wieder zog er Briefbögen heraus. Franziska erkannte, dass es sich wohl um die gleiche Handschrift wie zuvor handelte.

Schniedehan schaute in die Runde und blickte auf das Schreiben. Während im Raum noch etwas Unruhe herrschte – Gesine, Hedda und Meta tuschelten weiter miteinander –, überflog er die ersten Zeilen und schaute entsetzt zu Franziska, dann zu Siebo. Beide sahen es und blickten sich fragend an.

Im Hintergrund klingelte ein Handy. Carsten griff in seine Tasche, meldete sich leise.

Der Notar war verärgert, er wollte gerne weitermachen.

Carsten hob entschuldigend die Hand und beendete das Gespräch schnell.

„Darf ich dann?“, fragte Schniedehan in den Raum. Alle waren nun still.

„Ich lese das zweite Schreiben von Berthold Gronewald:

Wenn meine erste Beichte euch in Aufregung versetzt hat, dann wird euch die zweite sicher noch mehr erschrecken. Es ist so viel Unrecht geschehen, das darf nicht in Gräbern verschwinden oder in den Fluten der Nordsee versenkt werden. Obwohl ich weiß, dass manchen von euch das mehr als recht wäre. Aber es muss endlich ausgesprochen werden. Recht muss Recht bleiben. Wieder betrifft es dich, Siebo, mein Sohn.

Auf unseren Höfen gibt es keine Nachfolger. Und ich befürchte, dass das dem Bösen, das hier geschah, geschuldet ist. Ihr haltet mich jetzt sicher für senil, aber das ist in Ordnung. Sie nannten es Familienbande, als sie nicht zuließen, dass zwei junge Menschen vor vielen Jahren ihr Glück fanden. Es geschah beim Schützenfest, mein Sohn Siebo und eine junge Frau aus Bayern hatten sich gefunden, verliebt und wurden böswillig getrennt. Böse Weiber mit alten Sitten, auf denen sie bestanden, setzten sich durch. Ich schaffte es nicht, dagegen anzugehen. Keiner schaffte es. Das tut mir unendlich leid. Ich habe mich sehr versündigt. Doch nun soll es aufgeklärt werden, Hilko wird dafür sorgen, denn er ist nicht nur indirekt davon betroffen. Die Liebe dieser beiden Menschen hat Früchte getragen, die junge Frau wurde schwanger, was sie damals nach ihrer Heimkehr nach Bayern in einem Brief an Siebo schrieb.

Der stöhnte auf, griff sich an den Kopf. Schniedehan schenkte ihm nur einen kurzen Blick und las weiter.

Diesen Brief allerdings hat er nie erhalten. Hedda hat ihn abgefangen. Hedda, Gesine und Meta, diese arglistigen Weiber, und Helene hat bei dem perfiden Plan mitgemacht. „Lasst keine Fremde, lasst keine Zugezogene in die Familie" war die Devise und so kam es auch. Sie haben an die junge Frau in Siebos Namen einen Brief geschrieben und ihr mitgeteilt, dass er nichts mehr mit ihr zu tun haben möchte, dass sie ihn in Ruhe lassen und sich hier nie mehr blicken lassen solle. Er, so teilten sie ihr mit, würde in den nächsten Tagen heiraten, und zwar eine Hiesige. Was natürlich nicht stimmte. Beschimpfungen und Drohungen hielten die junge Frau wohl davon ab, sich nochmals zu melden. Man hörte lange Zeit nichts von ihr, bis sie Jahre später mit einem kleinen rothaarigen Mädchen vor der Tür stand. Und dann geschah das Unglaubliche. Meine Frau, aber auch Gesine, Hedda, Meta und Helene haben die junge Frau zu uns auf den Hof gelockt und im Dachzimmer eingesperrt. In dem Zimmer, wo schon seit Jahrzehnten, noch von meinem Vater, getrocknete Fischköpfe an den schrägen Wänden hängen.

Franziska stieß einen unterdrückten Schrei aus, schlug sich die Hände vor den Mund. Ihr lief ein eiskalter Schauer über den Rücken. Sie war unfähig, sich zu rühren. Erinnerungen wurden wach, Träume kamen zurück. Siebo ging es ähnlich, die beiden starrten auf den Notar. Was kam da wohl noch? Schniedehan ließ sich nicht unterbrechen.

Wie ich erst viel später erfahren habe, wurde die junge Frau mit Schlafmitteln ruhiggestellt, das Kind wohl ebenfalls. Nach einigen Tagen hat man die beiden freigelassen, unter der Voraussetzung, dass sie sofort verschwinden mögen. Die junge Frau wollte mit ihrem Kind nur noch weg, nach Siebo hat sie wohl nie mehr gefragt.

Wie ich später erfahren habe, hatten die beiden unterwegs einen Unfall, den wohl nur das kleine Mädchen überlebte. Ob auch hier jemand seine Finger im Spiel hatte, kann ich nur vermuten, denn in Gesines Hexenküche brodelt so manch giftige Mischung.

Dieses kleine Mädchen, und das kann kein Zufall sein, kam viele Jahre später nach Ostfriesland, lernte meinen Hilko kennen und – nun, den Rest kennt ihr.

Sie wussten, wer sie ist. Sofort! Franziska ist ihrer Mutter wie aus dem Gesicht geschnitten. Nur Siebo ist das nicht aufgefallen. Alle haben es der jungen Frau und der Ehe der beiden schwer gemacht. Man hat Franziska vertrieben und somit auch meinen Hilko, das habe ich euch nie verziehen.

Ich weiß nicht, wer nun zusammensitzt und meiner Beichte lauscht. Hilko? Frerich? Die drei toten Tanten? Lebt ihr noch, ihr bösen Weiber? Vielleicht konnte Hilko seine geschiedene Frau bewegen, nochmals nach Ostfriesland zu kommen? Franziska, bist du da? Siebo? Falls die eine oder andere der bösen Weiber noch am Leben ist und zuhört, sage ich euch: Ich möchte, dass alles, was geschah, aufgeklärt wird und endlich Recht geschieht. Und somit sage ich euch nun nochmals und ganz offiziell: Siebo ist mein erstgeborener Sohn, Franziska Gronewald, meine wunderschöne Schwiegertochter, das Kind von Siebo. Endlich ist es ausgesprochen, nun hoffe ich, meinen Frieden zu finden, wo immer ich bin. Passt alle auf euch auf, macht das Beste aus dem neuen Wissen. Bertie.

Der Notar legte das Schreiben zur Seite und blickte in die Runde. Ihm war anzusehen, dass ihn die Angelegenheit nicht kaltließ. Für ein paar Sekunden herrschte noch Totenstille im Raum, bis Gesine aufstand und ihre beiden Cousinen aufforderte: „Kommt, wir gehen!"

Carsten, der noch immer im Hintergrund stand, bat sie: „Bleiben Sie bitte zu Hause, ich werde mich später bei Ihnen melden. Es gibt einiges zu klären."

Gesine fauchte ihn an: „Alles verjährt, was willst du Jungkeerl denn von uns?"

Die beiden anderen Frauen reagierten nicht. Sie liefen zur Tür. Schniedehan forderte sie auf zu bleiben, schließlich gebe es noch das Testament zu verkünden. Aber die Alten winkten nur ab und verließen das Büro.

Bei Frerich löste sich langsam die Anspannung. Er wandte sich Siebo zu und meinte: „Wenn du glaubst, du könntest etwas vom Hof abgreifen, hast du dich getäuscht."

Der aber reagierte nicht, sondern wagte nun einen Blick zu Franziska und flüsterte: „Du bist … du bist Lenas Tochter? Du bist meine Tochter?" Der Mann war kreidebleich. Nun fiel es ihm wie Schuppen von den Augen. Natürlich, die Frau sah Lena mehr als ähnlich. Dass ihm das nicht früher aufgefallen war. Inge griff nach seiner Hand und zog sie fest an sich heran.

In diese angespannte Stimmung hinein klingelte Carstens Telefon erneut. Schniedehan bemerkte es und verkündete: „Wir machen fünfzehn Minuten Pause. Ich glaube, wir brauchen vor der Testamentseröffnung alle etwas frische Luft! Gehen wir ein paar Schritte vor das Haus."

Nachdem Carsten sein Gespräch beendet hatte, ging er auf Frerich zu und bestimmte: „Sie müssen zur Vernehmung auf das Kommissariat, heute noch." Der schaute fragend zu ihm auf. „Warum denn das schon wieder?"

„Die Laborergebnisse sind da. Nun wissen wir auch mehr über das Taschentuch, das wir neben der Leiche Ihrer Frau gefunden haben. Ich muss sofort weg. Meine Kollegin löst mich hier ab und nimmt Sie nach der Testamentseröffnung mit auf das Kommissariat. Es gibt da einige Fragen zu klären."

Frerichs „Scheiße!" hörte er nicht.

Die Beichte des alten Mannes hatte alle mitgenommen. Frerich ahnte, dass nun Schwierigkeiten auf ihn zukommen würden. Diese waren allerdings nichts gegen die Tatsache, dass sie ihm nun wegen Lilos Tod zu verdächtigen schienen. Was hatte das mit dem Taschentuch zu bedeuten? Es war doch eindeutig aus Franziskas Auto.

„Gut, fünfzehn Minuten Pause, dann eröffne ich das Testament. Wir treffen uns wieder hier in meinem Büro."

Schniedehan nahm die vor ihm liegenden Unterlagen und verließ gemeinsam mit den anderen den Raum.

Franziska und Siebo liefen nebeneinander her. Keiner der beiden fähig, etwas zu sagen. Inge folgte ihnen verstört.

„Mein Gott", überlegte die junge Frau aus Bayern, „das ist ja alles mehr als schrecklich und nun erfahre ich auch noch, dass ich einen Vater habe. Wahnsinn. Der Unfall, bei dem Mama ums Leben kam, war ein Anschlag?"

Einerseits fühlte sie sich wie in einem Vakuum, andererseits fuhren die Gedanken in ihrem Kopf Achterbahn.

Sie musste daran denken, dass Hilko in seinem Schreiben an sie angekündigt hatte, das Testament werde für Aufregung sorgen. „Nun, ich bin gespannt, was noch kommt. Schlimmer geht nimmer, oder?"

***

Carsten spurtete zu seinem Wagen. Der Anruf von Oma Jettchen hatte ihn zutiefst erschreckt. Er musste sofort nach Carolinensiel.

Kurz informierte er Miri, dass sie in das Büro des Notars kommen müsse, um Gronewald abzuholen.

„Warum bringst du ihn nicht mit?", wollte die pragmatische junge Frau wissen.

„Weil ich schnellstens nach Carolinensiel muss, mit Fienchen ist was passiert. Mehr später." Er beendete das Gespräch und startete den Wagen.

Carsten hasste es, wenn die Ereignisse sich überschlugen und wie Gewitterregen auf ihn einprasselten. Bei dem ersten Anruf, den er im Büro des Notars erhielt, hatte Miri ihm mitgeteilt, dass sich an dem bei der Leiche gefundenen Taschentuch auch die Spuren der verstorbenen Inderin Siri Balakrishnan befanden. Was ihnen mehr als seltsam erschien. Die beiden waren übereingekommen, dass die ganze Angelegenheit tatsächlich sehr nach einer Inszenierung aussah.

Carsten gab mehr Gas, als die Straßenverkehrsordnung genehmigte und auf der Umgehungsstraße von Neuharlingersiel wurde er angehalten.

„Radarkontrolle!", begrüßte ihn der uniformierte Kollege, als Carsten das Seitenfenster herunterdrehte. Er hielt ein Laserblitzgerät in der Hand und grinste: „Ach, sieh mal. Moin Herr Kollege. Sind wir im Einsatz oder haben wir es einfach so eilig?"

„Schnack nich'!", erwiderte der. „Ich bin gerade zu einem Notfall gerufen worden, wenn auch im privaten Umfeld, aber Notfall ist Notfall."

„Was ist passiert?"

„Weiß ich noch nicht, aber bevor ihr hier die braven Leute abzockt, kommt mit und übernehmt die erste Spurensicherung. Es kann sein, dass ich sofort weiterfahren muss."

„Okay, Kollege. Warte, wir packen ein und folgen dir."

Der Mann sprang zu seinem Kollegen in das etwas abseits stehende Polizeifahrzeug, sprach kurz auf ihn ein und sie fuhren los. Carsten vorweg, die beiden hinterher.

Auf Leben und Tod

Vor dem Haus der beiden Ostfriesinnen in der Bahnhofstraße hatte sich ein Menschenauflauf versammelt. In der Hofauffahrt standen ein Notarztwagen und ein Rettungswagen, in den gerade eine Krankentrage geschoben wurde. Wer auf der Trage lag, konnte Carsten nur ahnen. Er fuhr die Auffahrt hoch, parkte auf dem Nachbargrundstück und sprang aus dem Auto. Seine uniformierten Kollegen hielten auf der Straße und versuchten die Menschentraube, die sich dort versammelt hatte, auseinanderzutreiben. „Was soll das denn? Gehen Sie weiter! Die Gafferei ist ja schrecklich. Und Sie", sprach der eine Polizist einen der Passanten an, „stecken Sie das Handy weg, sonst beschlagnahme ich es. Hier gibt es nichts zu fotografieren."

Nur zögerlich liefen die Menschen weiter oder bestiegen ihre Fahrräder. Lediglich ein paar Nachbarn blieben. Mariechen und Hermann von gegenüber, Anne sowie die direkten Nachbarn von nebenan. Sie standen auf der angrenzenden Rasenfläche. Der Polizist ließ sie, sie störten und vor allem fotografierten nicht.

Oma Jettchen kam Carsten völlig außer sich entgegengelaufen. Sie fuchtelte mit den Armen, war kreidebleich, ja grau im Gesicht und weinte laut: „Carsten, ach Carsten, es ist so schlimm. Meine Schwester!" Jettchen konnte kaum sprechen. Immer wieder gingen ihre Worte in lautes Weinen über. Carsten nahm sie in den Arm.

„Was sagt der Arzt?"

„Vergiftung!", schluchzte sie. „Und ich habe sie noch gewarnt."

„Vor was? Wodurch kommt denn diese Vergiftung?"

Jettchen reagierte nicht auf seine Frage. Sie wiederholte: „Ich habe sie gewarnt, aber sie, sie kann ja nix umkommen lassen!"

„Hat Fienchen etwas Verdorbenes gegessen?", wollte Carsten nun wissen.

„Quatsch, bei uns gibt es nix Verdorbenes, dafür sorge ich schon, aber Fienchen die, die …"

Carsten spürte, dass er so nicht weiterkam. Er winkte Anne, die Nachbarin, herüber und bat sie, sich um Jettchen zu kümmern.

Der Notarzt war im Rettungswagen noch mit Fienchen beschäftig. Carsten stieg zu ihm in den Wagen und wollte wissen: „Wie schaut's? Schlimm?"

Der zuckte mit den Schultern. „Wir haben alles Menschenmögliche getan. Hier spielt das Alter eben auch noch eine Rolle. Ich schließe sie jetzt noch an ein Sauerstoffgerät an, dann muss die Frau so schnell wie möglich in die Klinik."

Carsten reagiert schnell. Er zeigte dem Arzt seinen Ausweis und erklärte: „Bitte nach Sanderbusch. Wir hatten dieser Tage schon zwei Fälle mit Vergiftungen. Möglicherweise gibt es da einen Zusammenhang. Falls es sich um das gleiche Gift handelt, sind Ihre Kollegen dort in Sanderbusch da schon ein Stück weiter."

Der Arzt rief dem Fahrer zu: „Hast du gehört? Melde uns in Sanderbusch an." Aus der Fahrerkabine kam ein „Jow", dann hörte man den Mann in ein Funkgerät sprechen. Carsten warf einen Blick auf Fienchen und erschrak. Sie sah schlimm aus. Ihr schmales Gesicht war noch schmaler als sonst, eingefallen und die Haut grünlich-grau verfärbt.

„Wenn das mal gut geht!", hoffte er und verließ den Wagen. Oma Jettchen saß gemeinsam mit der Nachbarin auf der Bank vorm Haus und weinte bitterlich. Anne hielt ihre Hände und sprach beruhigend auf sie ein.

Carsten beschloss, noch einen Versuch zu starten.

Er nickte Anne zu, die verstand und überließ ihm ihren Platz neben der aufgelösten alten Frau.

„Jettchen", begann er leise, „schau mich mal an." Die hob den Kopf, Tränen liefen über ihre bleichen Wangen, die er sonst nur rosig kannte.

„Versuche jetzt bitte, dich zu beruhigen. Wir müssen wissen, was Fienchen zu sich genommen hat und woher das kam. War es etwas aus eurem Haushalt?"

Jettchen schüttelte den Kopf. „Nein, es gab heute nichts zu essen, was drüber gewesen sein könnte. Außerdem habe ich das Gleiche gegessen wie sie. Aber ..."

„Aber? Aber was?"

Jettchen starrte einen Moment vor sich auf den Boden.

„Ich hätte die Plörre gleich wegschütten sollen!", stieß die Ostfriesin aus.

„Welche Plörre?" Carsten stöhnte innerlich auf. Meine Güte, war das zäh, wann endlich würde sie zum Punkt kommen?

„Na, diesen Apfelsaft, den man uns vor die Tür gestellt hat. Ich fürchte, davon hat sie heute Morgen getrunken. Schau dir den Kanister mal an, ich denke, da fehlt etwas draus."

„Wer hat ihn euch denn vor die Tür gestellt?"

„Wer, kann ich nicht sagen. Aber das gibt es doch öfters mal. Da kommen Firmen und stellen Proben vor der Tür ab, und wenn man etwas kaufen will, kann man einen Bestellschein ausfüllen und …"

„Hast du den Bestellschein noch?"

„Nein, das ist es ja, es war keiner dabei!"

Beide schwiegen einen Moment, von Jettchen kam ein erneuter Schluchzer. „Ich habe noch gesagt, hau weg das Zeug. Von Fremden nimmt man nix. Aber Fienchen, du weißt …" Nach einem weiteren Schluchzer meinte sie: „Wenn Tomke doch nur schon da wäre. Falls Fienchen es nicht überlebt, haben die beiden sich gar nicht mehr gesehen. Ach, ich mache mir solche Vorwürfe."

„Warum denn das? Du kannst doch nichts dafür."

„Doch. Ich hätte die Plörre selbst wegschütten sollen. Ich weiß doch, dass Fienchen nix umkommen lässt, kniepig wie sie ist. Die nimmt alles, was nix kost'!"

„Aber du konntest ja nicht wissen, dass der Saft verdorben war." Carsten hoffte, dass er damit recht hatte und hier nicht auch Gift, wie bei den beiden Frauen zuvor, im Spiel war.

„Nein, aber wir hatten noch davon gesprochen, dass die drei toten Tanten uns vielleicht auch etwas antun, weil wir inzwischen mehr wissen, als ihnen lieb ist. Und weil ich doch …" sie brach ab.

Also sie auch! Also auch Jettchen befürchtete eine Vergiftung.

Der Krankenwagen fuhr vom Hof. Carsten konnte erkennen, dass der Notarzt im Wagen mitfuhr. Er saß an der Liege bei Fienchen. Es schien nicht gut um die alte Ostfriesin zu stehen. Wieder schossen Jettchen die Tränen in die Augen.

Irgendwie musste er sie beruhigen. Es war aber auch wie verhext. Michaela, seine Frau, war noch mit den Kindern auf der Insel und konnte hier nicht helfend eingreifen. Tomke und Hajo waren noch immer nicht da. Ich kann Jettchen doch nicht alleine lassen, überlegte er. Carsten beschloss, gleich mit seiner Frau zu telefonieren.

Er winkte Anne zu, die sich wieder zu Jettchen setzte und vorschlug: „Ich koche uns jetzt erst mal einen guten Tee, komm mit rüber zu uns. Mein Hermann ist auch da. Schau, er sitzt am Fenster und winkt dir zu." Jettchen aber lehnte ab. „Ich verlasse das Haus nicht, sicher ruft das Krankenhaus bei mir an, wenn etwas ist. Und Tomke, wenn Tomke sich meldet, ach herrje, was soll ich dem Kind nur sagen." Sie war völlig aufgelöst.

„Auch gut! Dann giv dat den Tee bi dir!" Anne erhob sich. „Ich setz schon mal Wasser auf."

Einige Minuten später rief sie: „Kumm in, Jettchen de Tee is klaar!"

Die kam, flankiert von den Nachbarinnen Mariechen und Frieda, und rief: „Nimm dat gute Geschirr aus dem Schrank, Anne, nimm das gute. Bei Besuch immer das gute!"

Zu viert saßen sie nun in der Küche um den großen Tisch herum und palaverten, wie das wohl mit Fienchen ausgehen würde.

Carsten beauftragte die beiden Streifenpolizisten, den Kanister mit dem Saft zu sichern und in die KTU zu verbringen. „Aber zieht Handschuhe an, ich will keine Prints von euch drauf haben." Die Kollegen schauten sich kopfschüttelnd an. „Is klar, wir sind ja auch doof!", kam es von einem der beiden. Der Kommissar hob entschuldigend die Hand und stieg in sein Fahrzeug. Den Rettungswagen konnte er schon nicht mehr sehen, also gab er Gas. Er wollte unbedingt gemeinsam mit Fienchen in der Klinik eintreffen. Falls es sich wirklich um einen Anschlag handelte, mussten die richtigen Wege eingeleitet werden.

Von unterwegs rief er Rikus Stevensen an. „Rikus!", begann er, „du musst mir einen riesigen Gefallen tun."

„Was ist los, mein Freund? Geht es dir nicht gut?"

„Ich brauche dich in deiner Funktion als Rechtsmediziner."

„Oh, das ist nicht einfach. Solange Manninga in Amt und Würden ist, ist er dein Ansprechpartner. Du weißt, dass er sehr böse werden kann."

„Ich weiß, aber es ist auch nicht offiziell, noch nicht. Und Manninga ist noch mit den aktuellen Fällen beschäftigt. Ich denke, er hat mit den beiden toten Frauen genug zu tun."

„Okay, was steht an?"

Carsten berichtete mit kurzen Worten, was geschehen und auch, was seine Vermutung war und bat am Ende:

„Komm bitte gleich nach Sanderbusch. Ich möchte, dass du bei der Untersuchung von Fienchen dabei bist, auch wenn sie noch am Leben ist und wir hoffen, dass das auch so bleibt. Aber sicher wird man sofort Blut entnehmen, ihr vielleicht den Magen auspumpen. Ich möchte, dass du die Proben sofort zu dir ins Labor holst und gemeinsam mit den Kollegen der KTU untersuchst."

Stevensen versprach, umgehend loszufahren. „Wir treffen uns in der Klinik. Bis gleich."

Carsten fuhr beruhigt weiter. Er wusste: Rikus dazuzuholen war eine gute Entscheidung. Unterwegs überlegte der Kommissar, ob er nicht vielleicht Tomke informieren müsste, aber die saß sicher noch im Flugzeug oder auf irgendeinem Flughafen, wo sie mit Hajo auf den nächsten Anschluss wartete. Dass seine Kollegin und Hajo heute schon eintreffen sollten, hatte er ganz vergessen. Kurz bevor er den Parkplatz des Klinikgebäudes in Sanderbusch erreichte, informierte er Miri darüber, was passiert war. Der Kommissar erwischte seine Kollegin im Auto auf dem Weg zum Notar, wo sie Frerich Gronewald abholen sollte.

Testamentseröffnung

Frerich war nervös! Welche Hiobsbotschaft der Notar nun wohl noch verkünden würde? Auch machte ihn der Gedanke unruhig, später auf das Kommissariat zu müssen.

Inzwischen hatten sie wieder Platz genommen. Auf dem ersten Stuhl saß Frerich, die Stühle der drei toten Tanten hatte Schniedehans Sekretärin entfernt, danach blieb ein Platz leer, dann kamen Franziska, Siebo und Inge. Die schaute immer wieder verstohlen an ihrem Mann vorbei auf Franziska. Siebo hatte sie in der Pause zur Seite genommen und ihr freudig zugeraunt: „Liebes, wir haben eine Tochter. Das, was wir immer wollten."

„Ja, ein Riesenbaby!", war Inges lakonische Antwort, die noch nicht wusste, wie sie mit der Sache umgehen sollte.

„Ich bin ja auch überrascht, aber es gibt keinen Grund zur Eifersucht für dich, alles geschah vor deiner Zeit."

„Wie alt warst du, als du … du weißt schon?"

„Jung, sehr jung war ich. Ich erzähle dir die ganze Geschichte zu Hause." Dann hatte er sie fest am Arm genommen. Ihre innere Abwehr bemerkte er nicht.

Nun saßen sie wieder alle auf ihren Plätzen. Siebo schubste seine Frau an.

„Schau doch nur, Frerich blickt so verbissen drein. So habe ich ihn noch nie erlebt."

„Weil du blind warst in deiner väterlichen Freundschaft zu ihm. Ich habe dir schon immer gesagt, dass er ein falscher Hund ist. Lilo hatte es auch nicht leicht mit ihm und nun ist sie tot."

„Meinst du, er hat …?", raunte er ihr zu.

„Ich weiß es nicht, aber zutrauen würde ich es dem eiskalten Burschen schon. Übrigens hat er eine Geliebte und Lilo wusste es."

„Was? Warum hast du mir das nicht …?" Inge unterbrach ihn. „Das fragst du nicht wirklich, oder? Hättest du es mir geglaubt?" Frerich schüttelte leise den Kopf. „Pssst, sei still. Wir reden später", forderte er sie auf und fuhr leise fort: „Schniedehan kommt, es geht weiter. Ist schon komisch. Zuerst erfahre ich, dass mein Vater nicht mein Vater ist und ich zwei Brüder habe, wobei der eine nicht mehr lebt."

Er fuhr sich durchs Haar. „Dann bekomme ich auch noch ein Kind. Und dazu ein so wunderschönes. Wir werden Franziska nachher mit zu uns nehmen. Ich will ganz viel über sie wissen."

„Kind, von wegen. Ist das bewiesen? Aufpassen wirst du müssen, dass sie dich nicht ausnimmt. Und vor Frerich musst du dich in Acht nehmen, denn als Berties Sohn hast du Rechte, die Frerich nicht gefallen werden."

„Was soll ich denn erben? Ganz ehrlich, wir haben mit unserem riesigen Anwesen genug um die Ohren. Mehr geht nicht."

„Warten wir es ab! Mehr geht immer und Recht muss Recht bleiben. Wenn dir etwas zusteht, dann …" Schniedehan fuhr dazwischen.

„Ich bitte Sie nun um Aufmerksamkeit. Wir kommen jetzt zur Testamentsverlesung!“ Schniedehan klopfte mit den Fingerknöcheln auf den Tisch und schaute in die Runde.

„Vorab sei gesagt, dass der Verstorbene verfügt hat, dass er seine geschiedene Frau zur Testamentsvollstreckerin ernennt. Wir sind übereingekommen, dass wir diese Aufgabe gemeinsam ausüben werden, denn Frau Gronewald lebt ja in Bayern.“

„Wie bitte? Das wird ja immer schöner. Dann reißt ihr euch also gemeinsam unter den Nagel, was eigentlich mir gehört? Was ist eigentlich ein Testamentsvollstrecker?“

„Der Testamentsvollstrecker, hier die Testamentsvollstreckerin, ist die vom Erblasser ernannte Person, welche die letzte Verfügung, den Letzten Willen des Erblassers zur Ausführung zu bringen hat. Dazu gibt es eine gesetzliche Regelung, an die sich zu halten ist“, wurde der Notar nun offiziell. „Und ich würde an Ihrer Stelle doch erst einmal abwarten, was der Verstorbene verfügt hat.“

„Scheiße, Mann!“, kam es nun von Frerich. „Dann fang halt an.“

Bevor Schniedehan loslegen konnte, klopfte es. Die Sekretärin streckte den Kopf durch die Tür und erklärte in Richtung ihres Chefs: „Hier ist eine junge Frau von der Polizei. Sie sagt, Sie wüssten Bescheid.“

„Rein mit ihr, dann aber bitte keinerlei Störung mehr, Levke.“

Sie nickte und ihr Blick traf ganz kurz auf Frerich. Franziska bemerkte es. Hatte die Frau ihm zugenickt? Sie war sich nicht sicher, doch erinnerte sie sich daran, dass die beiden in der Pause miteinander gesprochen hatten. Was das wohl bedeutete? Sie schob den Gedanken zur Seite, Miri betrat den Raum und setzte sich still auf einen Stuhl etwas abseits.

Der Notar nahm nun den Umschlag, in dem sich das Testament befand, in die Hand, zeigte den Beteiligten, dass das Siegel wie auch Hilkos Unterschrift unbeschädigt waren, und fuhr mit dem Brieföffner in die Lasche. Er öffnete den Umschlag und zog mehrere Briefbögen heraus.

„Auch das scheint ein größerer Auftrag zu sein." Schniedehan hielt die Papiere hoch. „Ich beginne mit dem oben aufliegenden Schreiben."

Frerich murrte etwas, die anderen verstanden es nicht. Dann aber fuhr er hoch, noch bevor der Notar das erste Wort gelesen hatte:

„Ich möchte nicht, dass sie dabei ist." Er zeigte auf Miri. „Das ist privat und geht niemanden etwas an. Schlimm genug, dass *die* dabei ist." Nun nickte er zu Franziska hinüber. Schniedehan schaute Miri an. Die hob die Hände. „Kein Problem, ich warte vor der Tür! Herr Gronewald wird ja wohl kaum durch das Fenster verschwinden, ich muss ihn nämlich anschließend mit auf das Kommissariat nehmen." Sie drehte sich um und verließ den Raum.

Schniedehan begann:

An Frerich und Siebo, meine Brüder, an Franziska, die ich bis zum letzten Atemzug in meinem Herzen tragen werde, an Lilo, Inge und meine Tanten Gesine und Meta sowie an Hedda vom Nachbarhof.

Es war mir ein großes Bedürfnis, den Wunsch meines Vaters, seine Briefe zu veröffentlichen, zu erfüllen und das Geschehene bekannt zu machen. Er hat in seinem Schreiben an mich nur Andeutungen gemacht und ich werde nie erfahren, was wirklich geschehen ist. Nun hoffe ich sehr, dass ihr alle daraus die richtigen Schlüsse zieht. Recht soll Recht bleiben.

Direkt an Frerich und Lilo sage ich:

Ihr habt es euch selbst zuzuschreiben, dass aus der Erbmasse nicht so viel für euch bleibt wie vielleicht erhofft. Ihr wisst, warum?

Ich gebe hiermit in Auftrag, dass nach der Verlesung des Testaments die Finanzen der letzten fünf Jahre des Hyggehofes überprüft werden. Meine geschiedene Frau Franziska Gronewald wird dies gemeinsam mit Ben Schniedehan in die Wege leiten und kontrollieren. Lieber Bruder Frerich, ich weiß um deine Betrügereien, werde nur nicht mehr dazu kommen, sie selbst aufzudecken. Sie waren dreist, aber auch dumm. Das Ergebnis der Buchprüfung habt ihr, Frerich und Lilo, zu akzeptieren, der angerichtete finanzielle Schaden wird von deinem Erbanteil abgezogen werden. Falls du dich weigerst, hat Franziska von mir den Auftrag, diese Betrügereien dem Finanzamt sowie der Staatsanwaltschaft zu melden. Also, überlegt es euch gut.

So viel vorab und nun darf Ben das Testament verlesen.

Während Schniedehans Worten war es totenstill im Raum gewesen. Nun ging ein Raunen durch den Raum. Von Inge war zu hören: „Ich habe dir doch gesagt, dass Frerich nicht sauber ist, Siebo."

„Halt's Maul, blöde Kuh! Außerdem kann es sich höchstens um ein paar kleine Unregelmäßigkeiten handeln. Vielleicht habe ich mich hier und da verrechnet, aber sonst …", zischte der Beschuldigte zu ihr hinüber, was wiederum Siebo auf den Plan rief: „Nu ist aber gut, Mann."

Franziska murmelte: „Das war es also, was Hilko in dem Schreiben an mich angedeutet hat. Das wird meine Aufgabe sein, na danke!"

Schniedehan saß hinter seinem Schreibtisch und blickte von einem zum anderen.

„Wenn wir uns dann alle beruhigt haben, verlese ich nun das Testament."

Er faltete ein Blatt auseinander und strich mit der Handfläche darüber.

Frerich hob den Kopf, um mehr sehen zu können. Was hatte sein Bruder verfügt? Hatte er es wirklich gewagt, ihn aus dem Testament zu streichen? Nur wegen ein paar kleiner Unregelmäßigkeiten? Und zusätzlich sollte er zurückbezahlen, was er sich nebenbei genommen hatte? Wäre ja noch schöner.

Ausgerechnet seine verhasste Schwägerin würde das zu kontrollieren haben. Na warte, bilde dir nur nichts ein. Ich werde um meine Erbschaft kämpfen, du bekommst nichts, und Siebo auch nicht. Hasserfüllt blickte er nach rechts zu den drei Menschen, die ihm gefährlich werden konnten. Gesine fiel ihm ein. Ja, die würde sicher helfen.

Das Testament war schnell verlesen. Frerich saß schweigend und mit weit aufgerissenen Augen auf seinem Stuhl,

Franziska zitterte am ganzen Körper, so sehr, dass ihr Vater nach ihrer Hand griff, um sie zu beruhigen.

„Hilko, warum tust du mir das an?“, fragte sie flehend und schaute sich im Raum um.

„Nun!“, meinte der Notar nach einer kurzen Pause, „dann ist im Grunde alles geklärt. Ein Steuerberater wird die Zahlen der letzten fünf Jahre kontrollieren, und wenn dieser grünes Licht gibt, geht wie geplant Hilkos Anteil am Hyggehof an dich, Frerich. Drei der Ferienwohnungen fallen an Franziska Gronewald. Sie darf darüber bestimmen, was damit weiter geschieht. Sollte es allerdings stimmen, dass es in den letzten Jahren Unregelmäßigkeiten mit den Finanzen gegeben hat, hat deine Schwägerin das alleinige Recht, über Hilkos Anteil zu entscheiden. Es liegt dann in ihrer Hand, ob du leer ausgehst. Im Übrigen wird dann sicher eine Klage auf dich zukommen.“

Der Notar nahm einen Schluck aus seinem Glas und fuhr fort. „Zudem ist zu klären, ob Siebo Lückelill als leiblicher Sohn ebenfalls Rechte am Erbe hat.“

Schon während der ganzen Zeit hatte es in Frerich gebrodelt, nun aber sprang er auf, so heftig, dass sein Stuhl nach hinten wegflog, und brüllte los.

„Das werden wir ja noch sehen. Die bekommt nix und mein angeblicher Bruder auch nicht. Unregelmäßigkeiten? Anzeige? Wegen ein paar Rechenfehlern?“

Der Mann war sich sicher, seine Betrügereien gut getarnt zu haben, dazu kam, die einzige Zeugin lebte nicht mehr. Wer also konnte ihm etwas anhaben?

„Ich fechte das an. Alles! Ob du mein Bruder bist, Siebo, das muss ein Test klären. Und zu deiner rothaarigen Tochter kann ich dir nur gratulieren!“, meinte er höhnisch. „Die Roten haben in Schlicksiel noch nie was Gutes gebracht.“

Wütend drehte er sich um und verließ den Raum. Weg von hier, nur weg. Ich muss gleich noch mal über die Bücher schauen, nahm er sich vor. Doch dieses Vorhaben wurde jäh von Miri gestoppt, die ihn vor der Tür schon erwartete.

„Scheiße, was …?“, fuhr er sie an.

„Sie dürfen mich aufs Kommissariat begleiten. Wir holen das ausgefallene Gespräch von heute Morgen nach. Darf ich bitten?“ Miri wies zur Tür. „Kann ich nicht erst …?“, warf Frerich Gronewald ein. „Nein!“, bestimmte die junge Kommissarin und setzte, als er sich in Richtung ihres Wagens bewegte, leise nach: „Mega!“ Unterwegs wollte Gronewald immer wieder wissen, worum es in der Befragung denn gehe und ob man endlich festgestellt habe, dass seine Schwägerin die Täterin sei. „Schließlich hat man ihr Taschentuch neben der Leiche meiner Frau gefunden“, betonte der Mann erneut.

Miri aber bat ihn um Geduld. Alles würde sich auf dem Kommissariat klären, versprach sie ihm. Außerdem benötige man seine Fingerabdrücke, um sie von anderen, die gefunden worden seien, zu unterscheiden. Die junge Frau wollte unbedingt vermeiden, mit ihm in ein Streitgespräch zu geraten, schließlich war sie mit ihm alleine im Auto unterwegs.

Anschließend hingen beide ihren Gedanken nach. Miri hoffte, dass es Tant' Fienchen bald besser gehen würde, Carstens Anruf hatte doch sehr besorgt geklungen.

Frerich Gronewald malte sich in den buntesten Farben aus, wie er sich an Siebo und Franziska rächen könnte. Gesine, immer wieder fiel ihm Gesines Hexenküche ein. Der Mann wusste genau, dass seine alte Tante in dem kleinen Nebengebäude nicht nur Marmelade und Säfte herstellte.

Verrat

Auf dem Parkplatz vor dem Haus des Notars spielte sich das gleiche Theater wie Tage zuvor ab. Der Versuch, Hedda auf den Bock zu bringen, endete in lautem Wehgeschrei. Gesine beschloss für sich, die steife Hedda nie mehr mitzunehmen. Nachdem sie den Traktor mit ihren beiden Mitstreiterinnen nach Hause kutschiert hatte, erreichte die Alte ein Anruf auf dem Festnetzanschluss.

Es war Levke, die Sekretärin des Notars, die ihr mitteilte, wie die Testamentseröffnung gelaufen war, und dass Frerich nun schwer in den Nesseln sitze. „Wenn nicht bald etwas geschieht", klagte die Frau, „dann verliert er alles, und ihr auch, das glaube nur."

„Wieso? Was hat Hilko denn verfügt?", hakte Gesine nach. Der Inhalt des Testaments interessierte sie nicht wirklich. Ob weitere Dinge aus vergangenen Jahren darin preisgeben wurden, allerdings schon.

„Das kann ich jetzt nicht alles erzählen, mein Chef kommt gleich zurück. Nur so viel: Frerich will, dass du tätig wirst. Das hat er mir im Vorbeigehen zugeraunt. Danach ist er nach Wittmund ins Kommissariat verbracht worden."

„Ich tätig?" Was wusste Frerich und somit vielleicht sogar Levke von ihrem Tun?

„Keine Ahnung, das soll ich ausrichten. Mehr weiß ich nicht. Ich höre Schniedehan kommen, muss Schluss …“ Dann war das Gespräch beendet.

Gesine überlegte eine Weile, ging zur Vitrine in der Stube und griff nach einer Flasche Korn und drei Gläsern, stellte zwei Gläser aber wieder zurück. „Ich entscheide, was zu tun ist!“, beschloss sie. „Auf Hedda und Meta kann ich mich nicht verlassen. Die beiden sind alt und senil, am Ende verraten sie sich mit ihren losen Mäulern. Ich kann sie höchstens noch als Handlanger einsetzen.“ Sie schenkte sich einen Schluck ein, klopfte mit den Fingerknöcheln auf den Flaschenhals. „Man muss etwas tun“, murmelte die alte Frau. „Ja, man muss etwas tun.“ Hastig kippte sie das Getränk hinunter und goss noch mal nach. Während sie mit ihren knöchernen Fingern weiter an den Flaschenhals klopfte, reifte ein Plan in ihr, der bösartiger nicht sein konnte.

„Hedda, Meta!“, rief sie in Richtung Küche, wo sie ihre beiden Mitstreiterinnen vermutete. „Habt ihr den Schlüssel von der Dachkammer gesehen?“

Meta hatte ihn an ihrem schweren Schlüsselbund, das sie immer mit sich führte, und wollte wissen:

„Was willst du damit?“

„Was nachschauen auf dem Dachboden.“

„Dort, wo damals …“, begann die alte Frau.

„Schnack nich’, gib her!“ Sie nahm Meta den Schlüssel unwirsch ab und fuhr sie böse an: „Den werde ich in Zukunft tragen. Was willst du mit all den Schlüsseln? Vergisst doch sowieso, für welche Türen sie sind.“

„Genau!“, gab Hedda ihr recht. Doch Gesine hörte es nicht und verschwand durch die Tür.

Auf dem Weg über den Hof fragte sie sich: „Ob meine Tropfen bei den beiden in Carolinensiel wohl schon gewirkt haben?“

Tödlicher Saft

„Warum die alte Dame noch lebt, kann ich nicht sagen!" Doktor Bengelmann schüttelte nachdenklich den Kopf. „Bei der Dosis an giftiger Substanz, die sie abbekommen hat, müsste sie schon längst …!", dann winkte er ab.

„Was war es?", wollte Carsten wissen.

„Wir vermuten, das Gleiche wie bei den beiden anderen Frauen. Aber eure Labors werden das schneller feststellen als unsere."

Carsten nickte. Rikus wusste er schon wieder auf dem Weg in sein Labor, um Blut, Erbrochenes und auch Urin, den man Fienchen entnommen hatte, zu untersuchen.

„Ist sie übern Berg?", fragte der Ermittler besorgt nach. Der Arzt schüttelte den Kopf.

„Nein, eher noch nicht tot. Weitere Prognosen kann und will ich im Moment nicht abgeben. Wir tun alles, aber es liegt nicht in unserer Macht. Allerdings, viel Hoffnung habe ich nicht. Das Alter und vor allem, weil die alte Dame so gar nichts zuzusetzen hat. Sie besteht ja nur aus Haut und Knochen."

„Nur noch nicht tot, wie makaber. Aber zäh ist sie und hat einen starken Willen", sinnierte Carsten. „Wenn es einer schafft, dann Fienchen!", sprach er sich Mut zu. Dann wandte er sich an den Arzt.

„Ich möchte sie noch mal sehen, bevor ich fahre."

Bengelmann nickte. „Kommen Sie mit." Er führte Carsten zur Intensivstation, forderte ihn auf, die Schutzkleidung anzuziehen. So betraten die beiden einen großen Raum mit mehreren Betten, in denen Intensivpatienten lagen. Überall fiepte und piepste es. Pfleger liefen von Bett zu Bett.

Fienchens Bett war das vorderste. Als er sie sah, so klein und zusammengefallen, über die Nase an Sauerstoff, zusätzlich an einen Monitor angeschlossen, erschrak er zutiefst. Sie sah noch schlimmer aus als im Krankenwagen oder bildete er sich das nur ein? Fienchen, schon immer spindeldürr, nur Haut und Knochen, war jetzt fast nicht mehr Mensch. Vor ihm lag ein Häufchen Elend.

„Mein Gott!", entfuhr es Carsten. Sanft fuhr er mit den Fingerspitzen über die Hand. Die Haut fühlte sich pergamentartig an. So, als könnte sie jeden Moment zerreißen. Kanülen, die sonst über den Handrücken Patienten mit Medikamenten versorgen, hatte man bei Fienchen an eine Armvene angebracht.

Die Gedanken fuhren Achterbahn in seinem Kopf. Ich muss Tomke anrufen. Tomke und auch Michaela. Das geht nicht mehr lange gut. Die Kinder, was werden die Kinder sagen, wenn Fienchen … Diesen Gedanken wollte er nicht zu Ende denken. Carsten zückte sein Handy, doch der Arzt schüttelte den Kopf und zeigte nach draußen.

„Schon gut, ich verschwinde. Aber bitte informieren Sie mich sofort, wenn sich an ihrem Zustand etwas verändert."

„Mach ich! Und informieren Sie mich, wenn Sie etwas über die Zusammensetzung der verabreichten Substanz wissen."

Carsten nickte dem Mann zu und verabschiedete sich.

Er hatte gerade die Ausgangstür erreicht, als hinter ihm ein schriller Alarm losging. Überrascht schaute Carsten sich um und erkannte, dass der Arzt wie auch zwei Pfleger auf das Bett von Fienchen zuliefen. Bengelmann gab kurze präzise Anweisungen, der Pfleger spritzte eine Ampulle in den Tropf an Fienchen Arm. Kurz warteten sie auf eine Reaktion, doch der Monitor gab weiter Alarm.

„Kompletter Stillstand, wir müssen reanimieren, alle Vorkehrungen bitte, schnell!" Dann wies er die Pfleger an: „Weg vom Bett, zurücktreten."

„Was ist los?", rief Carsten entsetzt.

„Raus! Verlassen Sie die Station, wir können Sie hier nicht brauchen." Der Arzt war ärgerlich.

Carsten verstand. Beim Verlassen des Raumes konnte er sehen, dass Ärzte und Pfleger sich an Fienchens Bett bemühten, die alte Ostfriesin zurück ins Leben zu holen.

Vor der Klinik – sein Wagen war in einiger Entfernung geparkt – rief er seine Frau an und berichtete, was geschehen war. Sie versprach, sofort die nächste Fähre von Spiekeroog aufs Festland zu nehmen.

„Ja, komm bitte schnell, es steht nicht gut um Fienchen." Die beiden kamen überein, die Kinder noch bei Gesche und Thomas auf der Insel zu lassen. Plötzlich hörte Carsten lautes Geschrei, das aus dem Telefon kam. „Was ist los bei euch drüben auf der Insel? Muss die Polizei kommen?"

„Ich weiß es nicht, warte, ich lauf mal schnell nach draußen." Das Geschrei ließ nach, jemand rief nach Pflaster oder Verbandszeug, dazwischen hörte er die Stimme seines kleinen Sohnes, Diskussionen, auch Maries Stimme war zu hören, die rief: „Mann, Felix, was hast du denn gemacht?"

„Michaela", rief er besorgt. „Ist Felix was passiert?"

„Nein, nicht Felix, aber Thomas!" Er vernahm ein unterdrücktes Lachen. „Was denn?", wollte er wieder wissen. „Felix hat", lachte sie, „Felix hat Thomas … ach Schatz, das erzähle ich dir zu Hause. Ich habe Angst, dass ich laut loslache, und das ist nicht gut. Thomas könnte böse werden und Felix …" Wieder lachte sie verstohlen.

„Na, solange den Kindern nichts passiert ist!", beruhigte sich Carsten nun und fügte hinzu: „Bis später!"

Was drüben auf Spiekeroog wohl passiert war?

Nachdenklich wählte er Tomkes Nummer, bekam aber keine Verbindung. Dasselbe geschah bei Hajos Anschluss. Carsten nahm sich vor, es später noch mal zu versuchen. Sicher saßen die beiden noch im Flieger. Obwohl, ein Blick auf die Uhr sagte ihm, dass sie eigentlich schon gelandet sein müssten. „Mein Gott, wir sollten sie doch abholen!", fiel ihm nun wieder ein. Andererseits gab es nun Wichtigeres zu tun. Zur Not müssten die beiden mit dem Taxi kommen.

„Na, die werden sich melden, wenn sie sehen, dass ich angerufen habe."

Auf dem Weg nach Wittmund ins Präsidium ließ er die Vorfälle der letzten Tage noch mal Revue passieren. Es war eigenartig. Nichts stand im Zusammenhang und doch schien alles irgendwie zusammenzugehören. Nur: wie? Es ärgerte ihn, dass sie bisher noch so gar kein Ergebnis vorzuweisen hatten. Er hoffte: „Vielleicht gibt es im Büro ja Neuigkeiten oder Miri hat die verknoteten Fäden gelöst!" Innerlich musste er lachen. Miri hatte so viel Ähnlichkeit mit Tomke. Denselben Sturkopf, das Durchsetzungsvermögen, sie blieb hartnäckig, ließ ebenfalls nicht locker, wenn sie sich an etwas festgebissen hatte.

Von Osten über die Schnellstraße erreichte er Wittmund. In der Bäckerei, nahe dem Kommissariat, besorgte er ein paar belegte Brötchen sowie etwas Süßes und fuhr weiter. Kurz bevor er auf dem Parkplatz ankam, klingelte sein Handy. „Tomke!" las er auf dem Display. „Na endlich!" Carsten holte tief Luft, denn es fiel ihm nicht leicht, seiner Kollegin von Fienchen und auch dem Zustand ihrer Großmutter zu berichten. „Hallo, schön, dass du …", begann er, wurde aber jäh unterbrochen. „Was, verdammt, ist passiert?", kam es laut durch den Apparat. „Wo bist du? Und was ist mit Fienchen los? Und danke fürs Abholen übrigens."

„Du weißt es schon? Wie …?" Wieder unterbrach ihn Tomke.

„Natürlich weiß ich es. Wir haben hier ein heulendes Etwas vorgefunden, nachdem wir in Carolinensiel angekommen sind. Mit dem Taxi übrigens, weil uns keiner abgeholt hat."

„Ihr seid schon da?" Carsten schaute auf seine Uhr und stieg, das Handy zwischen Ohr und Schulter eingeklemmt, aus seinem Wagen.

„Sorry, aber hier hat sich alles überschlagen, ich habe euch total vergessen. Jetzt auch noch Fienchen!"

„Du warst im Krankenhaus. Wie geht es ihr? Am Telefon sagen sie mir nichts und kommen sollen wir erst morgen. Was, verdammt, ist los?“, wurde sie nun energisch.

„Ich komme gerade aus Sanderbusch. Sie liegt im Koma, es sieht nicht gut aus. Kurz bevor ich ging, musste man sie reanimieren.“

„Oma sagt, sie wurde vergiftet? Erzähl schon, ich kann hier nicht weg. Oma dreht am Rad.“

„Ja, es handelt sich eindeutig um eine Vergiftung. Aber lass uns später reden. Michaela kommt mit der nächsten Fähre von Spiekeroog. Sie kann dich bei Oma ablösen. Wenn sie da ist, komm aufs Revier, dann erzählen wir dir alles. Oder nein, stopp!“, änderte er seine Meinung. „Es lohnt sich nicht, nach Wittmund zu kommen. Wir sehen uns später in Carolinensiel, dann erzählen wir euch alles. Es ist noch viel mehr passiert.“

„Mir reicht's schon wieder. Zwei Tote, ein Testament und diese Frau aus Bayern. Euer Fall nimmt wohl Dimensionen an, bei denen ich gebraucht werde. Wir sehen uns später.“ Dann war das Gespräch beendet.

Einfach aufgelegt. Typisch Tomke. Dann stutzte er. Woher wusste sie schon so viel von dem Fall?

***

Im Büro angekommen, warf er die Brötchentüte auf seinen Schreibtisch und stürzte zum Kaffeeautomaten. Swantje drei musste ihm nun die aufsteigende Müdigkeit nehmen. Er drückte die Cappuccino-Taste und stellte eine Tasse unter.

Wo Miri wohl war? Der Ermittler fuhr seinen Computer hoch, sofort wurden ihm durch einen hellen Klingelton einige eingegangene Mails angezeigt. Rechtsmedizin, Kriminaltechnik und auch die Spusi hatten Neuigkeiten zu vermelden.

Aus Richtung Swantje brodelte es laut, was bedeutete, dass die letzten Tropfen des schwarzen Getränks am Durchlaufen waren.

Kurz darauf betrat Miri das Büro, ließ sich grußlos auf ihren Stuhl fallen und schimpfte: „Sturer ostfriesischer Bauer!" Dann hellte sich ihre Miene auf. „Oh, du hast Cappuccino gemacht. Für mich? Mega, danke!"

Ohne eine Antwort abzuwarten, lief sie zur Maschine, warf ein Stück Zucker in die Tasse.

„Sonst noch Wünsche, junge Frau? Belegte Brötchen hätte ich noch zu bieten." Carsten zeigte auf die Tüte.

Wieder war ein „Mega" zu hören.

Nun saßen sich die beiden an ihren Schreibtischen gegenüber – Carsten hatte inzwischen für sich einen zweiten Kaffee gebraut – und besprachen kauend, was in den letzten Stunden passiert war.

„Außer der DNA von Frau Gronewald hat die KTU auch Spuren dieser Inderin am Taschentuch gefunden und", sie machte eine kurze Pause, streckte den Arm in die Luft, „von Frerich Gronewald. Heißt, mein Verdacht war richtig, er hat die Spuren manipuliert und das Taschentuch neben die Leiche gelegt, um den Verdacht auf seine

Schwägerin zu lenken. Er hat seine Frau ermordet, sage ich dir. Ich lass ihn noch eine Weile im Vernehmungsraum schmoren, dann nehme ich ihn mir nochmals vor."

Die junge Kommissarin triumphierte.

„Kann sein, muss aber nicht!", kam es stoisch von Carsten.

„Wieso?", begehrte Miri auf und legte ihr Brötchen zur Seite.

„Er wird sagen, und ich fürchte, ein Anwalt wird es auch tun, dass er es angefasst habe, als er seine Frau tot aufgefunden hat."

„Aber!"

„Nix aber! Wir brauchen hieb- und stichfeste Beweise. Hat die Vernehmung denn gar nichts ergeben?"

„Nein, der ist stur und maulfaul. Wiederholt, was er auch auf dem Hof zu uns gesagt hat."

„Dann müssen wir ihn gehen lassen."

„Was? Aber er hat … ich bin mir sicher, dass er seine Frau erschlagen hat."

„Nützt nix, wir müssen es beweisen. Eine Tatwaffe haben wir auch nicht gefunden. Lass ihn gehen, wir werden ihn im Auge behalten. Vielleicht verrät er sich ja."

„Oder er begeht einen weiteren Mord. An seiner Schwägerin vielleicht."

„Wir müssen eben aufpassen! Ab morgen sind wir wieder voll besetzt. Tomke und Hajo sind zurück und werden beide hier aufschlagen."

„Ich weiß!", kam es von Miri. Dann aber zuckte sie ein wenig zusammen und schaute unter sich.

„Woher?“ Carsten schaute seine Kollegin fragend an. „Schau mir in die Augen, Kleines. Woher weißt du, dass die …?“

„Tomke hat vorhin hier angerufen, hab ich vergessen, dir zu sagen“, stammelte sie nun.

„*Miri?*“, forschte Carsten weiter.

Die aber stand auf, griff sich etwas Süßes aus der Bäckertüte und erklärte: „Ich muss den Gronewald nach Hause schicken. Hast du schließlich angeordnet. Aber vorher lass ich ihn noch mal durch den Fleischwolf laufen.“ Damit war die junge Kommissarin auch schon durch die Tür verschwunden.

„Dachte ich es mir doch. Ein Kaliber, die zwei“, murmelte er. „Die standen sicher die ganze Zeit in Verbindung.“

Nachdem er sich einen weiteren Kaffee gebraut hatte, beschäftigte sich Carsten nochmals eingehend mit den zugesandten Berichten und las das Protokoll, das Miri über den bisherigen Stand der Ermittlung angefertigt hatte. Das Thema Tomke war keines mehr, als Miri zurückkam. Carsten wartete auf den richtigen Moment, mehr zu erfahren.

Gemeinsam gingen sie die beiden Fälle durch. Stellten Überlegungen zu den ersten beiden Vergiftungen und dem Mord an Gronewalds Frau an.

„Eigentlich wollte ich heute noch die drei alten Frauen von Hyggehof vernehmen. Das bewahre ich mir aber besser für morgen auf. Ruf du doch bitte auf dem Hof an und melde uns für morgen an.“ Als er Miris fragenden Blick sah, meinte er weiter: „Ja, uns! Tomke und Hajo werden sich erst in die Fälle einarbeiten müssen. In dieser Zeit nehmen wir uns die Frauen vor."

„Okay, aber warte nicht zu lange, die sind alt und klapprig, wer weiß, wie lange sie noch …"

„Miri!", rief er mit gespieltem Entsetzen. Dann klingelte sein Handy. Carsten fuhr zusammen, wusste er doch, dass der Arzt sich bei ihm melden wollte. Als er das Display sah, atmete er auf. Es war Michaela.

„Hallo Schatz, bist du etwa schon da? Soll ich dich am Hafen abholen?"

„Wir legen gleich an. Ich hatte großes Glück und habe die nächste Fähre erwischt. Abholen musst du mich nicht, Thomas ist trotz seiner Kopfverletzung mitgekommen. Er fährt mich schnell nach Carolinensiel und bringt dann sein Auto zurück in die Garagen. Er hat eine Stunde Zeit, um die Rückfähre zur Insel zu erreichen. Das passt."

„Kopfverletzung? Ist das passiert, als wir vorhin …"

„Pssst!", machte Michaela, „das erzähle ich dir später, ist zu komisch."

„Was ist mit den Kindern?", wollte Carsten noch wissen. „Hast du ihnen gesagt, was mit …?"

„Wo denkst du hin? Sie erfahren es noch früh genug. Außerdem, Felix ist mit seinem schlechten Gewissen beschäftigt und du kennst doch unsere Tochter. Wenn die einen Kriminalfall wittert, will sie sofort mitermitteln."

„Oder ein Buch schreiben, ich weiß. Hast du gut gemacht. Sie sollen ihre Ferien auf der Insel genießen. Bis später. Wir haben hier noch eine Weile zu tun, aber spät wird's nicht. Ich freu mich auf dich."

„Ja, bis später. Ups, jetzt sind wir im Schlick stecken geblieben. Na, hoffentlich schaufelt der Kapitän uns aus der Pampe raus. Ist wohl noch nicht genug Wasser im Hafen. Tschüss, bis später."

Carsten atmete auf. Über eine Woche hatte er seine Familie nun nicht gesehen. Wenigstens Michaela würde er heute in die Arme nehmen können. Die Kinder sind bei Gesche drüben gut aufgehoben, wusste er.

Miri telefonierte noch. Da sie sehr laut sprach, nahm er an, dass sie eine der alten Frauen am Apparat hatte.

Nicht gesucht und doch gefunden

Noch wussten sie nicht, wie miteinander umgehen. Franziska wie auch Siebo blieben auf Distanz. Sie standen auf dem Parkplatz der Kanzlei des Notars. Nachdem sie es sich eine Weile angeschaut hatte, machte Inge den Vorschlag: „Also, ich wüsste jetzt gern, wie das mit euch weitergeht. Ich schlage vor, dass wir raus zum Hof fahren, ich koche Tee und Stuten ist auch noch da. Dann könnte ihr reden. Einverstanden? Obwohl, viel zu sagen habt ihr euch sicher nicht. Außerdem, Franziska wird ja sicher nicht mehr lange hier sein, musst doch sicher bald zurück, oder?"

„Ein paar Tage habe ich noch. Eigentlich wollte ich keinen der beiden Höfe je wieder betreten!", kam es leise von Franziska. „Weder euren noch den Hyggehof."

„Ist ja jetzt nun alles anders und du musst auch nicht einziehen!", meinte Inge forsch und schob sie zum Auto.

Siebo war froh, dass seine Frau wie immer das Kommando übernommen hatte, wenn auch in einem Ton, der ihm nicht behagte. Er stand noch neben sich. Konnte nicht fassen, was heute geschehen war. Berties Beichte, dass er im Grunde ein Gronewald war, und dann noch die Mitteilung, eine Tochter zu haben, musste er erst mal verarbeiten.

Sie saßen bei Tee und Stuten zu dritt in der Stube, redeten und redeten. Franziska fragte nach ihrer Mutter, Siebo wollte alles über seine Tochter wissen.

„Hier habe ich dich ja kaum gesehen. Ich meine, in der Zeit, da du auf dem Hof nebenan gelebt hast."

„Ihr *wolltet* mich nicht sehen, sagen wir es mal so", konterte Franziska und schaute von Siebo zu Inge.

„Du übernachtest heute bei uns!", schlug Inge halbherzig vor und öffnete eine Flasche Wein.

„Nein, das geht nicht, ich habe mich schon bei Jettchen und Fienchen angemeldet, muss nur noch ein paar Sachen aus dem Hotel holen."

„Ruf an, sag, was geschehen ist, die beiden werden es verstehen."

Franziska wusste nicht, was sie davon halten sollte. Irgendwie fühlte sie sich bedrängt, andererseits aber auch angenehm überrascht, von ihrem neuen Vater so offen aufgenommen worden zu sein.

Als ich mit Hilko in Schlicksiel lebte, waren sie alle gegen mich, erinnerte sie sich. Auch Inge. Die beteiligte sich an den bösartigen Attacken ebenso wie die Frauen der beiden Höfe und manch andere rundum auch. Warum hatte sich das jetzt plötzlich gewandelt? War Inge wirklich froh darüber, dass ihr Mann eine Tochter hatte? Inges Augen schienen eine andere Sprache zu sprechen.

Siebo bemerkte ihre Zweifel. „Du traust uns nicht, das kann ich verstehen. Viel ist geschehen in den letzten Jahren, aber wenn ich gewusst hätte, dass du meine Tochter bist, glaube mir, ich hätte es nicht zugelassen."

„Was willst du damit sagen?“, fuhr Franziska nun hoch. „Als Zugezogene darf man mich wie eine Aussätzige behandeln, als deine Tochter nicht? Ist das eure Einstellung hier in Ostfriesland? Kein Außenstehender darf dazwischenkommen, keiner euer Nest beschmutzen?“ Sie stand so heftig auf, dass ihr Stuhl nach hinten gegen den Schrank stieß.

„Nein, so ist das natürlich nicht. Aber du musst verstehen …“

„Nichts muss ich verstehen. Das ist krank. Ihr seid krank!“ Sie lief zur Tür.

„Bleib bitte, Franziska, lass es dir erklären!“ Siebo flehte sie an.

„Okay, dann kommen wir mal alle wieder runter“, schaltete Inge sich ein. „Vorschlag zur Güte: Ich fahre Franziska in ihr Hotel. Wir beruhigen uns alle und sehen uns morgen. Einverstanden?“

Siebo nickte und Franziska tat es ihm nach einem Moment des Überlegens nach. „Einverstanden“, murmelte sie.

„Ich rufe nur noch schnell bei Hedda drüben in der Kate an, bevor sie zu Bett geht“, sagte Inge. „Ich habe es ihr versprochen, sie hatte heute wieder so stark das Reißen in den Knochen. Bin gleich wieder da.“

Alleine in der Stube schwiegen Vater und Tochter sich an. Es war eine Stimmung im Raum, zum Bersten angespannt. Keiner wusste, was er von dem anderen halten sollte. Franziska hielt diese Spannung nicht aus. Sie erhob sich und lief auf und ab. Nein, hier zu übernachten war keine Option. „Ich muss heute alleine sein“, bestätigte sie ihre Entscheidung. Weder bei ihrem frischgebackenen

Vater und seiner Frau noch bei den beiden Ostfriesinnen in Carolinensiel wollte sie heute übernachten.

„Wo bleibt Inge, Siebo?" Es klang so fremd, diesen Mann zu duzen. Und Vater wollte sie ihn schon gar nicht nennen.

„Sie telefoniert sicher noch mit Hedda, das kann dauern. Unsere Tante kommt gern vom Hölzchen aufs Stöckchen." Franziska stöhnte leise.

Ungeduldig ging sie zur Tür und weiter in den großen Vorraum. Inge stand mit dem Rücken zu ihr an der Garderobe und sprach, wohl mit Hedda.

„Ja", hörte sie noch. „Ich bringe sie heute erst mal ins Hotel, aber wir müssen uns etwas einfallen lassen." Dann war es für einen Moment still. „Gut, bis morgen, schlaf gut!"

„Was müsst ihr euch einfallen lassen?", wollte Franziska gespannt wissen. Sie war nun hinter Inge getreten, die sich erschrocken umdrehte.

„Was wir … nun, wir überlegen … wir müssen uns einfallen lassen, wie wir es dir hier in Schlicksiel schön machen. Schließlich bist du Siebos Tochter und er ist sehr glücklich darüber."

Franziska schaute der Frau in die Augen und konnte keine Sympathie erkennen. Täuschte sie sich oder war da tatsächlich die gleiche Ablehnung wie vor einigen Jahren zu erkennen?

„Komm, wir fahren", wurden Franziskas argwöhnische Gedanken unterbrochen. „Morgen sieht die Welt ganz anders aus."

Franziska verabschiedete sich von Siebo. Zurückhaltend und förmlich. Sie gab ihm die Hand, zu einer Umarmung war sie noch nicht in der Lage.

Auf dem Weg zu Inges Wagen fiel ihr Blick auf den Nachbarhof.

Oben, ganz oben unter der Schräge, dort musste dieses Zimmer mit den Fischköpfen sein. Franziska schauderte. Täuschte sie sich oder brannte dort Licht? Niemals, niemals in ihrem Leben wollte sie dieses Haus wieder betreten. Berties Brief hatte ihr gezeigt, dass ihre Albträume der Realität entsprangen.

Inge ahnte ihre Gedanken. Sie schubste Franziska an. „Hast keine guten Erinnerungen, was? Na ja, zwingt dich ja keiner, auf dem Hyggehof zu leben. Und hier bei uns schon gar nicht."

„Nein, das habe ich auch nicht vor. Ich bin gespannt, was die Buchprüfung ergibt und ob Frerich wirklich hohe Summen unterschlagen hat."

„Ach, das würde ich nicht so eng sehen. Ich glaube ja, Frerich kann nur nicht gut rechnen. Das wird sich alles klären. Du solltest dir vielleicht selbst mal seine Bücher vornehmen, drüben, direkt vor Ort."

Franziska wunderte sich. Warum nahm Inge den Mann in Schutz, der sie heute Vormittag noch rüde beschimpft hatte?

Und hatte sie nicht Inge und Siebo gegenüber erwähnt, den Hyggehof nicht mehr betreten zu wollen? Was führte diese Frau im Schilde?

Siebo beobachtete die beiden Frauen durch das Fenster. Darum also hatte Lena sich nie mehr gemeldet, auch seine Briefe nicht beantwortet. „Nein, meine Tochter", murmelte er dann, „nicht alle in Ostfriesland sind so, aber die aus Schlicksiel schon!"

Sie saßen im Wagen, Inge fuhr aber nicht los.

„Lass uns fahren, bitte. Ich bin müde. Außerdem hängen mir die Vergiftung und der Aufenthalt im Krankenhaus noch nach."

„Mach ich, aber zuerst sollten wir beide uns noch unterhalten." Franziska schaute die Frau überrascht an. Was wollte sie von ihr? Ihre Blicke trafen sich und Franziska ahnte, dass es nichts Gutes war.

***

Stunden später – es war inzwischen schon nach zweiundzwanzig Uhr – klingelte bei Siebo und Inge das Telefon. Es war Carsten.

„Entschuldigen Sie bitte die späte Störung. Aber ist vielleicht Frau Gronewald noch bei Ihnen?"

„Nein!", antwortete Inge, „die ist schon lange in ihrem Hotel."

„Ich kann sie dort aber nicht erreichen. Weder über ihr Handy noch über den Zimmeranschluss im Hotel."

„Tut mir leid, da kann ich Ihnen nicht weiterhelfen. Bei uns ist sie schon gegen zwanzig Uhr weg. Ich habe sie selbst zum Hotel gefahren."

„Ist Ihr Mann da?", wollte Carsten noch wissen.

„Ja, aber der ist auf der Couch eingeschlafen und ich möchte ihn nur ungern wecken. War doch alles ein wenig viel, was er heute erfahren hat."

„Gut, dann wünsche ich Ihnen eine gute Nacht und entschuldigen Sie nochmals die Störung."

Inge ging zurück in die Stube und setzte sich neben ihren Mann, der tatsächlich auf der Couch schlief. Sie nahm seine Hand und strich sanft darüber. Leise flüsterte sie: „Jetzt kommt unsere Zeit, Siebo. Ich mach das schon, mein Siebo! Nur deine Tochter, die passt nicht zu meinem Plan."

In Carolinensiel

Dort war die Aufregung nun perfekt. Carsten und seine Frau, Miri und natürlich auch Tomke waren bei Oma Jettchen. Hajo hatte sich mit den vielen Koffern, die sie aus Amerika mitgebracht hatten, nach Hause verabschiedet. „Bis morgen, Schatz, ich bleibe hier. Bring du morgen früh Brötchen mit, ja?“ Tomke gab ihm einen Kuss.

„Mach ich, versuch du aber ein wenig zu schlafen. Unsere Rückreise war anstrengend genug.“ Tomke nickte und schob ihn zur Tür.

Michaela hatte Oma Jettchen inzwischen etwas zur Beruhigung gegeben, aber die Sorge um ihre Schwester trieb sie weiter um. Auch, dass Franziska nicht, wie verabredet, zu ihnen gekommen war, beunruhigte die alte Ostfriesin.

„Und jetzt ist Franziska auch noch verschwunden. Mein Gott, wo ist das Kind denn nur?“, jammerte sie.

Tomke versuchte sie zu beruhigen. „Wir wissen doch, dass heute viel geschehen ist. Frau Gronewald schläft sicher schon längst und hat einfach ihr Handy abgestellt.“

„Dein Wort in Gottes Ohr. Ich hoffe es sehr. Ruft doch bitte noch mal im Krankenhaus an, die müssen uns doch endlich mal etwas zu Fienchen sagen können. Das hält ja kein Mensch aus!“ Wieder liefen ihr die Tränen über die Wangen.

„Schau mal auf die Uhr. Morgen früh rufen wir gleich an. Jetzt können wir dort nicht stören!“, versuchte Tomke weiter, ihre Großmutter zu beruhigen.

„Außerdem hat der Arzt mir versprochen sich zu melden, sobald es Neuigkeiten gibt“, fügte Carsten hinzu und hoffte, dass die erwartete Nachricht eine gute sein würde.

Oma Jettchen lief in der Küche auf und ab, vermochte nicht still zu sitzen. Weit nach zweiundzwanzig Uhr wurde es Michaela dann zu bunt. „Wenn du nicht endlich zur Ruhe kommst, fällst du uns noch tot um. Ich gebe dir jetzt etwas zum Schlafen und du legst dich hin.“

„Michaela hat recht“, pflichtete Tomke bei. „Ich schlafe bei dir. Falls das Krankenhaus anruft, bin ich da.“ Nach kurzem Protest willigte Jettchen dann doch ein und trank das in Wasser aufgelöste Schlafmittel. Tomke half ihr, sich zu entkleiden, stellte dann beruhigt fest, dass ihrer Großmutter noch auf der Bettkante die Augen zufielen.

„Na also, geht doch!“, lächelte sie und drehte die Deckenbeleuchtung ab. Ein kleines Nachtlicht ließ sie brennen.

Zurück in der Küche musste sie feststellen, dass Carsten, Miri – die hatte sich entschlossen, nun doch hier und nicht bei ihrem Freund zu schlafen – und Michaela diskutierend um den Küchentisch saßen.

„So, nun herrscht erst mal Ruhe, jetzt klärt mich mal auf. Was um Himmels willen ist in den letzten Tagen hier geschehen? Ich …“ Sie wurde unterbrochen, denn es klopfte ans Küchenfenster. „Das wird Frau Gronewald sein, dann muss ich doch auswärts schlafen!“, befürchtete Miri. Doch es war Hajo.

Tomke öffnete ihm und wollte wissen: „Neugierig?“ Der nickte. Sie schob ihn in die Küche. „Setz dich, ich will jetzt endlich hören, was passiert ist. Und zwar alles und ohne Unterbrechung.“

„Danke, lieber Hajo, dass du die Koffer nach Hause gebracht, die erste Waschmaschine gefüllt und ein wenig Ordnung gemacht hast!“ Seine Worte trieften vor Sarkasmus. Doch Tomke reagierte nicht. Sie setzte sich an den Küchentisch und meinte: „Jetzt aber, legt los!“

Miri und Carsten berichteten, was bisher vorgefallen war. Manchmal hatte Carsten den Eindruck, als wisse Tomke das eine oder andere schon. Ein Blick zu Miri zeigte ihm, dass sie sehr vertraut mit Tomke war. Aha, dachte ich es mir doch. Sie standen in Kontakt. Weiberwirtschaft! Aber er musste auch lächeln. Die beiden passten zueinander wie Topf auf Deckel. Nein, andersherum.

Nachdem Carstens und Miris Berichte endeten, stellten Hajo und Tomke Fragen, doch nicht alle konnten beantwortet werden.

Dann wandte sich Tomke an Michaela. „Sag mal, Michaela, darf ich dich bitten, dass du dich die nächsten Tage um Oma kümmerst?“

Sofort warf Carsten ein: „So weit waren wir schon. Warum wohl habe ich sie gebeten zu kommen?“ Michaela nickte Tomke bejahend zu.

„Dann ist es gut und wir beide können ab morgen wieder einsteigen.“ Sie blickte zu Hajo.

„Wie geht es weiter? Was habt ihr als Nächstes geplant?“

Miri erhob sich und lief zum Kühlschrank. „Nun, Carsten hat vor, dass wir uns morgen die drei toten Tanten vornehmen. Außerdem müssen wir sehen, wo Frau Gronewald abgeblieben ist."

„Super!" Tomke hob den Daumen. „Hajo und ich werden uns morgen Vormittag zuerst in die Akten vertiefen, die Berichte der KTU und auch aus der Rechtsmedizin müssten ja nun vollständig sein. Dann nehmen wir uns noch mal diesen Frerich Gronewald vor. Was meinst du, Hajo?"

„Bist du nicht mit ihm verwandt?", wollte der wissen und hakte weiter nach. „Wenn Oma und Fienchen mit ihm über …"

Tomke unterbrach ihn. „Ja, die sind über sieben Ecken verwandt, ich noch über viel mehr. Das tut nichts zur Sache. Ich kenne die vom Hyggehof kaum. War glaube ich als Kind einmal mit dort. Also, kein Problem."

„Das Thema ist nun durch", bemerkte Carsten. „Ich will nun endlich wissen, was auf der Insel passiert ist. Was das Wehgeschrei von Thomas bedeutete und warum mein Sohn ein schlechtes Gewissen haben muss." Michaela lachte.

„Ja, das ist ein Ding und ihr müsst mir versprechen, Thomas nie darauf anzusprechen." Sie lehnte sich zurück. „Also, Gesche hat mit Marie Sonnenliegen aus Paletten gebastelt. Die Polster, die daraufkamen, haben sie dann, weil es sehr windig war, festgetackert. Thomas hat die erste Liege ausprobiert und ist prompt darauf eingeschlafen. Sein Hut aber wehte ihm immer wieder vom Kopf. Unser fürsorglicher Sohn brachte ihn zurück und setzte ihn Thomas wieder auf. Das muss wohl mehrmals passiert sein, dann wurde aus dem fürsorglichen Felix der pragmatische Felix. Er nahm den Tacker und …"

Ein Aufschrei ging durch die Küche. „Sag es nicht!", bat Tomke kichernd. „Nein, oder?", kam es von Carsten und Hajo, der das Ende der Geschichte ahnte, bekam einen Lachflash. „Sag nicht, er hat Thomas den Hut …?" Wieder lachte er laut auf. Miri hielt sich den Bauch vor Lachen, den anderen ging es nicht anders.

„Hört auf!", bat Tomke nach Luft ringend, „hört auf, ich kann nicht mehr." Tränen liefen ihr über das Gesicht.

Carsten rief dazwischen: „Darüber lacht man nicht!", konnte sich aber selbst kaum beruhigen.

„Und nun hat er zwei Löcher auf der Stirn und ein dickes Pflaster darüber."

Es dauerte eine Weile, bis sie sich alle wieder gefangen hatten. Als Michaela dann aber Felix' Kommentar zu der Sache: *„Hast du ein Hut, kannst du aufsetzen, Onkel Thomas. Sieht man nix!"*, erwähnte, ging es wieder von vorne los.

Irgendwann hatten sich alle wieder beruhigt und stellten fest, wie müde sie waren.

Carsten gähnte.

„Schluss für heute!", beschloss er. „Wir brauchen alle eine Mütze Schlaf. Wir sehen uns morgen in alter Frische."

„In aller Früh wolltest du wohl sagen. Bei mir schlägt inzwischen der Jetlag durch. Das wird morgen noch viel schlimmer sein. Ich krieche jetzt zu Oma ins Bett."

Sie verabschiedeten sich. Miri nach oben in ihr Zimmer, Hajo fuhr zurück ins Haus nach Harlesiel, Carsten und Michaela nach nebenan. Michaela bot an, für sieben Uhr ein Frühstück zu richten.

„Na dann, schlaft alle gut und hoffen wir auf gute Nachrichten aus dem Krankenhaus."

Am nächsten Morgen

Es war noch keine sechs Uhr am Morgen, da versuchte Oma Jettchen die neben ihr schlafende Tomke zu wecken. Das war nicht einfach.

„Hallo Tomke!", rief sie sanft. Und dann: „Hallo Tomke, aufwachen!" Die aber regte sich nicht. Jettchen hielt ihrer Enkelin die Nase zu, aber auch das half nicht. „Hallo Tomke!", versuchte sie es lauter. Noch immer kam keine Reaktion von der anderen Seite des Bettes.

„Überfall, Hilfe, Hiiilfe!", schrie sie plötzlich laut und grell. Nun regte sich Tomke, fuhr hoch, sprang aus dem Bett, lief gegen den Kleiderschrank und rief: „Halt stehen bleiben, Polizei!" Dann erst kam sie wirklich zu sich und ließ sich zurück auf das Bett fallen. Ihr Blick wanderte zu Jettchen, die gegen das Kopfteil gelehnt im Bett saß und feststellte: „Na endlich!"

„Was? Was ist passiert, Oma?"

„Nix, aber anders hätte ich dich nicht wach bekommen."

Das Silberhaar in Locken gelegt, als käme sie direkt vom Friseur, das weiße Spitzennachthemd züchtig geschlossen, wollte die alte Ostfriesin nun wissen: „Kannst du wohl mal im Hotel anrufen? Ich mache mir solche Sorgen um Franziska. Die Deern muss sich doch endlich mal melden. Eigentlich sollte sie ja bei uns übernachten."

Noch bevor Tomke etwas einwenden konnte, setzte sie nach: „Ist es ein gutes Zeichen, dass niemand vom Krankenhaus angerufen hat? Dort musst du auch gleich anrufen."

„Oma, es ist …", Tomke griff nach dem Wecker auf dem Nachttisch, „es ist gerade Viertel vor sechs, da kann man niemanden anrufen. Außerdem bin ich todmüde, ich hätte gerne noch eine Stunde geschlafen." Ihr verzweifelter Blick interessierte Jettchen nicht, die fuhr energisch fort. „Ich bin schon seit Stunden wach und habe dich schlafen lassen. Aber jetzt ist es Zeit!"

Tomke stöhnte auf und rieb sich die Stirn, wo sie gegen den Schrank gelaufen war. Jettchen sah es, reagierte ganz pragmatisch. „Im Kühlschrank gibt es Kühlpads!" Dann schlug sie ihre Decke zurück.

„Komm, hilf mir mal auf die Füße, ich muss Tee fürs Frühstück aufstellen."

„Nein, musst du nicht. Wir gehen um sieben rüber zu Michaela. Sie macht Frühstück für alle."

„Aber meinen Morgentee brauche ich vorher. Also?"

Eine halbe Stunde später, Jettchen war inzwischen gewaschen und frisiert, fand Tomke sie am Herd stehend, wo sie aus dem pfeifenden Wasserkessel einen Ostfriesentee überbrühte.

„Ohne den bin ich kein Mensch!", erklärte ihre Großmutter und weiter: „Komm, setz dich, dir wird er auch guttun."

Mit einem Seufzer und gequältem „Omaaa!" ließ Tomke sich auf die Eckbank fallen.

„Kind, jetzt kannst du aber anrufen. Im Hotel und im Krankenhaus, sonst bekomme ich beim Frühstück keinen Bissen herunter.“ Sie schob ihrer Enkelin einen Zettel zu. „Das ist die Handynummer von der Deern und darunter die Nummer vom Hotel. Ruf an, bitte. Sonst mache ich es!“

Entnervt gab Tomke nach. „Okay, die Handynummer rufe ich an.“ Sie tippte die Nummer in ihr Telefon und lauschte dem Freizeichen. Es meldete sich aber niemand. Tomke hielt ihrer Großmutter den Hörer hin, damit sie es auch hören konnte.

„Lass gut sein. Dann eben die Rezeption, die sollen mal nach ihr schauen.“ Sie klopfte mit dem Zeigefinger auf den Zettel vor Tomke.

Auch unter dieser Nummer bekam sie nicht den gewünschten Anschluss. Ein Anrufbeantworter lief, der mitteilte, dass die Rezeption ab sieben Uhr erreichbar sei.

„Na, und? Was habe ich gesagt? Zu früh!“

„Dann das Krankenhaus. Ich will wissen, wie es Fienchen geht, und außerdem will ich hin, nach Sanderbusch.“

Tomke nahm ihre Teetasse auf und überlegte, wie sie ihre Großmutter von dieser Idee abbringen konnte. Carstens Erzählungen nach sah Fienchen aus wie der Tod persönlich. Diesen Anblick wollte sie ihrer Großmutter ersparen.

TIEFSCHLAF

Als Franziska erwachte, wusste sie im ersten Moment nicht, wo sie war. Ihre Gedanken sprangen sofort zu den Fischköpfen. Vorsichtig öffnete sie die Augen – nein, keine Fischköpfe zu sehen, das war schon mal gut. Im Krankenhaus war sie auch nicht mehr, nein, sie befand sich in ihrem Hotelbett, stellte sie nun erleichtert fest. Man hatte ihr ein anderes Zimmer zugewiesen. Größer und heller als das vorige.

Müde griff sie nach ihrem Handy und schaltete es ein. Acht Uhr siebenunddreißig, zeigte das Display an. Außerdem bemerkte sie, dass ein paar eingegangene Anrufe angezeigt wurden. Ihr Kopf schmerzte entsetzlich. Müde fiel sie wieder zurück in das Kissen. Vom Fenster her war ein Windhauch zu spüren. „Hilko?", rief sie müde, „bitte nicht. Du kannst mir auch nicht helfen. So ein Blödsinn, dass ich dich …"

Wieder sprach sie mit sich selbst. Ein Blick durch den Raum ließ die Frau erkennen, dass sie alleine war. „Gott sei Dank!"

Wieder griff sie nach dem Handy.

Wer hatte da wohl versucht, sie zu erreichen? Eine Sprachnachricht war auch eingegangen. Es war dieser Kommissar. Er bat darum, dass sie sich doch umgehend melden solle. Bei ihm, aber auch in Carolinensiel.

Der vergangene Tag kam Franziska ins Gedächtnis. Der Tag alleine hatte schon so viel Aufregung in ihr Leben gebracht, aber den Nachmittag und dann auch den Abend bei dem Mann, der sich als ihr Vater herausgestellt hatte, musste sie erst noch verdauen.

„Mein Gott, welche Aufregung! Ob ich Vroni anrufen und ihr alles erzählen soll?", überlegte sie. Ließ es dann aber erst mal sein, ihr Kopf schmerzte zu sehr.

Nachdem Inge sie am Hotel abgesetzt hatte und nach dem, was sie ihr mitzuteilen gehabt hatte, war Franziska klar, dass die kommenden Tage und auch wohl ihre Zukunft nicht einfach sein würden. Nun hatte sie einen Vater, ob sie wollte oder nicht, aber seine Frau hatte ihr deutlich klargemacht, dass sie sich besser wieder nach Bayern zurückziehen sollte.

„Mein liebes Kind", waren Inges Worte am Vorabend gewesen, „ich sage dir jetzt mal was. Dich will hier keiner haben. Egal, was Siebo sagt. Schlicksiel will keine Fremden. Früher nicht und heute auch nicht. Mir ist das im Grunde egal, aber die meisten hier sehen das anders. Ich gebe dir den guten Rat, kläre deine Dinge um das Testament und dann verschwinde. Glaube mir, es ist besser für dich. Schließlich hast du ja gemerkt, wie gefährlich es für dich hier werden kann. Siebo kann deinen Teil vom Hof übernehmen, falls Frerich verurteilt wird. Aber dir steht hier nichts zu."

Inges Worte hatte Franziska kurz sprachlos gemacht, dann aber wusste sie sich in ihrem Gefühl bestätigt, die Augen der Frau hatten es verraten. Sie war sich sicher, Inge würde alles dafür tun, ihr das Leben hier schwer zu machen.

Franziska kroch aus dem Bett, ihr Kopf schmerzte immer noch. Durch die Tabletten, die der Arzt aus dem Krankenhaus ihr mitgegeben hatte, war sie in der vergangenen Nacht zwar in einen tiefen und traumlosen Schlaf gefallen, gegen die Kopfschmerzen hatten sie allerdings nichts gebracht. Sie ging ins Bad und kramte in ihrer Toilettentasche. Ein angefangener Blister Schmerztabletten hatte sich in einem Seitenfach versteckt. Verbogen und leicht verbeult. Franziska unterließ es, auf das Haltbarkeitsdatum zu schauen. Sie murmelte: „Egal, schlimmer kann's nicht werden", warf die Tablette ein, beugte sich über das Waschbecken und schickte eine Handvoll Wasser hinterher. Als sie den Kopf wieder hob, erschrak sie vor ihrem eigenen Antlitz. „Mein Gott, Franziska, schaust du scheiße aus!" Mit der rechten Hand griff sie nach der großen Brille auf der Badezimmerablage und schob sie sich ins Gesicht. „Oh je", entfuhr es ihr. „Wird ja immer schlimmer."

Dann drückte sie sich noch eine weitere Schmerztablette in die Hand und beschloss: *„Vui hilft vui!"*

Nach einer heißen Dusche, eingewickelt in ein Badetuch, überlegte sie auf dem Bett liegend, wie es nun weitergehen würde. Den kurzen Gedanken, Hilko zu fragen, schob sie schnell wieder zur Seite und schimpfte sich eine „spinnerte Kuah".

Kurz vor zehn Uhr klingelte das Telefon auf ihrem Nachttisch. Die Rezeption wollte wissen, ob sie noch zum Frühstück kommen würde, denn eigentlich sei um zehn Uhr Schluss. Franziska bedankte sich und versprach, sofort nach unten zu kommen. Inzwischen verspürte sie auch starken Hunger.

Ein paar Minuten später lief sie Richtung Frühstücksraum und bediente sich am Buffet, an den Sachen, die die anderen Gäste übrig gelassen hatten. Der Chef des Hauses brachte ihr eine Thermoskanne Kaffee und entschuldigte sich für die Unannehmlichkeiten, die ihr in seinem Haus widerfahren seien. „Ich bin untröstlich. Erst unsere Siri und dann auch noch Sie. Untröstlich", wiederholte der Mann. „Selbstverständlich haben wir Ihnen nun unser bestes Zimmer zur Verfügung gestellt und selbstverständlich sind Sie Gast unseres Hauses. Untröstlich", wiederholte er erneut und schlich von dannen.

Franziska frühstückte mit großem Appetit, bat um noch etwas Kaffee und verließ gestärkt den Frühstücksraum.

An der Rezeption steckte ihr ein junger Angestellter einen Zettel zu, auf dem zwei Telefonnummern notiert waren. „Man bittet dringend um Ihren Rückruf, Frau Gronewald", teilte er ihr mit.

Es handelte sich um die gleichen Nummern, die auch auf ihrem Handy erschienen waren. Da hat es aber jemand wichtig, stellte Franziska fest. Im Wagen tippte sie eine der Nummern ein und ließ es klingeln.

Es dauerte nicht lange und Carsten Schmied meldete sich. Froh, dass es ihr gut ging, bat er darum, dass sie sich bei Jettchen melden solle. Er berichtete auch kurz, was mit Fienchen passiert war und entschuldigte sich: „Ich muss nun abbrechen, bin in einer Vernehmung."

Franziska war bestürzt. Nun auch Fienchen! Und dann auch noch so tragisch – auf Leben und Tod! „Ich fahr mal hin“, beschloss sie kurzerhand. „Kann heute sowieso nichts tun.“

Zuvor aber rief sie bei ihrer Freundin Vroni an, fragte nach Berner Benno und erzählte ihr, was bisher geschehen war. Vroni schlug entsetzt vor, sofort zu kommen und es den depperten Preißen zu zeigen. Aber Franziska konnte sie davon überzeugen, dass das nicht nötig sei.

Ermittlungsarbeit

„Das hätten wir uns auch sparen können", schimpfte Miri, als sie nach der Befragung der drei Alten die kleine Kate verließen. Carsten ging es nicht anders. Wenigstens Fingerabdrücke hatten sie den Frauen abnehmen können, die sich anfangs zwar heftig dagegen wehrten, dann aber doch einlenkten. „Wir wollen Sie ja nur ausschließen", hatte Carsten geflunkert.

„Die drei sind zäher als 'ne olle Schweineschwarte!", schimpfte die junge Kommissarin weiter. Nun unterbrach Carsten seinen schnellen Schritt Richtung Auto und blieb stehen. „Was bitte?", wollte er lachend wissen. „Was war das? Wo kommt denn dieser Ausdruck her?" Wieder lachte er laut auf. „Zäher als 'ne olle Schweineschwarte? Ist allerdings was dran, würde ich sagen." Carsten lachte heftig. „Ich krieg mich nicht mehr ein. Den Spruch muss ich mir merken."

Miri konnte seinen Ausbruch nicht wirklich verstehen. Für sie hatte das nichts Neues. Das war der Spruch von Oma Nordsee, die ihn immer dann nutzte, wenn etwas nicht klappen wollte.

Carsten beruhigte sich langsam wieder. „Aber die haben was zu verbergen, das merkt man genau. Und an die alte Sache von damals müssen wir auch gehen. Im Schreiben des Mannes bei der Testamentseröffnung wurde ein

Unfall mit Todesfolge erwähnt, der auch ein Anschlag gewesen sein könnte. Dieser Bertie hatte da wohl eine der drei alten Frauen im Verdacht."

„Soll ich mich mal …" Miri liebte alte Fälle, in die sie sich gern und mit großer Leidenschaft vergrub. „Müssen wir eine Obduktion beantragen?"

„Nein, nicht jetzt. Aber wenn unsere aktuellen Fälle geklärt sind, kannst du der Sache gerne auf den Grund gehen. Die Frau ist schon so lange tot, da kommt es auf ein paar Tage nicht an."

Miri zog eine Schnute. „Na, hoffentlich haben die dann nicht schon das Zeitliche gesegnet, die Alten, meine ich. Alt genug sind sie ja!"

„Schluss, wir haben genug zu tun. Jetzt fahren wir erst einmal zurück ins Büro. Tomke und Hajo haben sich sicher eingelesen, so können wir die Fälle gemeinsam besprechen."

Und so kam es dann auch. Im Büro, Swantje musste recht oft herhalten, während die vier Ermittler über Berichten, Protokollen, Aussagen saßen. Sie prüften Alibis, verglichen Aussagen. Besprachen, wie es weitergehen könnte. Dann unterbrach Carstens Handy ihre Diskussion. Es war Michaela. „Was gibt es, Liebes?", meldete er sich und meinte dann schnell: „Moment ich stelle mal auf Lautsprecher, dann kann der Rest der Truppe mithören." Er grinste in die Runde und spöttelte: „Achtung, Jettchen randaliert."

„Was ist mit Oma?", wollte Tomke nun von Michaela wissen.

„Sie besteht darauf, in die Klinik zu ihrer Schwester zu fahren. Wenn ich sie nicht chauffiere, meint sie, nimmt sie ein Taxi!"

„Aber man lässt sie doch gar nicht zu ihr auf die Intensivstation, ich habe es auch schon versucht. Fienchens Zustand ist mehr als kritisch."

„Sag das mal deiner Oma", kam es nun von Michaela. „Sie meint, wenn man sie nicht reinlässt, tritt sie die Tür ein."

Im Büro brach Gelächter aus. Zutrauen würde man das der resoluten Ostfriesin. Michaela fuhr fort: „Sie steht hier neben mir mit einer Kanne Hühnersuppe und meint, die würde Fienchen wieder zu Kräften bringen."

„Gib sie mir mal bitte", bat Tomke.

„Nix von wegen gib sie mir mal, ich höre mit!", quäkte es aus dem Apparat.

„Oma, was soll das? Du kannst Fienchen nicht besuchen. Sie liegt nicht nur auf der Intensivstation, sondern dort auch noch in einem separaten Raum. Ich habe mit dem zuständigen Arzt telefoniert. Es geht ihr sehr, sehr schlecht. Hühnersuppe kann auch nicht helfen, deine Schwester wird künstlich ernährt."

„Dann setze ich mich vor die Tür, aber ich will hin! Nähe hilft. Sie spürt es, wenn ich da bin."

Das kam so energisch, dass Tomke Evers laut aufstöhnte.

„Lass sie", meinte Hajo dann, der die ganze Zeit schweigend zugehört hatte. „Wenn es ihr hilft, dann lass sie."

„Hör auf deinen Mann. Der Jung' hat recht!", kam es nun von Oma.

„Tomke?", war jetzt Michaelas Stimme wieder zu hören.

„Okay, meinetwegen. Fährst du sie hin?", fragte Tomke resigniert.

„Mach ich!"

„Musst auch nicht bei mir sitzen bleiben, ich schaffe das alleine." Oma war voller Tatendrang. „Auf geht's, aber die Hühnersuppe nehme ich trotzdem mit."

Nachdem sie das Gespräch beendet hatten, wandten sich die Ermittler wieder ihrer Arbeit zu.

„Wir müssen das mal sortieren und der Reihe nach aufstellen. So kommen wir auf keinen grünen Zweig. Lasst uns alles auf der großen Tafel notieren", schlug Tomke nun vor, die unaufgefordert das Heft in die Hand genommen hatte. Miri sprang auf und zog die rollende Glasscheibe mitten in den Raum.

„Warum habt ihr eigentlich den Gronewald gehen lassen? Mir scheint er sehr verdächtig", wollte Hajo plötzlich wissen.

„Wie verdächtig? Im Hinblick auf den Mord an seiner Frau? Oder dem an dieser Inderin? Oder der Vergiftung von Franziska Gronewald?" Carsten schüttelte den Kopf und fuhr fort: „Das Einzige, was wir ihm nachweisen können, ist, dass er Frau Gronewald am Telefon bedroht hat. Dank Miri übrigens. Sie hat ihn schön auflaufen lassen." Carsten lachte und meinte weiter: „Aber deshalb können wir ihn nicht einsperren, der wäre draußen, bevor der Stempel unter den Papieren trocken ist." Er winkte ab. „Wir müssen sehen, was kommt. Vielleicht macht er ja einen Fehler oder eben einer der anderen. Vor allem die alten Frauen müssen wir im Blick behalten."

„Oder es geschieht ein weiterer Mord“, fürchtete Tomke.

„Sag ich doch!“, kam es von Miri. „Und wer hat das Tant’ Fienchen angetan?“, wollte sie leise wissen. Dann meldete ihr Laptop eine eingehende Nachricht. Auch die Computer der anderen Ermittler kündigten eine eingehende Nachricht an. Gespannt lasen sie die Mails.

Die KTU hatte ein paar Fingerabdrücke auf dem Kanister mit dem Apfelsaft identifizieren können. Fast gleichzeitig war ein: „Na bitte!“ zu hören. „Oma und Fienchen hatten also recht!“, entfuhr es Miri.

„Wir fahren hin, sofort! Miri, komm!“ Carsten sprang auf und griff sich den Autoschlüssel vom Schreibtisch.

„Ich beantrage einen Durchsuchungsbeschluss und schicke ihn dir aufs Handy“, versprach Tomke. „Bring sie her. Ich bin gespannt.“

Windbeutel und Schneegestöber

Franziska hatte sich nach dem Telefongespräch mit Carsten sofort auf den Weg nach Carolinensiel zu Oma Jettchen gemacht. Als sie dort eintraf, öffnete allerdings niemand die Tür.

„Die sind zu Fienchen ins Krankenhaus!", rief ihr die Nachbarin von gegenüber zu. Franziska ärgerte sich. „Blöd, jetzt hab ich die Fahrt umsonst gemacht." Bei dem herrlichen Wetter heute, so beschloss sie schnell, werde ich mich ein wenig hier in Carolinensiel aufhalten. Den Hyggehof zu besuchen und dort nach dem Rechten zu schauen, wie Ben Schniedehan es ihr geraten hatte, kam nicht infrage.

Sie chauffierte ihren Käfer ein wenig zur Seite, um die Garage nicht zu versperren, und machte sich zu Fuß auf den Weg in Richtung Küste.

Franziska kam allerdings nicht weit. Auf der Promenade entlang der Harle entdeckte sie ein Café mit Gartenwirtschaft. *Puppen-Café* stand über dem Eingang in großen Schriftzeichen.

Über die halbhohe Hecke konnte sie beobachten, dass eine blonde Kellnerin gerade zwei Riesentrumm an Windbeutel zu einem Tisch jonglierte. „Was ist denn das?", entfuhr es ihr laut. „Das sind unsere Erdbeer-Windbeutel", kam es fröhlich über die Hecke. Die Kellnerin lachte sie an. Vom Tisch, die Gäste hatten auch noch eine Kanne Tee vor sich stehen, hörte sie nun im feinsten Bairisch: „Und die san saulecker. Ohne Windbeutel geiht fei nix im Urlaub!" Der Dialekt weckte Heimatgefühle, die Windbeutel schauten wirklich lecker aus. Somit war beschlossen, dass Franziska hier einkehrte.

Die Kellnerin wies ihr coronabedingt einen Platz zu, gleich am Nachbartisch des inzwischen abwechselnd Sahne, Eis und Erdbeeren löffelnden Paares aus Bayern. Es war ein lustiges Bild, denn der auffrischende Sommerwind pustete den Puderzucker vom Deckel des Gebäcks. Die Gäste sahen aus, als seien sie in ein Schneegestöber geraten. Franziska musste an sich halten, nicht laut loszulachen.

Auch sie bestellte sich das hier wohl sehr beliebte Gebäck, von dem die Kellnerin eines nach dem anderen an die Tische brachte. Franziska schaute sich um, das Café war gut besucht, lediglich neben ihr gab es gerade einen freien Tisch, den die Kellnerin für die nächsten Gäste desinfizierte. Plötzlich krachte es und ein grüner Rucksack schlug zwischen der Kellnerin, die von einigen Gästen mit Ulrike angesprochen wurde, und Franziska ein. Was war denn das? Die blonde Ulrike hob ihn verdutzt auf und schaute über die Hecke. „Hier, den haben Sie wohl verloren", rief sie einem Mann auf der anderen Seite zu. Der aber meinte: „Nein, lassen Sie den da mal stehen. An diesen Tisch will ich mich gleich setzen." Aber da hatte er die Rechnung ohne die resolute Kellnerin gemacht. Die nahm den Rucksack und warf ihn kurzerhand zurück. „Bei uns wird nicht über die Hecke, sondern der Reihe nach platziert. Und unsere Gäste kommen durch die Vordertür und nicht über die Hecke", sprach sie und verschwand im Café.

Als sie Franziska den Windbeutel brachte, raunte sie ihr zu: „Wo kommen wir denn da hin. Demnächst reservieren unsere Gäste ihre Plätze noch mit einem Handtuch, wie auf Mallorca oder so!" Franziska musste lachen, stöhnte dann aber mit Blick auf das riesige Gebäck auf: „Danach brauch ich sicher einen Schnaps!"

„Und an Staubsauger a!", kam es vom Nachbartisch. Das bayerische Ehepaar klopfte sich gerade lachend den Puderzucker von den Shirts.

Franziskas Auszeit im Puppen-Café wurde jäh unterbrochen. Ihr Handy klingelte und Ben Schniedehan informierte sie darüber, dass die Rechnungsprüfer gegen vierzehn Uhr auf dem Hyggehof eintreffen würden. „Ich denke, Sie sollten dabei sein", riet er ihr. „Ich? Auf den Hof? Nein, bitte nicht. Was soll ich denn da?" Franziska verstand den Grund nicht. „Zeigen Sie Präsenz, nehmen Sie Frerich den Wind aus den Segeln. Hilko wollte es so, sonst hätte er Sie nicht zur Testamentsvollstreckerin ernannt." Widerwillig stimmte sie zu. „Okay, ich werde hinfahren."

Ein Blick auf die Uhr zeigte ihr, dass noch genügend Zeit war, den Windbeutel und einen zweiten Pott Kaffee in Ruhe zu genießen. Die Bayern vom Nachbartisch waren inzwischen gegangen. Franziska konnte sehen, dass sie sich herzlich von der Kellnerin verabschiedeten. „*Pfüat di Gott*, Ulrike und griaß d' Mama!", hörte sie und: „Im Winter sammer wieder da!" Aha, hier handelte es sich wohl um Stammgäste.

Franziska bestellte die Rechnung, verabschiedete sich von der patenten Kellnerin und meinte scherzend: „Wenn ich wiederkomme, reserviere ich vorher mit meinem Handtuch, versprochen.“ Die beiden Frauen lachten und Franziska verließ das Lokal. Auch sie wischte sich über das Shirt, aber zum Glück war es weiß, der Puderzucker fiel nicht weiter auf. Hier komme ich noch mal her, bevor ich heimfahre, nahm sie sich vor. Dieser Erdbeer-Windbeutel war eine Wucht.

Wieder klingelte ihr Handy. Diesmal war es Inge. Sie lud Franziska ein, zur Teestunde zu kommen.

Die wunderte sich und lehnte ab. Inge hatte ihr schließlich klar und deutlich gesagt, dass sie verschwinden solle. Außerdem – nach diesem Windbeutel konnte sie jetzt so schnell nichts mehr essen.

„Dann eben ohne Tee und Kuchen“, kam es nun von Inge. „Siebo will dich unbedingt sehen.“

„Du nicht, ich weiß!“, konnte sich Franziska nicht verkneifen und setzte nach: „Ich werde es nicht schaffen, habe noch etwas zu erledigen.“

Inge überging die Bemerkung und fuhr fort: „Zum Abendessen? Neunzehn Uhr?“

Franziska sagte nach kurzem Zögern zu. Was ihr neuer Vater wohl von ihr wollte?

Betriebsprüfung

Auf dem Hyggehof herrschte große Aufregung. Die drei toten Tanten schimpften, weil sie sich in ihrer Ruhe gestört fühlten, Frerich, weil ihm nicht genug Zeit blieb, zu retten, was zu retten war. Er fürchtete, dass seine Machenschaften nun tatsächlich auffliegen würden.

So schnell hatte er mit dem Eintreffen der Prüfer nicht gerechnet.

Gesine hatte sich dann murrend in ihre Hexenküche zurückgezogen, Meta und Hedda zur Mittagsstunde in ihre Kammern. Gesine wusste, dass es nun sicher Spitz auf Knopf für Frerich stehen würde. Seine Betrügereien waren ihr nicht entgangen. Im Grunde gönnte sie ihm, der so respektlos mit ihr und den beiden anderen Frauen umging, dass man ihn erwischte, aber das würde die Familienbande zerstören. Bande, auf die sie seit Jahrzehnten großen Wert legte. „Ich muss was tun, muss ihm helfen, hilft nix", beschloss die Alte.

Zwei Männer und eine Frau waren nach dem Mittag auf den Hof gekommen und verlangten nach seinen Buchhaltungsunterlagen der letzten fünf Jahre. Zuerst meinte Frerich, sie abweisen zu müssen, erkannte aber, dass er keine Chance hatte. Hilko hatte es in seinem Testament so verfügt, und wenn er sein Anrecht auf das Erbe bewahren wollte, musste er die Prüfung zulassen.

„Alles!“, bestimmte die streng frisierte Schwarzhaarige mit der grünen Brille mit harter Stimme. „Alle Unterlagen, Herr Gronewald, bitte. Ferienwohnungen, Umbauten, Landwirtschaft, Solar- und andere Energieeinnahmen. Alles, Herr Gronewald.“

„Einnahmen wie auch Ausgaben“, pflichtete einer ihrer Kollegen bei. Frerich zögerte. Wie wohl, so überlegte er, kann ich sie hinhalten? Als könne sie Gedanken lesen, meinte die Frau: „Heute noch und nur zu Ihrer Information, die Kosten für diese Prüfung gehen an Sie, falls wir Ungereimtheiten finden. Das geht dann alles von Ihrem Erbe ab, falls überhaupt noch was bleibt.“

Frerich kochte innerlich. Die rote Hexe war an allem schuld, das würde sie ihm büßen, schwor sich der Mann. Der Dritte aus dem Trio schaute sich um. Dann verkündete er: „Und während meine Kollegen sich mit den Papieren verlustieren, wandere ich über den Hof. Augenschein nennt man das. Das Haus, die Ferienwohnungen, Maschinenpark und so weiter. Sie führen mich, Herr Gronewald?“

Frerich Gronewald war total verunsichert. Wo sollte er beginnen? Mit diesem Überfall hatte er nicht gerechnet. Für eine Beschönigung der Zahlen oder dafür, sich noch schnell ein paar Maschinen zu leihen, die er in den letzten Jahren als gekauft und unter Ausgaben verbucht hatte, war es nun zu spät. Er führte die Prüfer in sein Büro.

Als bald nach dem Trio auch noch Franziska auf den Hof fuhr, war es um den Mann geschehen. Er rastete aus.

***

Das Geschrei war selbst im Auto zu vernehmen, als Carsten auf den Innenhof des Anwesens fuhr. Er schaltete den Motor ab und schaute Miri fragend an. Die deutete über das Gelände Richtung Wohngebäude. Dort fuchtelte ein Mann wild mit den Armen, trat mit den Füßen auf, hob die Fäuste, als wolle er jeden Moment auf die kleine Gruppe von Menschen losgehen.

„Da steht Frau Gronewald!", rief Miri. Die anderen Personen konnten weder sie noch Carsten erkennen. Es waren Fremde.

„Der Typ ist ihr Schwager. Was hat er vor? Schlägt er sie? Ja, komm, er schlägt Frau Gronewald." Die beiden Ermittler sprangen aus ihrem Wagen und rannten los.

Das Trio hatte sich in Sicherheit gebracht, Franziska wehrte sich mit Händen und Füßen gegen die Schläge und Schubser von Frerich. Doch plötzlich lag sie auf dem Boden und Frerich über ihr. Carsten und Miri kamen gerade dazu, als er seine Hände um den Hals der wehrlosen Frau legte. Mit vereinten Kräften zogen sie ihn zurück. Carsten rechts, Miri links. Sie verschränkten ihm die Hände auf dem Rücken und zwangen ihn in die Knie.

„Sind Sie wahnsinnig?", brüllte Carsten los. Miri legte dem noch immer tobenden Mann um ein Handgelenk die Handschelle an.

„Der ist gemeingefährlich!", schaltete sich die Frau aus dem Trio ein. „Solange er dabei ist, werden wir hier keine Prüfung vornehmen. Ich beantrage Polizeischutz."

Nachdem Carsten sich erkundigt hatte, was das Trio auf dem Hyggehof wollte, erklärte er ihnen, dass ein Polizeischutz so einfach nicht möglich sei. „Oder hat Herr Gronewald Sie auch angegriffen?“ Die drei schüttelten den Kopf.

„Sie sind vorläufig festgenommen!“, erklärte Miri zu Frerich gewandt. Der fluchte leise vor sich hin. „Ist doch gar nichts passiert, wenn sie mich auch so provoziert, da kann man schon mal ausrasten.“

„Wir haben Ihre Hände um den Hals von Frau Gronewald gesehen. Zum Glück sind wir rechtzeitig gekommen.“ Miri war sauer auf den groben Kerl. Sie schaute sich um, zog den Mann dann hinter sich her und schloss die freie Handschelle an einem Wasserrohr an.

„Hier warten, wir kommen gleich zurück, dann geht's nach Wittmund auf das Kommissariat. Dort scheint es Ihnen zu gefallen. Das wäre das dritte Mal in zwei Tagen. Hatte ich auch noch nicht.“

Carsten grinste still in sich hinein. Miri wieder.

„Wo sind die drei Seniorinnen?“, wollte er von Frerich wissen. Der nickte zur Kate hinüber.

Die Ermittler liefen nun quer über den Hof auf die Kate zu, das Trio verschwand wieder im Haus.

Als Carstens Handy sich meldete, vermutete er, dass Tomke ihm den Durchsuchungsbeschluss geschickt hatte. So war es auch. Er öffnete die Mail und klingelte an der Kate.

Hedda kam, gestützt auf ihren Krückstock, angeschlurft. Man sah, dass sie wohl aus dem Mittagsschlaf gerissen worden war. „Was ist denn?“, fragte sie mit kleinen Augen.

„Wir möchten zu Gesine Schöpp, ist sie da?“ Er machte einen Schritt über die Türschwelle.

„Gesine? Keine Ahnung, wo die steckt. Gesiiiine!“, schrie sie dann, so laut und schrill, dass Carsten die Ohren schmerzten. Als keine Antwort kam, meinte sie achselzuckend „Nicht da, wie Sie sehen.“

„Macht nichts, wir haben einen Durchsuchungsbeschluss für das Haus. Lassen Sie uns bitte rein.“ Carsten ließ seinen Zeigefinger kreisen und ergänzte: „Für das komplette Haus. Darf ich?“ Er versuchte, Hedda zur Seite zu schieben, aber das war nicht einfach, ohne die alte Frau umzuwerfen.

„Da ist sie doch!“, rief Hedda plötzlich und zeigte nach draußen.

„Wo?“

„Na da, kommt gerade um die Ecke.“

Die Alte war schnell. Bevor Carsten bemerkte, was sie vorhatte, fiel hinter ihm die Haustür ins Schloss und er wie auch Miri standen davor.

„Ist ja wohl nicht wahr!“ Der Ermittler war sauer, Miri versuchte, sich das Lachen zu verkneifen. Die Alte hatte ihren Chef sauber ausgetrickst. Sie drückte auf den Klingelknopf, aber von drinnen rührte sich nichts. Immer und immer wieder läutete sie, erfolglos.

„Tür aufbrechen ist auch keine Option“, knurrte Carsten vor sich hin. „Lass uns sehen, was es hier sonst noch an Gebäuden gibt.“ Er ließ den Blick über den Hof und die Gebäude schweifen. „Was ist das?“, wollte er von Miri wissen und zeigte auf einen kleinen Anbau.

„Keine Ahnung, aber schau doch mal, da bewegt sich etwas.“

„Wo?“ Carsten konnte nichts entdecken.

„Na dort, das kleine Fenster. Lass uns mal hingehen.“

Ein Blick über den weitläufigen Innenhof zeigte, dass Frerich sich, an das Wasserrohr gefesselt, erstaunlich ruhig verhielt. Sie gingen auf das Häuschen zu.

„Ein altes Backhaus", vermutete Carsten und erinnerte sich an einen Fall, bei dem zwei Leichen eingemauert in einem alten Backhaus gefunden worden waren. Kaum hatten sie das Haus erreicht, öffnete sich die Tür und Gesine trat heraus.

Sofort zog sie die schwere Holztür hinter sich zu. Den beiläufigen Griff an ihre Rocktasche bemerkten die beiden Ermittler nicht.

„Was wollt ihr?", raunzte die Alte.

„Zu Ihnen, das passt ja. Frau Schöpp, wir müssen Sie zur Vernehmung mit aufs Kommissariat nehmen, außerdem haben wir einen Beschluss, der uns erlaubt, Ihr Haus zu durchsuchen."

Gesine blieb ganz ruhig. „Die Kate? Zeig her, das Papier", forderte sie grob.

Carsten holte sein Handy aus der Tasche und öffnete die Mail. Zuerst etwas verwundert, griff die Frau danach, zog eine randlose Brille aus der Tasche und begann zu lesen. Dann zog sie mit knochigem Daumen und Zeigefinger das Bild etwas auseinander und lächelte. Miri sah Carsten sprachlos an.

Die alte Frau, weit über neunzig Jahre alt, konnte mit einem Handy umgehen. Carsten nickte anerkennend mit dem Kopf.

„Fertig?", wollte er dann wissen. „Dann können wir. Darf ich?" Er versuchte, die Frau zur Seite zu schieben, doch die hielt ihn auf und zeigte auf die Kate.

„Dort ja, hier nicht!". Sie zog den Schlüssel ab und ließ ihn in ihrer Rocktasche verschwinden. Wortlos lief sie Richtung Kate.

„Scheiße!", entfuhr es Carsten.

„Was ist los?", wollte Miri wissen.

„Der Beschluss ist nur für das Haus der drei Alten, nicht mehr. Sonstige Räume auf dem Gelände dürfen wir nicht durchsuchen."

„Reicht das nicht?"

„Keine Ahnung, aber ich hätte mich schon gern ein wenig mehr umgeschaut."

In der Kate war es düster. Durch die kleinen Fenster kam nur wenig Licht, obwohl die Sonne vom Himmel lachte. Miri schaltete die Deckenbeleuchtung ein. Sie baten Gesine und Hedda, in der Stube Platz zu nehmen, Meta war nicht zu sehen.

„Wo ist die Dritte – ich meine Ihre Mitbewohnerin?"

„Mittagsstunde!", kam es knapp von Hedda.

Sie öffneten Schränke, Vitrinen, zogen Schubladen auf und schoben sie auch wieder zu. Carsten fuhr mit den Fingern über die Schränke. Eine Leiter benötigte er dazu nicht, die Zimmer waren sehr niedrig, er erreichte die Decke locker mit den Händen.

„Was suchen Sie eigentlich?", wollte Gesine nun wissen.

„Das sehen wir, wenn wir es finden."

Miri beugte sich zu Gesine hinunter. „Haben Sie vielleicht ein Glas Apfelsaft für mich?", schoss sie plötzlich einen Pfeil ab, fixierte dabei Gesines Gesicht fest mit den

Augen. Um Gesines Mundwinkel zuckte es etwas, eine Antwort bekam sie nicht. Miri war zufrieden. Das hatte gesessen, daraus ließ sich in der Vernehmung später etwas machen. Dann bat sie darum, dass man nun Meta in die Stube holen solle. „Wir müssen die Schlafräume durchsuchen, alle." Gesine erhob sich widerwillig und verließ den Raum. Nun versuchte es Miri bei Hedda. „Haben Sie vielleicht ein Glas Apfelsaft für mich?" Hedda schüttelte den Kopf. „Nur für Gäste, nicht für Leute, die unser Haus auf links drehen."

Carsten war mit der Stube durch und trat in den kleinen Flur. Außer einem Schlüsselkasten an der Wand und einem kleinen Telefontisch gab es dort nichts zu durchsuchen. Die junge Ermittlerin folgte ihm und flüsterte: „Den Apfelsaft müssen wir später in der Vernehmung noch mal erwähnen, an ihrer Reaktion konnte man erkennen, dass ihr das Thema unangenehm war."

„Und die andere?", Carsten nickte Richtung Stube.

„Nein, da kam nichts!"

Die drei Schlafräume, wie auch das Bad, waren schnell durchsucht, allerdings erfolglos.

Als die beiden Ermittler in die Stube zurückkamen, hörte Carsten, dass Gesine mit Hedda flüsterte.

„Wenn ich nicht rechtzeitig zurück bin, musst du das machen. Nimm halt eine Tablette mehr als sonst für deine morschen Knochen und Tropfen hast du ja auch noch, dann klappt das schon. Es muss heute sein. Inge wird sie später …" Nun bemerkte sie, dass Carsten und Miri im Raum waren, und schwieg abrupt.

Hedda schaute ungläubig. „Aber!“, entfuhr es ihr noch, doch Gesine forderte sie mit einer Handbewegung auf, zu schweigen.

Was war das? Was hatten sie vor? Carsten ärgerte sich, nicht mehr gehört zu haben.

Meta saß in ihrem Sessel, den Blick in die Ferne gerichtet, so, als wäre sie nicht auf dieser Welt. Ihre Hände spielten mit etwas, das aussah wie ein grauer Ball. Was genau es war, war nicht zu erkennen, interessierte die beiden Ermittler auch nicht wirklich.

Natürlich wäre es auch möglich gewesen, Gesine Schöpp in ihrer Kate zu vernehmen, aber ein Verhör auf dem Kommissariat konnte wesentlich erfolgreicher sein.

So fuhren sie zu viert, Gesine und Frerich saßen im Fond des Wagens, zurück nach Wittmund.

Franziska blieb mit den Prüfern zurück. Jetzt, da Frerich und Gesine nicht hier waren, fühlte sie sich etwas besser. Nur Hedda und Meta befanden sich noch auf dem Hof, doch vor denen fürchtete sie sich nicht so sehr.

„Sie kennen sich hier aus?“, wollte einer der Prüfer von ihr wissen.

„Nicht wirklich, ist schon ein paar Jahre her, dass ich hier gelebt habe.“

„Besser als nichts. Zeigen Sie mir die Räumlichkeiten, ist ja ein großes Anwesen.“ Achselzuckend stimmte Franziska zu.

Je weiter die Frau aus Bayern sich über den Hof bewegte, umso mehr kamen Erinnerungen zurück. Vieles kannte sie, anderes war neu.

Der Prüfer machte sich Notizen, manch ein verwunderter Kommentar war zu hören, aber Franziska interessierte es nicht. Die Zeit ihrer Ehe mit Hilko kam immer näher, je mehr sie wiedererkannte, aber da war noch mehr. Dinge, die wie hinter einem grauen Vorhang verborgen waren und nur ab und zu durchblitzten.

Extrem wurde es dann, als sie wieder zurück im Haus waren. Der Prüfer betrat jeden Raum im Erdgeschoss und Franziska musste mit. Immer wieder machte er sich Notizen. Je weiter sie sich in das Haus begaben, umso mulmiger wurde es ihr. Dann kamen sie in den ersten Stock, hier standen viele Räume leer. Im zweiten Stock, dort waren die Wände nun schräg, schnürte es ihr die Luft ab. Sie bekam Atemnot, begann zu hyperventilieren, Franziska wollte nur raus.

„Bleiben Sie doch ruhig", meinte der Mann neben ihr. „Keiner tut Ihnen was. Ich schau noch in die Öken, dann haben wir's." Er klopfte ihr auf die Schulter. Franziska stieß ihn von sich.

Nachdem er zwei Türen rechts und links unter der Dachschräge geöffnet und einen Blick hineingeworfen hatte, es war nur wertloses Gerümpel zu sehen, erklärte er: „Wir sind durch", hielt dann aber inne. „Ach, sagen Sie, gibt es hier einen Dachboden?" In Franziskas Ohren rauschte es. Die schräge Kammer, die Enge, die Fischköpfe … wenn nicht vor Augen, dann doch in ihrem Gedächtnis, alles war wieder da. Sie musste hier raus. Ohne eine Antwort drehte sie sich um und stürmte die Treppe hinunter.

„Dachboden?", rief er ihr noch nach, aber Franziska floh. Raus, nur raus hier.

Der Mann schaute sich um, suchte die Decke des Flurs nach einer Bodentreppe ab, aber da war nichts. So nahm auch er den Weg nach unten.

Vor dem Haus fand er Franziska schwer atmend in einem alten Korbsessel sitzend vor.

„Geht's wieder?" Der Mann verstand nicht. Wie auch.

Die ganze Aktion hatte viel Zeit in Anspruch genommen. Haus, Scheunen, das Nebengebäude mit den Ferienwohnungen, das riesige Grundstück – der Hyggehof war ein gewaltiges Anwesen.

„Wissen Sie, welche Ländereien zum Hof gehören?", wollte der Prüfer noch wissen. Franziska schüttelte den Kopf. „Lass mich in Ruhe, verdammt", schimpfte sie leise.

Weder Franziska noch der Prüfer bemerkten die aufblinkenden Sonnenstrahlen, die sich in einem Fernglas spiegelten. Sie wurden beobachtet.

***

„Was machst du?", fragte Siebo und trat näher hinter seine Frau, die mit einem Fernglas in der Hand auf dem Balkon im ersten Stock des Hauses stand. „Ist das meine Tochter, drüben auf dem Hyggehof?"

Inge gab ihm keine Antwort. Sie nahm das Glas von den Augen und drehte sich um. „Sie kommt nachher und dann will ich wissen, was sie vorhat."

„Du? Warum? Und was soll sie denn vorhaben?“

„Verstehst du das denn nicht? Du bist der Erbe vom Hyggehof.“

„Nein, Frerich ist der Erbe, nicht ich.“

„Frerich und die Rote. Aber beiden steht er nicht zu. Du bist der Erbe. Du bist Berties Erstgeborener.“

„Sprich nicht so von meiner Tochter.“

„Frerich und deine Tochter sollen erben? Willst du das nicht verstehen? Stell dir vor, Frerich wird das Erbe aberkannt, weil er betrogen hat, dann bist du der Erbe des Hofes.“

„Und Franziska.“

„Franziska, Franziska, was will sie hier, was soll sie hier?“

„Inge, was ist denn mit dir los? Wir haben mit unserem Anwesen genug zu tun. Die Ferienwohnungen, die Pferde, die Felder. Hallo? Mir reicht das.“

„Dir, ja, dir reicht das. Du hattest noch nie Ehrgeiz. Aber stell dir mal vor, das gehört alles uns.“ Inge machte eine weit ausholende Geste. „Mein Gott, was man daraus machen könnte! Ein Imperium, das größte Ferienanwesen in Ostfriesland!“ Ihre Augen glänzten.

Siebo schaute seine Frau entgeistert an. „Inge!“, rief er entsetzt. Er erkannte seine Frau nicht mehr. Aber die ließ sich nicht aufhalten.

„Und dann kommt eine Fremde nach Schlicksiel und zerstört alles.“

„Diese *Fremde* ist meine Tochter!“

„Eine Tochter, von der du erst seit zwei Tagen weißt, dass es sie gibt.“

„Ja, leider! Ich möchte ihr hier im Haus gerne eine Wohnung einrichten, Platz genug haben wir. Die ganze obere Etage steht leer und der Dachboden auch."

„Wie bitte? Lieber vermiete ich über uns auch noch an Feriengäste. Und wer sagt dir denn, dass sie wirklich von dir ist?" Siebo reichte es. Er fasste seine Frau bei den Schultern und zog sie zu sich herum.

„Was ist denn mit dir los? Ich dachte, du freust dich mit mir. Wir haben ein Kind, eine Tochter, die hier mal alles übernehmen kann. Das haben wir uns doch so sehr gewünscht."

„*Unsere* Tochter, Siebo! *Unser* Kind hab ich mir gewünscht! Keinen Bastard, der hier nach fünfunddreißig Jahren in Schlicksiel auftaucht."

„Bastard?" Siebo konnte es nicht fassen.

„Eine Fremde, Siebo. Diese Frau ist eine Fremde. Ihre Mutter war eine Fremde, sie, als sie mit Hilko verheiratet war, war eine Fremde und jetzt, da sie deine Tochter ist, ist sie nichts anderes. Eine Fremde, und das lassen wir in Schlicksiel nicht zu. Das wollten wir nie und werden wir auch nie zulassen."

„Du spinnst ja!", kam es nun von Siebo. „Keine Fremde, nur Schlicksieler, das wäre ja irgendwann Inzucht."

„Nicht nur Schlicksieler, aber aus der Gegend, aus Ostfriesland. Das sind Menschen, die hierhergehören. Über Jahre haben wir dafür gekämpft. Die drei Alten von drüben, deine Mutter, Frerichs Mutter und viele andere, wir alle."

„Ihr Weiber, ja!"

„Natürlich, von euch kam ja nix, außer dass ihr den fremden Weibern an die Röcke gegangen seid."

Siebo war sprachlos. Welches Gesicht zeigte Inge plötzlich? Noch nie hatte er sie so erlebt. Ja, es stimmte, man war hier Fremden, Zugezogenen gegenüber nicht wirklich aufgeschlossen, aber Inge übertrieb es nun. Er erinnerte sich, dass auch er damals nichts dagegen unternommen hatte, als die ganze Sippschaft Franziska wie eine Aussätzige behandelt hatte. Aber jetzt …

„Du bist auch nicht aus Schlicksiel, nicht mal aus unserem Landkreis", kam nun ein Einwand.

„Aber aus Ostfriesland, Siebo. Ich bin eine von hier!"

„Franziska ist eine halbe Ostfriesin, ist das denn nichts?"

„Nein! Ich will sie hier nicht haben, und dass sie bei uns wohnt, schlag dir gleich wieder aus dem Kopf."

Er nahm seiner Frau das Fernglas ab und zog sie am Arm ins Haus.

„Jetzt beruhige dich mal. Warum? Warum willst du Franziska nicht im Haus haben? Zu Anfang dachte ich, du freust dich mit mir." Inge lachte laut auf und machte sich von Siebo los.

„Sie gehört nicht hierher und damit basta!"

„Warum, Inge, warum?"

„Weil ich es so will!", kam es nun schrill.

Inge ärgerte sich. Eigentlich sollte Siebo niemals erfahren, dass sie Franziska nahegelegt hatte, zu verschwinden. Aber seine Worte hatten sie provoziert. Eine Wohnung hier auf dem Hof für sie einrichten, das fehlte noch. Nun, sie würde schon eine Möglichkeit finden, war sich die Frau sicher. Hedda und Gesine würden ihr dabei helfen. Meta ließ sie außen vor.

„Lass mich, ich will alleine sein!", murrte sie, als Siebo sich zu ihr an den Küchentisch setzte. Der verstand die Welt nicht mehr und verließ den Raum.

Schnell muss es gehen und freiwillig muss sie verschwinden, so, dass Siebo nichts mehr von ihr wissen will. Andernfalls … Hedda hatte vor Jahren in einer stillen Stunde angedeutet, was sie mit einer jungen Frau gemacht hatten, die hier einheiraten wollte. Dass es sich um Franziskas Mutter gehandelt hatte, davon wusste sie nichts. Jetzt aber wurde ihr einiges klar und die Frau beschloss: Wenn sie nicht von selbst geht, müssen wir eben nachhelfen.

Auf dem Kommissariat

„Du bist Tomke, Jettchens Enkelin. Stimmt's?"

Tomke schaute die alte Frau fragend an.

„Ja, und? Du bist eine von den drei toten Tanten, über dich hat Jettchen schon viel erzählt, nichts Gutes allerdings."

„Die muss ganz still sein, schließlich ist dein Vater ein Nebenprodukt, ein Balg sozusagen. Hat sich rumgetrieben, unser Jettchen, mit dem alten Hermi damals. Dein Großvater war in Gefangenschaft, aber Jettchen konnte nicht …"

„Das reicht, Frau Schöpp", ging Hajo dazwischen. „Sie sind hier, weil wir Ihre Fingerabdrücke auf dem vergifteten Saftkanister gefunden haben. Mit dem gleichen Gift wurden, das ist inzwischen klar, eine junge Frau im Hotel und auch Frau Gronewald vergiftet. Dort wurden Sie kurz zuvor gesehen, dafür gibt es Zeugen."

„Und die Lilo hab ich auch vergiftet?", kam es nun schrill von der alten Frau.

„Nein, aber vielleicht erschlagen?", antwortete Hajo ruhig.

„Erschlagen? Erschlagen? Wer macht denn so was." Die Alte schüttelte den Kopf und starrte auf den Fußboden.

Tomke, die sich etwas zurückgezogen hatte, beobachtete die beiden. Warum, so überlegte sie nun, wendet Gesine jetzt den Blick ab und schaut so nachdenklich? Weiß sie was? Weiß sie, wer den Mord an Lilo Gronewald begangen hat?

Hajo fuhr mit der Vernehmung fort.

„Wie kommen also Ihre Fingerabdrücke auf den Kanister?“

„Welchen Kanister? Ich weiß nichts von einem Kanister. Haben Sie vielleicht bei der Hausdurchsuchung etwas entdeckt?“

„Nein, noch nicht, aber sagen Sie es mir.“

„Woher stammt das Gift?“, schaltete sich nun wieder Tomke ein. „Du bist für deine Hexenküche bekannt. Also?“

„Hexenküche? Ich koche Obst und Gemüse ein. Sammle Kräuter für gesunde Tees, wenn du das ‚Hexenküche‘ nennst, bitte schön.“ Die grelle Stimme der Frau war kaum zu ertragen. Sie saß kerzengerade, als habe sie einen Stock im Rücken, auf dem Stuhl. Hajo schloss kurz die Augen. Wie konnte man wohl an sie herankommen? Zu dumm, dass der Richter den Durchsuchungsbeschluss nur für die Kate ausgestellt hatte, so durften Carsten und Miri keines der anderen Gebäude durchsuchen.

Carsten hatte ihnen erzählt, dass die Alte aus einem Nebengebäude gekommen war. Gab es dort vielleicht wirklich eine Hexenküche?

Hajo winkte Tomke zu, mit ihm vor die Tür zu kommen.

Gesine erhob sich von ihrem Stuhl. „Dann kann ich jetzt gehen, oder?“

„Nein, sitzen bleiben“, kam es barsch von Tomke. Sie hasste das alte Weib.

Draußen lehnten sie sich stöhnend an die Wand. „Puh, das ist ein harter Brocken."

„Zäh wie Schweineschwarte!", pflichtete ihr Carsten bei, der aus einem Nachbarraum kam. „Hat Miri gesagt", setzte er nach.

„Ich versuche es noch mal!", beschloss Tomke und drückte sich von der Wand ab.

„Bei ihr da drinnen?" Hajo schüttelte den Kopf. „Da beißt du auf Granit."

„Nein nicht bei ihr, sondern bei Richter Vogelsang. Wir brauchen einen Beschluss für das ganze Anwesen." Wieder schüttelte Hajo den Kopf. „Wirst du nicht bekommen."

„*Versuch macht kluch!*", intonierte Tomke, breitete die Arme aus, als wolle sie fliegen, und schwebte davon. Ihre beiden Kollegen schickten ihr zwitschernde Geräusch nach.

„Ihr mich auhauch ...!", kam es zurück.

Eine halbe Stunde später, das Gerichtsgebäude befand sich in Sichtweite des Kommissariats, kam sie, ein Papier schwenkend, zurück. Carsten war wieder im Vernehmungsraum, wo er gemeinsam mit Miri weiter Frerich Gronewald vernahm, Hajo saß bei Gesine Schöpp.

„Ich hab ihn!", flötete sie. „Man muss dem Vogelsang nur die Flötentöne beibringen, dann klappt das."

„Echt?" Hajo war überrascht. Am Vormittag hatte der Richter noch keinen Grund gesehen, das komplette Anwesen zu durchsuchen. Warum hatte er nun seine Meinung geändert?

„Nicht das ganze Anwesen“, erklärte Tomke, und meinte zu Gesine gewandt genüsslich: „Aber in deiner Hexenküche dürfen wir schnüffeln, Tant' Gesine.“ Hajo nickte anerkennend. „Ui, jetzt wird es eng, Frau Schöpp.“ Die winkte nur ab. Sollten sie doch. Alles Natur, was sie dort finden würden. Gesine war sich keiner Schuld bewusst. Und die fertigen Mittel – alles war gut versteckt. Und außerdem … Wer konnte schon nachweisen, dass sie die Tropfen verteilt hatte? Jeder konnte es gewesen sein. Viel wichtiger war es nun, nach Hause zu kommen und die Rote wegzuschaffen. Auch ohne ihre Tropfen gab es da probate Mittel, wusste die Alte.

Tomke trat zu Hajo, der sich mit Swantje beschäftigte: „Für mich Espresso bitte.“ Sie hielt ihm eine kleine Tasse hin. „Du sag mal, hast du was aus dem Krankenhaus gehört?“

„Ja, Michaela hat vor einer Stunde bei Carsten angerufen. Oma sitzt vor der Tür der Intensivstation und weicht nicht. Michaela ist nach Hause gefahren.“

„Mein Gott, diese alte Dickhaut. Was sollen wir nur machen?“

„Reg dich nicht auf. Michaela holt sie spätestens um neun Uhr am Abend ab. Verhungern wird Jettchen auch nicht, hat ja Hühnerbrühe dabei.“

„Ist was mit meiner weit entfernten Cousine? Geht es Jettchen gut?“, wollte Gesine aus der Ferne wissen. Noch immer saß sie kerzengerade auf ihrem Stuhl. Sie konnte nicht glauben, dass die Verwandte aus Carolinensiel am Leben sein sollte.

„Olle Hexe!“, zischte Tomke und zu Hajo: „Sie bleibt über Nacht hier. Morgen nehmen wir uns die Kate noch mal vor und auch Gesines Hexenküche. Für heute reicht es mir. Ich will nach Hause, mein Schlaf-wach-Rhythmus ist noch völlig durcheinander. Außerdem weiß ich nicht, wie es mit meinen beiden Zuhause weitergeht. Komm, lass uns Schluss machen."

„Und sie?", wollte Hajo wissen.

„Die sperren wir weg, wird's schon überleben, bei uns in der Zelle."

***

Auch die Vernehmung von Frerich Gronewald verlief zäh. Miri und Carsten saßen mit ihm im Vernehmungsraum und mussten feststellen, dass sie nicht wirklich weiterkamen. Dass er Franziska telefonisch bedroht und heute angegriffen hatte, war klar. Miri versuchte inzwischen, ihn in Bezug auf den Mord an seiner Frau aus der Reserve zu locken. Carsten hielt sich noch zurück, er ließ Miri machen.

Viel mehr vertiefte er sich in den Bericht von Hajo Manninga, der die tote Lilo Gronewald obduziert und festgestellt hatte, dass sie erschlagen worden war. Der Ermittler blätterte die ausgedruckten Seiten durch, las noch mal genau, was dort stand. Manninga hatte erwähnt, dass die Tatwaffe ein abgerundeter Gegenstand gewesen sein musste, ein großer Stein, ein Werkzeug oder so, konnte aber auch keine weitere Beschreibung abgeben. Man müsse halt auf die Suche gehen, schrieb der Rechtsmediziner in seinem Bericht.

Ein großer Stein oder Ähnliches, überlegte Carsten nun, während Miri den Mann weiter in die Zange nahm. Wir müssen noch mal raus auf den Hof und die Gegend um den Fundort absuchen, vielleicht fällt uns etwas auf. In dem Bericht hatte der Rechtsmediziner auch erwähnt, dass Fundort gleich Tatort sein musste. Es deute nichts darauf hin, stand dort, dass die Leiche bewegt worden war.

Gronewald hat seine Frau erschlagen, seine Geliebte, diese Siri, muss ihm ein Taschentuch aus dem Hotelzimmer besorgt haben, das dann neben der Leiche drapiert wurde, um den Mord auf Franziska Gronewald zu schieben. So war es, befand Carsten, wir müssen es ihm nur beweisen.

Miris Überlegung ging ähnlich, genau das hielt sie dem Verdächtigen nun zum x-ten Mal vor, aber Gronewald blieb stur.

Carsten war es leid. Ich starte jetzt einen Versuchsballon, überlegte er und stand auf. Er legte die aufgeschlagene Seite des Obduktionsberichtes vor Miri und zeigte auf die Zeile, in der der Stein erwähnt wurde, ging um den Tisch herum auf Gronewald zu. Dann zog er sein Handy aus der Tasche und tat, als melde er sich: „Schmied, ja bitte?" Carsten hoffte, dass der Mann darauf hereinfallen würde. Dann sprach er weiter. „Sorry, deinen ersten Anruf habe ich nicht gehört, mein Handy steht auf stumm, bin in einer Vernehmung. Zufall, dass ich es bemerkt habe. Was gibt es denn?" Dann gab er vor zuzuhören, antwortete ein paarmal mit „Ja, aha", und dann: „Danke für den Anruf, das hilft uns natürlich weiter."

Miri grinste in sich hinein, sie wusste sofort, dass es sich um einen Fake handelte.

Dann wandte Carsten sich an Gronewald. „Die Kollegen haben einen Stein gefunden, mit dem Ihre Frau erschlagen wurde. Blutspuren sind auch daran. Zurzeit wird noch untersucht, ob Ihre DNA daran zu finden ist. Dann, Herr Gronewald, wird es eng für Sie, sehr eng."

Der überlegte einen Moment, wurde unruhig, sein Blick flog hin und her.

Haben wir ihn?, überlegte Miri.

„Sie werden dort überall meine DNA finden, ist ja mein Hof und ich bin überall dort unterwegs", kam es stoßweise von dem Mann. „Aber ich schwöre, Lilo hab ich nix getan, sie lag da plötzlich. Ehrlich." Inzwischen hatte seine Stimme einen jammernden Ton angenommen. War er kurz vor der Aufgabe? Konnten die beiden Ermittler mit einem Geständnis rechnen? „Ehrlich!", setzte der Mann noch mal nach.

„Herr Gronewald, ehrlich, Sie bleiben nun erst mal hier bei uns. Ihr ‚Ehrlich' überzeugt uns nicht. Morgen sehen wir weiter."

„Das dürfen Sie nicht!", fuhr der Mann hoch.

„Doch, das dürfen wir. Zumindest die nächsten vierundzwanzig Stunden sind Sie unser Gast. Sie bekommen ein Zimmer mit Vollpension und müssen nicht einmal dafür bezahlen."

„Mega!", entfuhr es Miri, die total überzeugt war, einen Mörder vor sich zu haben. Der Mann war ihr einfach zuwider. Sie winkte einem vorbeikommenden Kollegen und bat ihn, Frerich Gronewald zu übernehmen. „Schau mal,

Henry“, meinte sie zu dem jungen Mann in Uniform. „Wir haben einen Übernachtungsgast.“

Auch Carsten und Tomke hatten die Vernehmung beendet. Gesine Schöpp war weiterhin ein zäher Brocken. Kurz hatten die beiden überlegt, die alte Frau doch nach Hause zu entlassen. Aber das Risiko, dass sie dort Beweismittel verschwinden ließ, war zu groß. „Ich habe keine Lust, deshalb heute Abend noch mal raus nach Schlicksiel zu fahren. Wir behalten sie hier und durchsuchen die Hexenküche morgen“, bestimmte sie. So trafen Gesine und Frerich auf dem Flur aufeinander und wurden gemeinsam in ihre Zellen verbracht.

„Wir sollten ihnen ein Doppelzimmer geben“, schlug Tomke spöttisch vor. „Alles eine Sippschaft!“

„Eine böse Sippschaft!“, fügte Miri hinzu.

Dass sie nun alle vier Dienstschluss hatten, fand sie „Mega!“

„Sag mal“, wollte nun Carsten von der jungen Kollegin wissen, „wolltest du nicht bei deinem Freund übernachten?“

Auf seinen fragenden Blick hin meinte sie nur: „Hat sich erledigt, ich komme mit nach Clinsiel!“

Wieder schaute Carsten fragend und so erklärte sie: „Ist verheiratet, der Arsch!“

„Ach du Schande!“, schaltete sich nun auch Tomke ein. „Aber hast du denn die letzte Nacht nicht schon bei ihm …?“

„Ja, er hat hier eine kleine Wohnung, aber in Oldenburg Frau und zwei Kinder.“

„Du steckst das ja cool weg, alle Achtung!"

„Na ja, ich war verknallt, aber nicht verliebt. Hatte mich schon gewundert, dass so einer wie er noch nicht in festen Händen ist. Nun weiß ich es."

Ganz schön abgeklärt, die jungen Leute, überlegte Carsten.

ABEND OHNE ENDE

Punkt achtzehn Uhr verließen die Rechnungsprüfer den Hyggehof. Jeder der drei trug einen Korb mit Ordnern zum Wagen. Die strenge Schwarzhaarige informierte Franziska darüber, dass sie die Papiere bei sich im Büro nun weiter überprüfen würden. Sie erklärte Franziska: „Dieser Gronewald ist ja gemeingefährlich, wir wollen ihm nicht mehr begegnen. Furchtbar, was er Ihnen angetan hat. Schlägt und würgt Sie, ich konnte kaum hinschauen."

„Na, danke schön auch fürs Wegschauen", meinte Franziska lakonisch. „Wenn die Kripoleute nicht gekommen wären, hätte der mich erwürgt." Die Schwarzhaarige verstand nicht oder wollte nicht verstehen. Sie wie auch ihre Kollegen verschwanden schnell in ihrem Wagen und fuhren vom Hof.

„Und jetzt?" Franziska schaute auf ihre Uhr. Für den Besuch drüben bei ihrem Vater war es zu früh. „Was soll ich in der Stunde denn machen? Zurück ins Hotel zu fahren lohnt sich nicht. Gesine und Frerich sitzen wohl noch bei der Polizei und ich bin hier alleine." Sie überlegte, ob sie die Haustüre abschließen und den Schlüssel irgendwo deponieren sollte. Das Haus ängstigte sie. Andererseits aber … Nein, diesen Gedanken schob sie schnell wieder zur Seite. Oder doch …? Franziska war zögerlich. Wenn Frerich oder Gesine sie dabei erwischten …. Aber die waren ja in Wittmund, bei der Polizei. Wie lange wohl noch?

Sie griff nach ihrem Handy und wählte Carstens Nummer. Er würde ihr sicher sagen können, ob und wann die beiden zurück auf den Hof kommen würden. Die Nummer war besetzt. „Mist!“, fluchte sie leise und schaute sich um. Der Hof schien menschenleer. Konnte sie es wagen? Der Drang, den Raum zu entdecken, in dem sie gemeinsam mit ihrer Mutter gefangen gehalten worden war, diesen mysteriösen Raum mit den Fischköpfen, der ihr immer wieder erschien … Gab es ihn wirklich? Fände sie ihn, wäre das der endgültige Beweis. Der alte Mann hatte ihn in seinem Schreiben erwähnt. Ja, es musste ihn geben, gegeben haben. Ein Raum, den sie in den Jahren, die sie hier mit Hilko lebte, nie zu Gesicht bekommen hatte. Auch heute nicht, als sie mit dem Prüfer im Haus unterwegs gewesen war. Wo konnte er nur sein?

Und jetzt? Ihr Herz klopfte bis zum Hals.

„Wenn ich es beweisen könnte …“, grübelte sie wieder.

Nochmals wählte Franziska Carstens Nummer, aber auch diesmal meldete er sich nicht.

Konnte sie es wagen? Wieder schaute die Frau sich um, dann tippte sie eine andere Nummer in ihr Handy und betrat vorsichtig das Haus. Es klingelte bei der angewählten Nummer und dann …

Dass sie, wie am Mittag auch, beobachtet wurde, bemerkte sie nicht.

Jetzt, so alleine, fühlte es sich noch unheimlicher an. „Vroni!“, rief sie aufgeregt. „Schön, deine Stimme zu hören.“

„Schön, von dir zu hören, ich dachte schon …", dann brach die Stimme ab. „Ist was passiert?", wollte Vroni wissen. „Du klingst so, als …"

„Nein, ich will nur deine Stimme hören."

„Was ist denn los, Franzi?"

„Bin alleine auf dem Hof und will versuchen, das grässliche Zimmer zu finden. Ich hab dir doch davon erzählt, das, von dem ich immer träume. Jetzt weiß ich, dass es den Raum wirklich gibt."

„Auf dem Hof? Meinst etwa den Hof, von dem du …? Bist deppert?", kam es von Vroni, „mach, dass du dort verschwindest! Und wann kimmst endlich wieda hoam?"

„Geht scho!", meinte Franzi nun, „bist ja bei mir." Die letzte Frage ihrer Freundin beachtete sie nicht.

„Na super, Franzi! Und wenn einer kommt, dich jemand erwischt? Glaubst, wenn dir einer an die Wäsche geht, erschlag i ihn durchs Telefon?"

Franzi musste lachen. Sie schloss die Tür hinter sich und lief durch den langen Flur auf die Treppe zu, das Handy fest ans Ohr gepresst. Der Raum musste im Obergeschoss sein, das war klar.

Vronis Stimme zu hören, ihre Freundin plapperte unaufhörlich, gab ihr ein Gefühl von Sicherheit. In der ersten Etage des Hauses konnte der Raum nicht sein, hier waren die Wände noch gerade, also weiter nach oben. Das Gebälk über ihr knackte, jedes Mal zuckte sie zusammen und fürchtete, Frerich könne hinter ihr stehen. Oder Gesine, das wäre noch schlimmer.

Das Dachgeschoss. Bis dorthin war sie zuvor schon mit dem Prüfer gekommen, dann aber voller Panik geflüchtet.

„Ob ich es diesmal schaffe?“, überlegte sie leise.

„Franzi, Franzi, was willst schaffen? Sag doch was. Alles gut?“

„Ja,“ kam es leise zurück. „Ich bin jetzt im zweiten Stock, hier oben muss es irgendwo sein.“

Sie öffnete Tür für Tür, die seitlichen Räume hatten zwar eine Dachschräge, aber Fischköpfe konnte sie nicht erkennen. Die beiden Öken rechts und links waren mit Gerümpel vollgestellt, doch dann stutzte Franzi. „Vroni, Vroni“, rief sie aufgeregt in den Apparat, „da stimmt was nicht.“

„Sakradi, wenn ich nur bei dir sein könnte. Mei, is das spannend.“ Vroni konnte sich kaum beruhigen. Immer wieder forderte sie: „Pass auf dich auf, pass bloß auf!“

Franzi rückte polternd ein paar alte Stühle, eine Zinkwanne und anderes Gerümpel zur Seite. Dann krachte es hinter ihr. Erschrocken fuhr sie herum, stieß einen Schrei aus, Vroni am Telefon auch. Wer …? Franzi atmete auf. Ein altes zusammengeklapptes Bügelbrett war umgefallen und lag nun mitten im Weg. Sie hob es auf, stellte es wieder gegen die Wand. „Alles gut“, flüsterte sie ins Telefon. „Weiter!“

„Du machst mi narrisch!“, schimpfte Vroni.

„Sei stad, Vroni, ich … Das ist ja ein Ding, ich glaub, ich hab’s!“

„Was?“

„Ich bin im Öken.“

„Öken?“

„Ja, weißt, das ist so eine schräge Dachkammer, oben im Dach. Scheiße … die Tür ist abgeschlossen.“

„Franzi, du machst mich wahnsinnig. Wo bist du?"

„Oben, unterm Dach, sag ich doch. Hier gibt zwei solche schrägen Räume, Öken nennt man die in Ostfriesland. Es ist eigenartig, der eine ist schmal und lang, der andere nicht mal halb so lang, verstehst du?"

„I verstah nix!" Vroni schnaubte durch das Telefon. Franzi sprach einfach weiter. „Ich muss noch ein paar Sachen wegräumen, um mehr sehen zu können. Vroni!", schrie sie dann auf.

„Ja?", schrie die zurück.

„Hier ist eine Tür, die habe ich heute Mittag nicht gesehen, der Prüfer auch nicht. Sie war zugestellt mit altem Zeug, aber jetzt ist sie zu erkennen."

„Welcher Prüfer? Franzi, du machst mich wahnsinnig!"

„Sagtest du schon. Ich versuche mal, die Tür zu öffnen." Franziska rüttelte am Griff. „Abgeschlossen, aber warte, vielleicht ist der Schlüssel hier irgendwo versteckt." Sie suchte den Raum um die Tür herum ab. „Nein, kein Schlüssel!" Dann kniete sie sich vor der Tür nieder und lugte durch das Schlüsselloch.

„Vroni", flüsterte sie heiser, „Vroni, ich hab's gefunden. Ist zwar wenig zu erkennen, durch das Dachfenster fällt nur wenig Licht, aber … aber … die verdammten Fischköpfe, die kann ich sehen."

„Und jetzt?", schrie ihre Freundin aufgeregt durch das Telefon. Für sie war das alles spannender als ein Krimi.

„Und jetzt? Nix!" Franziska atmete heftig. „Jetzt weiß ich, dass es wahr ist, alles. Jetzt habe ich den Beweis, dass meine Träume einen wahren Hintergrund haben und dass ich hier eingesperrt war, wie Bertie in seinem Brief geschrieben hat. Ich sehe es mit eigenen Augen.“

„Welcher Bertie? Welcher Brief? Oh Mann, Franzi, du machst mich …“

„Wahnsinnig, ich weiß.“

„Was hast du denn jetzt vor?“, wollte Vroni nun wissen.

„Keine Ahnung! Erst einmal nichts, ich warte ab, wie das hier ausgeht.“

„Dann verschwinde von dort oben, nicht, dass dich noch einer erwischt.“

„Sollen sie. Weißt du, all die Jahre hatte ich Angst, eine Scheißangst vor diesem Haus, aber das ist jetzt vorbei.“

Sie räumte das Gerümpel wieder vor die Tür und verließ den Öken.

Auf dem Weg durch das Treppenhaus nach unten erklärte sie ihrer Freundin: „Sie wissen nicht, dass ich hier oben war und das furchtbare Zimmer entdeckt habe. Ich habe das Überraschungsmoment auf meiner Seite, na, die werden schauen. Morgen lass ich mir den Schlüssel geben, morgen werde ich das alles ans Licht bringen. Somit kann ich beweisen, dass Bertie recht hatte und wir wirklich hier eingesperrt waren. Aber morgen erst. Jetzt geh ich rüber zu meinem Vater. Es ist gleich sieben Uhr, dann …“

„Vater? Franzi, Vater? Das wird ja immer schöner. Zu welchem Vater denn? Franzi, du machst mich …“ Vroni brach ab, noch mal wollte sie das Wort nicht aussprechen.

„Ich ruf dich morgen an und erzähle dir alles, versprochen. Mach's gut, bis morgen.“ Franziska beendete das Gespräch mit ihrer Freundin, ohne eine Antwort abzuwarten. Sie war aufgeregt und beruhigt zugleich. Endlich hatte dieser Albtraum ein Ende. Sie schloss das Haus ab, legte den Schlüssel unter die Fußmatte. Morgen würde sie hier alles aufdecken, endlich!

Mit sicherem Schritt lief sie über den großen Innenhof des Anwesens. Was ihr Vater wohl von ihr wollte?

„Ich muss runter, sie kommt!", bemerkte Inge, packte das Fernglas ein und verließ den Balkon.

Schneller Koch

Die vier vom Kommissariat hatten inzwischen das Kommissariat verlassen und standen auf dem Parkplatz zusammen. Tomke hatte sich spontan umentschieden, sie wollte zu Oma und Tant' Fienchen.

„Fahrt ihr nach Hause, ich hole Oma vom Krankenhaus ab. So muss Michaela später nicht noch mal los. Vielleicht lassen sie uns ja zu Fienchen und wir können sie sehen. Oma wird es sicher beruhigen. Ich fürchte, vorher verlässt sie ihren Platz vor der Intensivstation nicht."

Carsten und Miri stimmten zu, Hajo allerdings bestand darauf, mit nach Sanderbusch zu kommen.

So fuhr dann ein Wagen gen Norden Richtung Küste, der andere Richtung Sande in das Klinikum Sanderbusch. Carsten unterrichtete von unterwegs seine Frau, dass Tomke nun ihre Großmutter abholen würde. „Du musst nicht noch mal hin, Schatz!"

„Dann mach ich für uns alle was zu essen. Wenn sie aus der Klinik zurück sind, haben sie sicher auch Hunger."

„Nicht nur sie, mein Magen hängt schon in den Kniekehlen. Aber mach dir nicht so viel Arbeit, wir können uns auch etwas kommen lassen."

„Nein, das passt. Ich mache einen ‚schnellen Koch'.

„Wie schmeckt ein ‚schneller Koch'?", wollte Miri wissen, die heute am Steuer saß. Sie hatte Michaelas Worte gehört.

„Nach Käse und gerösteten Zwiebeln", lachte Michaela.

„Aha, dann weiß ich, was es gibt", freute sich Carsten.

Miri nicht, aber sie fragte auch nicht weiter und meinte nur: „Ich lass mich überraschen!"

Der neue Vater und dann …

Als Franziska bei Siebo und Inge eintraf, bemerkte sie sofort, dass etwas nicht stimmte. Die Stimmung zwischen den beiden schien auf dem Tiefpunkt zu sein. Und ihr Gefühl trog sie nicht.

Den ganzen Nachmittag hatten die beiden sich aufs Heftigste gestritten, Inge war gegen ihren Mann sogar handgreiflich geworden. Siebo verstand die Welt nicht mehr. Ihnen ging es doch gut, was war bloß in seine Inge gefahren? Und war das noch seine Inge? Die Inge, die sich immer als mitfühlend und hilfsbereit gezeigt hatte. Die Inge, die er seit dreißig Jahren liebte, die sich allerdings innerhalb von zwei Tagen in eine Furie verwandelt hatte. Bestand seine Ehe nur aus einer leeren Hülle? Was ist nur geschehen?, fragte sich der Mann. Hatte er in den letzten Jahren etwas übersehen? Diese ewige Klüngelei mit den alten Frauen von drüben. Mit Lilo, auch mit den altvorderen Frauen aus der Gegend, die jetzt inzwischen fast alle nicht mehr lebten, deren Tradition aber weitergeführt wurde. Warum hatte sich bei Inge ein solcher Hass aufgebaut, dass sie seine Tochter nicht akzeptieren konnte? Was steckte nur dahinter?

Böse Worte waren zwischen den beiden gefallen. Das Schlimmste aber war, Inge hatte die Hand gegen ihn erhoben und ihn damit so überrascht, dass er nicht in der Lage gewesen war, sich zu wehren. Wie auch? Hätte er zurückschlagen sollen?

Irgendwann war auch er laut geworden, hatte seine Frau zur Ordnung gerufen.

„Inge, es reicht. Was zu viel ist, ist zu viel. Was ist nur in dich gefahren? Wovor hast du Angst?" Inge hatte nur abgewunken und ihn böse angeblickt.

„Ich will kein böses Wort mehr gegen Franziska hören. Sie ist meine Tochter und das musst du akzeptieren!", forderte er.

„Was noch zu beweisen wäre. Ich bestehe auf einem Vaterschaftstest. Kann ja jede kommen und sagen, sie sei deine Tochter!"

„Hat sie aber nicht, Franziska wusste selbst nichts davon. Das hast du bei der Testamentseröffnung doch gehört!"

„Pah!", kam es nur von Inge.

„Ich möchte", hatte Siebo dann weiter bestimmt, „dass du Franziska akzeptierst, und wenn sie es möchte, wird sie einen Platz in unserem Haus bekommen. Schluss jetzt!"

Seine weiteren Gedanken nach diesem heftigen Gespräch behielt Siebo für sich, denn in ihm war etwas zerbrochen. Das ist nicht die Frau, mit der ich den Rest meines Lebens verbringen möchte. Wie konnte ich mich nur so täuschen lassen?

Auch Lilo hing ihren Gedanken nach. Auch ihre Gedanken gingen in diese Richtung, aber ganz anders, sehr viel anders. Wenn Siebo nicht einlenkte, dann würde sie handeln müssen. Sie nahm sich vor, Franziska heute noch mal so freundlich wie möglich zu begegnen. Vielleicht klärte sich die Sache ja von selbst und die Rote verschwand Richtung Bayern. Danach würde sie sich darum kümmern, dass Siebo das Erbe von nebenan zufiel.

Und dann, so war sie sich sicher, würde sie hier das größte Anwesen in ganz Ostfriesland betreiben. Sie! Mit Siebo oder ohne. Sein Part hier waren schon jetzt eher das Land drum herum, der Maschinenpark oder Aus- und Umbauarbeiten. Die Wiesen mit dem Heu für die Pferde sowie ein paar Hektar Kartoffelfelder. Sie aber kümmerte sich um die Gäste, die Vermarktung der Wohnungen, organisierte Ausflüge und mehr. Wenn dann auch noch der Hyggehof dazukäme, würde sie ein kleines Imperium betreuen. Sie! Aus dem Feriengestüt Traberhof Lückelill würde das Imperium Lückelill werden. Und ich leite es! Der Gedanke gefiel Inge immer mehr. Ich, auch ohne Siebo! Es gab in der Gegend genug Leute, die Arbeit suchten, und einen Geschäftsführer würde sie sicher ganz schnell finden, war sich die Frau sicher.

Nun saßen sie gemeinsam am Abendbrottisch, aber keinem wollte es so recht schmecken. Sie unterhielten sich über Belangloses, Siebo erzählte vom Hof, den Ferienwohnungen und was den Gästen hier so alles geboten wurde. Es sei viel Arbeit, meinte er, mache aber auch Spaß.

Von seiner Tochter wollte er wissen, was sie beruflich mache, wie und wo sie lebte. Fragen über Fragen. Inge beteiligte sich kaum an der Unterhaltung. Sie beobachtete die beiden argwöhnisch.

Franziska bemerkte, dass ihr Vater sie immer wieder mit traurigen Augen ansah. Lilo jedoch blickte so kalt, dass es Franziska fröstelte. Was war hier los? Plötzlich atmete Siebo tief durch und stand auf. Er lief um den Tisch herum und stellte sich hinter Franziska. Und jetzt? Was kam jetzt? Sie fühlte sich unwohl, als er seine Hände auf ihre Schultern legte. Die Erinnerung an Frerichs Hände heute Mittag kam zurück. Lilo, ihr gegenüber, blickte ihren Mann drohend an.

„Franziska“, begann Siebo nun. „Auch ohne Vaterschaftstest, wie meine Frau ihn fordert, akzeptiere ich dich als meine Tochter. Zum einen glaube ich, was Bertie hinterlassen hat, zum anderen ist mir in den letzten Stunden klargeworden, dass auf unseren Höfen und ganz Schlicksiel viel Unrecht geschehen ist. Ich werde morgen zu einem Anwalt gehen und ihn beauftragen, alles in die Wege zu leiten, dass du als meine Tochter mit allen erbrechtlichen Konsequenzen eingetragen wirst. Ich weiß nicht genau, wie man das nennt oder macht, aber der Anwalt wird das Richtige tun.“ Nun sprang Lilo von ihrem Stuhl auf, dass er nach hinten kippte.

„Das wirst du nicht!“, fauchte sie.

„Setz dich hin, Inge!“, forderte er mit einer Stimme, die keinen Widerspruch duldete. Inge aber blieb an ihrem Platz stehen. Siebo sprach weiter: „Du bekommst, wenn du möchtest, eine Wohnung hier im Haus und ich biete dir an, auf unserem Anwesen mitzuarbeiten. Jemanden, der sich mit Werbung auskennt, können wir gut gebrauchen.“

„Das wird ja immer schöner!“, giftete Lilo nun. Sie wandte sich zur Tür und erklärte: „Dann gehe ich jetzt mal hoch zu deiner bettlägerigen Mutter und erzähle, was du vorhast. Sie ist genauso wie ich daran interessiert, dass hier keine Fremde aufschlägt. Wer hat denn damals alles drangegeben, dass ihre Mutter, dieses Flittchen", sie zeigte auf Franziska, „von hier verschwindet? Wenn sie von deinen Plänen erfährt, trifft sie der Schlag und du bist schuld."

Siebo blieb ganz ruhig. Er machte ein paar Schritte zur Tür und öffnete sie. „Bitte! Dann trifft sie eben der Schlag. Mutter ist mit daran beteiligt, dass ich mein Kind all die Jahre nie zu sehen bekommen habe. Es wäre die gerechte Strafe!"

„Siebo!" Inge schrie seinen Namen entsetzt heraus. Es war ihm ernst, wohl wirklich ernst, musste sie feststellen.

Eine letzte Karte versuchte sie nun zu ziehen und drohte gefährlich leise: „Wenn du das durchziehst, sind wir geschiedene Leute!"

„Dann ist das so", antwortete ihr Mann. „Es gibt mich in Zukunft nur noch mit meiner Tochter oder gar nicht."

Die Frau ging um den Tisch herum. „Das wirst du bereuen, mein Lieber, das wirst du bitter bereuen!" Und zu Franziska gewandt zischte sie: „Verschwinde, wenn dir dein Leben lieb ist."

Franziska hatte während des Gesprächs der beiden wie versteinert am Tisch gesessen. Nun stand sie auf.

„Halt! Moment, ihr zwei. So nicht. Egal, was zwischen euch ist, das tragt ihr nicht auf meinem Rücken aus. Ich will nicht, dass wegen mir eine Ehe scheitert, eine alte Frau vom Schlag getroffen wird, und vor allem will ich nicht erben. Von mir aus kann hier alles so bleiben, wie es ist."

Siebo schaute zu Inge und dann wieder zu seiner Tochter. „Es ist schlimm, ja, aber Inges Verhalten dir gegenüber hat mir die Augen geöffnet. Wie konnte ich mich nur all die Jahre so täuschen lassen? Inzwischen ist mir auch klar, dass sie sehr daran beteiligt war, dass du und Hilko hier nicht leben konntet. Sie und viele andere hier haben dazu beigetragen."

„Na, von dir hab ich in den Jahren, die ich hier war, auch kein freundliches Wort gehört! Akzeptanz schon mal gar nicht." Franziska warf ihrem Vater einen skeptischen Blick zu.

„Ich weiß, Franziska, und das tut mir unendlich leid. Aber aus dieser Blase bin ich inzwischen aufgewacht."

Franziska trat zur Tür, in deren Rahmen Inge lehnte, und erklärte: „Ich gehe, einigt euch, werft wegen mir nicht eure Ehe weg. Ach, übrigens", setzte sie dann noch nach, „heute habe ich drüben auf dem Hof eine Entdeckung gemacht, die ich morgen öffentlich machen werde. Ich habe Beweise, endlich Beweise, und hoffe, nun endlich meine Albträume loszuwerden. Aber darüber möchte ich jetzt nicht reden."

„Wohin willst du denn?", fragte Siebo entsetzt.

„Ins Hotel. Ein paar Tage noch, es gibt ja vieles zu klären, dann fahre ich zurück nach Hause. Wenn alles gut verläuft, komme ich ab und zu hierher und besuche euch. Schließlich will ich meinen Vater schon etwas besser kennenlernen. Aber hier leben … nein."

Siebo unterbrach sie. „Nichtsdestotrotz, ich werde in die Wege leiten, was ich angekündigt habe, egal was Inge sagt. Du bist meine Tochter!"

Als die Tür hinter ihr ins Schloss gefallen war, hörte Franziska noch ein paar laute Worte. Es war Inges Stimme. Dann herrschte Stille im Haus. Inzwischen war es duster geworden.

Nach ein paar Metern fiel ihr ein, dass ihr Wagen ja nicht hier auf dem Parkplatz, sondern drüben auf dem Hyggehof stand. Mit einem mulmigen Gefühl machte sie sich auf den Weg durch das kleine niedrige Wäldchen rüber zum Nachbarhof.

Siebo lehnte am Fenster und beobachtete seine Tochter mit wehem Herzen. So viel hatte er verpasst.

Inge stand im Nachbarraum, auch sie verfolgte Franziska mit ihren Blicken. Dann griff sie zu ihrem Handy und verließ den Raum.

***

Es knackte und fiepte um sie herum, auch der Ruf einer Eule war zu vernehmen. Franziska fühlte sich unwohl, so alleine in der hereinbrechenden Nacht. Vroni fiel ihr ein. Schnell zog sie ihr Handy hervor und tippte Vronis Namen an. Die meldete sich auch sofort.

„Was passiert?", wollte sie schlaftrunken wissen.

„Nein, wollte deine Stimme hören. Schläfst du etwa schon? Hab ich dich geweckt?"

„Ja, um fünf in der Früh klingelt der Wecker. Aber sag, bist wieda alloa auf Erkundungstour?"

„Nein, nur zurück zu meinem Wagen, aber es ist so dunkel hier zwischen den Höfen."

„Franzi, du machst mi wahnsinnig."

„Ich komme von meinem Vater, aber frag nicht. Wie das zusammenhängt, erzähle ich dir zu Hause. Es hat heftig gekracht, seine Frau möchte mich am liebsten umbringen."

Von Vroni kam ein Pfeifen durch den Apparat.

Dann hörte die einen Schrei. „Franzi? Was ist los?"

„Da war was, dicht an meinem Kopf, irgendein Vogel oder so."

„Vogel?"

„Da, schon wieder, da fliegt was, tief und schnell, ich …"

„Franzi!", kam es nun von Vroni. „Kann es sein, dass es dort, wo du bist, Fledermäuse gibt? Die fliegen, wenn es duster wird."

„Mein Gott, ja klar. Jessas, Maria und Josef, hab ich mich erschreckt."

„Was treibst di a dorten num?"

„Da vorne steht mein Auto. Hab's gleich geschafft. Gott sei Dank. Ich melde mich morgen auf jeden Fall bei dir. Muss dir unbedingt etwas erzählen. Der Wahnsinn, ich sag's dir." Dann hörte Vroni einen spitzen Schrei und die Leitung war tot.

„Wieda a Fledermaus. Angst vor Fledermäusen hat's, die Franzi!", murmelte die Freundin und kroch wieder unter ihre Decke. „Hoamkumme dat's net, aber oarufa, wenn's Schiss in der Hosen hat." Schon war sie wieder eingeschlafen.

Franziskas gelber VW Käfer stand noch lange auf dem Hyggehof, erst in den Morgenstunden, kurz bevor es hell wurde, fuhr er davon.

Als Inge in das Haus zurückkam, saß ihr Mann in seinem Sessel und schlief tief und fest. Lange betrachtete sie den Schlafenden und beschloss: „Mit mir nicht!“

Hühnersuppe intravenös und die Folgen der Kässpätzle

Erst nach zehn Uhr trennte sich die kleine Gruppe, die um den großen Tisch in der Küche von Oma Jettchen saß. Alle waren froh darüber, dass Oma dann doch vernünftig geworden war und sich bereit erklärt hatte, die Nacht zu Hause zu verbringen. Carsten und Michaela verschwanden nach nebenan. Oma Jettchen hatte darauf bestanden, heute Nacht alleine zu schlafen, und Tomke nach Hause geschickt. „Schließlich ist Miri ja im Haus, falls was ist! Fahr du nur und schlafe endlich in deinem eigenen Bett." Also fuhren Tomke und Hajo raus in ihr Haus nach Harlesiel.

„Ich pass auf dich auf, versprochen!", pflichtete Miri bei.

„Das Kind ist ja nicht nur Kriminalkommissar, sondern auch Rettungssanitäter. Was soll mir da schon passieren?" Oma blinzelte Miri zu.

„...in, Oma, ...in!", fügte Tomke hinzu, doch dann schüttelte sie den Kopf. Egal, das war jetzt auch egal. Der anstrengende Tag und der Kampf im Krankenhaus, bis Oma endlich einlenkte, hatten sie müde gemacht ...

Nachdem Tomke ihre Großmutter am frühen Abend mit vielen Worten und dem Versprechen, sie am nächsten Morgen wieder ins Krankenhaus zu bringen, von der Intensivstation hatte wegbewegen können, waren sie dann nach Hause gefahren. Die Ärzte mussten hoch und heilig versprechen, sich zu melden, falls Fienchens Zustand sich änderte. Einer der Ärzte hatte am späten Nachmittag tatsächlich erlaubt, dass Jettchen einen Blick auf ihre Schwester werfen durfte. „Nein!", bestand er darauf, „die Hühnersuppe können Sie nicht hierlassen. ‚Die'", meinte er augenzwinkernd, „müssten wir Ihrer Schwester intravenös zuführen, aber das lassen wir lieber! Essen und Trinken geht zurzeit nicht."

Schweren Herzens gab die alte Ostfriesin doch nach und setzte sich wieder auf ihren Platz vor der Station. Dort saß sie auch, als Tomke kam. Die Hühnersuppe hatte sie sich selbst einverleibt. „Muss ja nicht umkommen!" „Wollen Sie mal?" wurden vorbeieilende Pflegekräfte, Ärzte wie auch Ärztinnen angesprochen.

Jetzt machte sie sich bettfertig. Miri war schon oben in ihrem Zimmer und Jettchen froh, dass sie alleine war. Dieses ständige Betüddeln von allen Seiten ging ihr auf die Nerven. Auf der einen Seite froh, dass man ihr zur Seite stand, andererseits hasste es die alte Ostfriesin, wenn jemand meinte, ihr Vorschriften machen zu müssen. Zum Glück war ja nun Tomke wieder zurück aus Amerika. Ja, Hajo natürlich auch, aber das Kind hatte ihr schon sehr gefehlt. Michaela von nebenan war mit ihrer liebevollen und herzlichen Art eine große Stütze in den langen Monaten gewesen. Jettchen hatte es zuerst gar nicht wahrhaben wollen, dass sie ihretwegen ihren Urlaub mit den Kindern auf Spiekeroog abgebrochen hatte. „Kind, du brauchst doch deinen Urlaub", hatte sie ihre Nachbarin empfangen, freute sich aber doch, sie in ihrer Nähe zu haben.

Nun lag sie in ihrem Bett und konnte nicht einschlafen. Nicht nur, weil sie sich Sorgen um Fienchen machte, sondern weil die Zwiebeln von Michaelas leckeren Kässpätzle ihr im Bauch herumfuhrwerkten. „Gut, dass Tomke heute nicht bei mir schläft!" Brummend ließ sie raus, was die Zwiebeln in ihrem Bauch anstellten.

Schreckliches Erwachen

Ein dumpfes Klopfen weckte Franziska aus ihren Träumen. Klopf, klopf, klopf …

„Herein?“, rief sie stumm und orientierungslos. Nein, ein Klopfen war das nicht und sie lag auch nicht in ihrem Bett und träumte, sondern, sondern … wo? Oder doch ein Traum? Mit offenen Augen?

Und dann war sie hellwach. Vollkommen bei Bewusstsein – oder doch nicht? Zwischen klaren Gedanken überfielen sie Angstgefühle, Panik. Alles drehte sich, um dann abrupt stehen zu bleiben.

Da waren sie wieder, diese hässlichen Fischköpfe. Wahr und real. Franziska erkannte sie verschwommen, dicht über ihr und zum Greifen nah. Doch danach greifen konnte sie nicht, sie lag festgebunden und nicht fähig zu sprechen auf einem hölzernen Bettgestell. Sie konnte sehen, aber nicht viel. Über ihren Kopf hatte jemand eine Plastiktüte gezogen. Kleine Löcher verhinderten, dass sie darunter erstickte. Ihr hektischer Atem bewirkte, dass die Tüte immer wieder von innen beschlug. Franziskas Geist war hellwach, der Körper unfähig, sich zu bewegen. Was war nur geschehen? Verzweifelt versuchte sie, sich die letzten Stunden, oder waren es gar Tage, in Erinnerung zu rufen. Die drei toten Tanten, an die erinnerte sie sich. Ganz in Schwarz gekleidete alte Frauen. Und Inge. Was hatte

Inge damit zu tun? Siebo, ihr Vater. Weitere Fragen rasten durch ihren Kopf. Da war jemand, aber wer? An wen erinnerte sie sich? Hedda, fiel ihr ein. Hedda saß auf der Bank vor der Kate, als sie vom Nachbarhof herübergekommen und zu ihrem Wagen gelaufen war. Fledermäuse kamen ihr in Erinnerung. Immer mehr kam zurück, ja, auch, dass sie mit Vroni telefoniert hatte, weil es in dem kleinen Wäldchen so unheimlich war. Vroni? Mein Handy? Wo ist mein Handy? Hedda war sehr nett zu ihr gewesen, hatte sie als Familienmitglied begrüßt. Doch dann? Was war dann passiert? Franziska musste sich sehr anstrengen, sich an weitere Details zu erinnern. Das fiel ihr schwer, denn immer wieder fuhr ihr Kopf Karussell, um dann abrupt stehen zu bleiben, was ihr ein weiteres Schwindelgefühl verursachte. Wieder und wieder.

Was tue ich hier, warum nur kann ich mich nicht bewegen? Nicht sprechen oder gar schreien? Ist es vielleicht doch ein Traum? Wenn dieser Traum doch endlich zu Ende wäre.

Hedda, da war es wieder. Hedda auf der Bank, den Gehstock an ihre Knie gelehnt. In der Hand eine Tasse Tee, auf einem kleinen Tisch eine Kanne und eine weitere Tasse. Ja, jetzt sah Franziska es genau vor sich.

„Setz dich zu mir, Kind“, hörte sie die Alte sagen. Sie klopfte mit der Hand auf den freien Platz neben sich.

„Trink eine Tasse Tee mit mir.“

Alles drehte sich, ihr wurde übel, das Karussell, es raste und raste, stoppte, alles schwankte. Ja, fiel es ihr nun wieder ein, ich habe mich zu ihr gesetzt, den angebotenen Tee genommen. Und dann? Alles drehte sich, drehte sich, ihr gelber Käfer tanzte vor ihr, bäumte sich auf und dann war da Inge.

An mehr erinnerte sie sich nicht. Inges Gesicht war das Letzte, das sie gesehen hatte – und nun? Sie haben mich betäubt, vergiftet. So wie vor ein paar Tagen? Das gleiche Gift? Werde ich sterben? Franziska wurde schläfrig, die Augen schwer. Sie kämpfte dagegen an, doch …

Dann aber horchte sie auf. Eine Tür knarrte, Klopfen, rhythmisches Klopfen, Schritte. Jemand kam schwer über den hölzernen Boden gelaufen, blieb neben ihrem Bett stehen. Sie erkannte schwarze Kleidung, einen Gehstock, ein altes faltiges Gesicht. Mehr nicht. Die Plastiktüte war durch ihren Atem beschlagen.

„Du bist das Böse!“, hörte sie eine Stimme.

Hedda?

„Keiner wollte euch damals hier, keiner will dich jetzt hier. Alles muss seine Ordnung haben. Du musst verschwinden, dann kehrt hier wieder Frieden ein!“

Die schwarze Person zog die Tüte etwas hoch, berührte Franziskas Lippen, schob ihr etwas in den Mund. „Schweig!“, kam es rau von den schmalen Lippen. „Bald schweigst du für immer!“

Franziska konnte sich nicht wehren … Wie aus der Ferne hörte sie die Person sprechen.

Dann war es wieder still um sie herum.

Bevor ein dämmerartiger Schlaf über Franziska kam, hob sie mit letzter Kraft den Kopf. Dann sank er kraftlos zurück. Franziska war eingeschlafen.

Wo ist Franziska?

Zufrieden beendete Siebo das Gespräch mit Ben Schniedehan. Die Zusage des Notars, ihn am Abend nach seinen aktuellen Terminen zu empfangen, beruhigte ihn. Jetzt musste er nur noch seine Tochter erreichen, denn sie sollte bei diesem Termin anwesend sein. Ja, beschloss der Mann, ich werde das alles so schnell als möglich in trockene Tücher packen. Franziska ist meine Tochter und ich werde sie als solche offiziell anerkennen. Franziskas Telefonnummer stand auf einem Zettel neben dem Haustelefon. Er nahm ihn an sich und tippte die Nummer in sein Handy ein, aber sie meldete sich nicht. Ob sie wohl noch schläft?, überlegte er. Siebo fühlte sich gut.

Am frühen Morgen, als er selbst mit schmerzenden Gliedern in seinem Fernsehsessel aufgewacht war, musste er sich erst orientieren. Der Abend kam ihm sofort wieder in Erinnerung. Inges Auftreten, so böse, so von Hass vergiftet, wie er es ihr nie zugetraut hätte.

Lange hatte er unter der heißen Dusche gestanden und nachgedacht. Nein, so wollte er nicht weiterleben. Nicht mit einer Frau, die seine Tochter nicht nur nicht akzeptierte, sondern sie sogar mit Boshaftigkeiten überschüttete.

War Inge schon immer so? Habe ich es nur nie bemerkt?

Beim Frühstück hatte er ihr dann eröffnet, dass er nachher einen Termin bei einem Notar vereinbaren wolle. „Die Sache mit Franziska muss so schnell wie möglich in trockene Tücher kommen." Inge hatte nicht geantwortet. Siebo wusste, warum.

Nach dem Telefonat mit Schniedehan war ihm nun wohler. Erneut versuchte er, Franziska zu erreichen. „Schläft noch, das Kind", murmelte er und musste lachen. Ein Kind war sie nun wirklich nicht mehr. Siebo verließ das Haus und nahm sich vor, es später noch mal zu versuchen. Er musste raus aufs Feld, Heu machen, das Wetter war perfekt dafür. Inge konnte er nirgends entdecken. Sicher war sie im anderen Flügel des Gebäudes und kümmerte sich um die Feriengäste. Oder sie war drüben bei Hedda. Mit ihr und den beiden anderen Alten steckte sie ja oft zusammen. Warum, war ihm ein Rätsel.

Morgens auf dem Revier

Es herrschte große Aufregung im Büro. Bei ihrem Eintreffen hatten die Ermittler erfahren, dass Gesine nicht mehr in ihrer Zelle saß. Am gestrigen späten Abend hatte der Notarzt zu der Frau kommen müssen.

„Die alte Dame hat einen Schwächeanfall. Wie können Sie eine Zweiundneunzigjährige nur in eine Arrestzelle sperren?", hatte der dem diensthabenden Beamten vorgeworfen. „Sie möchte nicht ins Krankenhaus, aber ich bestehe darauf, dass sie sofort nach Hause entlassen wird. Ich informiere den Hausarzt vor Ort, damit er sich weiter kümmert."

Der Diensthabende war verunsichert, wusste nicht, wie er sich verhalten sollte. Die Anweisung der Kommissare war klar, das Leben einer alten Frau wollte er aber auch nicht auf dem Gewissen haben. Die Kommissare wollte er so spät nicht stören, der Kriminaldauerdienst aus Wilhelmshaven stimmte zu, so wies er einen jungen Kollegen an, die Frau nach Hause zu fahren.

Nun war der Ärger groß, Tomke flippte aus.

„Das ist ja wohl die größte Scheiße, die ich je erlebt habe. Warum habt ihr mich nicht angerufen? Einer von uns ist immer erreichbar", schimpfte sie mit den Kollegen des Nachtdienstes. Sie lief wütend im Büro auf und ab. Die

Entscheidung, Gesines Hexenküche nicht sofort, sondern erst am heutigen Tag zu durchsuchen, war ihre Entscheidung gewesen, darüber ärgerte sie sich am meisten.

„Verdammt, verdammt, verdammt!" Dann drehte sie sich zu Hajo um und forderte: „Komm, wir fahren sofort hin." Und als er nicht sofort reagierte: „Nun mach schon!"

„Tomke, nun komm mal wieder runter. Es bringt nichts, wenn wir jetzt kopflos durch die Gegend rasen. Wenn die Schöpp ihre Hexenküche aufgeräumt hat, dann können wir daran jetzt auch nichts mehr ändern. Also bleib ruhig."

Carsten und Miri beteiligten sich an der aufregenden Aktion nicht. Carsten hatte Miri durch eine kleine Geste angezeigt, sich rauszuhalten.

Tomke war wütend. Inzwischen hatte sie zwar wieder an ihrem Schreibtisch Platz genommen, aber beruhigt noch lange nicht.

„Hab ich recht oder hab ich recht?", versuchte Hajo nun das Ganze etwas mit Humor zu nehmen.

„Es ist vor allem nicht witzig. Ich könnte mich ohrfeigen."

„Mach doch, nur zu, solange du uns nicht ohrfeigst."

„Okay, besprechen wir, wie es weitergeht." Tomke wandte sich an Carsten. „Kümmerst du dich um den Schreibkram, bitte? Ich habe dazu jetzt keinen Nerv. Ich weiß, dass ich nach meiner langen Abwesenheit dran bin, aber bitte …" Sie sah ihren Kollegen flehend an. Der antwortete nicht gleich, ließ sie noch ein wenig schmoren. „Ich muss sehen, dass ich meine Scheiße wieder in Ordnung bringe. Schließlich war es meine Entscheidung, das Hexenhaus erst heute zu durchsuchen."

Carsten nickte. „Unter einer Bedingung!"

„Und die wäre?" Tomke fragte sich, was nun wohl kommen würde.

„Du nimmst Miri mit. Ich glaube, bei ihr kommst du schneller runter. Außerdem habt ihr bestimmt vieles zu besprechen, was ihr in den letzten Wochen am Telefon nicht geschafft habt."

Miri bekam einen roten Kopf, Tomke verschlug es kurz die Sprache. Dann konterte sie: „Frauen müssen halt zusammenhalten. Wir haben es schwer genug in der Männerwelt."

Nur wenige Minuten später saßen sie im Auto und fuhren Richtung Hyggehof. Tomke hatte zwei Streifenbeamten angewiesen mitzufahren, die beiden folgten ihnen.

Carsten kümmerte sich inzwischen um den Schreibkram. Nachdem ihre vorgesetzte Dienststelle ihnen vor einem Jahr genehmigt hatte, dass sie beide sich die Stelle und Position des scheidenden Polizeirates teilen durften, war bisher die meiste Arbeit sowieso an ihm hängengeblieben. Zuerst hatte Tomke ihr Sabbathalbjahr, dann war sie für ein halbes Jahr in Amerika als Dozentin unterwegs gewesen. Nun, so hoffte Carsten, würde alles bald in ruhigeres Fahrwasser kommen.

Hajo saß inzwischen mit Frerich Gronewald im Vernehmungsraum und setzte ihn gehörig unter Druck.

„Der Richter unterschreibt gerade einen Beschluss, Ihr gesamtes Anwesen zu durchsuchen", log er den Mann an. „Haben Sie mir vorher etwas zu sagen? Sicher wissen

Sie, dass das strafmildernd wirken kann.“ Er machte eine kurze Pause. Gronewald schwieg. Hajo fuhr fort. „Wir suchen die Tatwaffe, den Gegenstand, mit dem Ihre Frau erschlagen wurde. Finden wir diesen in Ihrem Haus, ist es zu spät. Also?“ Wieder schob der Ermittler eine Pause ein. Gronewald schwieg. „Nun, vielleicht finden wir andere Dinge, solche, die wir vielleicht gar nicht suchen. Das Gift, mit dem Ihre Freundin getötet und außerdem Ihre Schwägerin lebensbedrohlich verletzt wurde. Und nicht nur sie.“

Nun blickte Gronewald auf. „Wer noch?“, wollte er wissen. Diesmal schwieg Hajo. Er schaute den Mann nur an. Plötzlich brach es aus ihm heraus.

„Siri habe ich nichts getan, mit den Vergiftungen habe ich auch nichts zu tun. Ja, ich habe meine Schwägerin ein paarmal angerufen, aber was macht das schon?“ Er holte kurz Luft, dann setzte er nach: „Es kann sein, dass Sie bei mir eine Plastiktüte mit einer weißen Mappe finden, die gehört Franziska. Siri hat sie mir gebracht, sie dachte, das wäre hilfreich. Siri war ein dummes Ding, wollte nur das Beste für mich. Wahrscheinlich hat sie auch Lilo getötet. Immer bettelte sie, dass ich mich scheiden lasse, aber so einfach war das nicht. Ich denke, Siri ging es nicht schnell genug und sie hat deshalb …“ Er brach ab und schluchzte.

Du scheinheiliges Arschloch, dachte Hajo. Aus den Protokollen und Berichten wusste er, dass seine Kollegen den Verdacht hatten, dass Gronewald das Taschentuch seiner Schwägerin neben seiner toten Frau platziert hatte, um diese zu belasten. Jetzt, so überlegte Hajo, weiß ich auch, woher er das Tuch hat. Diese Siri hat es ihm besorgt.

Aber erschlagen hat er seine Frau selbst, darauf wette ich ein Monatsgehalt.

Er schaltete das Aufnahmegerät ab und stand auf. „Denken Sie noch mal nach, vielleicht fällt Ihnen ja auch noch eine andere Version ein, Herr Gronewald." Hajo ging zur Tür und wies den Kollegen, der während der Vernehmung anwesend war, an, zu bleiben und aufzupassen. Der nickte und ging in Habtachtstellung.

Im Büro betätigte er Swantje, winkte Carsten durch die geschlossene Glastür und hielt eine Tasse hoch. Der nickte, so braute er für seinen Kollegen einen weiteren Kaffee.

Mit der Tasse in der Hand, die Füße auf dem Tisch, grübelte der Ermittler nun, wie er es wohl schaffen könnte, den Mann im Vernehmungsraum zu knacken. Vielleicht würde die Hausdurchsuchung bei den alten Frauen auf dem Hyggehof ja etwas bringen. „Warten wir ab, was Tomke und Miri erreichen."

„Was warten wir ab?" Carsten war in den Raum gekommen und hatte das Selbstgespräch seines Kollegen gehört.

„Ach, ich lasse den Gronewald jetzt etwas schmoren. Wir haben ja noch ein paar Stunden, die wir ihn hierbehalten dürfen. Vielleicht bringen die Mädels Beweise mit, die wir dann dem Richter beziehungsweise dem Staatsanwalt übergeben können."

„Dein Wort im Ohr der Strafprozessordnung. Pass auf und lass uns da keinen Fehler machen. Der Kerl ist geschickt und windet sich schnell heraus. Es wundert mich, dass er noch nicht nach einem Anwalt gefragt hat."

„Ja, mich auch." Hajo gähnte. „Irgendwie bin ich noch halb überm Deich. Mein Gott, wie lange spüre ich den Jetlag denn noch?“ Er stand auf, streckte sich und griff nach der Akte mit den Protokollen und Berichten vor sich auf dem Schreibtisch.

„Na dann, schaun mer mal, was wir dem Herrn aus der Nase ziehen können.“

„Wir?“ Carsten lachte auf. „Geh du mal schön alleine nasepopeln. Ich kämpfe mich weiter durch die Bürokratie auf meinem Schreibtisch.“ Hajo winkte ab und verließ das Büro.

Carsten widmete sich wieder seiner Arbeit und stellte fest, dass auf den Protokollen zur Vernehmung von Franziska Gronewald eine Unterschrift fehlte, schimpfte „Mist, um alles muss man sich selber kümmern“ und griff zum Telefon. Lange ließ er es läuten, versuchte es gleich noch einmal und gab dann auf. Tomke fiel ihm ein. Die war schließlich vor Ort, vielleicht befand sich Franziska Gronewald auch dort. Obwohl, viel Hoffnung hatte er nicht.

****

Auf dem Hyggehof war alles ruhig, als Tomke und Miri dort eintrafen. Eine Frau mit Schürze und Kopftuch lief gerade vom Eingangsbereich weg, blieb dann aber stehen, als sie den Wagen der beiden kommen sah.

Sie gestikulierte mit den Armen, als die beiden ausstiegen, und lief auf den Wagen zu. „Ich suche Chef, ist nicht da?“, wollte sie in gebrochenem Deutsch wissen. „Alte

Frauen auch nicht. Ich klingeln, aber niemand macht auf. Brauche Material, Toilettenpapier, Handtücher, Bettwäsche, nix mehr da!"

Tomke stieg aus, zeigte ihren Ausweis und wollte wissen: „Wer sind Sie?"

„Ich Putzfrau, drüben auf andere Seite. Ferienwohnungen putzen von Familie Gronewald. Putzen viele Ferienwohnung, mit nur eine Kollegin ganz alleine. Viel Arbeit. Gäste schimpfen, niemand kommt."

Tomke verstand. Hier war wohl Land unter, weil keiner der Zuständigen anwesend war. Klar, Lilo Gronewald tot, Frerich bei ihnen in der Zelle.

„Helfen kann ich Ihnen da auch nicht", erklärte sie der verzweifelten Frau. „Vielleicht schaffen Sie das heute mal alleine? Arbeiten die Frauen hier aus der Kate denn auch mit?", wollte sie weiter erstaunt wissen. Schließlich waren die drei alle schon über neunzig Jahre alt.

„Ja, manchmal, nur wenig. Geben Schlüssel an Gäste oder nehmen zurück. Aber putzen nur ich und Kollegin. Manchmal helfen Chefin Frau Lilo, aber ist tot."

Aha, Tomke verstand. Hier würde es sicher nicht mehr lange dauern, bis es zum Chaos käme. Die armen Feriengäste. „Sorry, da kann ich nicht helfen!", bedauerte Tomke nochmals. Die Frau trabte davon, vor sich hin schimpfend in einer Sprache, die Tomke nicht kannte. Dann hob sie den Arm.

„Ach, warten Sie bitte, einen Moment! Sagen Sie, gibt es Tiere auf dem Hof, die versorgt werden müssen?"

„Nein, nicht Tiere hier. Drüben auf andere Hof, ja. Hier nicht!"

„Ja, dann danke." Tomke war beruhigt. Wenigstens das.

Miri rüttelte inzwischen an der Tür des Anbaus, in dem sie Gesines Hexenküche vermuteten. Die allerdings war verschlossen.

„Zu!", rief sie zu Tomke hinüber.

„War klar. Dann wollen wir doch mal sehen, wo die gute Gesine ist." Tomke lief auf die Kate zu, sicher, dass sie schon längst beobachtet wurden. Sie klingelte und sofort öffnete sich die Tür. Gesine trat heraus.

„Moin! Na, geht es dir besser, Tant' Gesine?" Obwohl nicht stolz auf die, wenn auch weitläufige, Verwandtschaft, kokettierte Tomke damit.

„Geit scho", kam es mürrisch zurück. „Was willst du?"

„In deine Hexenküche und in die Kate." Sie hielt ihr den Durchsuchungsbeschluss entgegen. Die Alte würdigte ihn keines Blickes.

„Schlüssel?", fragte Tomke nach. Gesine zog einen Schlüsselbund aus ihrer Rocktasche, werkelte ungeschickt daran herum und zog dann einen einzelnen Schlüssel ab. Widerwillig hielt sie ihn Tomke hin.

„Danke!", kam es freundlich von der Kommissarin.

„Und jetzt geh bitte zurück ins Haus. Ich möchte, dass ihr euch alle drei in eurer Stube aufhaltet. Der Kollege hier", sie deutete auf einen der beiden uniformierten Polizeibeamten, „wird aufpassen. Anschließend schauen wir uns die Kate auch noch an."

Sie hielt Miri den Schlüssel hin, die griff danach, zog sich Handschuhe über und lief zum Anbau.

„Im Haus waren die anderen doch gestern schon", fuhr die Alte hoch.

„Ich weiß, aber ich schnüffele auch sehr gern, weißt du. Und zufälligerweise hat der Richter den Beschluss nicht nur auf deine Hexenküche, sondern auch noch mal auf die Kate ausgestellt. Aber wenn ihr nix zu verbergen habt, dürfte das kein Problem sein."

„Kollege!", rief sie und bat den Mann, ins Haus zu gehen und aufzupassen, dass die drei nichts anrührten oder veränderten.

„Alles klar, ich pass auf!" Der Mann lief hinter Gesine ins Haus.

Zu dritt durchsuchten sie das kleine Gebäude. Das stellte sich jedoch als schwierig heraus. Einige der Schränke waren frei zugänglich und der Inhalt unauffällig, aber für einen anderen Teil fehlten immer wieder Schlüssel, die Miri bei Gesine einfordern musste.

Die wehrte sich, gab immer nur einen Schlüssel heraus, für weitere verschlossene Türen musste Miri wieder los.

Irgendwann hatte sie die Nase voll.

„Wollen Sie mich verarschen? Ich möchte jetzt das ganze Schlüsselbund. Mir reicht's."

Jede Tür, auch jede Schublade, war einzeln verschlossen und zu jedem Schloss gehörte ein anderer Schlüssel.

Sie öffneten Tür für Tür, erfolglos.

Tomke fluchte genervt. Genervt und enttäuscht. Sie fanden nichts. Kein Gift, keine toxische Substanz, aus der irgendwelche Gifte hergestellt werden konnten.

„So eine gequirlte Scheiße. Ich dachte es mir doch. Die alte Hexe hat heute Nacht alles weggeschafft." Die Ermittlerin griff sich an die Stirn.

„Bin ja selbst schuld. Wir hätten gestern noch hierherkommen müssen."

„Vielleicht finden wir im Haus was. Irgendwo muss sie die Sachen ja versteckt haben." Miri trat ins Freie.

„Ja, wenn es noch etwas gibt und Gesine ihre Giftmischerei nicht komplett entsorgt hat. Komm, lass uns rüber ins Haus gehen. Wir stellen bei den dreien noch mal alles auf den Kopf. Vielleicht habt ihr was übersehen oder Gesine hat heute Nacht doch dort etwas versteckt." Tomke schaute auf die Uhr. „Oh Mann, es ist schon fast Mittag."

Sie liefen über den Hof des Anwesens auf die Kate zu. Die Tür stand offen. Tomke klopfte trotzdem. Niemand antwortete. Entschlossen trat sie ein, Miri und der uniformierte Kollege hinterher. In der Stube der Alten bot sich ihnen ein skurriles Bild. Gesine, Hedda und Meta saßen in ihren Sesseln, der Polizist, der auf die drei aufpassen sollte, lag mitten in der Stube und rührte sich nicht.

„Einfach umgefallen!", kam es von Meta, die beiden anderen schwiegen.

Die Zeit wird knapp

Inge beobachtete aus der Ferne das Treiben drüben auf dem Hyggehof. Zwei Polizisten und zwei Frauen konnte sie erkennen. Eine lief zwischen der Sommerküche und der Kate hin und her. Sommerküche hieß der kleine Anbau bei ihnen schon immer, in dem die drei alten Frauen eigentlich Obst und Gemüse verarbeiteten. Inge wusste von Hedda allerdings, dass Gesine dort noch andere Sachen herstellte. Ihre Befürchtung, dass die Leute von der Polizei auch in das Haupthaus kämen, erfüllte sich nicht. Gut. Nun sind sie in der Kate, stellte die Frau fest und nahm das Fernglas von den Augen. Sie musste unbedingt Siebo finden. Am Frühstückstisch hatte er erneut erwähnt, dass sie Franziska akzeptieren müsse, denn er würde heute Nägel mit Köpfen machen. „Nicht dass Franziska zurück nach Bayern fährt und wir waren nicht vorher beim Notar."

Inge kochte vor Wut. Nein, das wollte, das konnte sie nicht zulassen. Wofür hatte sie jahrelang auf dem Hof geschuftet? Die Vermietung der siebzehn Ferienwohnungen, „Wohnen auf dem Bauernhof" mit all den tollen Unternehmungen. Ponyreiten, Eselwanderungen, Ausflüge an die Nordsee und Besuch eines Windrades in über sechzig Metern Höhe. All das war ihre Idee, sie hatte es sich ausgedacht und führte das kleine Unternehmen erfolgreich. Nun sollte die Rote aus Bayern kommen und ihr dazwischenfunken? Vielleicht alles besser wissen? Eine Werbetexterin, die hier frischen Wind bringt? Von wegen, das lasse ich nicht zu!

Ein perfider Plan hatte sich im Kopf der Frau zusammengebraut. Franziska aus dem Weg zu schaffen war einfach gewesen, Hedda war dabei sehr hilfreich gewesen. Siebo wollte es wohl nicht anders, er musste eben auch dran glauben! Vorsichtig wollte sie es angehen, geschickt. Denn körperlich war sie ihrem Mann unterlegen. „Nein, ich mache das anders, ganz anders. Ich nehme mir Franziska zur Hilfe. Die Sorge um seine neu gefundene Tochter wird ihn umtreiben und in meine Falle laufen lassen. Sie sollen beide in der Hölle schmoren. Er will mit ihr leben? Okay, dann soll er auch mit ihr sterben."

Ein perfider Plan

Inge fand ihren Mann hinter der großen Scheune. Völlig verschwitzt, über und über mit Halmen des Heues, das er gerade eingefahren hatte, behaftet, stieg er vom Traktor. Inge ging auf ihren Mann zu und reichte ihm ein Handtuch. „Hier, wisch dich damit ab. Ist aber auch entsetzlich heiß heute." Siebo nahm das Tuch dankend und fuhr sich über Stirn, Gesicht und Hals.

„Ja, verdammt heiß", bestätigte er.

Inge, heute ganz anders? Die alte Inge, wie ich sie kenne?, wunderte sich der Mann. Sie lächelte ihn an.

„Was ist los?", wollte er wissen.

„Ich muss dir was sagen", begann sie. „Das mit Franziska, das, wie soll ich sagen, also, da muss ich wirklich noch drüber nachdenken. So einfach ist es für mich nicht, sie hier auf dem Hof zu haben."

„Kann ich verstehen, aber deshalb musst du doch nicht …!"

„Warte, warte!", unterbrach sie ihren Mann. „Ich habe etwas gefunden und nun mache ich mir Sorgen."

„Was? Um wen machst du dir Sorgen? Was hast du gefunden?"

Inge zog ein grellgelbes Handy aus der Tasche und Siebo erkannte es sofort. „Woher hast du es? Das ist doch Franziskas."

„Ja, ich weiß, darum mache ich mir ja auch Sorgen."

Siebo schaute sie fragend an. Woher hast du es?", wollte er nochmals wissen.

„Es lag im kleinen Wäldchen zwischen den Höfen", sie zeigte hinüber zum Hyggehof.

Jetzt war Siebo auch klar, warum er seine Tochter nicht erreichen konnte.

„Gib mal her!" Er nahm Inge das Gerät aus der Hand, schaltete es ein, erkannte aber sofort, dass man, um es zu nutzen, eine PIN eingeben musste.

„Ihr Auto stand drüben auf dem Hof, vielleicht hat sie es verloren, als sie gestern Abend von uns weg ist."

„Dachte ich auch, aber da ist noch was." Inge druckste ein wenig herum.

„Was noch?"

„Komm mit, ich zeig es dir. Aber wisch dich ab, du erkältest dich sonst."

Siebo wischte sich mit dem Handtuch noch mal übers Gesicht und warf es zur Seite.

Wenn schon Inge sich Sorgen um Franziska machte, dann musste wirklich etwas im Argen sein.

„Wohin?", wollte er wissen. „Was ist noch?"

„Komm!" Sie zog ihn am Arm mit sich durch das Wäldchen auf den Hyggehof zu.

Vor der Tür des Privateinganges des Hofes lag ein Schuh. Sie zeigte darauf und meinte: „Der gehört doch Franziska, oder? Ich meine, dass sie gestern solche Schuhe anhatte."

„Woher hast du ihn?" Siebos Stimme war nun voller Sorge.

„Auch von dort. Ich meine dort, aus dem Wäldchen. Handy und Schuh habe ich gefunden, als ich rüber zu Hedda wollte. Was hat das wohl zu bedeuten?"

Siebo antwortete nicht. Nachdenklich ließ er sich auf die Bank neben der Tür fallen, betrachtete Schuh und Handy. Plötzlich meldete sich das Gerät. Angestrengt schauten beide darauf. Aber es ploppte nur kurz der Name Vroni auf. Mehr konnten sie nicht erkennen. Siebo flüsterte: „Da möchte jemand Franziska erreichen, eine Vroni. Verdammt, wenn man die PIN nur entschlüsseln könnte."

Besser nicht, überlegte Inge. Eine Freundin, die versuchte, Franziska zu erreichen, würde jetzt nur stören. Fehlte noch, dass die sich Sorgen machte. Sie versuchte, Siebo wieder auf ihren Weg zu lenken.

„Denkst du, was ich denke?" Inge schaute ihn mit zusammengekniffenen Augen an. Ob er wohl so reagieren würde, wie sie hoffte? Ob ihr Plan wohl aufgehen würde?

Langsam hob Siebo den Kopf, sofort wechselte ihre Miene in sorgenvoll.

„Du meinst?" Er deutete Richtung Kate. Inge zog die Schultern hoch und ließ sie wieder fallen.

„Du meinst, sie haben Franziska etwas getan?"

Inge legte eine kurze Pause ein, bevor sie antwortete.

„Du hast bei der Testamentseröffnung gehört, was sie mit Franziskas Mutter gemacht haben."

Siebo sprang auf.

„Ich gehe zu ihnen. Das muss ich wissen. Jetzt. Die alten Weiber schlage ich tot, wenn sie dem Kind etwas getan haben."

„Langsam, Siebo, langsam. So erfahren wir nie, was geschehen ist. Ich vermute eher, dass sie mit ihr das Gleiche gemacht haben wie …“

„Was? Eingesperrt in der Dachkammer? Gibt es die überhaupt noch? Frerich hat nie darüber gesprochen.“

„Ich weiß es auch nicht, aber wir könnten ja …“

„Du hast recht. Komm, wir gehen rein. Und eine der Alten soll es wagen, mich davon abzuhalten.“

Inge grinste in sich hinein. Ach, wie gut ich dich doch kenne, mein Siebo. Das Handy hatte sie inzwischen eingesteckt. Wieder meldete es sich. Verstohlen blickte sie darauf. Wieder ploppte der Name Vroni auf.

„Komm“, forderte Inge ihn auf. „Wir müssen ins Haus.“

Siebo rüttelte an der schweren hölzernen Eingangstür. Sie war verschlossen. Inge schaute sich um, bückte sich dann und hob die Fußmatte hoch. Triumphierend hielt sie einen Schlüssel in die Höhe.

„Woher weißt du …?“ Aber Siebo interessierte es nicht wirklich. Er riss ihr den Schlüssel aus der Hand und schob ihn mit fahrigen Fingern ins Schloss. Die Tür flog mit voller Kraft zurück und schlug gegen die Wand. Sofort stürmte er zur Treppe und weiter nach oben. Weder im ersten noch im zweiten Stock hielt er sich auf. Das beschriebene Zimmer mit Dachschräge konnte sich nur im Dachgeschoss befinden. Inge schaffte es nur schwer, ihm zu folgen. Vor der Tür zum rechten Öken holte sie ihn ein.

„Welche Seite?“, wollte der Mann außer Atem wissen.

„Ich weiß es doch auch nicht!“, keuchte Inge. Sie versuchte, zu Atem zu kommen. Jetzt musste sie genau aufpassen und ruhig werden. Jeder Handgriff musste nun sitzen, sonst war alles vorbei.

„Du hier, ich hier!“, schickte sie ihn auf die linke Seite des Dachbodens. Während Siebo dort die Tür zum Öken öffnete, betrat Inge die rechte Seite.

„Hier ist nichts“, rief Siebo ihr zu.

„Hier, hier, Siebo, ich glaube, hier, hinter dem Gerümpel ist was.“

Als er zu ihr in den schrägen Raum trat, hielt Inge einen Schlüssel hoch. „Schau, der lag dort auf dem kleinen Schränkchen!“ Sie zeigte darauf und warf wie zufällig dabei das Bügelbrett um, das an die Schräge gelehnt stand.

„Ich bin schon …“, kam es von Siebo, er stolperte und fing sich am Schränkchen ab.

Da aber hatte Inge den Schlüssel schon im Schloss gedreht. Siebo mühte sich, das Brett zur Seite zu stellen. Die sperrigen Beine hatten sich gelöst, Siebo zog und schob, aber es ließ sich nicht mehr zusammenklappen. Kurzerhand hob er es hoch und warf es hinter sich.

Inge stieß einen Schrei aus, rief: „Franziska!“, zeigte auf ein Bettgestell, in dem die Frau gefesselt lag.

Siebo trat durch die niedrige Tür. „Mein Gott, was ist passiert, wer hat …?“ Zu mehr kam er nicht. Der Schlag mit dem hölzernen Bleuel* traf ihn mitten auf die Stirn.

Inge legte das Holz zur Seite, beugte sich über ihren Mann. Ein Zucken ging um ihren Mund. Siebo lag regungslos am Boden, an seiner Stirn klaffte eine Wunde, aus der Blut floss. Sie nahm ihn bei den Armen und zog den Bewusstlosen zur Seite. Wieder meldete sich das Handy in ihrer

* Bleuel wurde früher zum Ausschlagen von Schmutz aus der Wäsche benutzt

Tasche, die Frau beachtete es nicht. Mit großer Kraftanstrengung zog sie ihren Mann zu einem zweiten Bettgestell, wuchtete den schweren Körper darauf. Inge fesselte und knebelte den bewusstlosen Mann, über den Kopf zog sie eine durchlöcherte Plastiktüte. Die Hände ihres Mannes band die Frau mit Kabelbindern am Bettgestell fest, die Füße um die Knöchel auch. Selbst Siebos Hals wurde fixiert. Sie hatte alles schnell, aber bis ins Detail vorbereitet.

„Du wolltest deine Tochter bei dir haben? Bitte schön, dein Wunsch ist mir Befehl", zischte sie böse.

Für ein paar Tage musste sie die beiden am Leben erhalten, da es für Unterschriften nötig war. Und danach? Inge stieß einen hässlichen Lacher aus. „Der Plan ist perfekt", freute sie sich.

Nur Frerich machte ihr noch Kopfzerbrechen. Wenn er eingebuchtet würde, weil man ihm beweisen konnte, dass er Lilo getötet hatte, wäre sie alle Sorgen los. Wenn nicht …? Egal, das schaffe ich auch noch!, war die Frau sich sicher.

Als Alleinerbin meines Mannes bekomme ich unseren und auch den Hyggehof. Teuflische Gedanken wanderten durch ihren Kopf, es gab einige Möglichkeiten, ans Ziel zu kommen. Sie musste es nur geschickt genug anfangen und von sich ablenken.

Ein Blick auf Franziska zeigte ihr, dass diese schlief. Hedda, so wusste sie, hatte ihr einen Zuckerwürfel mit Schlafmittel in den Mund geschoben.

„Aber nun nehme ich die Sache hier oben in die Hand. Hedda darf den Öken nicht mehr betreten."

Sorgfältig schloss sie die versteckte Tür wieder ab, ließ den Schlüssel in ihre Tasche gleiten. Das Gerümpel wie auch das Bügelbrett baute sie vor der Tür auf, sodass diese nicht zu sehen war.

Morgen komme ich wieder, etwas Wasser und Schlafmittel, mehr bekommen sie nicht, umso leichter ist es dann, die beiden zu händeln und wegzuschaffen.

Unten angekommen lief sie rüber zur Kate der Alten. Hedda und Meta richteten gerade das Mittagessen. „Wo ist Gesine?", wollte Inge wissen.

„Die wurde verhaftet. Die von der Polizei haben sie mitgenommen."

„Was? Schon wieder?"

„Sie hat einen Polizisten niedergeschlagen. Der sollte auf uns aufpassen."

„Wieso das?"

„Sie wollte wohl nicht, dass man ihre ‚Medizin' findet." Das Wort Medizin sprach Hedda lang gezogen aus. Inge verstand.

„Und?"

„Zuerst haben wir gesagt, er sei einfach umgefallen, aber als er zu sich kam …"

Inge winkte ab. „Ich verstehe."

Okay, Gesine war nun außer Gefecht, die würde so schnell nicht mehr zurückkommen. Das war gut. Nun musste sie Hedda nur noch davon überzeugen, nicht mehr zum Öken zu gehen. Denn dass auch Siebo inzwischen dort oben lag, würde sie nicht akzeptieren, er war ihr Liebling.

„Ich war oben und hab nach der Roten geschaut", begann sie. „Wir müssen aufpassen, dass Siebo nichts mitbekommt. Du weißt, er ist ihr verfallen und das wird sein Untergang sein. Das wollen wir doch nicht, oder?"

Die alte Frau nickte, Meta brummte etwas vor sich hin.

„Es ist besser, wenn du nicht hochgehst mit deinen schmerzenden Knochen", fuhr Inge fort. „Ich mach das für dich."

Hedda nahm das Angebot dankend an. Der Weg zur Roten hoch hatte sie immens angestrengt, jetzt schmerzten die Knie noch mehr.

„Wenn wir nur an Gesines Medizin kommen könnten. Für mein Reißen sind die Tropfen eine Wohltat. Wer weiß, wann sie zurückkommt. Wo sie die wohl versteckt hat? Die Polizei hat jedenfalls nichts gefunden."

Inge zuckte mit den Schultern. „Keine Ahnung."

Sie schaute zu Meta, die schweigend Kartoffeln schälte, und bot an: „Wie gesagt, bleib besser unten, ich übernehme die Rote. Wenn sie mürbe ist, fährt sie nach Hause und hier kehrt wieder Ruhe ein. Dann ist alles wie immer, in Schlicksiel, so, wie es sein soll." Die beiden Alten nickten. Inge erzählte nichts von ihrem Plan und was sie mit Franziska und Siebo vorhatte. Sie verabschiedete sich. „Ich muss zurück, Hedda. Siebo ist draußen auf dem Feld, Heu machen. Er hat sicher Hunger, ich werde das Essen richten."

„Mach das Kind, mach das!" Hedda strich ihr sanft über die Hand.

Auf dem Weg zurück meldete sich Franziskas Handy erneut. Wieder stand in einer oberen Zeile „Vroni ruft an".

„Tja, Vroni, dein Anruf ist umsonst. Franziska wirst du nicht mehr erreichen." Mit einem bösen Lachen warf sie das Gerät im hohen Bogen ins Unterholz.

Vroni in Tuntenhausen war die Sache nicht geheuer. Da musste etwas passiert sein. Ein letztes Mal drückte sie die Wahlwiederholung, aber auch jetzt meldete sich ihre Freundin nicht. „Sakradi, ich rufe die Polizei an. Da muss etwas passiert sein."

Verhaftet ... fast zur gleichen Zeit

Ihr Kollege wurde von Miri noch vor Ort mit einem Pflaster für seine Kopfwunde versorgt, Miri, als ausgebildete Rettungssanitäterin, hatte Augen und Impulse geprüft. Anschließend gab sie seinem Wunsch nach, keinen Arzt zu rufen.

„Aber wir fahren dich nach Wittmund in die Klinik, ein Check muss sein." Widerwillig willigte er ein. Sein Kollege pflichtete bei. „Sie hat recht, ich fahr dich direkt hin. Dein Hirn oder das, was da oben in deiner Birne ist, muss untersucht werden."

Also fuhr der Streifenwagen Richtung Krankenhaus, die beiden Frauen mit Gesine im Fond ins Kommissariat.

„Tztztz!", begrüßte Carsten seine Kolleginnen, „euch kann man nicht losschicken. Was habt ihr nur gemacht?"

„Wir?", kam es von den beiden Frauen gleichzeitig. „Das ist ja wohl die Höhe!", schimpfte Tomke in gespielter Entrüstung.

„Nee, mal ehrlich. Das war der Hammer! Schlägt die alte Hexe unseren Kollegen einfach k.o."

„Hattet ihr wenigstens Erfolg, habt ihr was gefunden?", wollte Carsten wissen.

„Ach was, wie vermutet hat sie heute Nacht sicher alles entsorgt oder an eine sichere Stelle gebracht. Wir müssten das große Haus untersuchen, den Hyggehof, aber dafür bekommen wir keinen Beschluss."

Tomke ließ sich auf ihren Stuhl fallen. „Wo ist mein Göttergatte? Hat er den Gronewald noch immer in der Mangel?"

„Ja, aber auch ziemlich erfolglos. Ihm ist einfach nicht beizukommen. Manninga hat sich angekündigt, er kann uns wohl jetzt etwas mehr über die Tatwaffe sagen. Vielleicht hilft das weiter."

„Tatwaffe? Die, mit der Gronewalds Frau erschlagen wurde?"

Carsten nickte zustimmend. „Außerdem liegt drüben im Büro Post für uns."

„Für uns? Von wem?" Tomke schaute fragend zu Carsten.

„Von oben!" Er deutete gen Himmel.

„Ich ahne Schreckliches. Es geht um den Posten des Polizeirates."

„Oder Rätin!", kam es aus dem Hintergrund von Miri. „So viel Zeit muss sein", setzte sie nach und fuhr scherzend fort: „Oder wie muss das dann richtig heißen? Polizeirat*in oder Polizeirätin*er? Nee, Polizeiratätin?" Sie setzte eine fragende Miene auf. „Polizeirat männlich beziehungsweise weiblich? Wer wird zuerst genannt? Ach Mann, das ist gar nicht so einfach mit dieser Genderei!"

Carsten und Tomke mussten lachen. „Du bist schon 'ne Marke, Miri!" Er schickte ihr einen erhobenen Daumen.

„Wenn schon, dann eine besondere Marke, darauf bestehe ich."

„Okay", gab Carsten zu, „du bist eine ganz besondere Marke!"

„Mega“, kam es von der jungen Frau zurück.

„Genug geschäkert, jetzt wird wieder gearbeitet“, tat Tomke geschäftlich. „Die Post von oben schau ich mir heute nicht mehr an. Kann nix Gutes sein. Außerdem haben wir schließlich einen Mord oder sogar zwei Morde zu klären. Also, ran, Leute.“

„Soll ich mal nachsehen, ob Hajo noch lebt?“, wollte Miri plötzlich wissen. „Er ist ja schon ziemlich lange mit dem Gronewald beschäftigt. Nicht, dass er im Vernehmungsraum unterm Tisch liegt. Wir haben ja gesehen, wozu die vom Hyggehof fähig sind.“

Tomke pfiff durch die Zähne. „Gute Idee. Aber das mache ich.“ Und zu Carsten hin erklärte sie: „Will mir dann gleich Gesine vornehmen. Die haben wir im Büro vom Kollegen Himmelreich geparkt. Er als alter Ostfriese wird mit ihr schon klarkommen.“

Tomke, die sich gerade von ihrem Schreibtischstuhl erhob, fuhr erschrocken zusammen. Die Bürotür flog auf und der Rechtsmediziner Manninga kam lautstark hereingepoltert und rief: „Habt ihr ein Glück, dass ich gute Laune habe, sonst würde ich euch die Ohren langziehen!“

„Meine Güte, Hajo. Wie kannst du mich so erschrecken? Hat nich’ viel gefehlt und ich würde mit einem Herzkasper auf deinem Tisch liegen. Geht’s auch etwas leiser?“, wollte Tomke erschrocken wissen. Und Carsten hakte kopfschüttelnd nach: „Und wem oder was haben wir deine gute Laune zu verdanken? Hat ja schließlich Seltenheitswert.“

Tomke ging auf Manninga zu. „Stimmt, du alter Griesgram, also? Erzähle. Bist du verliebt? Gibt’s ’ne neue Flamme in deinem Leben?“

„Nee, ’ne neue ‚alte‘, aber mehr sage ich nicht!“, tat er geheimnisvoll.

„Heißt das etwa, SIE ist zurück und ihr seid wieder …?“ Tomke konnte es kaum fassen. „Hat sie dich Miesepeter zurückgenommen?“

Manninga nickte freudig. „Hab ja auch lange genug gebaggert! Aber Schluss jetzt mit dem Privatkram. Ich habe Neuigkeiten für euch.“ Nun schwieg er kurz und geheimnisvoll.

„Ja was, mach schon, lass dich nicht bitten.“

„Früher gab es hier Cappuccino!“, lenkte der Mann mit Blick auf Swantje drei ab.

„Heute auch, aber nur, wenn du dabei erzählst. Wir drehen nämlich ziemlich am Rad. Wozu kannst du etwas sagen? Zu der erschlagenen Frau oder zur vergifteten?“

„Zu der mit dem Loch im Kopf. Denn da ist mir was aufgefallen, das war gar nicht so einfach!“ Manninga drehte sich um und deutet auf Swantje. „Will die nicht?“, fragte er grinsend. Carsten stand auf, brummte: „Ich mach ja schon!“ und bediente den Kaffeeautomaten.

„Also“, begann der Rechtsmediziner, „ihr wisst alle, was eine Boßelkugel ist?“

Von den dreien kam zustimmendes Gemurmel. „Blöde Frage“, raunte Tomke.

„Es kann Zufall gewesen sein, aber nein, es ist doch eher das Können des Fachmannes, des fachlich hochqualifizierten und besten Rechtsmediziners der Küste und des ganzen …“

„Hajoooo!“, rief Tomke. „Ist gut, mach weiter.“

„Nun, dass Frauen einen besonders dicken Schädel haben, wissen wir ja. Das lag auch bei unserer Leiche vor. Aber es gab eine kleine Abweichung, eine sehr interessante sogar, nämlich beim Inkabein!“ Er machte eine Kunstpause, um dann deklamierend fortzufahren. „Lateinisch *os incae*, nahe dem Hinterhauptknochen oder auch Hinterhauptbein zu finden. Das Inkabein kann unterschiedlich ausgeprägt sein, befindet sich auf Höhe der Lambdanaht und ist eigentlich bei indigenen, peruanischen und amerikanischen Völkern festgestellt worden. Westlich oder europäisch geprägt eher selten.“ Wieder machte er eine Kunstpause, griff nach der Tasse, die Carsten ihm reichte, und lehnte sich zurück. Der Rechtsmediziner schaute in die Runde.

„Na? Was sagt ihr jetzt? Und fällt euch etwas auf?“

Im Hintergrund brodelte Swantje, die drei Ermittler verstanden nicht ganz, was Manninga sagen wollte. Doch dann setzte Miri sich auf.

„Peru, Indigen, Amerika? Und warum dann bei Lilo Gronewald? Einer reinrassigen Ostfriesin, die nichts und niemanden, der oder die nicht aus der Gegend kam, akzeptierte?“

„Bravo!“ Manninga stellte seine Tasse ab und klatschte in die Hände. „Die junge Frau hat es bemerkt. Ja, Frau Gronewald hat Vorfahren, die nicht aus der Gegend stammten.“

„Na super!“, meldete sich nun Tomke. „Gut, dass ihre Schwiegereltern und ganz Schlicksiel das nicht wussten, sonst hätten sie sie vom Hof gejagt.“

„Oder gar nicht erst auf den Hof gelassen“, setzte Miri nach. „Mega!“, kam es von der jungen Frau.

„Aber was hat das mit unserem Fall und vor allem mit dem Boßeln zu tun?"

„Langsam, junger Freund." Manninga nahm einen weiteren Schluck. „Der tödliche Schlag hat die Gute genau am Inkabein getroffen und diese Stelle ist, wie soll ich sagen, etwas anfällig. Jedenfalls bei unserer Leiche. Der Schädel, das Inkabein, ist an dieser Stelle eingedrückt. Nun habe ich mir den Spaß gemacht, die Stelle nachzuformen und bin auf einen rundlichen Abdruck gekommen. Meine Messungen haben ergeben, dass die Tatwaffe eine Boßelkugel gewesen sein kann."

„Eine Kugel, ein Stein, eine rundliche Tatwaffe", sinnierte Tomke vor sich hin.

„Hast du Materialspuren ausmachen können?"

„Nein, nicht wirklich. Aber mineralische, minimale mineralische Spuren waren zu finden. Ich vermute, dass die Tatwaffe vorher den Boden berührt hat."

„Ein Stein oder …", begann Carsten, wurde unterbrochen. „Oder eine Boßelkugel!", ergänzte Tomke.

Und wie genau kommst du nun auf eine Boßelkugel?", wollte Carsten wissen. „Kann es nicht einfach ein runder Stein gewesen sein?"

„Doch, auch das! Aber die Rundung zeichnete sich so gleichmäßig ab, dass es schon ein großer Zufall sein müsste, wenn dort ein solcher Stein zufällig rumliegen würde."

„Ah ja, deshalb der Gedanke mit der Boßelkugel", meinte Tomke mehr zu sich selbst.

„Ich weiß, wo die Tatwaffe ist!", meldete sich Miri nun leise. „Ich habe sie gesehen."

„Wo?", riefen Carsten und Tomke aus.

„Gütiger! Aus dieser jungen Dame wird noch was. Aufpassen, Tomke, die läuft dir noch den Rang ab." Manninga zog einen imaginären Hut.

„Wo?", fragte Tomke noch mal. „Wo ist die Tatwaffe?"

„Carsten", begann die junge Frau. „Kannst du dich an diese Meta erinnern, als wir zur Durchsuchung in der Kate waren? Sie kam als Letzte dazu, saß wie teilnahmslos in ihrem Sessel und hielt etwas in den Händen, womit sie spielte."

Carsten überlegte einen Moment. „Ja, ich erinnere mich an die Frau, die dritte im Bunde. Ganz still und nachdenklich. Aber was hielt sie …" Dann schlug er sich gegen die Stirn.

„Einen Ball, eine Kugel, ja, irgendetwas Rundes."

„Genau!", bestätigte Miri. „Braun war es, rund und fest. Sie drehte es in den Händen, unaufhörlich."

„Das könnte die Tatwaffe gewesen sein. Eine braune Boßelkugel oder eben nur ein brauner runder Stein."

„Dann aber ein großer Stein!", meinte Miri. „Das mit der Boßelkugel ist keine schlechte Idee. Moment, ich frage Herrn Google mal."

„Was willst du bei …" Carsten winkte ab. Miri hatte sich schon in die Welt des Internets vertieft. Man ließ sie tun.

Tomke und Carsten besprachen noch weitere Ergebnisse, die Manninga mitgebracht hatte. Er reichte ihnen ein paar bedruckte Bogen Papier.

„Als Mail müsste es gleich auch noch kommen. Mein Computer macht heute Probleme und schickt Mails verspätet raus. Hab's euch deshalb ausgedruckt und mitgebracht."

„Du hast die toxischen Substanzen herausgefunden?“

Manninga schaute, als würde ihn Tomkes Frage erstaunen.

„Bin ich gut oder bin ich gut?“, wollte er wissen.

„Jedenfalls sympathischer, als ich dich in den letzten Jahren erlebt habe, ist ja auch schon mal was!“, konnte Carsten sich nicht verkneifen.

Die beiden Ermittler überflogen den Bericht, doch Manninga schaltete sich ein.

„Soll ich es euch erklären?“

„Oh ja, bitte. Was ist es? Womit wurden die Inderin, Frau Gronewald und auch Tant' Fienchen vergiftet?“

„Mit Schwiegermuttergift! Aber nicht nur und nicht alle mit der gleichen Zusammenstellung.“

„Wie? Hat Gesine sich für jede ein anderes Rezept ausgedacht?“, wollte Tomke erstaunt wissen. Warum dieser Aufwand, fragte sie sich.

„Wer es war, darfst du mich nicht fragen. Aber ja, im Grunde haben wir alles. Rizinus – *Ricinus communis*, wir haben das Schwiegermuttergift E605 und die Engelstrompete. Schon wenn man an der Blüte riecht, kann das narkotisierend wirken. Wer sich damit auskennt, kann Menschen schlafen lassen, wenn man Fehler macht, sehr, sehr lange. Ihr wisst, was ich meine? Engelstrompete hat berauschende wie auch lähmende Wirkung, je nach Anwendung führt das zu Herz-Kreislauf-Beschwerden, Verwirrtheitszuständen … Muss ich noch etwas sagen?“

„Und wie war die Wirkung bei den ersten beiden Vergiftungen?“, wollte Carsten nun wissen.

„Die Verstorbene hat sich die Lippen mit einem vergifteten Lippenstift angemalt, sich wohl auch die Lippen geleckt und das war tödlich. Der Lippenstift befand sich im Hotelzimmer der Gronewald, das Gift war also für sie bestimmt. Frau Gronewald hat nur eine geringe Dosis über ihre Gesichtscreme abbekommen. Die Ermittlungen und Untersuchungen der KTU haben ergeben, dass die Kosmetikartikel im Bad der Frau alle mit dem Gift kontaminiert waren. Sie hatte eben einfach nur Glück."

Manninga stand auf. „So, genug gequatscht, ich muss arbeiten." Er marschierte zur Tür, blieb stehen und kam noch mal zurück.

„Ach ja," meinte er dann, „zu den langen Ohren gibt es auch noch etwas zu sagen." Manninga zeigte auf Carsten. „Du, mein Junge, hast meinen Kollegen Rikus beauftragt, private Untersuchungen vorzunehmen. Sei froh, dass ich guter Laune bin, und auch, dass ich dir verzeihe, weil die alte Dame in der Klinik sozusagen Familie ist. Ansonsten, wie gesagt, gäbe es einen Satz lange Ohren." Sprachs und verschwand.

Tomke verstand nichts. Miri schon und Carsten sowieso.

„Ich muss jetzt erst mal durchschnaufen. Das war ziemlich viel an Information." Tomke wischte sich eine Strähne aus der Stirn. Wie konnte es nun weitergehen? Sie mussten sich aufteilen.

„Carsten, fährst du mit Miri noch mal raus zum Hyggehof nach dieser Kugel schauen? Vielleicht nehmt ihr einen KTUler mit, wegen der Sicherung, falls es die Tatwaffe ist."

„Quatsch, ein paar Spurensicherungsbeutel habe ich immer dabei. Aber du hast recht, wir machen das. Nimm du dir die alte Frau vor und vor allem schau mal, was Hajo so mit dem Gronewald treibt. Nicht, dass Miri recht hat und dein Mann liegt unterm Tisch, niederschlagen von einer starken Bauernfaust“, feixte er.

„Oder man hat ihm ein Stück Ohr abgebissen, wie …“ Tomke lachte laut auf.

„Alt!“, rief Carsten nun. „Der ist so was von alt.“ Tomke allerdings konnte sich kaum beruhigen. Die Erinnerung an die Situation, als zwei tatverdächtige Frauen Carsten und Hajo fast zeitgleich angefallen und ein Stück ihrer Ohren abgebissen hatten, war wieder lebendig.

„Ich hab's!“, rief nun Miri in das Gezeter. „Frerich Gronewald ist Mitglied im Schlicksieler Boßelverein ‚Hau weg!‘. Boßelkugeln wird er also sicher besitzen.“

„Gute Arbeit“, gluckste Tomke und verließ das Büro.

Kopfschüttelnd steckte Carsten sein Handy ein. „Komm, Miri, lass uns fahren. Das nervt, mein Gott, aber was soll's. Wenn du recht hast und diese Meta tatsächlich die Tatwaffe hat, geb ich einen aus.“

„Ich nehm' dich beim Wort“, antwortete sie und sprang in den Wagen.

***

Tomke lief, noch immer glucksend, über den Flur. Bevor sie Gesine Schöpp abholte, wollte sie schauen, wo Hajo abgeblieben war.

Sie fand ihn tatsächlich im Vernehmungsraum. Tomke öffnete die Tür einen Spalt und winkte ihm, doch vor die Tür zu kommen.

„Wie weit bist du, wird er langsam weich? Oder ist er tatsächlich unschuldig?"

„Nicht unbedingt, er verstrickt sich in Widersprüche. Deshalb lasse ich nicht nach. Habt ihr was Neues?"

„Vielleicht! Vielleicht haben wir die Tatwaffe."

„Das ist ja ein Ding. Wie denn das?"

Tomke berichtet ihm vom Besuch Manningas und dass Miri glaubte, die Tatwaffe in den Händen der alten Meta gesehen zu haben.

„Carsten und Miri sind noch mal los. Vielleicht haben wir Glück und sie finden den Stein oder die Boßelkugel, wie auch immer. Du kannst es bei Frerich Gronewald noch mal einfließen lassen."

„Verdammt, da war schon mal was." Hajo überlegte, „Es ging dabei allerdings um einen Stein. Ich schau gleich noch mal in die Akte."

„Okay, und ich nehme mir Gesine vor. Aber in einer Stunde ist Schluss. Ich will nach Hause. Außerdem haben wir noch nix von Oma gehört und auch nicht, wie es Fienchen geht."

„Eine Stunde, okay!", bestätigte Hajo. „Dann aber muss ich etwas haben oder den Mann gehen lassen." Er gab ihr einen schnellen Kuss auf die Nase und verschwand wieder im Vernehmungsraum.

Auf dem Weg zu Gesine Schöpp zog Tomke ihr Handy und wählte Michaela an. Die meldete sich auch sofort.

„Hast du was von Oma gehört?", wollte sie wissen.

„Ja, sie sitzt noch immer vor der Intensivstation. Diesmal hat sie keine Hühnersuppe mit, sondern belegte Brote und eine Kanne Tee. Ich bin gerade in Neuharlingersiel und warte auf das Schnellboot. Gesche bringt die Kinder."

„Wieso Schnellboot? Ist was passiert?"

„Nein, dieser Wasserflitzer von und zu der Insel ist neu und die Kinder fanden es ‚mega', damit überzusetzen. Wie du Gesche und Thomas kennst, konnten die ihnen diesen Wunsch nicht abschlagen. Und das, obwohl Felix seinem Onkel den Hut am Kopf festgetackert hat. Ich bin gespannt, was die Kinder zu erzählen haben. Anschließend holen wir dann Jettchen aus Sanderbusch ab."

„Nein, Michaela, lass mal. Du tust so viel für uns. Wir haben hier noch eine Stunde zu tun, dann machen wir Schluss. Ich fahre mit Hajo in die Klinik und hole unsere olle Henriette ab."

„Auch gut. Habt ihr gegessen? Die Kinder wünschen sich Burger aus dem kleinen Burgerladen am Hafen. Wenn ihr wollt, können wir später eine Sammelbestellung machen."

„Oh ja, das ist eine gute Idee. Bis später und grüße die Insulaner von mir."

„Mach ich, die bleiben über Nacht an Land und setzen erst morgen wieder über."

Die beiden verabschiedeten sich und Tomke konzentrierte sich auf die kommende Vernehmung von Gesine Schöpp.

***

Den Rückweg vom Hyggehof nach Wittmund nahmen Carsten und Miri mehr als gut gelaunt.

In einer Beweismitteltasche steckt die als Tatwaffe vermutete Boßelkugel, in mehreren anderen Tüten befanden sich, fein säuberlich beschriftet, diverse kleine braune Flaschen. Außerdem Glas- und Blechdosen mit diversen Pulvern.

Nach all dem Theater der letzten Tage um das Hexenhaus, um Gesine und ihre geheimen Giftmischereien, war es plötzlich überraschend schnell gegangen.

Wieder hatten sie Meta in ihrem Sessel vorgefunden, in der Hand die besagte Kugel drehend. Mit viel Geschick war es Miri gelungen, sie der Alten abzuluchsen. Und dann ging es wie von selbst. Meta schien wie aus einer anderen Welt aufzutauchen und die Worte sprudelten nur so aus ihr heraus.

Sie hatte sich dabei über die tote Lilo ausgelassen. „Wollte mich ins Heim stecken, sie hat es verdient! Frerich hat gut daran getan. Frerich ist ein guter Junge. Passt auf mich auf! Lilo war gemein zu ihm und dann endlich still.“

„Frerich hat Lilo mit der Kugel geschlagen?“, hakte Miri dann vorsichtig nach.

„Ja, und plötzlich war Ruhe. Sie will immer Geld und sagt, das Haus wird verkauft und alle müssen weg und dann …“

„Und dann?“, fragte Miri.

Die Alte holte aus und ahmte einen Wurf nach. „Dann war sie endlich still.“

„Und woher haben Sie die Boßelkugel?“

„Hat sie ins Feld geworfen, der Junge. Aber ich habe sie geholt, die Boßelkugel, er braucht sie doch sicher noch." Meta machte eine kurze Pause und flüsterte dann: „Lilo kann mich nicht mehr ins Heim stecken, oder?"

„Nein!", antwortete Miri, „Lilo kann Sie nicht mehr ins Heim stecken." Plötzlich nahm die alte Frau Miris Hand. „Ich bin doch die Meta, sag Meta, Kind!"

„Ja, Meta, das mach ich."

Carsten beugte sich zu Miri und flüsterte: „Frag sie nach Gesine, vielleicht …"

„Gesine, Gesine …" Meta hatte den Namen gehört. „Sie ist weg, aber Hedda braucht ihr Medikament für das Ziehen in den Knochen. Komm, Kind, hol es ihr."

„Wo? Wo finde ich das Medikament denn, Meta?", fragte Miri lauernd.

Meta hob den Zeigefinger. „Ich hab sie alle. Gesine hat sie mir abgenommen, aber ich habe von allen zwei. Gesine ist so schlau, aber ich bin es auch."

Miri schaute fragend zu Carsten, doch der forderte sie mit einer Geste auf, weiterzumachen.

„Was denn, Meta?"

„Die Schlüssel, hier in meiner Tasche." Sie griff in die tiefe Tasche ihrer Schürze und zog ein Schlüsselbund heraus.

„Und wo ist das Medikament? Zu welchem Schrank passen die Schlüssel?" Miri wagte kaum, zu atmen.

„In Gesines Schlafstube, hinter dem Schrank, ist ein Fach, dort hat sie alles versteckt, alles, auch das Rezept, ich weiß es."

Vorsichtig nahm Miri der Frau das Schlüsselbund ab und reichte ihn Carsten.

„Dann geht mein Kollege jetzt mal nachschauen, ob er das Medikament für Heddas Reißen findet." Wieder tätschelte Meta Miris Hand. Sie wandte den Kopf zum Fenster und Miri bekam einen gehörigen Schreck, es hatte den Anschein, als wäre plötzlich alles Leben aus der Frau gewichen.

„Meta?", rief sie leise. „Meta?", aber sie erhielt keine Antwort.

Als Carsten zurückkam, deutete sie verzweifelt auf die Frau im Sessel. „Was ist?", wollte der wissen.

„Keine Ahnung, plötzlich … Schau doch mal nach, ist sie etwa …?"

„Tot, meinst du? Quatsch!" Er beugte sich über Meta, fühlte ihren Puls und schüttelte den Kopf. „Nein, sie ist wohl nur eingeschlafen. Das hättest du als Rettungssanitäterin doch viel besser feststellen können als ich."

„Ja, aber ich hab mich so erschreckt, als sie …"

„Was machen Sie hier?", kam es plötzlich laut und grell von der Tür. Hedda stand breitbeinig im Türrahmen.

„Unsere Arbeit!", erklärte Carsten. „Das hier nehmen wir mit und die Tatwaffe auch."

„Hedda?", kam es plötzlich aus dem Sessel. „Hedda, bist du es? Wen hast du denn da mitgebracht?" Sie zeigte auf die beiden Ermittler. Meta war wieder in ihre eigene kleine Welt abgetaucht.

Im Wagen unterhielten sie sich nun darüber, welch skurrile Situation sich dort in der Kate abgespielt hatte. „Puh!", meinte Miri, „das hat mir voll die Hühnerpelle über den Körper gejagt."

„Mir auch, glaube mir. Aber wenigstens waren wir erfolgreich. Frerich Gronewald ist jetzt dran und die olle Hexe auch. Ich ruf gleich mal Hajo an, damit er ihn nicht laufen lässt, die vorübergehende Festnahme kann er ohne weiteren Grund nicht mehr lange aufrechthalten."

Während Miri gen Wittmund fuhr, telefonierte Carsten. Zuerst mit Hajo, der, da er Gronewald gerade gegenübersaß, nur kurz und knapp antwortete: „Bring alles mit, ihr seid die Besten. Die Kriminaltechnik wird sich freuen." Anschließend rief Carsten Tomke an.

Während der Weiterfahrt saß er zufrieden neben Miri. Sie waren ein gutes Team, wie er wieder einmal feststellen musste.

Ganz kurz wanderten die letzten Jahre durch seine Erinnerung. Nach so viel Leid, das ihm durch den Tod seiner ersten Frau und der gemeinsamen Tochter widerfahren war, hatte er immer mal wieder ein schlechtes Gewissen.

Darf ich so zufrieden und glücklich sein?, fragte er sich dann manchmal.

Heute wischte er diese Gedanken energisch zur Seite.

Irgendwann blickte er zu seiner jungen Kollegin hinüber und meinte: „So, wie das im Moment aussieht, ist die Frau aus Bayern jetzt die Erbin des Hyggehofes. Sicher wird das ein Gericht noch entscheiden müssen, aber Frerich Gronewald wird es nicht sein."

„Gemeinsam mit ihrem Vater", ergänzte Miri.

„Stimmt! Wo ist sie überhaupt?", wollte Carsten nachdenklich wissen."

„Na, wenn ich das richtig verstanden habe, prüft sie gemeinsam mit den drei strengen Menschen, die wir gestern auf dem Hof angetroffen haben, die Bücher. Sicher ist das nicht so einfach."

Schweigend nahmen sie das letzte Stück Weg zum Kommissariat.

Dort ging in der Zentrale zur gleichen Zeit ein Anruf ein. Eine Frau mit starkem bairischem Akzent wollte eine Vermisstenmeldung aufgeben. Nachdem der Diensthabende aber erfahren hatte, dass die vermisste Frau erst seit dem vorigen Abend vermisst wurde, klärte er die Bayerin darüber auf, dass sie doch bitte in zwei Tagen noch mal anrufen solle. „Aber sicher ist Ihre Freundin bis dahin wieder aufgetaucht!", versuchte er, beruhigend Einfluss zu nehmen.

Vroni aber fluchte laut: „Damischer Saupreiß, damischer!" Sie überlegte nicht lange und rief: „Benno, geh packen, mir fahrn nach Ostfriesland!"

Fischköppe

Neben dem Mann hatte sich eine beachtliche Blutlache gebildet, die inzwischen eingetrocknet war. In seiner Stirn klaffte eine Wunde, ein eingetrocknetes Rinnsal führt von dort über die Schläfe, das Ohr, über das Bettgestell zum Boden.

Er lag wie tot auf der harten Pritsche.

Franziska war mal wieder wach, allerdings noch immer nicht in der Lage, sich zu rühren. Der trübe Schleier vor ihren Augen hatte sich noch immer nicht gelichtet. Wie auch, wieder war die Plastiktüte von ihrem Atem angelaufen. Außerdem wirkte das verabreichte Schlafmittel noch nach. Ihr Versuch zu sprechen, zu rufen gelang nicht.

Es war kein Traum, es war ein Albtraum. Wie in der kurzen Wachphase zuvor bekam Franziska schlecht Luft.

Aber etwas war anders. Sie konnte es nicht beschreiben, eben anders. Ein Röcheln drang von irgendwoher an ihr Ohr.

Bin ich nicht alleine?, fragte sie sich plötzlich hellwach. Ist da noch jemand? Ebenso gefangen wie ich? Oder ist es wieder Hedda? Der Versuch, sich zu bewegen, scheiterte kläglich, zu fest waren Hände und Füße gebunden. Ja, stellte sie dann fest, noch jemand befand sich in dem dachschrägen Raum, nicht weit von ihrem Bettgestell entfernt. Franziska versuchte den Kopf zu heben, doch die Plastiktüte verhinderte, dass sie etwas erkannte. Ihr Mund fühlte sich an, als sei er mit Watte ausgestopft, die Zunge dick angeschwollen. Nur dumpfe Laute kamen ihr über die Lippen.

„Hallo, wer …? Hallo, ist da jemand?“ Unverständlich. Jedes Wort, jede der kleinen Bewegungen fiel ihr schwer.

Aus der kurzen Wachphase wurde wieder Schläfrigkeit. Müde fiel ihr Kopf zurück auf die harte Pritsche. „Wer …?“, rief sie verzweifelt. „Wer ist da? Hilfe, helft mir! Was wollt ihr von mir?“ Aber wer sollte sie verstehen?

Ob eine Antwort kam, konnte sie nicht mehr hören, wieder verlor sich ihr Bewusstsein in der schläfrigen Dämmerung.

Fischköpfe waren das Einzige, was sie durch einen kleinen Spalt in der Tüte erkannte. „Mama …“, kam es noch leise über ihre Lippen und dann …

Feierabend

„Heute Abend haben wir etwas zu feiern. Eigentlich wollte ich früh zu Bett, aber nach solch einem Erfolg bin ich nicht mehr müde!“ Tomke klatschte Carsten und Miri ab, ihrem Hajo gab sie einen Kuss. „Später mehr!“, flüsterte sie noch dazu. „Treffen wir uns später bei Oma auf’m Deich?“, setzte sie dann für alle verständlich nach. „Es gibt Burger und Bier.“

Nach Carstens und Miris Rückkehr hatten die vier noch den leidigen Papierkram erledigt und Gesine und Frerich waren endgültig in Gewahrsam genommen worden.

„Bis die KTU die Boßelkugel untersucht hat, bleibt Gronewald unser Gast. Morgen hat die Staatsanwaltschaft unsere Berichte auf dem Tisch, dann gibt es kein Zurück mehr für die beiden!“, bekräftigte Carsten.

Fast gleichzeitig waren die Arbeiten erledigt, die Staatsanwaltschaft informiert und auch die diensthabenden Kollegen, denen Tomke ausdrücklich aufgetragen hatte, sich nicht wieder von Gesine überlisten zu lassen.

So fuhren, wie am Tag zuvor auch, Carsten und Miri gen Carolinensiel, Tomke und Hajo nach Sanderbusch, um nach Fienchen zu sehen und natürlich Oma dort abzuholen.

„Stellt Bier kalt und wartet mit dem Bestellen der Burger, bis wir da sind. Ich bin am Verhungern", forderte Tomke.

Im Krankenhaus, vor der Intensivstation, saß noch immer aufrecht und zu allem bereit Oma Jettchen. Tomke stellte fest, dass ihre Großmutter sehr blass war. Kein Wunder, überlegte sie, ich muss unbedingt dafür sorgen, dass sie morgen mal zu Hause bleibt.

Ob es nun Omas Hartnäckigkeit oder Tomkes Intervention geschuldet war, der behandelnde Arzt erlaubte den beiden Frauen einen Besuch bei Fienchen. Vielleicht, so überlegte Tomke weiter, lässt sich Oma nun überzeugen, morgen mal nicht den ganzen Tag hier vor der Tür zu sitzen.

Fienchen lag klein und verhutzelt, aber wach in ihrem Bett, das mit der schmächtigen Person überdimensional groß wirkte.

„Mein Gott!", entfuhr es Tomke und auch Oma stieß einen gequälten Seufzer aus. Fienchen war bei Bewusstsein, aber kaum wiederzuerkennen. Sie aber erkannte ihre Besucher. Ein leichtes, kaum sichtbares Lächeln huschte über ihr Gesicht, als sie ihre Schwester erkannte.

„Schwester!", hauchte sie und: „Tomke, schön …", der Rest ihrer Worte fiel der Schwäche der Ostfriesin zum Opfer.

Jettchen nahm vorsichtig die Hand ihrer Schwester und streichelte sie sanft. Tomke erkannte, dass ihr Tränen in den Augen standen. Gerade jetzt wurde ihr intensiv bewusst, dass die Zeit immer näher rückte, dass eine der beiden diese Welt verließ, die andere alleine zurückblieb. Auch Tomke stieß einen Seufzer aus. Fienchen hob ihre freie Hand, an der ein Messgerät hing, und winkte Jettchen zu sich herunter.

„Geh nach Hause!“, hauchte sie. „Die sagen hier, du sitzt vor der Tür und gehst nicht weg.“

„Aber, ich kann dich doch nicht …“ Wieder hob Fienchen die Hand. „Doch, die passen gut auf mich auf. Geh und ruh dich aus.“ Ihre Stimme erstarb und ihre Augen fielen zu. Die Hand fiel kraftlos auf die Bettdecke.

Nun schaltete sich der Arzt ein. „Das reicht, gehen Sie jetzt bitte. Das wird sonst zu viel.“ Jettchen nickte. „Wir lassen dich in Ruhe, Schwester, komm zu Kräften, morgen bringe ich dir Hühnersuppe, dann kommst du wieder auf …“

„Nein!“, meinte der Arzt streng. „Sie erholen sich morgen und bleiben zu Hause. Ihre Schwester wird hier gut betreut und wenn sie nach Hause kommt, wollen Sie doch auch bei Kräften sein, oder?“

Jettchen schaute sich unsicher um, sollte sie darauf eingehen? Tomke nickte ihr zu. „Der Doktor hat recht, Oma. Komm, lass uns fahren, und morgen bleibst du wirklich zu Hause. Wenn Fienchen heimkommt, ist sie noch nicht fit, du musst aber fit für sie sein. Komm, hör auf uns!“

Oma überlegte lange, beugte sich dann zu ihrer Schwester hinunter und gab ihr einen Kuss auf die Stirn.

„Gut, Schwester, ich komme erst übermorgen wieder. Aber du musst gesund werden, hörst du?“ Fienchen hörte es nicht, sie war eingeschlafen.

„Sie schläft, gehen Sie jetzt, das war sehr viel. Bedenken Sie, dass ihre Schwester gestern noch ganz schlechte Aussichten hatte, heute scheint es ein wenig besser zu sein. Aber sie braucht Ruhe."

Jettchen verstand und ließ sich aus der Station führen. Tomke bewunderte ihre Haltung. „Warte bitte bei Hajo, ihr könnt ja schon langsam zum Auto laufen, ich möchte noch mit dem Arzt sprechen."

Oma nickte sanft. „Ja, sag ihm, er soll alles tun, ich brauche meine Schwester doch noch."

Tomke lächelte. Wie Hund und Katz', die beiden, wie Feuer und Wasser, aber unzertrennlich, dachte sie schmunzelnd. Antwortete aber: „Mach ich, Oma. Ich komme gleich nach."

Auf dem Weg nach Hause wollte Oma bedingt wissen, was der Arzt gesagt hatte. „Ich sollte ja nicht hören, was Sache ist. Aber ich bin nicht senil, also, sprich, Kind!"

Auch Hajo, der nicht mit auf die Intensivstation durfte, wartete ungeduldig auf Tomkes Bericht und Tomke erzählte. Ehrlich und direkt. Nachdem sie geendet hatte, verlor Jettchen doch ein paar Tränen und Hajo schluckte. Das war schwerer Tobak, was der Arzt Tomke verkündet hatte.

„Aber", setzte sie dann nach, „es kann auch ganz anders kommen. Wir wissen schließlich, dass Fienchen zäh und widerstandsfähig ist. Warten wir ab und sind geduldig. Vor allem braucht es Zeit." Oma hing während der Fahrt sehr traurigen Gedanken nach.

Zu Hause angekommen verflogen diese Gedanken schnell, denn das Haus auf dem Deich war voller Leben.

Marie und der kleine Felix stürmten auf Oma zu. Marie drückte sich an ihre Brust, Felix, doch ein Stück kleiner als seine Schwester, umschlang Jettchens Oberschenkel. „Ach Kinder, wie schön. Aber macht langsam, ihr werft mich ja um."

Es war für alle sehr wohltuend, in diesem großen Verbund zusammenzusitzen. Egal ob echte Familie oder gefundene, egal ob einheimisch oder zugezogen. Die unbeschwerten gemeinsamen Stunden hatten ihnen ein wenig Ablenkung gebracht, auch wenn Fienchens Zustand und die Ermittlungsarbeit zwischendurch Thema waren.

Marie war diejenige, die immer wieder auf das Thema kam, dass auf Fienchen ein Attentat verübt worden war. Ihre kriminalistisch angehauchte Fantasie ließ ihr keine Ruhe. Auch über den aktuellen Fall löcherte sie zuerst ihren Vater und dann Miri, die aber beide nichts dazu sagten. „Du weißt doch, dass wir zu aktuellen Fällen nichts sagen dürfen!", wiederholte Miri geduldig zum x-ten Mal. Irgendwann wurde es Michaela zu bunt. „Marie, es reicht!", schimpfte sie. Doch das Mädchen zog nur eine Schnute und meinte: „Ich erfahre schon, was passiert ist, und wozu gibt es wohl das Internet?"

„Na, im Internet wirst du nichts dazu finden, aber ich verspreche dir, dass du alles erfährst, sobald die Fälle abgeschlossen sind." Carsten blinzelte seiner Tochter zu.

„Aber wer hat denn nun den vergifteten Apfelsaft vor die Tür gestellt?", bohrte sie weiter.

„Kein Kommentar", kam es von Miri. Dann hob Marie den Zeigefinger in die Höhe, wie sie es immer tat, wenn ein Geistesblitz sie heimsuchte.

„Ich gehe morgen rüber zu Hermann. Der sitzt immer am Küchenfenster und liest im Anzeiger. Vielleicht hat er ja eine fremde Person beobachtet."

Erstaunt wollte Carsten wissen: „Wie kommst du darauf?"

„Na, immer wenn ich zu Oma und Fienchen gehe, winken wir uns zu. Onkel Hermann kann genau auf die Haustür schauen und sieht, wer kommt", erklärte das Mädchen.

„Stimmt! Da hat das Kind recht", stimmte Oma zu.

Die Ermittler schauten sich an und allen war klar, dass Maries Idee nicht schlecht war. Tomke mischte sich ein:

„Ach Marie, lass mal, das machen wir dann morgen selbst."

„Von wegen, das war meine Idee! Ihr könnt ja mitkommen, aber die Befragung übernehme ich. Dann mache ich mir auch gleich Notizen für eine neue Krimigeschichte."

Dem hatten die vier nichts entgegenzusetzen und Tomke gab nach. „Okay, du kommst mit, hast ja recht, war schließlich deine Idee."

Das war allerdings nicht der einzige Streitpunkt des Abends. Marie schimpfte gewaltig mit ihrem kleinen Bruder, der mit Genuss einen Hamburger verputzte. Eigentlich plapperte und ahmte der kleine Mann seine große Schwester in allem nach. Seit Marie Vegetarierin geworden war, verkündeten beide ständig: Wir essen keine toten Tiere. Heute aber machte er sich über einen Hamburger her. Als Marie ihn entrüstet daran erinnerte, klappte Felix die beiden Brötchenhälften auseinander und meinte: „Mahie, das sind keine toten Tiehe, das ist doch eine Fikatelle."

Das Gelächter in um den Küchentisch war groß, nur Marie fand es nicht lustig. „Verräter!", fauchte sie den kleinen Mann an.

Der Abend wurde lang und feuchtfröhlich. Nachdem Carsten die Kinder zu Bett gebracht hatte, saßen alle noch bei Bier und Schluck zusammen. Oma verabschiedete sich als Erste in ihr Bett, Miri später nach oben in ihr Zimmer. Carsten und Michaela verschwanden kichernd im Nachbarhaus. Nur Tomke und Hajo hatten einen weiteren Weg. Sie ließen ihr Auto stehen und machten sich zu Fuß auf den Weg in ihr Haus in Harlesiel. Zu Hause angekommen bemerkten sie, dass die frische Luft sie fast hatte nüchtern werden lassen.

„Wie war das heute Mittag, mein Schatz?", wollte Hajo dann wissen. „Sagtest du nicht etwas von: ‚später mehr'?"

„Sag nicht immer Schatz zu mir, sonst könnte ich es mir noch mal anders überlegen!", tat Tomke beleidigt, schnickte ihre Schuhe von den Füßen und rief: „Ich gehe zuerst unter die Dusche!"

„Da ist doch Platz für zwei, Schatz!", konterte Hajo lachend und folgte ihr.

Es dauerte noch eine ganze Weile, bis die beiden das Licht löschten.

Inge … am Abend

„Wasser und Brot muss nicht sein!", beschloss Inge. „Wasser reicht." In der einen Hand eine Wasserflasche, in der anderen das Fläschchen mit den Schlaftropfen, die Hedda ihr überlassen hatte. „Danke dir, Inge, dass du mir den Weg nach oben abnimmst, und gib der Roten eine ordentliche Portion. Wo ist eigentlich Siebo?", wollte sie dann wissen.

„Bei den Tieren, der Hufschmied hat sich für heute angesagt."

„Jetzt am Abend?" Hedda schüttelte den Kopf.

„Früher hatte er keine Zeit!", log Inge weiter. Hedda gab sich zufrieden. Wenn nur Siebo nichts genommen wurde, und das stand zu befürchten, wenn die Rote bliebe. Also musste die weg und Inge würde das richten. Dankbar hatte Hedda Siebos Frau die Tropfen ausgehändigt, froh, nicht selbst noch mal nach oben in den Öken steigen zu müssen. Das Reißen war heute wieder besonders schlimm.

Auf dem Weg nach oben nahm Inge den Schraubverschluss der Wasserflasche ab und ließ den Inhalt des Schlafmittels in die Flasche laufen. Je mehr, desto besser, war die Frau überzeugt. Ich brauch noch einen Tag, dann ist alles geregelt. Morgen Abend gebe ich den beiden den Rest und dann … Ein hässliches Lachen kam über ihre

Lippen. Der Plan war perfekt und Inge sich sicher, dass er klappen würde. Die beiden würden in Siebos Getreidesilo verschwinden und erst nach Tagen gefunden werden. Ein bedauerlicher Unfall.

Im Öken angekommen, musste die Frau feststellen, dass beide dabei waren, aufzuwachen. Gut, dann werden sie merken, dass ich es bin, die bestimmt, wie es weitergeht.

Morgen musste Siebo die Schenkung unterschreiben. Die Hoffnung, dass ich dadurch seine neu gefundene Tochter am Leben lasse, wird ihn überzeugen.

„Na, mein Siebo", hauchte sie überzogen freundlich, „jetzt hast du, was du wolltest, bist mit deiner Tochter zusammen. Nun, du wolltest es nicht anders. Sie oder ich, du hast dich für sie entschieden. Ich habe dir etwas zu trinken mitgebracht." Mit einem Ruck zog Inge ihm die Plastiktüte vom Kopf. „Ui, deine Stirn sieht aber nicht gut aus, und das viele Blut am Boden … Nun ja, das kommt von den Blutverdünnern, die du genommen hast. Aber das ist ja jetzt vorbei. Die Medikamente brauchst du nicht mehr." Wieder lachte die Frau böse auf. Das Lachen drang auch hinüber zu Franziska, die ebenfalls dabei war, aufzuwachen.

Die Stimme erkannte sie sofort, sie drang zynisch und gefährlich durch die Plastiktüte an ihr Ohr. Diesmal fand Franziska sich sofort zurecht. Mit wem redete Inge denn? Jetzt wusste sie auch, dass ihre Vermutung richtig war. In dem Raum befand sich noch jemand. Aber wer? Und dann traf sie die Erkenntnis wie ein Blitz aus heiterem Himmel. Siebo, Inge hatte Siebo gesagt. Mein Gott, Inge hat uns beide hier eingesperrt. Siebo auch. Was will sie von uns? Franziska verhielt sich ruhig und lauschte. Inge sprach und was sie sagte, klang gefährlich, sehr gefährlich.

„Mein Siebo", hörte sie, „morgen komme ich mit einem Schreiben und du wirst deinen *Siebo Lückelill* daruntersetzen, hast du mich verstanden?"

Von Siebo waren nur dumpfe Töne zu hören. „Wenn du willst, dass deine Tochter hier heil herauskommt, dann tust du, was ich dir sage." Inges Stimme war in eine Art Singsang verfallen. Franziska verstand nicht. Was sollte das? Was sollte Siebo unterschreiben? Und dann? Würde Inge sie beide dann gehen lassen? Ganz sicher nicht! Tu es nicht, schrie es in ihr, tu es nicht! Sie wird uns beide töten. Aber warum? Was haben wir ihr getan?

Dann war wieder Inges Stimme zu hören. „Wenn du brav unterschreibst, fährt die Rote zurück nach Bayern und du, ja, was mit dir passiert, weiß ich noch nicht, das habe ich noch nicht entschieden. Was ich weiß, ist, dass mir danach beide Höfe gehören und ich endlich verwirklichen kann, was ich schon immer vorhatte. Ich werde den größten Ferienhof an der Küste besitzen. Diesen Ehrgeiz hattest du nie, dir war immer genug, was war." Die letzten Worte kamen sehr abfällig über ihre Lippen.

Siebo war inzwischen hellwach und geschockt ob Inges Worten. Sein Leben hatte sich gedreht, mehrmals um dreihundertsechzig Grad gedreht, um dann irgendwo stehen zu bleiben, wo er sich nicht auskannte. Nein, Inge hatte sich gedreht. Sie war verrückt geworden. So kannte er sie nicht, überhaupt, so wie sie sich in den letzten Tagen aufgeführt hatte, das war doch nicht seine Inge! Ganze zwei

Tage hatte es gebraucht und ihm war klar geworden, mit dieser Frau würde er nicht mehr leben wollen. Aber leben wollte er schon. Was kann ich tun?, durchfuhr ihn die bange Frage. Und, was würde wohl mit Franziska passieren? Lag sie noch auf der Pritsche? Lebte sie noch? Inge sprach von ihr, aber lebte sie wirklich noch? Er erinnerte sich an den kurzen Moment, als er durch die Tür des Öken getreten war und sie gefesselt und mit einer Plastiktüte über dem Kopf erkannt hatte. Was kann ich tun?, fragte er sich erneut. Wie kann ich dem Kind nur helfen? Dem Mann war klar, dass Inge ihn töten würde, ihn und auch Franziska. Inge über ihm sprach und sprach, er hörte nicht, was sie sagte, seine Gedanken waren bei seiner Tochter.

Plötzlich hob Inge seinen Kopf an, riss ihm grob das Klebeband von den Lippen und hielt ihm eine Flasche an den Mund.

„Trink!", befahl sie derb. Und Siebo trank, ob er wollte oder nicht. Das Wasser lief in seinen Mund, er schluckte und schluckte, verschluckte sich, hustete. Inge setzte die Flasche ab. „Trink!", schrie sie ihn an und schob ihm die Flasche erneut in den Mund. Irgendwann setzte sie sie ab.

„Das reicht", fuhr sie ihren Mann grob an. „Genug, um am Leben zu bleiben, und genug, um gleich wieder zu schlafen." Erneut hörte er ihr hässliches Lachen. „Den Rest bekommt deine Tochter", flüsterte sie ihm ins Ohr. Inge drückte ihm ein neues Klebeband über den Mund und zog die Plastiktüte wieder herunter.

„Schlaf schön, bis morgen und denk daran, morgen brauche ich deine Unterschrift."

Inge stand auf, prüfte die Fesseln ihres Mannes und hob die Wasserflasche auf. Siebo sah nicht, wohin sie ging. Nur das Knarren den Holzdielen war zu hören.

Wie durch Watte hörte der Mann ihre Stimme. Sprach sie mit Franziska? Über diesem Gedanken schlief er ein.

Auch Franziska bekam von dem mitgebrachten Wasser. Mit ihr redete Inge kaum, lediglich ein verächtliches „Trink!" befahl sie ihr. Franziska war klar, dass das kein pures Wasser war, aber auch sie hatte keine Wahl.

Bevor sie vom Schlafmittel benebelt einschlief, dachte sie an Hilko. Er hatte sie gewarnt. Hilko, flehte sie stumm, Hilko, wenn du da oben bist, dann hilf mir bitte. Hilf mir und meinem Vater!

Inge verschloss den Öken wieder sorgfältig, schob das alte Gerümpel vor die Tür. Alles sah aus wie zuvor. Auf dem Weg durch das Treppenhaus nahm sie sich vor, noch heute am Abend die Schenkungserklärung aufzusetzen, die Siebo morgen unterschreiben musste. Gestern schon und heute im Laufe des Tages auch hatte sie im Internet recherchiert, wie so etwas auszusehen hatte. Sogar Vordrucke konnte man sich dafür herunterladen. Die waren ihr allerdings zu allgemein gehalten.

Gut gelaunt, alles lief, wie sie es wünschte, schaute sie noch schnell bei Hedda und Meta rein, aber beide lagen in ihren Sesseln vor dem Fernseher und schliefen.

Auch gut! Inge verließ die Kate und lief quer über den Hyggehof durch das kleine Wäldchen zu ihrem Haus.

Lange saß sie in dieser Nacht am Computer.

Geballte bayerische Kraft

Noch jemand schlief in dieser Nacht nicht.

Vroni, versorgt mit zwei Kannen starken Kaffees, etlichen geschmierten Stullen, einem Kanister Wasser für Berner Benno und einem Karton Trockenfutter und natürlich mit Berner Benno selbst, war auf dem Weg gen Norden.

Der Hund lag auf der Rückbank, schnarchte und furzte. Lediglich zu den eingelegten Pausen erhob er sich, trank, kaute ein paar Brocken Trockenfutter, machte sein Geschäft und kletterte wieder auf die Rückbank. Noch bevor Vroni alles zusammengepackt und den Wagen gestartet hatte, kam von hinten das gewohnte Schnarchen.

„Schnarchen kannst, Benno, aba dös Gefurze musst lassn, sakradi. I fall sonst noch ohnmächtig um."

Benno hörte es nicht oder wollte es nicht hören. Geräusche von oben wie auch von unten wechselten sich in schöner Regelmäßigkeit ab. Irgendwann resignierte Vroni, zog den Reißverschluss ihrer Jacke nach oben und drehte das Wagenfenster herunter.

Ihre Selbstgespräche in tiefstem Bairisch betrafen die Fahrt durch die dunkle Nacht, aber vor allem ihre Sorge um Franziska. „Sie hod vasprocha, dass si si meld. Aba nix hats doa."

Vronis Gedanken waren ständig bei ihrer Freundin. Ihr war klar, dass etwas passiert sein musste, sonst hätte sie sich gemeldet. Warum musste sie auch unbedingt an die Küste fahren, bei die Saupreißen … Aber sie würde da schon aufräumen, nahm sie sich vor, und Franziska dort herausholen. Koste es, was es wolle. Das Hotel, in dem ihre Freundin abgestiegen war, konnte sie erst am Morgen aufsuchen, *Empfang besetzt ab sieben Uhr,* hatte sie im Internet gelesen. Egal, dann würde sie eben ein paar Stunden im Wagen schlafen.

„Aba di schmeiß i vord' Tür, des sag i dir!“, maulte sie zu Berner Benno nach hinten auf die Rückbank.

Tatsächlich kamen die beiden kurz nach drei Uhr in der Nacht vor dem Hotel an. Der Parkplatz war hell erleuchtet, das Hotel allerdings dunkel. Alles schien zu schlafen. Franziska auch? Ob sie wohl doch auf ihrem Zimmer war? Zum x-ten Mal wählte sie deren Handy an. Aber wieder umsonst. Auch Franziskas gelben Käfer konnte sie auf dem Parkplatz nicht erkennen.

„Benno, geh aussi!“, forderte sie den alten Hund auf. Doch der regte sich nicht, nur ein leichtes Grunzen war von ihm zu hören. So drehte sie auch die Scheibe der Beifahrerseite herunter und kippte die Lehne ihres Sitzes zurück. Angst so alleine auf dem Parkplatz hatte sie keine. „Wer mi bei Nacht holt, bring mi bei Dag zruck!“, war ihr Wahlspruch.

Am nächsten Tag

Schimpfend und fluchend wachte die Bayerin auf. Von hinten schubste Berner Benno sie mit seiner nassen Schnauze an, am Fenster stand ein Mann, der wissen wollte, was sie auf dem Parkplatz mache. Außerdem war ihr kalt.

Vroni rappelte sich auf dem Sitz hoch, blinzelte verschlafen nach draußen. Es dauerte einen Moment, bis sie wusste, wo sie sich befand.

Es war hell, taghell. Der Mann am Fenster gab keine Ruhe. „Sie müssen hier weg!", bestimmte er. „Das ist kein öffentlicher Parkplatz und schon gar kein Schlafplatz. Und lassen Sie Ihren Hund raus, ich glaub, der muss mal. Aber nicht an unsere Blumen gefälligst."

„I verstah koa Wort!", hakte Vroni gähnend nach „Geht des a langsam?"

Der Mann blieb energisch. „Ich bin der Hausmeister hier und schnack du erst mal so, dass ich dich verstehe." Vroni öffnete die Tür und stieg aus. Berner Benno ließ sie durch die hintere Tür ins Freie. Der spurtete los und suchte sich den nächsten Busch. Nun wandte Vroni sich an den Mann, atmete tief durch und erklärte nun langsam und in einem für sie astreinen Hochdeutsch: „I bin in der Nacht hier okumma – angekommen, meine ich – und brauch a Zimmer, wenn Sie haben. Verstehen Sie mich?"

„Sagen Sie das doch gleich. Aber die Rezeption macht erst um sieben Uhr auf. Jetzt ist es", er blickte auf seine Uhr, „gleich sieben, na, da wollen wir mal sehen, was sich machen lässt."

„Benno!" rief sie, „kimm!"

„Fräulein", meinte der inzwischen etwas freundlicher dreinschauende Mann, „Ihre Sprache versteht hier keiner, da müssen Sie sich was einfallen lassen."

„I verstah di a net. Aber okay!", versprach Vroni, „ich gebe mein Bestes." Das allerdings war nicht so einfach. Immer wieder verfiel sie ins Urbairische. Hochdeutsch war nicht so einfach, alles andere als Bairisch hörte sich bei Vroni gekünstelt an.

Die Rezeption war tatsächlich besetzt, einige Gäste kamen auch über das Treppenhaus, um in den Frühstücksraum zu gelangen.

„Haben Sie reserviert?", wollte der Rezeptionist wissen. Vroni schüttelte den Kopf. „Das ist schwierig. Im Moment haben wir kein freies Zimmer. Es könnte höchstens sein, dass später jemand abreist, aber ich kann es Ihnen nicht versprechen."

„Sang 'S", begann Vroni, um sich dann zu verbessern. „Sagen Sie bitte, wohnt meine Freundin noch hier? Franziska Gronewald heißt sie."

„Frau Gronewald? Ja, natürlich, ein trauriger Fall, sage ich Ihnen."

„Wieso?", wollte Vroni erschrocken wissen.

„Na, sie wurde doch vergiftet!", flüsterte der Mann hinterm Tresen.

„Vergiftet?", stieß Vroni aus.

„Ja, und das in unserem Haus, unvorstellbar. Aber nicht so laut, bitte. Ein Aufwand war das, als man die Leiche abtransportiert hat. Mir war ganz anders, sag ich Ihnen."

„Leiche? Meine Freundin ist tot?" Vroni stieß einen Schrei aus. Deshalb hatte sie sich nicht gemeldet. „Ich bin zu spät", warf sie sich nun vor.

„Wie? Nein, Frau Gronewald doch nicht, die war nur im Krankenhaus. Aber bitte, sprechen Sie leise. Unsere Mitarbeiterin ist gestorben und in einem Leichensack durchs Treppenhaus getragen worden. Furchtbar, einfach furchtbar." Der Mann schüttelte immer wieder den Kopf.

Vroni atmete erleichtert auf. Also nicht Franzi. Aber wo war sie nur?

„Ist Frau Gronewald auf ihrem Zimmer?", wollte sie nun wissen. „Dann gehe ich hoch zu ihr. Ich brauche auch kein eigenes, schlafe gern bei ihr. Ist doch ein Doppelbett? Oder?"

„Ja, nein, also ich weiß nicht. Wann habe ich Frau Gronewald denn gesehen? Gestern? Oder vorgestern?" Vroni wurde ungeduldig.

„Es gibt doch sicher einen Zweitschlüssel, geben Sie ihn mir, ich schaue selbst nach."

„Nein, das kann ich nicht machen. Unmöglich!" Der Rezeptionist war nun völlig verunsichert. Die Frau vor seinem Tresen, mit der langen Nase, den schiefen Zähnen und der komischen Aussprache war ihm nicht geheuer.

Die beugte sich nun zu ihm und flüsterte: „Was, wenn wieder etwas passiert ist und Frau Gronewald oben in ihrem Zimmer … Sie wissen schon! Stellen Sie sich nur die Aufregung hier im Haus vor, die anderen Hotelgäste werden das sicher …"

„Warten Sie", unterbrach der Mann sie nun nervös. Er griff in die Schublade, zog eine weiße Plastikkarte heraus, tippte etwas in den Computer und scannte die Karte.

„Hier! Zimmer 114." Er schaute sich vorsichtig um. „Gehen Sie, aber bitte kein Aufsehen!"

„Danke, ich pass auf und bin auch ganz leise." Vroni griff nach der Karte, pfiff laut und Benno kam angetrabt.

Jetzt erst bemerkte der Rezeptionist, dass Vroni nicht alleine war.

„Aber der Hund, das geht so nicht, der muss extra zahlen …"

Doch Vroni war schon auf dem Weg nach oben. Eine Tafel mit den Zimmernummern zeigte ihr den Weg. „114, hier ist es!" Vroni schob die Karte in die Vorrichtung und die Tür sprang mit einem Klacken auf.

„Franzi!", rief sie in den Raum. „Franzi, bist da?"

Aber sie erhielt keine Antwort. Im Grunde war es ihr klar, denn auf dem Parkplatz des Hotels stand auch nicht Franzis gelber Käfer. Trotzdem schaute sie sich um. Das Zimmer wirkte aufgeräumt, im Schrank hingen Franziskas Kleider und im Bad standen Kosmetikartikel und Hausschuhe, die sie als Franzis erkannte. Nur, wo konnte Franzi sein?

Vroni machte auf dem Absatz kehrt und lief die Treppe wieder hinunter. Berner Benno folgte ihr gemächlich. Unten folgte sie ihrer Nase. Der Kaffeegeruch, der durch die Hotelhalle waberte, führte sie in den Frühstücksraum. An der Tür blieb sie stehen. „Benno", flüsterte sie dem Hund zu, „hier kannst net oini. Wart in der Halle auf mich." Sie wies ihm einen Platz an, den er auch einnahm.

„Zimmernummer?", wollte die Kellnerin knapp wissen, als sie zu Vroni an den Tisch kam. Sie wischte mit den Händen ein paar Krümel vom Tisch und setzte nach: „Kaffee oder Tee?"

„114", antwortete Vroni. „Und an starken Kaffee, bittschön!"

„Kommt, ach ja, und da vorne ist das Buffet, Selbstbedienung!"

„Maulfaule Kua!", brummte Vroni leise.

Eine halbe Stunde später verließ sie gestärkt den Raum und überlegte, ob sie zuerst zur Polizei oder auf den von Franzi beschriebenen Hof, in dem Ort namens Schlicksiel fahren sollte. Berner Benno folgte ihr unaufgefordert.

Sie entschied sich für Schlicksiel, zur Polizei konnte sie auch später noch fahren.

Am Morgen im Büro

Trotz der feuchtfröhlichen Nacht trafen die vier Ermittler pünktlich im Büro ein. Sie wirkten zwar etwas angeschlagen, aber da konnte Swantje drei Abhilfe schaffen.

Gegen neun Uhr saßen sie dann in einer Runde um den kleinen Tisch in der Büroecke, jeder mit einem dampfenden Kaffee in der Hand.

„Habt ihr auch eure Mails durchgearbeitet?" Tomke hielt ein paar Ausdrucke in der Hand. Die anderen nickten. Carsten ergriff das Wort und stellte fest, dass im Grunde nur noch der Untersuchungsbericht der Boßelkugel fehlte.

„Das ist wohl nicht so einfach", berichtete er. „Die Kollegen müssen die daraufliegenden Abdrücke und DNA voneinander trennen, wird wohl noch etwas dauern."

„Aber den Rest haben wir, denke ich. Die alte Gesine ist reif, die Funde hinter ihrem Kleiderschrank sind schließlich eindeutig. Ich wiederhole mich zwar, aber das war wirklich gute Arbeit." Sie zeigte Carsten und Miri ihren erhobenen Daumen. „Fassen wir zusammen", schloss Tomke dann und stand auf.

Hier begann nun das übliche Ritual. Berichte lesen, Auffälligkeiten notieren, vergleichen, besprechen ...

Die Schenkung

Inge betrachtete zufrieden das Schreiben in ihren Händen. Ja, es schien perfekt zu sein. Die halbe Nacht hatte sie damit verbracht, sich aus dem Internet die richtigen Formulierungen zusammenzusuchen.

Jetzt fehlte hier nur noch die Unterschrift ihres Mannes. Die Frau druckte das Schreiben noch zwei weitere Male aus, falls Siebos Unterschrift ihr nicht gefiel. Schließlich musste es echt aussehen. Und auf noch etwas hatte sie geachtet, nämlich auf das Datum. Nicht das aktuelle, das heutige Datum stand neben der Stelle, an der Siebo unterschreiben musste, sondern ein Datum von vor über einem Jahr. Ja, Inge war mit sich zufrieden.

Müde und doch voller Tatendrang bereitete sie sich ihr Frühstück. Später, so erkannte sie aus der Buchungsliste, würden vier Familien aus den Ferienwohnungen abreisen und am Nachmittag neue Gäste anreisen. Das bedeutete viel Arbeit, schließlich mussten die Ferienwohnungen hergerichtet werden. Um die Tiere kümmerte sich heute der Mann von Jolanthe, ihrer polnischen Haushaltshilfe, der seit ein paar Wochen ebenfalls auf dem Hof mithalf. Gregor, inzwischen Rentner, war kurz nach seiner Frau in die kleine Mitarbeiterwohnung auf dem Hof eingezogen. Ein Glück, gerade jetzt, da Siebo ausfiel, wusste Inge. Erfüllt von Euphorie griff sie nach dem Telefon, rief bei

Jolanthe an und bat sie, Gregor auszurichten, er möge heute die Tiere übernehmen. „Siebo fühlt sich nicht gut", log sie, „ich glaube, er hat gestern zu viel Sonne abbekommen. Und fang du schon mal mit den Ferienwohnungen an, ich komme später nach und helfe dir."

Inge war froh, dass sie Jolanthe und inzwischen auch Gregor als feste Mitarbeiter hatte, zusätzliche Helfer und Helferinnen kamen nur nach Bedarf und am Wochenende, wenn große Ab- und Anreise war. Das allerdings musste in Zukunft anders werden. „Ich werde mich nach weiteren Kräften umschauen", beschloss sie. „Vielleicht kann mir das Arbeitsamt dabei helfen." Aber die Hoffnung war hier nicht groß, denn Mitarbeiter und Mitarbeiterinnen als Putzkräfte wie auch für den Service waren schon seit Jahren immer schlechter zu bekommen. Und der Kampf um diese war groß. Oft wurden sie abgeworben, gelockt durch höhere Bezahlung oder sonstige Vergünstigungen.

„Wenn ich dann auch den Hyggehof habe, muss das alles besser organisiert werden."

Jetzt aber wollte sie sich um Siebo und die Rote kümmern. Inge räumte den Küchentisch ab, verstaute das Geschirr in der Spülmaschine und schaltete sie ein. Vom privaten Teil ihres großen Anwesens machte sie sich zuerst auf den Weg zu den Stallungen, um zu kontrollieren, ob die Tiere auch wirklich gut versorgt waren. Sie lagen ihr am Herzen. Die niedriggewachsenen Pferde, die so gern von den kleineren Kindern geritten wurden, aber auch ihre drei Esel hatten es der Frau angetan.

Von Weitem schon konnte sie erkennen, dass die Tiere auf der Weide waren. Gregor hatte sie wohl schon versorgt.

„Chefin!“, begrüßte er sie. „Chef krank? Was ich soll noch machen? Tiere sind fertig, Stall auch.“

„Kümmere dich bitte um den Grillplatz, heute Abend veranstalten wir wieder ein Stockbrotbacken mit den Gästen. Du kannst schon alles vorbereiten. Und vielleicht hilfst du den abreisenden Gästen mit den Koffern?“

„Mach ich, Chefin, und das Schloss in Wohnung 4 klemmt, hat Jolly gesagt, das ich repariere auch.“

Inge klopfte dem Mann auf die Schulter. „Danke, Gregor, du bist der Beste.“

Den muss ich mir warmhalten, beschloss die Frau, denn bald würde ein Mann auf dem Hof für immer ausfallen. Sie schaute noch bei Jolanthe vorbei, die gerade die Wäschepakete für neue Gäste vorbereitete, und war zufrieden, wie gut alles lief.

„So, jetzt rüber zum Hyggehof und zu den beiden im Öken.“ Entschlossen machte sie sich auf den Weg.

Wo ist Schlicksiel?

Nach längerer Fahrt über schmale Straßen, flaches Land und vorbei an Schafsweiden schaltete Vroni genervt ihr Navi aus. Sie überlegte, ob es sich wohl nur in Bayern auskannte und für Ostfriesland nicht geeignet war.

„Hyggehof" und „Schlicksiel" hatte sie eingegeben, aber egal, welcher Anweisung der nervigen Stimme Vroni folgte, immer wieder hieß es: „Bitte wenden, bitte wenden!" Berner Benno schnarchte auf der Rückbank, während Vroni ausstieg und sich suchend umsah. Für Benno öffnete sie die hintere Wagentür. „Kimm aussi, alter Mann. Musst sicher amoal pinkeln." Aber der Hund reagierte nicht.

Auf dem Feld rechts von ihr pflügte ein Bauer die Reste seiner Kartoffelernte unter. Er kam genau auf sie zu. Vroni stellte sich auf den Schweller ihres Wagens und winkte dem Mann mit beiden Händen zu. Er stellte den Traktor quer und rief: „Wat loos?"

Vroni fragte ihn in ihrem besten Hochdeutsch nach dem Weg nach Schlicksiel und dem Hyggehof. Doch das hätte sie sich auch schenken können, denn seine Antwort verstand sie nicht. Welche Sprache war das denn? Lediglich an seinen Handzeichen und dem Gestikulieren mit den Armen konnte sie ahnen, wo der Weg lang ging. Vroni bedankte sich mit erhobenem Daumen und stieg vom Holm. Sie schlug die

Hintertür zu, stieg in den Wagen und fuhr los. Nach einigen Metern, die Fensterscheibe war noch unten, hörte sie ein tiefes Bellen. „Benno?“ Vroni blickte nach hinten auf die Rückbank. Doch die war leer. Im Außenspiegel konnte sie erkennen, dass der Hund mitten auf der schmalen Straße stand. Breitbeinig, unbeweglich und er bellte.

„Benno, du damischer Hund, was machst denn du dort?“ Vroni hatte nicht bemerkt, dass der Hund den Wagen doch verlassen hatte. Sie hielt an, öffnete die hintere Tür und rief. „Kimm, steig halt ein!“ Doch Berner Benno rührte sich nicht. Noch mal versuchte sie es, klopfte sich auf die Oberschenkel, „Kimm, alter Mann, kimm halt her.“ Benno blieb stur und unbeweglich stehen. Soll sie doch kommen, schien er zu denken. Und so kam es dann auch.

Vroni gab auf, setzte sich resigniert in den Wagen und legte den Rückwärtsgang ein. Als sie mit dem Hund auf gleicher Höhe war, stieg er gemächlich ein, Vroni knallte die Tür zu.

Das Gelächter des Bauern auf seinem Traktor, der die Aktion beobachtet hatte, ignorierte sie. Lediglich Benno bekam einen Kommentar ab. „Alter Sturkopf!“, schimpfte sie. Doch Benno interessierte das nicht, er grunzte schon wieder vor sich hin.

Dem Winken, den Fingerzeichen und Armbewegungen des Mannes nach, so vermutete Vroni, musste sie weiter geradeaus fahren und die zweite Straße nach rechts abbiegen.

Zehn Minuten später stand sie vor einem Anwesen, an dessen Einfahrt auf einem großen, hölzernen Schild *Hyggehof* stand. Darunter war eingraviert: *Ferienwohnungen.*

Na endlich. Das war also der von Franzi beschriebene Hof. Sie setzte den Blinker und bog ab.

Inzwischen war es fast Mittag, über dem freien Platz des aus drei Seiten bestehenden Anwesens flimmerte die Sommerhitze. Vroni parkte mitten im Hof und schaltete den Motor ab. Seitlich, auf einem schmalen, langen Parkstreifen, standen zwei Autos. Franziskas Wagen konnte sie nicht sehen.

„Wo ist sie nur? Weder beim Hotel noch hier steht ihr Wagen, verdammt. Da stimmt doch etwas nicht", grübelte sie leise vor sich hin. Vroni machte sich immer mehr Sorgen um ihre Freundin. Sie musste der Sache unbedingt auf den Grund gehen. Erneut versuchte sie, Franzi über das Handy zu erreichen, bekam aber keine Verbindung. Sie schlug mit der flachen Hand auf das Lenkrad, beschloss: „Ich pack das jetzt an" und stieg aus. „Kimmst mit?", fragte sie nach hinten und öffnete die hintere Tür. Berner Benno schlug die Augen langsam auf und hob den Kopf. „Magst oder magst net?" Er rührte sich nicht. „Na?", kam es noch mal von Vroni. „Wir suchen Franziska!" Plötzlich wurde Benno munter. Entgegen seiner sonst so gemächlichen Art erhob er sich flugs, sprang aus dem Wagen und lief über den Hof. Mit einem: „Geht doch!" warf Vroni die Wagentür zu und wunderte sich. War etwas im letzten Wasser, das Benno getrunken hatte? Wie ein Junger lief der alte Herr über den Hof, schnüffelte, bellte zwischendurch und hob immer wieder die Schnauze in die Luft. Das ostfriesische Wasser schien ein Jungbrunnen zu sein. Sie ignorierte den Hund und ging auf das Haus zu. Eine große blauweiße Eingangstür schmückte die vordere Front. Daneben auf dem Klingelschild stand: *Gronewald*. Sie nahm die wenigen Stufen bis zur Tür und drückte den Klingelknopf. Vroni machte wieder ein paar Schritte zurück, wartete, was geschah. Aber es öffnete niemand. Nochmals versuchte sie es, aber ohne Erfolg. „Keiner da!“, stellte sie fest, wollte schon nach Benno rufen, der noch immer wie angestochen über den Hof lief, als ihr das kleine, etwas abseits gelegene Häuschen auffiel. Einen Versuch war es wert. Sie ging raschen Schrittes darauf zu, Benno folgte ihr nun.

Vroni musste nicht klingeln, kurz bevor sie das Haus erreicht hatte, öffnete sich die Haustür. Eine alte Frau, vollkommen in Schwarz gekleidet, erschien.

Ohne Begrüßung meinte sie: „Der Eingang für die Ferienwohnungen ist drüben.“ Sie deutete auf den Westflügel. „Einmal umzu und dort ist auch der Parkplatz. Hier ist nur privat.“ Sie winkte unwirsch mit der Hand, als wolle sie Vroni vertreiben.

„Nein, ich suche keine Ferienwohnung, ich suche eine Freundin.“

„Hier ist niemand“, fiel die Alte ihr ins Wort. „Drüben, alle sind drüben.“

Vroni schüttelte den Kopf.

„Ich suche meine Freundin. Sicher kennen Sie sie. Franzi, ich meine, Franziska Gronewald.“ Ein unmerkliches Zucken erfasste das Gesicht der Alten, sie wurde nervös. Wer war das? Was wollte diese Frau hier? Konnte sie ihnen gefährlich werden? Die Alte überlegte, ob sie die Frau hereinbitten oder vom Hof jagen sollte. Wenn Inge nur hier wäre, oder Gesine, die würden wissen, was man tun müsste.

„Kenn ich nicht, gehen Sie!", blaffte die Alte nun.

Inzwischen war auch Berner Benno an die Tür gekommen. Er schnüffelte, bellte leise und versuchte, an der Alten vorbeizukommen. Die aber stellte ihren Gehstock quer und versperrte ihm den Weg.

„Benno, aus! Aus, Benno!", versuchte Vroni nun, ihn zurückzuhalten. Sie griff nach seinem Halsband. Jetzt aber wurde der Hund noch unruhiger, er versuchte energisch, in das kleine Haus zu gelangen. Vroni wunderte sich. So kannte sie den sonst so drögen Hund nicht. War etwa Franzi hier und man ließ sie deshalb nicht durch? Aber die würde sich doch sicher bemerkbar machen, oder?

„Franzi?", rief Vroni plötzlich laut. „Wir sind es, die Vroni und der Benno, bist da?"

Die alte Frau aber schob die Tür bis auf einen kleinen Spalt zu. „Hier ist keine Franzi und jetzt nehmen Sie Ihren Hund und verschwinden sofort vom Hof, sonst rufe ich die Polizei."

Vroni wusste, dass sie hier nichts mehr ausrichten konnte. Ich komme wieder, überlegte sie. Hier stimmt was nicht.

Allein die Tatsache, wie Benno sich aufführte, bestätigte der Frau, dass Franzi hier gewesen sein musste. Aber warum sagte die Alte dann, sie kenne keine Franzi?

Zurück im Wagen – Benno war nur sehr schwer dazu zu bewegen –, einzusteigen – überlegte sie fieberhaft, was zu tun wäre. Zwei Möglichkeiten fielen ihr ein. Die Polizei oder Selbsthilfe. Sollte sie es wagen, nachts wiederzukommen und den Hof nach Franzi zu durchsuchen? Bennos Verhalten jedenfalls deutete klar darauf hin, dass Franzi hier gewesen sein musste. Sein Beschützerinstinkt Franzi gegenüber war wohl geweckt.

Der erste Versuch

Inges erster Versuch, an Siebos Unterschrift auf dem vorbereiteten Schriftstück zu gelangen, war fehlgeschlagen. Ihr Mann, wohl noch betäubt von den Schlafmitteln, war kaum ansprechbar. „Okay“, meinte sie zu dem leblosen Mann auf der Pritsche, „ich komme später wieder. Dann bist du hoffentlich wach. Glaub bloß nicht, dass du mich verarschen und dich schlafend stellen kannst. Wenn du nicht unterschreibst, ist deine Tochter dran! Ich habe alles vorbereitet.“ Sie hielt eine Plastiktüte hoch, in der sich nur noch ein einziges Luftloch befand. Ein Blick zu Franziska hinüber zeigte ihr, dass diese wach war. Trotz der engen Fesseln rutschte sie unruhig auf ihrem Lager hin und her.

Dumpfe Töne kamen von ihr herüber. Inge verstand nichts. „Durst? Hast du etwa Durst, meine Schöne? Wenn dein Vater unterschrieben hat, bekommst du etwas.“ Und zu ihrem Mann meinte sie: „Hast du gehört? Es liegt an dir, wie es deiner Tochter geht.“

Sie stellte eine volle Wasserflasche mitten in den Raum und verließ diesen mit den Worten: „Das gibt es erst, wenn Siebo brav unterschrieben hat.“

Siegessicher schloss sie die Tür zum hinteren Öken wieder ab, legte den Schlüssel auf das kleine Schränkchen daneben und tarnte die Tür ein wenig. Viel Aufwand trieb sie damit nicht mehr. Wer sollte denn hier hochkommen? Frerich und Gesine sicher nicht mehr. Hedda, froh, die Treppen nicht steigen zu müssen, auch nicht.

Inge nahm sich vor, in ein paar Stunden wiederzukommen, und freute sich: „Dann ist er reif! Dann sind beide reif!"

Ihren Plan, wie sie die beiden entsorgen wollte sowie anschließend ihren Mann als vermisst melden, fand sie genial und wusste, dass dafür noch einige Vorkehrungen nötig waren. Jetzt aber musste sie sich erst einmal um den Hof kümmern.

Vermisst?

Vronis erneuter Versuch, ihre Freundin auf dem Polizeirevier in Wittmund als vermisst zu melden, scheiterte ein zweites Mal. Auch, dass sie diesmal persönlich erschien, half da nicht.

„Sie sind keine Verwandte und wer weiß, was Ihre Freundin vorhat. Vielleicht hat sie jemanden kennengelernt. So einfach können wir nicht auf die Suche gehen. Das ist Verschwendung von Steuergeldern und von Manpower“, entgegnete ihr der Mann hinter der Glasscheibe. Alles Bitten und Betteln halfen nicht, der Kerl blieb stur. „Saupreiß, elendiger!“, schimpfte sie laut und fluchte weiter. Ihr lautes Schimpfen und Zetern verursachte einen Auflauf. Von Benno kam ein tiefes Bellen. Mehrere Polizeibeamte und -beamtinnen kamen aus den Büros gelaufen, um zu sehen, wer da so lautstark schimpfte. Eine Beamtin öffnete die Schleusentür und sofort flitzte Benno, flink wie nie, hindurch. Einige der Umstehenden lachten, andere versuchten, den Hund am Halsband zu greifen, aber Benno nahm schon die Treppe nach oben.

„Benno, sakra, wo willst denn hin?“, rief Vroni ihm nach.

„Sie bleiben hier!“, ordnete die Beamtin in der offenen Tür an, aber Vroni hetzte dem Hund hinterher. Auf dem Revier war Leben wie nur selten. Die lauten Rufe, das Gelächter holten weitere Kollegen aus ihren Büros. Im Treppenhaus zum zweiten Stock hatte Vroni den Hund endlich eingeholt. Der stand dort breitbeinig und bellte im Bariton, tief und schwer. Vroni griff nach seinem Halsband, aber der Hund blieb standhaft. Dann stellte sie sich hinter ihn und versuchte, sein Hinterteil anzuschieben. Benno rührte sich nicht. Immer mehr Kollegen kamen dazu, einige lachten, andere schüttelten den Kopf.

„Sakradi, Benno, kimmst endlich, sei net so bockboanig. Herrgott na!“ Sie schob und drückte, aber ohne Erfolg.

Auch die vier Ermittler in ihrem Büro bekamen den Auflauf mit. Tomke drehte den Kopf Richtung Tür und wollte wissen: „Was ist denn da draußen los? Werden wir überfallen?“

„Da bellt doch ein Hund!“, bemerkte Miri erfreut und stand auf. „Ich schau mal!“ Die hundevernarrte Miri war nicht zu halten. Von draußen auf den Flur hörten ihre Kollegen sie entzückt rufen. „Ein Berner Sennenhund, ist das ein schöner Kerl!“ Nun wurde auch Benno aktiv. Er lief schwanzwedelnd auf die junge Frau zu und ließ sich streicheln und klopfen. „Mein Gott, was bist du für ein schöner Kerl! Wo kommst du denn her?“

„Durchgeschlüpft und einfach nach oben gelaufen“, schimpfte nun die Polizeibeamtin, der Benno durchgegangen war.

„Bist du ein Braver?“, wollte Miri von Benno wissen. Der drückte seinen Kopf an Miris Beine und ließ sich weiter verwöhnen.

„Na, du bist net g'scheit! Kimm her, Benno!" Vroni konnte es nicht fassen. Was war nur in den drögen alten Hund gefahren?

Nun kamen auch Tomke, Carsten und Hajo dazu und Tomke wollte wissen: „Was ist hier los?" Sie schaute zu der jungen Beamtin und setzte nach: „Habt ihr alles im Griff, Frauke?" Die nickte und berichtete, was unten vorgefallen war. Ihr wie auch den anderen Kollegen von der Eingangsschleuse war die Situation unangenehm. Dass ein Hund samt Frauchen so einfach in das Gebäude eindringen konnte, durfte eigentlich nicht geschehen. Auch Vroni gab zwischendurch ihren Senf dazu, in der großen Aufregung allerdings in tiefstem Bairisch. Ihre Bemühungen, sich hier in Ostfriesland einigermaßen verständlich auszudrücken, hatte sie vergessen.

Carsten war das Theater leid. Er schaute in die Runde.

„So, nun beruhigen wir uns alle mal wieder. Sie verlassen mit Ihrem Hund das Haus und alle anderen gehen an ihre Arbeit. Frauke, bring die beiden bitte zum Ausgang, aber diesmal ohne Komplikationen, bitte!"

„Nein!", kam es nun bestimmt von Vroni. „Der Hund sucht sein Frauchen und ich auch. Deshalb sammer hier!"

„Eine Vermisstenanzeige können Sie unten bei den Kollegen aufgeben", mischte sich nun Hajo ein. Er stellte sich neben Miri, die noch immer mit Benno beschäftigt war, und wollte wissen:

„Wen suchen Sie denn?"

„Meine Freundin und sein Frauchen!" Vroni zeigte auf Benno.

„Aber der Sauprei...“, sie stockte und begann noch mal. „Aber der Mann von unten will nix davon wissen. I bin kane Verwandte, sagt er!“

„Sie sind nicht von hier, wie man hört. Wieso suchen Sie Ihre Freundin?“ Tomke war nun neugierig geworden.

Miri ging es ähnlich.

„Benno“, wollte sie wissen, „wie heißt denn dein Frauchen?“

„Franzi!“, kam es nun von Vroni, die hoffte, hier nun doch etwas erreichen zu können.

„Franzi?“ Miri schaute auf.

„Franziska?“, hakte sie nach und Carsten ergänzte: „Gronewald etwa?“

„Ja, Franziska Gronewald. Sie kennen sie? Ist ihr was passiert? Mein Gott ...“ Vroni schlug die Hände vors Gesicht, Berner Benno ließ ein tiefes „Wuff“ hören.

„Kommen Sie!“ Carsten bat Vroni ins Büro. Tomke folgte ihnen, verstand aber den Zusammenhang nicht sofort.

„Der Hund bleibt draußen!“, ordnete sie an. Aber Miri beruhigte sie. „Lass mal, ich pass auf ihn auf.“ Und Hajo meinte grinsend: „Tomke, der macht nix, der will nur spielen.“ Er kannte Tomkes Respekt vor unbekannten Hunden.

Kurze Zeit später, im Haus war wieder Ruhe eingekehrt, hatte Vroni ihr Anliegen vorgetragen. „Ich mache mir große Sorgen. Franzi wollte sich melden, aber seit dem Abend habe ich nix mehr gehört und an ihr Handy geht sie auch nicht.“

„Und deshalb haben Sie sich auf den langen Weg gemacht?“, wollte Carsten wissen.

„Na, vorher hab i angerufen, hier bei euch, aber ohne Erfolg. Man muss doch was tun. Da is was passiert! I sags Eana!“

Die vier Ermittler schauten sich an. Normalerweise war es korrekt, dass man einer unbestimmten Meldung nicht so einfach nachging. Aber hier war das wohl etwas anderes. Schließlich war auf Frau Gronewald schon mal ein Anschlag verübt worden. Wenn die Frau mit dem komischen Dialekt recht hatte, überlegte Carsten, und Frau Gronewald wirklich verschwunden ist, kann es nur mit dem Testament ihres verstorbenen Mannes zu tun haben.

„Aber wer soll ihr etwas getan haben?“, fragte er in die Runde. „Frerich Gronewald wie auch Gesine Schöpp sitzen in Untersuchungshaft.“ Die anderen nickten.

„Von wo hat sich Ihre Freundin denn zuletzt gemeldet?“, wollte nun Miri wissen. Vroni überlegte kurz und berichtete dann: „Sie kam wohl von ihrem Vater und lief durch ein kleines Wäldchen. Ihr sind Fledermäuse um die Ohren geflogen, das hat Franzi total erschreckt. Ich hab noch meine Witze darüber gemacht.“ Vroni überlegte einen Moment und fuhr dann fort:

„Wartet mal, sie sagte, ‚da vorne steht mein Auto‘ und dann … ja, dann war die Leitung tot und seitdem …“ Ihre Stimme brach ab.

„Hm, also vom Hof ihres Vaters“, begann Carsten, doch Vroni ging dazwischen. „Was hat das denn überhaupt zu bedeuten? Wieso Vater? Franzi hat weder Vater noch Mutter. Ihre Mutter ist bei einem Autounfall ums Leben gekommen, da war sie drei oder vier Jahre alt. Aufgewachsen ist sie bei ihrer Tante. Einen Vater gab es nie!“

„Doch!“, erklärte Carsten kurz, „das hat das Testament ergeben. Aber das ist jetzt nicht wichtig.“ Er griff nach seinem Handy und tippte eine Nummer ein, stellte auf Lautsprecher. Alle im Raum hörten es klingeln, aber niemand meldete sich.

„Komisch!“, entfuhr es dem Mann. „Wartet, ich habe noch eine Idee. Vielleicht weiß Oma ja etwas. Die beiden haben doch ein sehr inniges Verhältnis.“

„Lass mal, das mache ich!“ Tomke wählte die Nummer ihrer Großmutter, die sich auch sofort meldete.

„Wie geht es meiner Schwester?“, rief sie ins Telefon.

„Oma, wir haben noch nix gehört, aber ich rufe gleich noch dort an. Ich muss etwas anderes mit dir besprechen. Hast du etwas von der Frau aus Bayern gehört? Von dieser Franziska Gronewald? Hat sie sich in den letzten Tagen bei dir gemeldet?“

„Mein Gott, nein. Die Deern, ich hab vor lauter Aufregung gar nicht an sie gedacht. Warum? Ist etwa schon wieder was passiert?“

„Ich denke, nicht“, versuchte Tomke nun, ihre Großmutter zu beruhigen. Wir wollen sie nur sprechen. Wenn du etwas von ihr hörst, gib uns bitte Bescheid.“

„Mach ich, Kind. Du aber auch. Ich hoffe, mit ihr ist alles in Ordnung.“

„Ja. Und du, Oma? Wie geht es dir?“

„Ach Kind, was denkst du wohl. Ich habe heute tatsächlich bis neun Uhr geschlafen. Das gab es bisher noch nie!“

Tomke verabschiedete sich und versprach, nachher gleich im Krankenhaus nach Fienchen zu fragen.

„Nein, ihr habt es ja gehört. Die beiden hatten in den letzten Tagen keinen Kontakt." Im Raum herrschte kurz Schweigen.

„Müssen wir uns Sorgen machen?", wollte Tomke nun wissen. „Ihr seid an der Sache näher dran als Hajo und ich."

Carsten und auch Miri nickten.

„Wir werden der Sache nachgehen", beschloss Carsten. „Wenn wir in den nächsten Stunden nix von Frau Gronewald hören, fahren wir raus zum Hyggehof und suchen die Gegend ab. Ihr Auto muss doch auch irgendwo stehen."

„Auf dem Hotelparkplatz und bei dem Hof hab i es nit gesehn", meldete sich nun Vroni.

„Sie waren schon dort?" Carsten schaute die Frau erstaunt an.

„Na klar!" Vroni rief Benno zu sich, der noch immer mit Miri kuschelte. „Und der Benno, der war ganz aufgeregt, als wir dorten warn."

„Okay!" Tomke erhob sich. „Sie fahren jetzt zurück in Ihr Hotel. Wir treffen uns um", sie blickte auf ihre Uhr, „sagen wir, um sechzehn Uhr draußen auf dem Hyggehof."

Sie schaute Vroni fragend an. Der ging das alles zu langsam. Warum erst um vier?, überlegte sie. Warum nicht gleich? Ich fahre nicht ins Hotel, beschloss sie dann, ich fahr da noch mal raus.

Das allerdings verriet sie nicht. Sie meinte nur: „Wennst meinst!" und rief Benno. „Kimm alter Moa, mir ganga!"

Miri brachte Vroni und Berner Benno zum Ausgang, verabschiedete sich und versprach: „Nachher gehen wir gemeinsam auf die Suche. Ich gebe auch gleich noch den Wagen Ihrer Freundin zur Fahndung raus. Dann halten die Kollegen unterwegs die Augen danach offen."

Als Miri ins Büro zurückkam, berichtete Carsten, dass auch sein Versuch, Siebo Lückelill zu erreichen, fehlgeschlagen war. „Komisch!", meinte er.

„Wir haben noch gut zwei Stunden, lasst uns den Fall zu Ende durchgehen", bat Tomke.

Ein neuer Versuch

Inge hatte in den letzten Stunden jede Menge zu tun gehabt, beim Blick auf die Uhr musste sie nun feststellen, dass es Zeit war, die beiden im Öken aufzusuchen.

Sie griff sich die Mappe mit dem vorgefertigten Schreiben und machte sich auf den Weg hinüber zum Hyggehof. Hedda und Meta besuchte sie nicht, die, das wusste sie, lagen jetzt in ihren Sesseln zur Mittagsstunde. Da wollte sie nicht stören.

Inge zog den Schlüssel aus der Tasche und schloss die schwere Eingangstür auf. Mit flinken Schritten lief sie nach oben, voller Zuversicht, nun endlich Siebos Unterschrift zu bekommen. Was blieb ihm auch übrig? Ihre Drohung, sonst Franziska zu töten, wirkte mit Sicherheit.

Mit geübten Händen räumte sie das Gerümpel vor der geheimen Tür im Öken zur Seite, nahm den Schlüssel vom kleinen Schränkchen und schloss auf.

Drinnen im Raum sah es noch genauso aus wie vor ein paar Stunden. Franziska lag auf dem niedrigen Bettgestell, Inge erkannte, dass die Frau wach war. Ihre kurzen ruckartigen Bewegungen verrieten es ihr. „Streng dich nicht an!“, rief sie ihr zu. „Die Kabelbinder geben nicht nach!“ Ein Blick auf Siebo zeigte, dass er noch immer völlig regungslos auf der Pritsche lag.

„Schläfst du oder tust du nur so?", fragte Inge zu ihm hinunter. „Ich rate dir, mir nichts vorzuspielen. Denk an deine Tochter." Sie zog die Plastiktüte über seinem Kopf ein wenig hoch. Ihr Mann war blass, die Wunde an seiner Stirn hatte inzwischen eine dunkle Kruste gebildet und sie bemerkte angeekelt, dass sich dort eine regenbogenfarben glänzende Fliege niedergelassen hatte. Die flog auch nicht weg, als Inge mit der Hand über Siebos Stirn wedelte. „Dann nicht!", murmelte sie und schlug ihrem Mann mit der flachen Hand auf die Wange.

„Siebo, mein Lieber, aufwachen! Es ist Zeit, dass du etwas für das Leben deiner Tochter tust." Sie hielt das Schreiben hoch. „Musst nur unterschreiben und alles ist gut." Über Siebos Gesicht huschte ein Zucken, aber sonst reagierte er nicht. Die Frau versuchte es weiter. „Ich weiß doch, dass du nicht schläfst, und tot bist du auch nicht. Wäre es nicht eine Schande, wenn du daran schuld bist, dass deine Franziska …?" Sie brach ab.

„Nein? Du willst nicht unterschreiben?" Inge beugte sich tief über sein Gesicht. „Siebo!", flüsterte sie. Plötzlich riss der Mann die Augen weit auf, hob den Kopf ruckartig an und gab Inge einen Kopfstoß. Aus der Platzwunde an seiner Stirn spritzte erneut Blut, die Fliege flog davon. Inge sprang entsetzt auf und griff sich an die Stirn. Beim Blick auf ihre Hand musste sie feststellen, dass auch die blutig war.

Ob es von einer eigenen Verletzung oder von Siebos Stirn kam, konnte sie nicht erkennen. Das Schlimmste aber für die Frau war, dass auch die Papiere in der Hand Blut abbekommen hatten.

„Verdammter Idiot. Was hast du gemacht? Jetzt muss ich alles neu ausdrucken. Das wirst du mir büßen!", stieß sie aus und hielt dann inne. „Nein", ergänzte sie böse und zeigte auf Franziska. „Sie wird es mir büßen und du bist schuld."

Sie ging hinüber zu Franziskas Lager, zog ihr die Plastiktüte vom Kopf und ersetzte sie durch eine neue mit nur einem kleinen Loch.

Zurück bei Siebo flüsterte sie hasserfüllt: „Eine Stunde, dann wird sie elendig ersticken. Eine Stunde hast du, länger hält sie es nicht aus. Ich komme gleich wieder, dann unterschreibst du oder Franziska erstickt neben dir. Du hast die Wahl."

Inge drehte sich um, verließ den Raum und knallte die Tür hinter sich zu. Mit den blutbespritzten Papieren hastete sie die Treppe hinunter.

Sie ärgerte sich. Nun musste das Dokument neu ausgedruckt werden. „Zum Glück habe ich es gespeichert und muss es nicht neu schreiben."

Auf eigene Faust

Vroni, mit Benno an ihrer Seite, lief nun auf den Nachbarhof zu, den Franziska am Telefon erwähnt hatte. Franzis Vater wohnte dort. Ihr Auto parkte sie ein ganzes Stück entfernt, an der schmalen Landstraße. Vroni rätselte noch immer, was es mit diesem Vater auf sich hatte. Jetzt aber konzentrierte sie sich auf die Umgebung. Aus der Ferne erkannte sie, dass sich auf diesem Hof im Seitentrakt wohl etliche Ferienwohnungen befanden. Der seitliche Parkplatz war voller Autos mit Kennzeichen aus ganz Deutschland. Durch einen kleinen Graben und das Buschwerk dahinter drängte sie sich auf das Grundstück. Benno folgte ihr dichtauf.

„Wir müssen ganz leise sein und aufpassen, Benno. Es darf uns keiner sehen!", flüsterte sie dem Hund zu, in der Hoffnung, dass er sie verstand. Franzi hatte ihr einmal erzählt, dass sie Benno darauf abgerichtet hatte, sich im Notfall totzustellen, und es ihr vorgeführt. Auf das Kommando „Toter Mann" fiel Benno dann um und blieb regungslos liegen. Auf welches Kommando der Hund dann wieder aufgestanden war, daran erinnerte sich Vroni nicht. In ihrem Beisein war es noch nie nötig gewesen und sie hatte sich damals gefragt, welchen Grund es dafür gäbe. Aber das war eben Franzi mit ihren komischen Ideen.

„Na, das werden wir wohl nicht brauchen, alter Mann", sprach sie zu Benno und streichelte ihm übers Fell.

Grundstück und Gebäude im Auge, lief sie nun auf das kleine Wäldchen zu, welches das Anwesen mit dem Nachbaranwesen verband.

Hier muss es gewesen sein, stellte die Frau fest, von wo Franzi mich angerufen hat. Sie schaute nach rechts und links, aber außer Buschwerk und Efeu konnte sie nichts entdecken. Durch die dünnen Baumstämme erkannte sie plötzlich, dass jemand das Gebäude auf der anderen Seite verließ und auf sie zukam. Es handelte sich um eine Frau, die laut vor sich hinsprach. Zuerst vermutete Vroni, die Frau telefoniere mit jemandem, aber das war nicht der Fall. Sie führte ein Selbstgespräch, nein, sie schimpfte laut vor sich hin. „Kimm, Benno, duck di. Besser, man sieht uns net." Sie klopfte Benno auf das Hinterteil und er ließ sich ins Efeu fallen. Auch Vroni machte sich ganz klein.

„So ein Idiot!", hörte sie nun und weiter: „Alles voller Blut. Na warte, nicht mit mir! Das wirst du nicht …"

Den Rest verstand sie nicht.

Wovon hatte die Frau gesprochen? Alles voller Blut? Handelte es sich etwa um Franzis Blut? Dann würde sie ja in dem Haus gefangen gehalten, vermutete sie. Ein Blick zurück ließ sie erkennen, dass die Frau im Seitentrakt des Nachbarhauses verschwand.

„Benno!", entschied sie, „jetzt oder nie. Wir müssen da rein und Franzi befreien." Bennos Bariton war nur ganz leise zu vernehmen. Er hatte wohl kapiert, dass hier Vorsicht angesagt war.

„Kimm, jetzert pack mer's."

Sie griff nach Bennos Halsband und lief gemeinsam mit dem Hund los. An der Tür, aus der die Frau gekommen war, wurde sie allerdings enttäuscht, denn die war verschlossen.

„Kreizdunner …“ Vroni schaute sich um, hob Blumentöpfe und eine Gießkanne hoch, ob da wohl ein Schlüssel versteckt war. Es war zum Verzweifeln. Wie nur kam sie in das Haus?

Nur beiläufig, denn fast hatte sie schon resigniert, lupfte sie die Fußmatte und rief leise: „Herr im Himmel, i dank dir schön“, griff nach dem Schlüssel und steckte ihn ins Schloss. Nachdem sie noch mal den Blick nach rechts und links gewandt hatte, schloss sie die Tür auf und verschwand gemeinsam mit Benno im Haus.

Wo aber hier in diesem riesigen Haus konnte Franzi stecken? Und war vielleicht noch jemand im Haus, der sie entdeckte? Entschlossen rief sie: „Hallo, ist hier jemand?“ Aber es war still im Haus. Noch mal versuchte sie es: „Hallo, hallo!“ Wieder kam keine Antwort. Nun nahm sie all ihren Mut zusammen und rief laut: „Franzi? Franziska? Bist hier irgendwo?“ Wieder kam keine Antwort. Vroni überlegte fieberhaft, was Franzi so alles erzählt hatte. Eine Entdeckung hatte sie gemacht und war mächtig aufgebracht. Ein Wort, das Franzi benutzt hatte, wollte ihr partout nicht einfallen.

Köke, Böcke, nein, das war es nicht. Oken, nein Öken. Ja genau, das war es. Aber was bedeutete Öken? Ein Zimmer? Ein Kellerraum? Sie wusste es nicht, auch nicht, ob Franzi es überhaupt erklärt hatte. Vroni war klar, dass sie nicht viel Zeit hatte, sicher würde die Frau bald zurückkommen. Und Benno, der war hier auch nicht wirklich hilfreich, eher eine Last, wenn sie sich rasch durch das

Haus bewegen wollte. Aber, was zum Teufel bedeutete Öken? Sie zog ihr Handy aus der Tasche und gab das Wort bei Google ein. „Verdammt, das hätte ich auch schon früher haben können." Öken, Dachkammer unter der Schräge, stand dort.

„Wir müssen aufi, Benno. Kimm!" Doch das musste sie dem Hund nicht sagen, es schien, als habe er Witterung aufgenommen. Trotz seines Alters und des schweren Körpers lief er vor Vroni die Treppe nach oben, dass sie ihm kaum folgen konnte. Auf der ersten Etage blieb er stehen, schüttelte sich und schnupperte, dann nahm er Anlauf und sprang die nächsten Stufen hoch. Auch im zweiten Stock schüttelte er sich, dass sein Halsband klapperte, und lief weiter.

„Ja, ganz nach oben, hast recht, Benno!" Vroni folgte ihm. Doch dann blieb sie stehen. Von unten waren Geräusche zu hören, eine Tür schlug ins Schloss.

„Benno, Benno, aus, stopp, wir müssen uns verstecken! Sie kommt zurück!" Doch Benno war kaum zu halten, Vroni kam gegen die Masse an Hund nicht an. Mit aller Kraft zog sie ihn zur Seite und hinter einen alten Paravent. Alles „Aus" und „Sei stad" half nicht, sodass sie plötzlich „Toter Mann" sagte. Leise, aber der alte Hund reagierte sofort und fiel wie tot um. Gerade rechtzeitig, denn jemand kam die Treppenstufen nach oben. Vroni atmete auf.

Durch einen Schlitz im Paravent erkannte sie, dass die Frau tatsächlich zurück war. Wieder trug sie Papiere in der Hand. Was wollte sie damit? Zu Franzi? Wohl kaum. Habe ich mich getäuscht und Franzi ist gar nicht hier?, überlegte sie nun. Atemlos beobachtete sie, wie die Frau unter der Dachschräge verschwand und durch einen schrägen Raum lief. Dahinter befand sich eine Tür. Die wurde nun geöffnet und die Frau trat ein. Vroni hörte sie sprechen, verstand aber nicht viel. „Ich muss näher ran, so kann ich nichts erkennen." Vorsichtig verließ sie ihr Versteck, Benno spielte noch immer „toter Mann". Ob der wohl noch mal aufsteht?, fragte sie sich. Eine Hilfe war er ihr so nicht. Aber das war jetzt unwichtig. Vroni wollte wissen, was dort im Öken geschah. Je näher sie sich heranwagte, umso mehr verstand sie. Die fremde Frau sprach mit jemandem und nun hörte sie das Wort „Unterschrift". Immer näher schlich Vroni heran. „Unterschreib! Jetzt!", schrie die Frau plötzlich. „Deine Tochter bekommt nur noch wenig Luft. Willst du, dass sie stirbt?"

Tochter? Meinte sie etwa Franzi damit? Ich muss näher heran. Ich muss sehen, mit wem sie spricht und ob Franzi auch dort ist.

Mutig stand sie auf, drückte sich, so gut es ging, an die Wand gegenüber der Schräge. Aber das war nicht so einfach, dort standen alte Möbel und andere Dinge, um die sie herumlaufen musste.

Vorsichtig und ganz leise arbeitete Vroni sich vor. Schritt für Schritt kam sie näher. Nun konnte sie einen Blick in den Raum werfen. Dort lag ein Mann, die Frau stand daneben und weiter hinten sah sie … Was war das? Wer war das? Das war … Da lag … Franzi!

Vroni stieß einen unterdrückten Schrei aus, gleichzeitig klirrte es neben ihr. Ein Glas war umgefallen und auf dem Boden zerschellt. Als sie wieder nach vorne blickte, stand die Frau nun dicht vor ihr mit einem Holz in der Hand.

Vroni hob die Arme hoch, doch den Schlag mit dem Bleuel konnte sie nicht mehr abwehren.

Auf der Suche nach Franziska Gronewald

Hajo und Miri blieben im Büro, während die beiden anderen Ermittler sich auf den Weg zum Hyggehof machten. Carsten meinte im Wagen nachdenklich zu Tomke: „Ich habe den Vater von Frau Gronewald zu erreichen versucht, aber auch er meldet sich nicht. Das ist doch eigenartig, oder?“

Tomke zuckte mit den Schultern und gab Gas, sie hatten gerade das Ortschild von Wittmund hinter sich gelassen.

„Das Ganze kann natürlich auch einen ganz einfachen Grund haben. Die beiden sind unterwegs und wollen nicht gestört werden. Ein Kennenlernen zum Beispiel.“

„Und gehen nicht an ihre Handys? Beide?“ Carsten schüttelte den Kopf. „Na, ich weiß nicht. Außerdem ist der Mann Bauer, der lässt doch in der Saison seinen Hof nicht alleine. Nein, Tomke, ich glaube, die Freundin von der Gronewald hat recht. Da stimmt was nicht.“

„Kann sein. Ich kann mir aber nicht vorstellen, wer den beiden, oder Frau Gronewald alleine, nach dem Leben trachten sollte.“

„Wir werden sehen. Haben die Kollegen inzwischen den gelben Käfer gesichtet?“

„Nein“, antwortete Tomke, „bisher gab es da keine Rückmeldung.“

Das nächste Stück des Weges nahmen sie schweigend.

Als Tomke den Wagen auf den Hof des Anwesens lenkte, schien dort alles ruhig und verlassen. Keine Menschenseele zu sehen. Sie parkte in einer kleinen Nische, etwas verdeckt von einer Hecke. „Die haben das ja ganz clever organisiert", stellte sie fest. „Von den Gästen in den Ferienwohnungen bekommen sie hier nichts mit."

„Ja", stimmte Carsten zu, „deren Eingang zu den Wohnungen und auch ihr Aufenthaltsbereich liegt auf der anderen Seite. Weder die Autos der Gäste noch spielende oder tobende Kinder stören den privaten Bereich."

Sie stiegen aus und schauten sich um. Die Bayerin mit dem Hund konnten sie nirgends entdecken. Ist wohl noch unterwegs, überlegte Tomke.

Wo sollten sie nun anfangen zu suchen? In den Scheunen? In der Hexenküche von Gesine oder in der Kate? Oder im großen Haupthaus?

Tomke zog ein Schlüsselbund aus der Tasche.

„Woher hast du den?", wollte Carsten erstaunt wissen.
„Von Gesine, die Alte wollte ihn nicht rausrücken, aber ich konnte sie dann doch überreden!" Tomke grinste.

„Überreden?", wiederholte Carsten stirnrunzelnd.

„Genau! Ich habe …"

„Lass es, sei still, ich will's gar nicht wissen", unterbrach ihr Kollege sie schnell. Dann griff er nach Tomkes Arm und zog sie hastig zurück.

„Was ist?"

„Da ist jemand im Haupthaus verschwunden. Hast du das nicht gesehen?"

„Nein, wer war das? Eine der Alten?"

„Nein, keine von denen. Aber es war eine Frau und ich kenne sie, ich hab sie schon gesehen." Carsten überlegte einen Moment. „Mist, ich komm nicht drauf!" Nachdenklich fuhr er sich über das Gesicht.

„Soll ich nachhelfen, vielleicht mit einem Klaps auf den Hinterko…?"

„Quatsch, nee, ich hab's. Die Frau war bei der Testamenteröffnung dabei. Es war die Frau von Franziska Gronewalds Vater. Klar, sie war es!"

„Dann wird die ganze Sache auch rund!", stellte Tomke nun fest. „Wir überlegen die ganze Zeit, wer noch etwas gegen diese Franziska haben könnte. Sie! Ihr gefällt es nicht, dass ihr Mann plötzlich Vater geworden ist."

„Meinst du? Ja, kann sein! Das ist die einzig plausible Erklärung."

„Komm", forderte Tomke ihren Kollegen nun auf. „Lass uns ins Haus gehen." Sie nahm das Schlüsselbund hoch. „Einer davon wird passen. Aber wir müssen leise sein."

Vorsichtig liefen sie über den Hof auf das Gebäude zu. Deckung hatten sie keine. Vor der Tür suchte Tomke nach einem Schlüssel, der von der Form her zum Schloss passen könnte. Es gab zwei davon. Der erste passte.

„Super!", entfuhr es ihr. Sie drehte ihn langsam im Schloss, Carsten drückte die Tür vorsichtig auf. Beide schlüpften ins Haus, Carsten schloss sie leise wieder. Nun standen sie in der großen Diele und lauschten.

„Tomke!", flüsterte Carsten nun. „Ein Öken ist doch ganz oben im Haus, wenn ich das richtig weiß. Zur schrägen Dachkammer sagt ihr doch Öken, oder?"

„Ja!“, flüsterte sie zurück. Warum?“

„Nur so eine Idee, lass uns nach oben gehen.“

Leise nahmen sie nun den Weg nach oben, Stufe für Stufe, sich immer aufmerksam umschauend. Carsten sicherte mit Blicken nach oben, Tomke seitlich und nach unten ab.

Plötzlich blieben beide stehen. „Hast du das auch gehört?“, wollte Tomke leise wissen.

„Ja, was war das?“

„Ein Knurren, ein …“ Sie sahen sich erstaunt an. „Kann es sein, dass dieser Hund von der Bayerin hier ist?“

„Quatsch wie sollte er denn …“ Carsten brach ab. Wieder war ein dumpfes Bellen zu hören.

Sie hatten das Mittelpodest zur zweiten Etage erreicht und lauschten weiter. Nach oben, deutete Tomkes Handzeichen an. Carsten nickte. Leise stiegen sie weiter, immer wieder auf das Geräusch hörend. „Wuff“, machte es wieder.

Oben angekommen sahen sie eine geöffnete Tür, sie führte unter eine Dachschräge, den angesprochenen Öken. Carsten nickte Tomke zu, ihr zu folgen, schaute kurz um die Ecke und machte einen Schritt auf die andere Seite der Tür.

Die beiden gaben sich Zeichen und schlichen dann geduckt in den Raum, der voller Gerümpel stand. Weiter hinten erkannten sie eine weitere Tür. Geduckt liefen sie darauf zu. Beim Anblick, der sich ihnen bot, stieß Tomke ein entsetztes „Scheiße!“ aus.

Der Anblick, der sich ihnen bot, war grausam und skurril zugleich.

Carsten griff nach seinem Handy, tippte kurz darauf und meinte: „Kommt her, beide und bringt das große Besteck mit."

„Wie viele Personen?", hakte Hajo kurz nach.

„Vier!", antwortete Carsten. „Nein drei, die vierte braucht keinen Arzt, wie ich vermute."

Tomke kümmerte sich um die beiden gefesselten Personen, den Hund ließ sie vorerst dort, wo er lag.

„Braver Hund!", murmelte sie nur. „Braver Hund!"

Im Krankenhaus

Als Franziska die Augen öffnete, schaute sie in ein Gesicht mit himmelblauen Augen. Sie blinzelte etwas und hörte eine Stimme: „Na, da sind Sie ja wieder! Ich hatte gehofft, dass wir uns wiedersehen, aber doch nicht so." Das Gesicht entfernte sich ein wenig und Franziska schrie auf: „Hilko! Oh Gott, Hilko! Bin ich tot?"

„Nein, Sie sind nicht tot und ich bin nicht Hilko. Ich bin immer noch Martin. Doktor Martin Hildebrandt, erinnern Sie sich nicht?"

Franziska versuchte, sich aufzusetzen, doch es gelang ihr nicht.

„Langsam, schön liegen bleiben, bitte."

„Nicht Hilko? Hilko ist tot", flüsterte sie nun.

„Nein, nicht Hilko. Und Sie sind nicht tot und das ist gut so."

Diese Augen! Franziska schoss eine Hitzewelle in den Kopf. Ihr Herz raste. Dieser Mann, der aussah wie Hilko … Franziska erinnerte sich, ihn schon mal gesehen zu haben. Auch damals hatte er ein schon lange nicht mehr empfundenes Gefühl in ihr ausgelöst. Was war das?

„Ihr Herz überschlägt sich gerade, das gefällt mir nicht, es sei denn, es liegt an mir", hörte sie nun.

Frecher Kerl, was bildete der sich ein? Aber hatte er nicht recht? Ein Geräusch neben ihr lenkte sie ab.

„Da wacht noch jemand auf, na, nun sind sie beide wieder bei uns, Vater und Tochter!“, bemerkte der Arzt.

Vater? Lag in dem anderen Bett etwa Siebo?

„Normalerweise machen wir das nicht, aber die letzten Worte des Herrn hier waren: Ich will zu meiner Tochter. Wenn Ihnen das nicht recht ist, verlegen wir ihn natürlich.“ Franziska winkte ab. Sie drehte den Kopf, und tatsächlich, im Nachbarbett lag ihr Vater. Um den Kopf trug er einen dicken Verband. Neben seinem Bett stand, wie bei ihr auch, ein Galgen, an dem Infusionsflaschen hingen. Langsam kam die Erinnerung zurück und Franziska fuhr hoch. Die Fischköpfe über ihr, die Plastiktüte mit den Löchern und später eine andere, durch die sie kaum Luft bekam. Inge, Hedda und dann war da noch jemand im Raum. Siebo? Hatte man auch ihn dort gefangen gehalten?

Der Arzt kam zurück an ihr Bett, beugte sich über sie und flüsterte: „Ich lass euch jetzt mal alleine. Aber diesmal lass ich dich nicht gehen, ohne dass wir uns verabredet haben. Und den Herrn im Nachbarbett kann ich mir gut als künftigen Schwiegervater vorstellen.“ Sprachs, kontrollierte die Infusionsflasche und verließ das Zimmer.

Stunden später

„Wenn es nicht so ernst wäre, müsste man sich in die Hose machen vor Lachen", berichtete Tomke, als sie alle um den großen Tisch in Omas Küche saßen.

„Zu schade, dass ich es nicht live gesehen habe. Zeig mir doch noch mal das Foto, Carsten. Oder nein, schick es mir auf mein Handy", bettelte Miri.

„Das ist ja wohl nicht zu fassen! Franziska und ihr Vater liegen im Krankenhaus, es geht ihnen sehr schlecht, keiner weiß, wie es ausgeht, aber ihr macht Witze." Oma war empört.

„Wir lachen ja nicht über die beiden, Oma", versuchte Tomke sie zu beruhigen. „Aber der Anblick der Frau, die unter dem sabbernden Hund lag, war einfach zum Schreien." Nun musste auch Oma grinsen. „Zeig halt noch mal her, hast ja recht."

Carsten reichte ihr das Handy. Kopfschüttelnd betrachtete die alte Frau das Foto, auf dem eine Frau zu sehen war, oder eher nur ihr Kopf. Der Rest des Körpers war von Berner Benno bedeckt, der der Länge nach auf ihr lag. Aus seinem Maul tropfte der Speichel, lief über das Gesicht der Frau. „Die Arme!", gluckste nun auch Oma. „Aber verdient hat sie es. Meine arme Franziska, wie konnte sie ihr das nur antun."

Lange saßen sie noch zusammen und sprachen über den Fall. Wie sich herausgestellt hatte, war Vroni mit Benno in das Haus eingedrungen, wurde dann aber im Öken von Inge entdeckt und niedergeschlagen. Die aber hatte nicht mit Berner Benno gerechnet. Entsetzt und ausschweifend erzählte sie den beiden Ermittlern, nachdem man sie von Benno befreit hatte, dass dieser plötzlich mit einem Riesensatz auf sie zugesprungen war, sie umgeworfen und sich auf sie gelegt hatte. Dort lag er dann auch noch, als Tomke und Carsten eingetroffen waren. Vroni hatte von alldem nichts mitbekommen. Sie war kurz darauf aus ihrer Bewusstlosigkeit mit einer riesigen Beule an der Stirn aufgewacht. Dann hatten die beiden Kommissare Siebo und Franziska aus ihrer Gefangenschaft befreit. Das große Besteck – damit waren Notarzt und Rettung für drei Personen gemeint gewesen – traf wenig später ein. Zuerst hatte man Siebo und Franziska versorgt und sofort nach Sanderbusch in die Klinik gebracht. Auch Vronis Stirn hatten sie versorgt, die aber bestand darauf, keinesfalls ins Krankenhaus zu gehen. „Höchstens zu Besuch. Ich komme morgen", versprach sie ihrer Freundin, bevor man diese in den Rettungswagen schob.

Inge Lückelill hatten sie verhaftet und nach Wittmund zum Verhör gebracht. Dort saß sie nun in der Arrestzelle. Morgen wollte man sie noch mal vernehmen, Haftbefehl beantragen, bevor sie dann nach Wilhelmshaven in Untersuchungshaft verbracht werden musste.

Auf dem Weg nach Sanderbusch

„Wir hätten vielleicht einen Bus mieten sollen", schimpfte Tomke, als sie im Konvoi gen Sande zur Klinik Sanderbusch fuhren. Am Morgen war der Anruf gekommen, dass man Fienchen auf Normalstation verlegt habe. Sie sei noch sehr schwach, aber eine Intensivbetreuung nicht mehr nötig. Oma hatte anschließend einen Rundruf in der Nachbarschaft gestartet und alle darüber informiert. Mariechen und Anne von gegenüber wollten ihre Nachbarin unbedingt besuchen und hofften auf einen Fahrdienst. Oma Jettchen hätte am liebsten alle mitgenommen. Tomke allerdings konnte sich durchsetzen. „Du und höchstens noch eine Nachbarin, Oma. Ich glaube, ihr spinnt. Du kannst dort doch nicht mit einem ganzen Rudel aufschlagen!" So saßen nun Oma Jettchen und Anne bei Tomke und Hajo im Wagen, Carsten, Michaela und die Kinder fuhren hinterher. Per Telefon hatten sie sich mit Vroni verabredet, die unbedingt ihre Franzi besuchen wollte, den Weg in die Klinik aber nicht kannte. Miri blieb im Büro und passte dort auf Berner Benno auf. Der bekam von ihr ob seiner grandiosen Tat eine extra Streicheleinheit. Bei einem Gassigang besorgte sie ihm auch noch eine besonders große Wurst zur Belohnung.

Die Fälle waren zwar so gut wie abgeschlossen, aber Miri versuchte, am Computer zu recherchieren, was sich vor über dreißig Jahren abgespielt hatte. War der Unfall, bei dem Franziskas Mutter ums Leben gekommen war, wirklich ein Unfall gewesen oder ein Anschlag? Dazu müssten die sterblichen Überreste untersucht werden, wusste sie. Bekam sie dafür eine Genehmigung? „Ich brauche Fakten, weitere Fakten. Vielleicht fahre ich noch mal raus zum Hyggehof und befrage die beiden alten Frauen, vielleicht verraten sie mir was." Wenigstens diese Meta, die war doch ihr gegenüber ganz gesprächig gewesen. Heute ginge das nicht mehr, wusste sie, schließlich musste sie auf Benno aufpassen, aber morgen wollte sie unbedingt noch mal rausfahren. Ihre Kollegen mussten davon ja nichts wissen.

***

Tomke fand die Situation nur peinlich und ärgerte sich, dass sie der Sache zugestimmt hatte.

„Das sieht ja aus wie bei einem riesigen Familienclan. Mein Gott, musste das sein? Wir hätten doch auch alle nacheinander herkommen können", schimpfte sie weiter.

Hajo sah das entspannter. „Wenn schon, Familienbande, mein Schatz. Clan hört sich so anrüchig an."

„Blödmann!" Tomke gab ihm mit dem Ellenbogen einen Schubs.

Vroni ließ sich am Empfang des Krankenhauses die Zimmernummer von Franzi geben und verabschiedete sich nach oben. Tomke und die anderen diskutierten darüber, wer nun mit wem und zuerst zu Fienchen ins Zimmer gehen solle.

Tomke ergriff wieder die Initiative und entschied: „Oma, du und Anne, ihr geht zu Fienchen. Hajo und ich besuchen die beiden Verletzten von gestern. Wir haben noch ein paar Fragen, vielleicht sind sie heute in der Lage, uns etwas zu sagen."

„Ich will aber jetzt zu Tant' Fienchen", meldete sich nun Marie. „Ich auch, ich auch!" Felix sprang von einem Fuß auf den anderen.

„So geht das nicht. Wir alle wollen Fienchen besuchen, aber das geht nur nacheinander", schaltete sich Michaela energisch ein. „Einen solchen Auflauf verträgt Fienchen sicher noch nicht. Oma und Anne gehen zehn Minuten, die Kinder und ich danach ebenfalls für zehn Minuten. Ihr drei – sie zeigte auf Carsten, Hajo und Tomke – könnt in der Zwischenzeit eure Zeugen besuchen, danach geht ihr dann zu ihr. Einverstanden?"

Tomke faltete die Hände und nickte ihr dankbar zu.

Vroni suchte nach der Zimmernummer, die man ihr unten mitgeteilt hatte. Vor der Tür blieb sie stehen und atmete tief durch. „Mein Gott, hoffentlich geht es ihr gut und ich kann sie bald mit nach Hause nehmen. Tuntenhausen ohne Franzi, das geht gar nicht."

Schon in den wenigen Tagen, die ihre Freundin nun an der Küste war, hatte sie ihr gefehlt. Hoffentlich kam Franzi nicht auf die Idee, hier bei ihrem Vater ... Den Gedanken wollte sie gar nicht weiterdenken. Entschlossen drückte sie den Türgriff nieder und trat ein. Im Raum standen zwei Betten. Im vorderen erkannte sie ihre Freundin, im hinteren Bett – Vroni konnte es nicht fassen – lag ein Mann.

Sie stürmte auf Franzis Bett zu, und ohne ihre Freundin zu begrüßen, meinte sie entsetzt: „Franzi, herrje, was sind denn das für Sitten in Ostfriesland, da liegt ja ein Kerl im anderen Bett!“ Sie deutete aufgeregt Richtung Siebo.

„Ach, grüß di, Vroni, schön, dass du da bist“, kam es schwach zurück.

Vroni ging um Franzis Bett herum und neugierig auf das andere Krankenlager zu. Was war das wohl für ein Kerl? Man kann ja mal nachsehen, dachte sie, immer darauf bedacht, vielleicht doch noch einen Mann abzukriegen. Vielleicht isser ja was für mich. Um den Kopf hatte er einen dicken Verband und auch er war an Infusionsflaschen angeschlossen. Sie beugte sich über ihn und betrachtete sein Gesicht. Der jüngste isser nicht mehr, überlegte sie weiter und schee auch net. Sie betrachtete sein Gesicht intensiv. Plötzlich schlug Siebo die Augen auf und Vroni blickte in ein Stahlblau, wie sie es noch nie gesehen hatte. Gleichzeitig zuckte sie mit einem kurzen Aufschrei zurück. Auch Siebo zuckte zusammen. Die Erinnerung an Inge kam zurück. Doch dieses Gesicht über ihm war anders. Braun gebrannt, mit roten Wangen und einer riesigen Nase. Und da war noch etwas. Ihm kam es vor, als habe er noch niemals in solch warme Augen geblickt. Siebo stotterte etwas, das Vroni nicht verstand, aber auch ihr kamen nur ungeordnete Worte über die Lippen.

„Hallo, Veronika Semmelmayer, hier bin ich!“, kam es nun aus dem Nachbarbett.

„Ja, klar, i kimm scho.“ Vroni machte ein paar Schritte zu ihrer Freundin hinüber.

„Wer is der Moa?", wollte sie wissen und deutete auf Siebo.

„Mein Vater", flüsterte Franzi.

„Is der was zum Heiraten?"

„Vroni!" Franziska war entsetzt.

„Ja was glaubst denn, meinst, i will als alte Jungfer sterben?"

„Vroni!" Franziska konnte es nicht fassen. „Er könnte dein Vater sein."

„Na und? Er ist alt und i net schee, des basst scho."

Sie warf noch einen Blick auf den Mann im Nachbarbett und widmete sich dann doch ihrer Freundin.

„Jetzt musst mir aber alles verzählen, was passiert ist."

Die beiden ratschten noch eine Weile, Franzi erzählte ihr sogar, dass sie sich in den Stationsarzt verliebt habe.

„Na, und i derf net, oder was?", wollte Vroni aufgebracht wissen. Sie kicherten so heftig, dass Franzi sich an den Kopf griff und „Aua, aua" jammerte.

Dann öffnete sich die Tür und die drei Ermittler traten ein.

„Na, da haben wir ja alle beisammen!", freute sich Tomke und wollte wissen: „Ist das neu in Sanderbusch, dass Männer und Frauen zusammen auf dem Zimmer liegen?"

„Hab ich auch schon gefragt, aber …" Vroni winkte ab.

„Wir wollten das so!", antwortete Siebo. „Franziska und ich haben, ohne voneinander zu wissen, so viel Schlimmes durchgemacht, außerdem gibt es viel nachzuholen."

„Ja", stimmte die zu, „mein Vater hat recht."

Die Ermittler hatten noch einige Fragen an die beiden, wollten außerdem von Vroni wissen, wie sie nur auf die Idee gekommen sei, in das Haus einzudringen.

Aber nun war es ja gut ausgegangen. Sie erzählten Franziska noch davon, in welchem Zustand sie Inge vorgefunden hatten, Carsten zeigte ihr das Foto, das er davon gemacht hatte.

„Mein alter Benno, ich kann es nicht fassen", freute sie sich.

Die Kommissare verabschiedeten sich und verabredeten mit Vroni, dass man in ungefähr einer halben Stunde zurückfahren wolle. „Oma fragt, ob Sie nicht zum Tee zu ihr kommen möchten!", richtete Tomke dann aus.

„Ach, ich weiß nicht ..., zögerte Vroni.

„Das kannst du ruhig machen. Wenn Jettchen das anbietet, meint sie es auch so, glaube mir", versuchte Franzi ihre Freundin zu überzeugen.

Eine Weile später war es tatsächlich so, dass Vroni Jettchen Evers und Anne im Auto sitzen hatte und die drei zum Tee zurück nach Carolinensiel fuhren. Die beiden Frauen im Fond des Wagens unterhielten sich in einer Sprache, die Vroni mal wieder nicht verstand.

Ihre Gedanken drehten sich um den Mann im Bett neben Franzi. Viel hatte sie durch den dicken Verband um seinen Kopf nicht gesehen, aber diese Augen ... Ich bin verliebt in diese Augen, musste sie feststellen.

***

Auch die drei Ermittler verließen die Klinik und fuhren gemeinsam zurück ins Büro. Unterwegs besprachen sie Fienchens Zustand. Tomke war nachdenklich. „Wir haben uns immer über ihren Putzwahn lustig gemacht!", resümierte sie. „Jetzt wünschte ich, sie würde bald wieder in die gelbe Tonne kriechen, um sie zu putzen!"

Im Büro legte Miri gerade ein paar Akten in ihre Schublade, schloss sie schnell ab und fuhr ihren Computer herunter, als ihre Kollegen das Büro betraten. Die drei sollten nicht wissen, was sie vorhatte. Noch nicht.

„Kann ich den Rest des Tages und eventuell noch morgen freimachen?", wollte sie unvermittelt von Carsten wissen. Der war überrascht und fragte: „Wieso denn das so plötzlich?"

„Ich muss was erledigen. Aber zuerst bringe ich Benno weg."

„Ja, klar kannst du freimachen, hast ja genug Überstunden. Die Bayerin ist übrigens bei Oma, bring den alten Herrn dorthin."

„Das passt, ich muss sowieso erst mal nach Hause."

„Die wird doch nicht schwanger sein?", fragte Carsten unsicher in die Runde, als Miri gegangen war.

Tomke schüttelte den Kopf. „Miri? Nie im Leben. Die hat eine ganz andere Lebensplanung."

„Dein Wort in wessen Ohr auch immer", hoffte Carsten.

„Okay, wenn du unsere tüchtige neue Kollegin nach Hause schickst, müssen wir alleine sehen, wie wir den Fall abschließen. Aber ich denke, das werden wir gerade noch so schaffen. Ran an die Abschlussberichte. Es gibt viel zu tun."

„Ich hoffe, Miri macht keinen Blödsinn", schaltete sich Hajo ein. „Ich glaube nämlich, sie recherchiert den Tod von Franziskas Mutter, ohne uns …"

***

Miri hatte tatsächlich einen Plan, zwar keinen Lebensplan, aber einen, den sie unbedingt umsetzen wollte. Schon seitdem ihr der Vorfall bekannt war, ließ der Gedanke sie nicht in Ruhe. Der Tod von Franziskas Mutter und die Andeutung, dass es sich hier um einen Mord gehandelt haben könnte, veranlasste sie, auf Recherche zu gehen. Sollten die alten Frauen ihr Geheimnis wirklich mit ins Grab nehmen?

Sie wollte ins Archiv hier im Haus. Alles war nicht digital hinterlegt, aber vielleicht fand sie was bei den Kellerasseln. Außerdem könnte der Fundus bei der Zeitung hilfreich sein. Sicher wurde damals darüber berichtet. Aber auf jeden Fall wollte sie noch mal zum Hyggehof und dort versuchen, den beiden Frauen etwas zu entlocken. Auf dem Weg nach Carolinensiel fertigte sie in Gedanken einen Ablaufplan an. Heute suche ich in Ruhe online nach Hinweisen, morgen fahre ich zum Anzeiger und gehe anschließend in unser Archiv. In den nächsten Tagen werde ich mir die beiden Alten vornehmen, beschloss die junge Kommissarin.

Die Rechercheversuche verliefen enttäuschend. Ein Brand von vor vielen Jahren hatte alte, nicht digitalisierte Unterlagen des Kommissariats vernichtet und beim Anzeiger für Harlingerland lag auch nichts über den vermeintlichen Unfall vor.

„Dann muss ich eben die Alten aushorchen", beschloss die junge Frau, nicht ahnend, wie gefährlich das für sie werden sollte.

Siebo und Vroni?

Das Leben hatte für Siebo Lückelill eine eigenartige Wendung genommen. Vollkommen ratlos über das Verhalten von Inge, mit der er vor ein paar Jahren die silberne Hochzeit gefeiert hatte, ging das Leben nun doch weiter. Inge saß in Untersuchungshaft, er wollte sie nicht mehr sehen. Warum nur habe ich sie nie durchschaut, ihren wahren Charakter nicht erkannt?, fragte er sich immer und immer wieder. Ja, sein Leben hatte sich von jetzt auf gleich schlagartig verändert. Inge war weg und plötzlich stand nicht nur seine Tochter, sondern auch eine andere Frau an seiner Seite. Eine Frau, die so eigensinnig, ehrlich und gleichzeitig herzlich war, dass er es nicht fassen konnte. Eine Frau, die er auch ohne Worte verstand, denn ihr Dialekt machte ihm Kopfzerbrechen. Als er sie bat, doch für ihn Hochdeutsch zu sprechen, meinte sie augenzwinkernd: „I kann nur Bairisch. Hochdeutsch, des is wie, wie von Haferlschuh auf High Heels umzusteigen. Und des klappt bei meinen bayerischen Quadratlatschen auch net.“ Aber sie bemühte sich, ihm zuliebe, denn sie war mächtig verliebt in den Ostfriesen.

Allerdings klappte es nur bedingt, immer wieder fiel sie in ihre Muttersprache zurück.

Was geschieht mit dem Hyggehof?

Franziska war, wie ihr Vater auch, schneller auf den Beinen als gedacht. Schon am Tag nach ihrer Einlieferung hatten beide darauf bestanden, entlassen zu werden. Nun besuchte sie gemeinsam mit ihrem Vater und Vroni den Hyggehof. Frerich wurde, nachdem man seine DNA und Teile seiner Fingerabdrücke auf der Boßelkugel festgestellt hatte, des Mordes an Lilo angeklagt. Irgendwann hatte er sich bei einer Vernehmung dann aufgebäumt und herausgebrüllt, dass er Lilo einfach nicht mehr ertragen habe.

Laut Testament gehörte das Anwesen nun Franziska – sie konnte es nicht fassen. Außerdem hatten die Buchprüfer ihre Arbeit beendet und tatsächlich starke Unregelmäßigkeiten festgestellt, die Frerich Gronewald vom Erbe ausschlossen.

„Was soll ich damit?“, wollte die Bayerin wissen. „Das ist genau das, was ich nicht wollte, nämlich erben. Und jetzt?“

„Wir finden eine Lösung“, versprach Siebo. „Schau dir alles genau an und überlege, was du wirklich willst. Ich könnte es mir gut vorstellen, dich hier in meiner Nähe zu haben. Und nicht nur dich, Franziska.“ Sein Blick wanderte zu Vroni, die einen hochroten Kopf bekam. „Wir werden eine Lösung finden“, wiederholte er.

Nach Ostfriesland ziehen? Hierher zu ihrem Vater? Franziska fühlte sich hin- und hergerissen. Ein Faktor, der dafürsprach, war der Arzt mit den himmelblauen Augen. Die gleichen Augen, wie Hilko sie gehabt hatte. Ob sie sich auf ihn einlassen sollte? Franziska fragte sich, wer ihr bei der Lösung ihres Problems wohl helfen könnte.

Das aber war jetzt erst mal zweitrangig. Morgen würde Hilkos Seebestattung stattfinden und darauf musste sie sich vorbereiten. Hilko, überlegte sie nun. Seit Tagen war er ihr nicht mehr erschienen. „Und das ist auch gut so!", rief sie plötzlich gen Himmel. „Bleib da oben, du hast genug Unordnung in mein Leben gebracht. Und trotzdem, danke für alles."

***

Auch in der Kate wurde nach einer Lösung gesucht. Die toten Tanten, inzwischen waren es nur noch zwei, hatten beschlossen, ihrem Leben ein Ende zu setzen. Hedda bestimmte, wie es geschehen sollte.

„Kein Abschiedsbrief, kein Wort zu dem, was passiert ist, verstehst du, Meta? Wir nehmen das, was all die Jahre geschehen ist, mit ins Grab. Die Familienbande dürfen nicht noch weiter beschmutzt werden."

Meta nickte still. Sie hatte eine Kanne Tee gekocht, die Kanne sowie zwei Tassen standen bereits auf dem Tisch. Hedda zog aus ihrer Rocktasche ein kleines Fläschchen hervor und zeigte es Meta.

„Das habe ich mir schon vor langer Zeit aus Gesines Hexenküche geholt. Für alle Fälle. Gesine hat es nie bemerkt."

Wieder nickte Meta.

Hedda beugte sich zum Tisch, nahm den Deckel der Kanne ab und ließ den Inhalt der kleinen Flasche in die Teekanne laufen.

Schwer fiel sie zurück in ihren Sessel.

„War eine gute Zeit, Meta. Über neunzig Jahre durften wir leben, aber nun ist es genug. Lass uns ein Ende machen." Sie hob die Kanne an, um die Tassen zu füllen, als es an der Tür schellte.

„Wer …? Schau bitte nach, Meta!" Die stand auf und schlurfte zur Tür. Als sie zurückkam, war Miri an ihrer Seite. Heddas Augen blitzten böse auf. Ausgerechnet jetzt, diese verdammte kleine Schnüfflerin, sie gibt einfach keine Ruhe. Aber ich werde es nicht zulassen, dass ….

„Was gibt es mein Kind?", meinte sie dann mit aufgesetzter Freundlichkeit zu der jungen Kommissarin. „Setz dich und trink einen Tee mit uns. Meta, meine Liebe, sei so gut und hole der jungen Frau auch eine Tasse …"

ENDE

… und wie üblich die Frage: Wirklich Ende?

Denn zur gleichen Zeit …

Miri und ihre erfrischende Art fehlten im Büro. Ihre Kollegen saßen, nachdem auch Inge Lückelill vernommen und in Untersuchungshaft verbracht worden war, über ihren Berichten.

„Hat sich ganz schön aus dem Staub gemacht, unsere Kleine!“, stellte Hajo schmunzelnd fest.

„Lass mal!“, kam es von Tomke, „Miris gute Vorarbeit hilft uns enorm“ und sie vertiefte sich wieder in ihre Arbeit.

Die Berichte und Protokolle, die sie der Staatsanwaltschaft vorlegen mussten, sollten lückenlos sein, denn nur so war es möglich, dass Gesine Schöpp, Frerich Gronewald und auch Inge Lückelill ihrer gerechten Strafe zugeführt wurden.

Den Nachbarn Hermann zu befragen, wie Carstens Tochter Marie vorgeschlagen hatte, hielten sie nicht mehr für nötig. Inge Lückelill hatte zugegeben, den Kanister mit dem Apfelsaft in Gesines Auftrag bei den Frauen in Carolinensiel abgestellt zu haben.

„Hier ist übrigens noch etwas!“ Carsten schwenkte den Brief der Obrigkeit in der Hand. „Irgendwann müssen wir reinschauen.“

„Dann mach ihn halt auf und lies vor!“, forderte Tomke ihn unwirsch auf und fuhr fort: „Ich denke, wir haben einen Grund zum Feiern. Unser Fall ist abgeschlossen. Das ist ein großer Ermittlungserfolg, Kollegen, auf den wir stolz sein können!“ Sie schaute in die Runde, während Carsten mit einer Schere unter die Lasche des Briefes fuhr. „Wenn Miri da wäre, würde ich jetzt eine Flasche Sekt köpfen!“, meinte sie weiter.

„Du hast recht!“, Hajo nickte. „Aber morgen ist auch noch ein Tag, da haben wir unseren jungen Wirbelwind wieder und …“ Er wurde vom Klingeln von Tomkes Handy unterbrochen. Die meldete sich wie immer: „Tomke hier, was gibt's?“

Carsten stand derweil mitten im Raum und las. Ihm entfuhr ein: „Verdammt!“, gleichzeitig hörte er Tomkes aufgeregte Stimme: „Miri, was ist? Was ist mit dir? Sag doch was …!“ Sie schrie laut: „Miri!“ und schaute entsetzt auf das Handy.

Ihre Kollegen wollten wissen: „Was ist denn los? Ist was mit der Kleinen?“

„Ich weiß es nicht“, flüsterte Tomke mit zittriger Stimme, „ich weiß noch nicht einmal, wo sie ist!“

Wie geht es weiter? – Wir werden sehen!

Kann Franziska sich tatsächlich entschließen, den neuen Familienbanden wie auch der aufkeimenden Liebe eine Chance zu geben? Und kann Vroni den stahlblauen Augen Siebos widerstehen, jetzt, da sich endlich ein Mann für sie interessiert?

Aber ausgerechnet a Saupreiß?

Und dann ist da noch die Frage aller Fragen: Hat Miri mit den beiden toten Tanten Tee getrunken?

Protagonisten:

Tomke Evers, Hajo Mertens und Carsten Schmied – die drei Kommissare
Miriam Blum (Miri) – Kommissarin
Oma Jettchen – Tomkes Großmutter
Tant' Fienchen – Tomkes Tante
Franziska Gronewald – Bayerin auf dem Weg nach …
Hilko Gronewald – Franziskas Ex-Mann
Lena – Franziskas verstorbene Mutter
Vroni – Franziskas Freundin aus Tuntenhausen
Reederei Albrecht – See-Bestattungsunternehmen in Carolinensiel/Harlesiel
Notar – Ben Schniedehan
Levke – seine Sekretärin
Frerich Gronewald – Hilkos Bruder
Lilo – Frerichs Frau
Siri Balakrishnan – Frerichs Geliebte
Siebo Lückelill – Nachbar und …?
Inge – Siebos Frau
Drei tote Tanten – Gesine Hedda, Meta
Bertie Gronewald – Hilkos Vater
Dr. Bengelmann – Bengelchen/Arzt
Dr. Hildebrandt – Hildchen/Arzt
Michaela, Marie und Felix …, wie gehabt.

Und dann ist da noch der Berner Sennenhund „Benno“ Abstammungsname: „Berner Benno“, von allen nur „Benno“ gerufen.

Und hier das für Ostfriesland untypische Rezept. Von Michaela eingeführt und von allen geliebt, vor allem von Marie, denn sie isst keine „toten Tiere“.

Kässpätzle

250 Gramm Mehl, 3 Eier, ¼ Liter Mineralwasser
200 ml Sahne, 1 dicke Zwiebel für Zwiebelringe
200 Gramm Emmentaler gerieben
150 Gramm würzigen Greyerzer gerieben
Salz, Pfeffer, Petersilie zum Garnieren

Mehl, Eier, Wasser, Salz, Pfeffer mit dem Rührgeräte 3-4 Minuten verrühren. Der Teig sollte am Ende schwer vom Knethaken gehen.

Salzwasser zum Kochen bringen, den Teig durch die Spätzlepresse ins kochende Wasser drücken (oder schaben). Wenn die Spätzle an die Wasseroberfläche kommen, aus dem Topf abschöpfen, gut abtropfen lassen.

Die Spätzle dann zusammen mit der Sahne und dem Käse in eine gebutterte Pfanne geben, auf mittlerer Flamme miteinander verschmelzen lassen. In einer anderen Pfanne die Zwiebelringe kross anbraten. Wenn der Käse geschmolzen ist, die Zwiebelringe auf die Kässpätzle geben, mit etwas Salz und Pfeffer abschmecken, mit Petersilie garnieren und sehr heiß servieren.

Dazu passt ein knackiger Salat. Die Spätzle kann man auch in der Auflaufform anrichten, dazu auf etwas mehr Flüssigkeit (z. B. einen Schuss Sahne oder Milch) achten.

Guten Appetit

Zum Schluss

… der Cliffhanger … wie immer macht auch das Ende von KÜSTENBANDE neugierig auf eine Fortsetzung. Wird es sie geben? Sicher, denn etwas anderes würdet ihr mir nicht verzeihen.

Ich mache weiter, solange die kriminellen Gedanken sprudeln – für EUCH und weil es mir Spaß macht!

Einen großen Wunsch habe ich nun zum Schluss:

Ich möchte endlich wieder für euch lesen! Dabei durch die Reihen laufen, euch fühlen, die Spannung knistern hören. Nach den Lesungen mit euch zusammensitzen, zum Abschied umarmen. Ohne Maske, ohne Beschränkungen, ohne Coronamaßnahmen.

Über allem steht: Bleibt gesund!

Im Verlag CW Niemeyer bereits erschienen ...

Im Sielhafenmuseum „Groot Hus“ in Carolinensiel wird die Leiche eines Mannes gefunden. Doch die Kommissare Tomke Evers und Hajo Mertens stehen vor einem Rätsel. Sie finden mysteriöse Blutspuren, die nicht zu dem Toten gehören. Außerdem ist eine wertvolle Bibel verschwunden.
Zwei junge Ausreißer, die sich in der Tatnacht im Museum versteckt haben, gelangen in den Fokus der Ermittlungen. Was haben sie beobachtet? Sind sie selbst in den Fall verwickelt?
Als später eine Frau vergiftet wird und geheimnisvolle Dinge aus der Vergangenheit zutage treten, wird der ganze Fall immer undurchsichtiger. Das LKA schaltet sich ein. Erst allmählich kristallisiert sich heraus, dass die historische Heilige Schrift der Ursprung des Verbrechens sein muss.

Gaby Kaden. Küstennächte
352 Seiten. Taschenbuch. ISBN 978-3-8271-9438-1
E-Book 978-3-8271-9686-6 (Pdf)
978-3-8271-9886-0 (Epub)

#niemeyerbuch

Jetzt kein Buch mehr verpassen

Im Verlag CW Niemeyer bereits erschienen ...

„Komm, komm zu mir", lockte er heiser, „Kommst du nicht, werde ich sterben ..."

Die Liebesnacht am Strand wird für Sanna zur Hölle. Ihr Geliebter hängt aufgespießt an einem Strandwagen, ein langer Holzstiel ragt aus seiner Brust. Tage später wird der Anführer von „Thorgodins Kindern", einer sektenartigen Verbindung, tot aufgefunden. In seinem Kopf klafft ein riesiges Loch.
Als kurz darauf in einem Windpark zwei der Ungetüme umfallen, ist Tomke und ihren Kollegen klar: Das war kein Unfall. Schon lange kämpfen Bürgerinitiativen gegen die „Götter des Windes" ... Das Ermittlerteam von der Küste ist gefordert.

Gaby Kaden. Küstengötter
416 Seiten. Klappenbroschur. ISBN 978-3-8271-9475-6
E-Book 978-3-8271-8534-1 (Pdf)
978-3-8271-8333-0 (Epub)

Im Verlag CW Niemeyer bereits erschienen ...

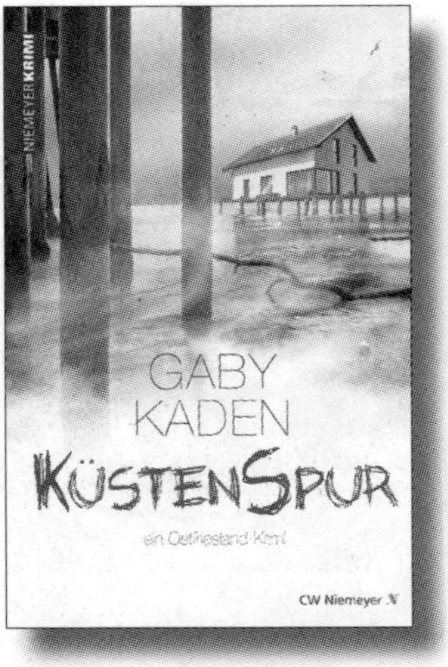

Wer ist die fremde Frau, deren Leiche bei Bauarbeiten für die Stelzenhäuser in der Harle gefunden wird? Sie liegt in einem der Stützrohre, getötet durch einen Kopfschuss. Wieso passt ihre DNA zu einem vor über 30 Jahren gefundenen mumifizierten Körper? Hat der Vorarbeiter der Baustelle, der trotz schlechter Witterungsbedingungen auf die Beendigung der Arbeiten drängte, etwas damit zu tun?

Für Tomke Evers und ihre Kollegen gestalten sich die Ermittlungen schwierig, nichts ist greifbar. Und woher kommt Tomkes unheimliches Gefühl beobachtet zu werden? Als auch noch die alte Janke Jansen erschossen im Hühnerstall aufgefunden wird, kommt Schlimmes aus der Vergangenheit zum Vorschein. Eine Spur der Rache und des Todes zieht sich entlang der Nordseeküste bis ins Hinterland.

Gaby Kaden. KüstenSpur
384 Seiten. Klappenbroschur. ISBN 978-3-8271-9490-9
E-Book 978-3-8271-8550-1 (Pdf)
978-3-8271-8349-1 (Epub)

Sabine Latzel
NIEMEYER KRIMI
Das gibt es nur in
Timmendorf
CW Niemeyer